1

CAROLE & ANTOINE FRUCHARD

Les Carnets Rouges

Tous droits réservés aux auteurs.

« La distinction entre passé, présent et futur n'est qu'une illusion, aussi tenace soit-elle ».

Albert Einstein (1955).

Collection Thriller - 2018

A nos parents,

A notre sœur Armelle,

A nos frères Benoît et Pierre,

A Louise.

Prologue

Quelque part au nord de Londres.

Ils avaient dépassé Régent's Park depuis quelques minutes lorsqu'ils s'arrêtèrent à un feu rouge. Quelques piétons traversaient tranquillement la rue, on était déjà loin de la frénésie du centre-ville. Une dame âgée s'approcha à petits pas, attendant que le feu passe au vert. Simon la regarda d'un air distrait. Une véritable vieille dame anglaise, avec son grand sac en cuir noir qu'elle serrait étroitement et son tailleur de grosse laine dont la jupe arrivait à mi-mollet. Elle tourna la tête et aperçu Simon à travers la fenêtre de la voiture. Ses yeux s'écarquillèrent tandis qu'elle le fixait. Elle sembla plusieurs fois sur le point de parler, la main accrochée à son corsage, dans la région du cœur. Finalement, et malgré la vitre, il l'entendit murmurer d'une voix hésitante :

— Simon... ?

À ce moment, le feu passa au vert et Gabriel redémarra la voiture tandis que Simon ne pouvait détacher son regard de celui de la vieille dame, qui lui fit un faible signe de la main. Simon se tourna vers son frère, il n'avait rien remarqué. Il resta silencieux un moment.

« Mais qui était-ce ? ». Son visage ne lui rappelait absolument rien. Pourtant il était habituellement physionomiste.

Elle connaissait son nom.

Il pouvait s'agir de quelqu'un de son enfance, mais comment avait-elle pu le reconnaître aussi facilement ? Cela faisait des années qu'il n'était pas venu dans ce quartier, et depuis il avait changé, physiquement.

Un léger sentiment de malaise l'envahit, sentiment familier qu'il chercha tout de suite à chasser en respirant profondément. Car ce n'était pas la première fois que cela lui arrivait. Dans le rétroviseur, il voyait encore la sombre silhouette immobile.

Chapitre 1

L'immense bâtiment d'un blanc mat, construit il y a moins de vingt ans, trônait dans la calme campagne de la zone industrielle du Val de Marne, comme une grande boîte en apesanteur. Plats et rectangulaires, ses deux côtés les plus courts étaient soutenus par de vastes piliers en forme de cônes inversés. Un des bords de la structure s'élevait en pointe vers le ciel, vague de métal percée d'espaces vitrés inégaux. L'ensemble évoquait puissance et modernité.

Au 3ème étage, assis à son bureau, Simon trouva rapidement ce qu'il cherchait dans un vieux magazine scientifique. Les pages avaient jauni au fil des années, mais restaient encore parfaitement déchiffrables. Il s'agissait d'un long article de la professeur Dorothée Morgan, qu'il avait gardé en réserve. L'air songeur, il relut un passage qu'il avait souligné : « *La synthèse moléculaire nécessiterait, pour ce type de pathologie, une électrolyse si consommatrice d'énergie qu'il faudrait l'équivalent de la puissance électrique quotidienne d'une centrale nucléaire pour produire une seule thérapie individuelle* ».

Il l'avait si souvent lu qu'il le connaissait par cœur, mais ça ne lui suffisait pas. La clef était là, à portée de main, il le savait, il trouverait.

Les sourcils froncés au-dessus de ses fines lunettes métalliques, il tourna rapidement les pages de l'hebdomadaire, mais le reste était totalement obsolète. Il repoussa la mèche de cheveux noirs qui glissait sans cesse sur son front.

Il joua machinalement avec son SmartBand. Maintenant, tout le monde était équipé de ce bracelet qui permettait de stocker des informations de tout genre : code bancaire pour payer sans contact, ouverture des portes électroniques, cartes de transport et de fidélité, etc. Discret, léger, résistant à tout, il avait permis de décharger le téléphone portable d'une partie de ses fonctions. Plus de soucis de batterie, de vol ou de hackage.

Il regarda l'heure. Treize heures ! Déjà ! Il laissa son esprit vagabonder loin de ces considérations l'espace de quelques minutes. Il avait gardé des mois les plus sombres de sa vie, cette faculté de s'oxygéner en vidant son cerveau. Mais cette fois-ci, des questions sans réponse continuaient à venir le hanter et il n'arrivait pas à faire taire la petite voix dans sa tête.

Il expira profondément et se leva souplement, enfila sa blouse blanche, et jeta un coup d'œil machinal autour de lui. La pièce rectangulaire n'était pas grande. Le bureau moderne et froid occupait presque tout l'espace. Un mur entier abritait une vaste bibliothèque en bois sombre, remplie notamment de nombreuses revues scientifiques spécialisées laissées par son prédécesseur, dont il ne savait rien. Il ne le connaissait que par le biais de ses lectures, et se faisait régulièrement la réflexion qu'il devrait se renseigner sur lui, car ils semblaient avoir des centres d'intérêts communs. Le magazine devant lui s'était ouvert tout seul sur l'article qui l'obsédait maintenant, la première fois qu'il l'avait saisi, et les pages étaient cornées et patinées par des doigts les ayant tournées trop souvent.

Il sortit, laissant la porte se verrouiller en un clic discret.

Il fit quelques pas et s'engouffra dans l'ascenseur qui se mit en marche grâce à son SmartBand, lui donnant accès aux étages où il était habilité.

Arrivé au niveau -3, il dut parcourir quelques dizaines de mètres dans les couloirs blancs et lumineux.

Droite, droite puis gauche. Puis ce fichu protocole de sécurité auquel il ne parvenait pas à s'habituer. Contrôle digital, puis de la rétine et enfin code à la deuxième porte, modifié chaque semaine. Le contrôle rétinien surtout le dérangeait. Les quelques secondes durant lesquelles il devait fixer du regard une tablette transparente lui semblaient interminables. Il avait l'impression que c'était son corps tout entier qui passait aux rayons et était examiné. Il reprit une grande inspiration. Il fallait qu'il se libère l'esprit. Dès qu'il se mettait ce genre d'idées en tête, il était beaucoup moins efficace.

Ces diverses mesures avaient été mises en place au cours des derniers mois. À son arrivée, seul l'usage de l'ascenseur était sécurisé. Il avait essayé de faire valoir que toutes ces simagrées leur faisaient perdre un temps précieux, mais ses arguments n'avaient pas semblé ébranler le chef de la sécurité.

Sa large carrure passa la dernière porte et il entra dans le laboratoire réservé au projet Er.2. Il aperçut Lina, la responsable technique, qui lui faisait un signe. C'était une Franco-Russe, au visage rendu plus dur par un carré blond impeccable. Pas à proprement parler jolie, elle avait cependant beaucoup d'allure. Simon la voyait presque tous les jours depuis près de deux ans, mais n'aurait pas pu dire grand-chose sur elle. Elle était responsable de la partie expérimentale du projet, et elle était intelligente, cela lui suffisait amplement comme informations.

La pièce principale était spacieuse et éclairée par de larges LED encastrées dans les murs qui diffusaient une lumière mate et efficace. Deux nouvelles machines venaient d'arriver de Tokyo et déjà Marc et Vincent, les techniciens de l'équipe, les installaient. Cette commande avait été passée il y a 3 mois. Dans la seconde salle de calibrage électrique, deux imposants inducteurs étaient en train d'être utilisés par le jeune assistant.

Simon s'arrêta un instant pour observer brièvement Marc : ses gestes étaient précis, presque trop précis, comme si ce dernier avait déjà fait ce travail des dizaines de fois alors que c'était censé être la première. Mais son esprit devait lui jouer des tours. Marc était un élément indispensable dans l'équipe et il avait de la chance de l'avoir. Il se retourna et alla vérifier mécaniquement les indicateurs de plusieurs grosses machines rangées les unes à côté des autres.

Se tournant vers Lina :

—Je viens d'avoir un message de McMohis. Le meeting aura lieu dans le bureau de Korstein aujourd'hui.

Elle le regarda, surprise.

Simon enchaîna :

—Je ne sais pas pourquoi il sera là, apparemment il voudrait faire un point sur l'avancée de nos travaux. Ça serait bien que tu viennes avec moi.

— Tu penses qu'il a quelque chose de particulier à nous dire ?

—Je sais pas, c'est pour ça que je préférerais qu'on soit deux à leur faire face. Ils ont le don pour me crisper parfois. Je me sentirai plus à l'aise si tu es là.

Lina se laissa entraîner, détectant la tension contenue dans la voix de Simon. De toute l'équipe, il était celui qui prenait ce projet le plus à cœur, comme s'il s'agissait d'une quête personnelle.

Ils repassèrent par les portes sécurisées et utilisèrent l'escalier de service pour rejoindre le hall d'entrée.

Très spacieux, ce dernier était traversé de part et d'autre par des tubes métalliques gigantesques. De multiples ouvertures grillagées à travers le mur de façade laissaient filtrer une lumière crue dont les rayons se heurtaient sans fin dans ce vaste réseau de tuyaux. Tout au fond, sous les majestueuses lettres K.B. d'un rouge massif, se dressait un très fin plateau en aluminium brossé où deux hôtesses immobiles attendaient les visiteurs.

Simon et Lina passèrent devant elles d'un pas rapide en leur adressant un machinal signe de la tête et se dirigèrent vers l'ascenseur privé qui menait au bureau du directeur général et propriétaire du groupe, Tobias Korstein.

Simon flasha son SmartBand et la porte s'ouvrit. Habituellement, la montée dans l'ascenseur en verre transparent, longue ascension à travers une plomberie de géants, lui plaisait. Mais cette fois-ci, il se laissa propulser vers le haut sans y penser.

Ding ! La cabine débouchait sur une pièce capitonnée, d'un blanc immaculé. Une petite femme tout en rondeurs et sourires les accueillit, leur demandant de bien vouloir patienter dans les gros fauteuils qui trônaient à leur droite.

Tout bruit semblait être absorbé par ces murs épais, mais en dépit de cela, Simon et Lina n'échangèrent pas un mot. Leurs mains étaient heureusement occupées par les documents qu'ils avaient pris avec eux, ce qui masquait leur nervosité.

Au bout de quelques minutes, un bruit cristallin de sonnette retentit.

Il se surprit à se lever d'un bond. Réflexe d'une ancienne vie. Au même instant, Jason McMohis ouvrit brusquement une porte massive qui faisait face au bureau de la secrétaire et d'un bref signe de la main, leur enjoignit de le rejoindre.

Jason McMohis, directeur des recherches du laboratoire en France, était un grand gaillard d'origine écossaise aux cheveux courts. Il avait un PHD d'Harvard en mathématiques appliquées et avait fait sa carrière dans les meilleurs laboratoires américains. Il avait très vite gravi les échelons et était redouté par les équipes, car son intransigeance était à la hauteur de son ambition. Cela faisait un certain nombre d'années qu'il était dans le groupe, et il semblait bien parti pour continuer à monter vers le sommet.

C'était la troisième fois que Simon pénétrait dans le bureau du directeur et, comme à chaque fois, un vague sentiment de malaise l'envahit. Tobias Korstein se tenait au fond de la pièce, derrière un grand bureau en verre soutenu par des pieds de marbre gris vieilli représentant des lions antiques. L'un d'entre eux était un peu ébréché, ce qui attirait immanquablement le regard de Simon. L'ensemble dégageait une impression pesante de snobisme et de pouvoir.

Tout le monde prit place autour d'une table. Tobias Korstein s'appliqua comme à son habitude à entretenir au premier abord une conversation d'allure mondaine. Il alternait souvent des sujets superficiels et des discussions professionnelles denses, comme s'il pouvait ainsi endormir la méfiance de ses interlocuteurs ou minimiser l'impact de ses décisions toujours sans appel.

Il se mit à parler d'une jeune artiste d'art contemporain que personne ne semblait connaître. Simon, le visage impassible, se disait qu'il aurait difficilement pu choisir pire sujet pour lui changer les idées : son rapport avec l'art contemporain était au mieux une incompréhension totale. Et le plus souvent, il prenait cette soi-disant créativité pour une vaste escroquerie.

— Cette artiste, expliquait Korstein, m'a été présentée il y a deux mois lors d'un vernissage privé à la Soho Angelo Galery, à New York. Cette femme, Josépha Krugh — une suédo-belge je crois me souvenir — a travaillé en premier lieu dans un obscur laboratoire nordique. Puis, sans doute frustrée par un univers trop aride, elle s'est prise de passion pour l'art contemporain, original non ? Elle place chaque visiteur de la galerie dans une grande boîte en acier rouge qu'elle a appelée « Ex Aliquo ». Un scanner très très puissant. Puis, grâce à un algorithme, ce scanner enregistre tout un tas d'éléments du corps du cobaye : taille, poids, ossature... et le compile avec son ADN, un peu de salive prélevée sur une spatule au début de l'expérience. Elle travaille avec la technologie GenyR

© qui peut décrypter rapidement des séquences ADN, c'est ça qui est passionnant ! Toutes ces données sont traitées en quelques minutes, et elle projette ensuite en 3D l'image de ce qu'elle qualifie comme « l'âme » du visiteur. Le résultat est bluffant ! J'ai vu des gens en pleurs après. Je ne vous en dis pas plus si un jour vous découvrez cette artiste.

« J'en doute fort », pensa Simon.

— J'ai discuté avec elle et nous avons parlé des vrais jumeaux, les fameux monozygotes. Vous savez que même dans ce cas, les deux images ne sont jamais identiques. Il semble que l'ADN évolue légèrement en fonction de l'environnement et de la psychologie de l'individu. Intéressant non ? Elle appelle ça la discordance phénotypique. Ah, la génétique ! Ça m'a toujours fasciné…

Lina remarqua que Jason s'agitait inconfortablement sur sa chaise, visiblement agacé par cette longue digression.

Une fois cette parenthèse culturelle épuisée, Tobias Korstein repassa sa main sur son crâne lisse et fixa Simon de son regard intelligent. « Nous y voilà, pensa-t-il. »

— Simon, j'ai lu les rapports. Votre frénésie de construction de prototypes nous coûte très cher. Les factures s'amoncellent dans une période que vous savez difficile pour le groupe, et plus particulièrement pour le département Recherches Énergétiques. Rien que ces six derniers mois, nous venons de perdre près de 2,3 % de chiffre d'affaires à cause des restrictions budgétaires de cette foutue Union Européenne. Et vos dépenses s'élèvent ce mois-ci à plus de 3 millions d'euros... Avec un résultat très hypothétique pour l'instant. Et puis pourquoi ne pas utiliser le matériel de notre filiale « Electrical Engineering Company Ltd » au lieu d'aller vous fournir chez nos concurrents ? Cela ferait tout à fait l'affaire !

Simon chercha du regard le soutien de Lina.

— Monsieur, j'ai un rapport expliquant en détail les raisons de ce choix. Les machines dont j'ai besoin sont extrêmement spécifiques, loin des appareils standardisés que nous fabriquons. Il ne reste plus qu'un laboratoire au Japon qui continue à en produire et ces pièces sur mesures ont un coût, je l'avoue, non négligeable. Mais c'est la seule manière de progresser sur ce projet qui vous tient autant à cœur qu'à moi. Je ne vois pas d'autres solutions.

Puis il fit la liste des avancées qu'il avait classifiées avec l'aide de Lina.

Alors qu'il présentait à la fin de son exposé le calendrier mis à jour du projet, Jason le coupa. Il avait le visage froid et le souffle serré :

—Je pense qu'on n'en est même plus au point de rationaliser les dépenses de votre équipe. Il s'agit de décider s'il vaut le coup ou non de continuer à travailler sur le projet Er.2. Et Monsieur Korstein n'est pas aussi déterminé que vous à mettre en péril la santé financière du groupe pour un projet utopique.

Il fut vite clair qu'il avait bien préparé son argumentaire. Il prit bien cinq minutes pour revenir sur tous les échecs que l'histoire scientifique avait connus face à ce type de projets et répéta au moins trois fois qu'il était complètement irréaliste de croire une demi-seconde que tous ces investissements avaient le moindre sens. Et il conclut en disant :

— Ce que vous voulez faire est juste impossible. Et ce n'est pas non plus comme si vous pouviez vous recommander d'une quelconque réussite scientifique, par le passé...

Puis il se retourna vers Tobias Korstein :

—Je propose donc d'arrêter dès aujourd'hui la totalité des recherches du projet Er.2, et d'en dissoudre l'équipe.

L'air de la pièce était devenu d'un seul coup beaucoup plus lourd. Comme si les mots sortis de la bouche de Jason avaient densifié, phrase après phrase, la masse d'oxygène qui les entourait.

Korstein prit le temps de réfléchir, la main sur un gros dossier noir. Il regardait alternativement les trois personnes qui se tenaient face à lui. Lina baissait les yeux, dépassée par les événements et ne se faisant pas confiance pour garder son calme. Simon se sentait quant à lui totalement anesthésié, et restait sans mouvement. Il n'avait jamais imaginé une seconde que la réunion allait prendre cette tournure.

Jason vibrait encore un peu, mais s'était calé au fond de son siège, les bras croisés. Il avait dit ce qu'il voulait dire. Korstein fixa ce dernier :

— Je comprends vos inquiétudes, notamment sur des risques de restrictions budgétaires pour d'autres équipes si nous continuons à financer le projet Er.2. Il est vrai qu'il faut savoir arrêter d'investir parfois, quand on sent que c'est à pure perte. Mais j'ai encore envie d'y croire. Du moins pour le moment... Je ne vais pas vous rappeler le caractère rentable ET révolutionnaire de cette découverte. Cela serait un tsunami économique pour toute la planète et vu l'enjeu, on ne peut pas s'arrêter aussi vite. Cette machine changerait le monde, littéralement... En revanche, vu l'investissement financier et la fragilité de l'économie actuelle, il nous faut ABSOLUMENT des résultats dans les quelques mois qui viennent.

Sinon je serai obligé de tout couper Simon, et vous renvoyer travailler sur votre premier projet avec Leonid, à Moscou.

Et tout était dit.

Il conclut en insistant de nouveau sur l'urgence des résultats que l'équipe devait fournir au vu des moyens engagés, et que tout l'avenir du groupe pouvait en dépendre. Mais ce qui comptait était que le projet avait gagné un sursis.

Ils se quittèrent rapidement après cela. Korstein attendait d'autres visiteurs, et Simon n'avait qu'une envie : partir au plus vite pour pouvoir reprendre son souffle après ce bras de fer imprévu et digérer son humiliation. Il tremblait intérieurement de rage, mais il ne pouvait rien faire, rien dire. Jason lui seul sembla quitter le grand bureau avec regret, il devait caresser l'idée d'un tête à tête avec son patron pour essayer de le faire changer d'avis, sans témoin. Au lieu de prendre l'ascenseur avec eux, il resta debout dans la salle d'attente, faisant mine d'être absorbé par son téléphone.

Dans l'ascenseur, Simon ne put s'empêcher de murmurer, furieux de ces accusations de dilettantisme :

— Évidemment qu'il faut aller vite, et c'est ce qu'on

fait dix heures par jour, et même souvent le week-end putain ! Et l'autre connard de Jason qui remet en cause tout le projet… dire qu'il a jamais osé me le dire en face !

Ce qui lui semblait étonnant était cette soudaine attaque qu'il n'avait pas pu prévoir. Il s'en était sorti, mais ce n'était pas parce qu'il avait préparé la bataille. Jusqu'alors, Jason ne s'était jamais élevé contre leur projet, se contentant de le suivre comme un parmi d'autres. Cette agression était aussi surprenante que désagréable.

Lina restait silencieuse, au grand soulagement de Simon. Il ne voulait surtout pas en discuter avec elle, et regrettait de lui avoir proposé de venir avec lui. Il ne fallait surtout pas qu'elle démotive l'équipe en racontant que leurs postes étaient en danger. Et être exilé en Russie, il en était absolument hors de question.

Un seul choix s'offrait à lui : se dépêcher. Heureusement, il avait cette rencontre demain avec Shui-Khan Wu, et il misait beaucoup dessus.

Mais la réunion dont il sortait tournait en boucle dans sa tête. Il y avait un petit côté « gentil flic méchant flic » dans la scène qu'il venait de vivre qui lui déplaisait énormément, comme s'il s'était retrouvé dans une pièce de théâtre dont il était le seul à ignorer le script.

Ou plutôt avec un script complètement différent, car lui avait ses propres motivations dans ce projet, et il se doutait bien que son employeur aurait été surpris de connaître les vraies raisons de son acharnement au travail.

Chapitre 2

Le lendemain, comme souvent, il arriva très tôt au bureau pour y profiter d'un moment de solitude. C'est là où il se sentait le plus serein, et il comptait dessus pour faire s'effacer les impressions dérangeantes du rêve qu'il avait fait la nuit précédente. Il s'était débattu longuement dans un cauchemar en forme de boucle temporelle. Il se trouvait sur un parking et le même homme se retrouvait encore et encore renversé par la même voiture, son parapluie noir et blanc volant dans les airs et roulant doucement jusqu'au pied de Simon qui contemplait la scène avec détachement. Il y avait une dimension étrange à ces images qui continuaient à lui trotter dans la tête.

Après son café traditionnel, il décida de lire un article sur le dernier congrès international consacré aux problèmes de l'énergie dans le monde, comme transition.

« *L'heure du bilan a sonné en ce 16ème anniversaire de la catastrophe nucléaire d'Olkiluoto, l'île finlandaise maintenant tristement célèbre depuis l'explosion de sa centrale le 28 avril 2024. Au-delà des pertes humaines et matérielles, ainsi que les retombées dramatiques dans le golfe de Botnie, la mer Baltique et les territoires avoisinants, c'est surtout ses conséquences sur l'économie mondiale qui ont fait couler de l'encre par la suite.*

Il y a eu le traumatisme des images montrant l'ancien emplacement de la centrale balayé sur plus de 150 kilomètres aux alentours.

Il y a eu la découverte de la trop grande fragilité d'un EPR qui avait pourtant été mis en service moins de 3 ans avant son explosion et qui avait bénéficié des dernières technologies en la matière.

Et tout ça s'est produit à une époque qui avait commencé à faire de l'environnement un sujet de réflexion mondial.

Sous la pression de l'opinion générale, et d'une coalition unanime des organismes environnementaux du monde entier, fortement appuyés par certains pays qui avaient amorcé des tournants dans leur politique énergétique, l'utilisation du nucléaire a été interdite. Le bouleversement économique que cela a entraîné a été sans précédent. L'électricité propre ne suffisait pas et les besoins étaient tels que de nombreux pays ont généralisé l'exploitation des gaz de schistes sur leur territoire et surtout dans les océans.

Cette catastrophe avait en outre exacerbé les rivalités entre les pays occidentaux et les puissances émergentes qui remettaient en cause le diktat des organisations internationales sur ces sujets. Les tensions sont montées en flèche, alimentées par le nombre grandissant de chômeurs et des "nouveaux pauvres" dont le niveau de vie avait considérablement été affecté par les prix croissants de l'énergie. La très forte libéralisation des années 2030 a encore creusé les inégalités des richesses, pour arriver au monde que nous connaissons aujourd'hui, où la paix devient bien trop fragile… »

Simon soupira sans continuer davantage sa lecture.

Il se souvenait comme tous de cette catastrophe sans précédent. Il s'était réveillé un matin, le téléphone bourdonnant comme jamais et ses yeux endormis avaient eu du mal à comprendre ce qu'il lisait. Il était encore un enfant à l'époque, il n'avait pas réalisé alors les retombées énormes de cet événement et la manière dont le monde allait être bouleversé.

À l'heure du déjeuner, Simon repensa au professeur Shui-Khan Wu qu'il allait rencontrer pour la première fois cet après-midi. Cela faisait un an qu'il avait reçu le premier mail de cet homme, avec en pièce jointe des synthèses des recherches de son laboratoire de Pékin. Ils ne travaillaient bien sûr pas exactement sur le même sujet, mais il y avait de nombreux points de liaison. Il avait apparemment eu son adresse email personnelle par un autre chercheur, qui lui avait donné le nom de Simon en référence à ses propres travaux. Simon était toujours un peu mal à l'aise à l'idée qu'on parle de lui, mais n'avait pas voulu creuser le sujet qui ressemblait fortement à une brèche de sécurité dans le lourd protocole de KB. Ils avaient donc commencé à s'envoyer irrégulièrement des messages, au gré des actualités et de leurs nouvelles idées. Il y a quelques jours, il avait reçu cet email de Shui-Khan, qui lui annonçait son passage à Paris, et lui proposait qu'ils se rencontrent.

Ils avaient rendez-vous à 15h donc Simon partit directement après le déjeuner en taxi vers la librairie qui était située à Neuilly, aux portes de Paris.

L'intérieur de ce grand bâtiment était magnifique : en bois sombre patiné par le temps, les étagères montaient jusqu'au plafond, chargées de livres de toutes tailles. Une partie était réservée aux livres d'occasion, et leurs couvertures fatiguées tranchaient sur le reste des présentoirs, sur lesquels s'alignait la géométrie intacte des ouvrages flambants neufs. Des échelles roulantes étaient posées aux quatre coins, permettant aux vendeurs d'atteindre les rayonnages les plus élevés. Une odeur particulière flottait, papier et encre, le neuf et l'ancien, mêlée au bois verni, et colorée par le bruissement des pages des livres.

Comme dans beaucoup de vieilles librairies, il y régnait une atmosphère de chapelle. Il avait dix minutes d'avance et il en profita pour se promener un peu à travers les rayonnages.

Il se dirigea vers la partie café qui avait été installée aux portes de l'édifice, s'assit dans un fauteuil d'où il pouvait voir l'entrée et attendit. Il était curieux de rencontrer Shui-Khan Wu. Il ne pouvait se départir de l'espoir que cette entrevue lui apporterait quelque chose de déterminant. Ce n'était pas vraiment son genre d'avoir ce genre d'attentes un peu naïves, mais il y avait quelque chose dans la manière dont avaient été rédigés les derniers emails de son correspondant qui lui faisait penser que celui-ci avait quelque chose de particulièrement important à lui annoncer. Quelque chose qu'il n'aurait pas dit par email. 15h05, 15h15. Simon relut leurs derniers échanges, vérifiant l'heure qu'ils avaient fixée. 15h30. Toujours personne. Il tapota avec impatience sur le bord de son siège, sentant l'agacement le gagner. Il n'avait jamais eu l'habitude d'attendre qui que ce soit, et c'était donc une activité qu'il maîtrisait très mal. Il regarda plusieurs fois son téléphone, mais il n'avait aucun message d'explication ou d'excuse. Il hésita, mais à bout de patience, rédigea quelque chose de froid et poli, et se leva pour rentrer chez lui.

Pour donner un sens à cette heure perdue, il attrapa

un ouvrage récent sur un présentoir. Il ne lisait presque jamais sur papier. C'était la thèse présentée l'année précédente par un jeune américain qui avait repris le concept de constante cosmologique et attaquait Einstein : il s'agissait d'une étude extrêmement poussée sur l'expansion de l'univers dont Simon avait déjà entendu parler.

Puis il se dirigea vers la caisse ; il fit la queue, car plusieurs personnes le précédaient. Le caissier, un vieil homme sec le regarda fixement avant de prendre le livre pour le démagnétiser. Il entrouvrit plusieurs fois la bouche comme s'il était sur le point de parler. Mais il resta silencieux sans pourtant le quitter des yeux. Interloqué, Simon ne dit rien tout en passant son bracelet devant le terminal de paiement.

— Il est vraiment bizarre, pensa-t-il, mal à l'aise.

À fleur de peau, il était sur le point de faire une réflexion, quand un bruit de sirènes à l'extérieur le fit sursauter.

Il sortit rapidement du bâtiment et cligna des yeux après la pénombre de la librairie. Le parking s'était rempli de manière anormale, et un attroupement lui bloquait la vue. Il se rapprocha. Une ambulance était en train de s'éloigner, des voitures de police clignotaient tandis que des hommes de la FIMAC organisaient un périmètre de sécurité. Il jeta un air interrogatif à la personne la plus proche de lui, un jeune homme à lunettes. «Je n'ai pas vu la scène, mais quelqu'un s'est fait renverser par une voiture, c'est complètement inouï, c'est le genre d'accident qui justement ne devrait plus arriver. »

— Vous avez vu qui c'était ? demanda Simon avec une pointe d'angoisse

— Un homme, je crois.

Simon resta à fixer du regard la zone de l'accident. Entre les jambes d'un des policiers armés, il pouvait voir un parapluie qui oscillait sur le sol. Un parapluie noir et blanc.

Il sentit un voile lui passer devant les yeux, et il tituba plus qu'il ne marcha jusqu'à la voiture, s'affalant sur les sièges et ne levant la tête qu'au moment où elle s'arrêta devant ses bureaux. Avant de descendre du véhicule, il se força à prendre de longues respirations, et à remettre son cerveau en marche. OK, il avait eu un rêve où un homme avait un accident, et où il y avait un parapluie. OK, un homme avait eu un accident et il y avait eu un parapluie. Mais il n'allait pas se mettre à croire qu'il avait la capacité de faire des rêves prémonitoires pour cela.

Les pensées tourbillonnaient dans sa tête sans qu'il arrive à se calmer, quand soudain, comme un choc,

une question d'importance s'imposa enfin à lui :
« Mais qui était donc cet homme ? Serait-ce… ? »

Il monta sans plus tarder dans son bureau, il avait une idée sur ce qu'il pouvait faire pour en avoir le cœur net. Une fois assis, il entra dans un moteur de recherche spécifique, accessible au public depuis quelques années déjà : la plateforme donnait accès aux vidéos des caméras de surveillance d'une grande partie du pays. Il commença à taper les coordonnées et l'heure de l'accident, mais il s'arrêta sans oser appuyer sur Enter. Un sentiment de malaise l'envahissait. Ou de peur.

Sans plus réfléchir, il lança la retransmission de la vidéo de surveillance. Le parking de la librairie apparut. Il avait laissé une marge de cinq minutes avant ce qui avait dû être l'heure de l'accident. En effet, rien de particulier n'apparaissait à l'écran. Il fit défiler les images un peu plus rapidement. Leur définition était curieusement mauvaise. Il allait trop vite, et il devina plus qu'il ne vit l'accident. Il revint en arrière. On voyait la silhouette d'un homme habillé de couleur sombre entrer dans le champ de la caméra, et à peine y était-il qu'il se faisait heurter par le capot d'une voiture tout aussi sombre. Simon revint encore en arrière, rejouant la scène au ralenti, image par image. Même en zoomant, la silhouette de l'homme restait anonyme, et le véhicule incomplet.

D'où venait-elle ? Comment cet accident avait-il pu avoir lieu ? Impossible de le savoir. Simon essaya d'avoir d'autres images par le biais des caméras des alentours, mais rien n'y apparaissait, et il n'était pas possible d'identifier avec précision la voiture qui avait été impliquée ni l'homme qu'elle avait heurté. C'était comme s'ils avaient surgi du néant : la voiture, l'homme et son parapluie. Il releva un peu son buste et passant la main sur son front, se rendit compte qu'il était couvert de sueur. Sur l'écran, les images continuaient à défiler. L'attroupement des passants, l'arrivée de l'ambulance et de la police. La vue de cette ambulance fut un déclic. En quelques secondes, il avait identifié l'hôpital le plus proche ayant un service des urgences, et se mettait en communication avec eux. Il ne savait pas quoi dire quand il eut quelqu'un au bout du fil, et joua la carte de la sincérité, disant qu'un accident avait eu lieu sous ses yeux ce matin, et qu'il voulait vérifier que l'homme impliqué avait survécu.

— Normalement, on ne doit pas divulguer ce genre d'information, mais je vais faire une exception pour vous. Je comprends trop bien ce que ça fait de ne pas savoir. Voyons voyons. Oui, voilà. Admission à 15h48 d'un homme de race asiatique code 305… ça veut dire accident grave. Ah, je suis désolé. Sa voix prit un ton plus sourd. Il n'a pas survécu à l'accident. Décès enregistré à 15h59. Ça veut probablement dire qu'il était déjà mort quand il est arrivé, mais on préfère constater les décès à l'hôpital que dans les ambulances.

— Et vous avez pu l'identifier ?

— Attendez je regarde. Ah tiens, c'est curieux. Son corps a déjà quitté notre service. À 16h19, une requête a été enregistrée, et d'ailleurs l'identité de la personne qui l'a soumise n'a pas été renseignée… Ah mais c'était rapide aussi, à 16h33 il était parti. Je suis désolé, je ne peux pas vous en dire plus. Je vous souhaite une excellente journée.

— Attendez, attendez…

Mais l'homme avait déjà raccroché. Il essaya d'appeler à nouveau, mais une autre voix était au bout du fil, qui lui signifia d'un ton neutre que les informations concernant leurs patients étaient confidentielles, mais qu'il pouvait faire une demande officielle de renseignements sur le site de l'hôpital, et que celle-ci serait étudiée.

Ses mains tremblaient légèrement lorsqu'il rechercha le contact du laboratoire de Shui-Khan Wu. Une voix sans accent l'accueillit, imperturbable alors qu'il se sentait bafouiller et perdre ses moyens tandis qu'il exposait ses craintes et ses questions, s'emmêlant dans une explication confuse. Il y eut un silence quand il eut fini. Puis une réponse brève : « Vous devez vous tromper, je ne sais pas de qui vous parlez. Je vous souhaite une bonne journée. » Et encore une fois, on lui raccrocha au nez sans qu'il eût pu poser la moindre question supplémentaire.

Il resta interdit, le téléphone à la main. Il finit par le reposer à côté de lui et se mettre à faire les cent pas dans son bureau. Il regarda l'heure. Ça faisait déjà plus d'une heure qu'il était en train de perdre son temps au lieu de travailler, mais il se sentait complètement incapable de faire autre chose. Il reprit son téléphone machinalement et appuya au hasard sur les différentes applications, ne parvenant pas à se concentrer sur quoi que ce soit. Il remarqua qu'il avait reçu un nouvel email. C'était Shui-Khan Wu.

« *Bonjour Simon. Je suis désolé, mais je n'ai pas pu honorer notre rendez-vous cet après-midi. Je pars ce soir en mission donc je ne pourrai vous donner plus de nouvelles pendant quelque temps. Bien à vous, Shui-Khan* »

Simon resta perplexe : il n'y avait ni explication ni proposition d'une nouvelle rencontre, mais le savant prenait le temps de trouver une mauvaise excuse pour lui faire savoir qu'il ne donnerait plus de nouvelles. Au moins il était toujours en vie. Il laissa le soulagement prendre le pas sur ses questions, mettant de côté ses sentiments mêlés de ridicule pour s'être monté un tel scénario et avoir perdu son temps, et de déception. Il avait mis beaucoup d'espoir dans cette rencontre. Beaucoup trop d'espoir,. Il savait pourtant qu'il était plus sage de ne compter que sur soi.

Il rouvrit un article qu'il avait commencé à lire le matin même, faisant presque aussitôt le vide autour de lui. Il laissa son esprit explorer les différentes pistes de réflexion que proposaient les théories exposées. Le temps passait vite. Son cerveau était en pleine activité, les idées se bousculaient dans sa tête, il tournait parfois les pages de manière fébrile pour comparer certains passages entre eux. Il passa un long moment à annoter des pages, surligner des paragraphes, tout en développant sur sa tablette les formules mathématiques qui l'occupaient depuis de longs mois.

— Il y a vraiment quelque chose que j'arrive pas à expliquer ! pensa-t-il en se grattant la tête et en entourant les équations qui lui posaient problème.

Il soupira. Seul. Malgré ses espoirs, il devait y parvenir seul.

Chapitre 3

Le lendemain, il essaya de reprendre sa routine au bureau. Se sentant coupable des heures perdues la veille, et se refusant à y repenser, il cherchait maladroitement à stimuler son équipe. Il savait qu'il n'avait jamais été très doué pour le contact avec les gens, et il leur était sincèrement reconnaissant de si bien l'entourer, et de ne pas lui tenir rigueur de son caractère souvent difficile. Il s'immergea bientôt dans le travail, essayant de ne pas y penser quand ses mains devenaient soudainement moites, ou quand son rythme cardiaque s'accélérait sans raison apparente. Il dut se résoudre une fois à aller aux toilettes, un tic nerveux faisait tressauter sa paupière droite et il ne voulait pas que ça se voie. Il resta un long moment debout, la tête appuyée contre le mur carrelé frais, les yeux fermés, à attendre que son corps retrouve un certain calme. Le reste de la journée se déroula plus normalement.

Le soir, il prit le métro jusqu'à l'arrêt Saint Joseph. Un grand bâtiment moderne se dressait, tout de verre et de bois, collé au flanc de cette belle église romane du 15ème siècle. L'architecte avait souhaité convier la lumière à l'intérieur des murs par des colonnes en forme de pilotis et de grandes baies vitrées. Les éclairages d'un jaune chaud et apaisant donnaient à cet hôpital un aspect rassurant, presque chaleureux.

D'un pas élancé, Simon se dirigea vers le deuxième étage, au département « Maladies Orphelines ».

Il salua les deux infirmières de garde qui le reconnurent d'un hochement de la tête. Cet homme aux épaules larges, aux cheveux couleur ébène et au regard velouté de l'Orient ne passait pas inaperçu dans le service. Mais il était encore plus connu pour l'objet de ses visites quotidiennes.

Simon continua son chemin et frappa à la porte du docteur Beynac. Celui-ci, pressé, eut juste le temps de lui dire que l'état de la patiente de la 218 était stationnaire, mais que moralement, elle allait un peu mieux. Rien de nouveau.

Simon prit congé du praticien et se dirigea vers la chambre. Alice dormait paisiblement. Ses cheveux blonds s'étalaient sur le côté de son oreiller légèrement surélevé.

Il l'embrassa doucement sur la joue, et la réveilla en lui pressant la main. Elle semblait très fatiguée, mais sa voix claire coulait sans effort. Elle ne se plaignait jamais à lui. Ils parlèrent peu, Simon tenait toujours sa main emprisonnée dans les siennes. Une heure passa, il eut un sursaut en regardant sa montre, et il s'éclipsa après l'avoir embrassée avec tendresse.

Il attendait avec tant d'impatience le jour où il pourrait repartir avec elle, au lieu de la laisser sur son lit d'hôpital. Cela lui broyait le cœur de la voir étendue, affaiblie, dans ces draps trop blancs, alors que lui rentrait chez lui, chez eux, sans elle.

Une petite demi-heure plus tard, il traversait la place du Château Rouge pour arriver chez lui. Comme d'habitude, des gens désœuvrés traînaient aux environs, par petits groupes jeunes ou moins jeunes. Langues et accents se mélangeaient. Depuis la grande crise de chômage des années 2020 où l'inflation était devenue si forte que l'Europe avait dû intervenir, des solutions avaient été mises en place, mais de manière insuffisante. L'instauration du revenu universel avait juste permis de calmer les esprits, mais cela ne suffisait pas à annihiler l'envie de confrontation. Contre la FIMAC ou toute forme d'autorité. La plupart des gens qu'il voyait profitaient d'un moment de tranquillité, mais certains semblaient plutôt là pour la troubler. Rarement bien méchants, mais Simon hâta le pas. Il s'arrêta à une petite épicerie afin de faire quelques emplettes pour son dîner et le petit déjeuner du lendemain. Justement, quelques-uns de ces individus étaient à l'intérieur, parlant fort devant les rayons de bière, avec cette forme de bravache que donne le nombre. En partant, il les entendit s'en prendre au commerçant, mais il ne s'arrêta pas. Il se sentait désagréablement lâche, mais la dernière chose dont il avait besoin était d'être mêlé à ce genre d'histoires.

Il gravit lentement les escaliers de son immeuble, las.

Ce même soir, Simon ressortit de chez lui vers 23h, après avoir réalisé qu'il n'avait plus de café pour le lendemain. Il était incapable de se lever sans une grande tasse qu'il buvait sans sucre ni lait, encore brûlant.

Cela lui donnerait en outre l'occasion d'un peu s'aérer. Depuis le début de la semaine, il ne voyait plus trop le ciel, de jour comme de nuit, et il ressentait le besoin de respirer après ces quatre derniers jours menés à un train d'enfer, sans une minute pour lui.

Ruminant ces sombres pensées, il aperçut un petit groupe de jeunes femmes qui attendaient le client sur le bord du trottoir. Les jupes très courtes et les talons très hauts, elles guettaient les environs d'un œil torve. Deux d'entre elles étaient plongées dans une grande conversation dans une langue qu'il ne reconnaissait pas, même en entendant les quelques bribes portées par le vent. En l'apercevant, l'une d'elles se détacha du groupe et s'approcha en accentuant exagérément le mouvement de ses hanches :

— Et mon mignon ! un peu de réconfort avec Katy ? Je ne vais pas laisser un beau garçon comme toi seul et triste... dit-elle tout en marchant dans sa direction, d'une voix machinale et rauque.

— Mais j'te connais toi ! On s'est pas déjà vu ? Il y a longtemps…, dit-elle, quand elle ne fut plus qu'à quelques pas de lui, la voix changée.

Simon la regarda. De près, elle paraissait beaucoup moins jeune, mais elle avait dû être très belle. Ses cheveux bruns encadraient son visage d'un flot aux boucles compactes, et sa bouche écarlate y figurait une ligne sensuelle. Mais surtout, ses yeux étaient presque incandescents, d'un vert lumineux. Une beauté méditerranéenne ou iranienne. Cependant, la peau avait souffert des excès d'une vie nocturne et des drogues, et le fard ne suffisait pas à gommer les rides profondes qui sillonnaient ses traits tirés.

Simon grommela quelques vagues mots gênés, et se retourna rapidement en hâtant le pas, sentant le regard de la femme qui continuait à le fixer.

Elle devait dire cela à tout le monde, se dit-il pour oublier au plus vite cette fugace rencontre.

À l'angle d'une petite rue, il entendit des éclats de voix. Il tourna la tête et vit une bande de jeunes, entourant un garçon et une adolescente un peu plus âgée. Ils étaient cinq, de toutes les couleurs, habillés pareils, mimant les gestes amples des petites frappes. Ils devaient avoir vingt ans au maximum. Simon leur jeta un regard au passage, mais ne fit rien, n'accordant pas d'importance à ces chamailleries entre ados qui étaient monnaie courante dans le quartier.

Il tiqua quand il entendit l'un des jeunes s'adresser à la jeune fille en la traitant de « petite pute » avec un rire gras, et le garçon qui l'accompagnait demander d'une voix étranglée qu'ils laissent sa sœur tranquille. Il hésita un instant sur la marche à suivre, et s'arrêta en vacillant un peu dans la rue. Rebrousser chemin, ou ne pas s'en mêler ?

Il contint son énervement et souffla doucement. « Ne rien faire, ne rien dire. Je lui ai promis. »

Mais l'accent poignant dans la voix du jeune garçon lui fit tourner les talons et marcher vers le croisement à nouveau. À cet instant, deux couples qui passaient par là furent la planche de salut des deux adolescents qui s'extirpèrent du groupe de leurs tortionnaires et calèrent leurs pas sur ceux des passants, sous les quolibets des jeunes qui se sentaient tout puissants. Simon les croisa. Son cœur se serra en remarquant que le garçon devait avoir eu un accident ou une maladie qui avait affecté son dos, et qu'il marchait en se balançant gauchement malgré la main de sa sœur qui le soutenait. Il devait avoir 13 ans, et elle 16. En passant, elle lui jeta un regard dur. Elle l'avait vu passer et ne pas s'arrêter. Il ressentit de plein fouet le reproche non dissimulé, et resta planté à les regarder s'éloigner, le cœur au bord des lèvres.

Mais il était trop tard pour se rattraper.

Deux rues plus loin, il entra dans une petite épicerie qui survivait dans le quartier, et y entra pour acheter du café et un litre de lait. Il échangea quelques mots avec l'homme à la caisse. C'était un Algérien de Sétif d'une grande douceur ; Simon savait qu'il avait cinq enfants et il prit quelques nouvelles d'eux. Cette simple conversation lui rendit son calme.

Il rentra chez lui en montant les escaliers d'un pas lent tout en avalant de larges lampées de lait directement à la bouteille. Il sentait que la fatigue était revenue, le lait l'aidait à se détendre. Il ne prit même pas la peine d'enlever son t-shirt et s'écroula sur son lit.

Le lendemain en fin d'après-midi, après une longue

journée de travail, il avait rendez-vous avec sa psychiatre, le Dr. Hélène Blanchet.

Il gravit tranquillement les deux volées de marches qui le séparaient du premier étage où se situait son bureau. L'endroit était parfaitement choisi pour un cabinet médical : le hall de l'immeuble était vaste et frais, les marches en pierre longues et patinées par l'usage. La porte du cabinet répondait à une sonnette discrète, et un léger déclic indiqua que la voie était libre. L'entrée comportait le traditionnel bureau de la réceptionniste ainsi que les plantes vertes, les tableaux, la salle d'attente confortable et les revues qui l'égayaient. Mais tout témoignait d'un goût sûr et d'une volonté de mettre à l'aise les visiteurs, dans une ambiance chaleureuse. Et la réceptionniste était un réceptionniste, aux larges épaules. Le Docteur Blanchet lui avait une fois expliqué que dans un métier comme le sien, où ses patients pouvaient être un peu... émotionnels, il était tout aussi bien d'avoir quelqu'un capable de les maîtriser physiquement. Jonathan, qu'il connaissait depuis son entrée au cabinet, lui sourit et lui indiqua du geste la porte entrebâillée du bureau du médecin. Elle se leva vivement quand elle l'entendit arriver, et vint lui serrer la main :

— Comment allez-vous, Simon ? C'est un plaisir de vous voir, prenez place.

En habitué, il se cala dans le fauteuil confortable qui lui faisait face, et la regarda consulter brièvement quelque chose sur sa tablette. Quand elle leva la tête, son visage était neutre, mais il sut instantanément ce qu'elle allait lui dire.

— Simon, vous sentez-vous de faire une séance autour de votre enfance ?

Il chercha à donner la même neutralité à sa réponse. L'absence totale de souvenirs de sa petite enfance était quelque chose auquel il était habitué, mais comment attendre d'une psychiatre qu'elle le laisse en paix sur le sujet. Ainsi donc, de temps à autre, Hélène insistait pour qu'il l'autorise à essayer de faire remonter des images à la surface de sa conscience. Et pour le moment, ça n'avait jamais vraiment bien fini. Mais elle s'entêtait.

Il la regarda baisser la luminosité de la pièce et s'approcher de lui. Malgré tous ses efforts pour rester décontracté, ses bras agrippèrent les accoudoirs. Mais bientôt, la voix de la psychiatre dénoua un à un tous les nœuds de son corps, et il se sentit glisser sans résistance dans l'obscurité.

Quand il reprit connaissance, Hélène le secouait, il était couvert de sueur et il comprit qu'il avait hurlé. Elle s'éloigna dès qu'elle vit qu'il s'était réveillé et alla tranquillement s'asseoir de l'autre côté de son bureau, lui laissant le temps de reprendre le contrôle. Il leva les yeux, elle le regardait.

— Non, je ne me souviens de rien, dit-il, sans attendre qu'elle lui pose la question. Sa voix dérailla désagréablement.

— Ce n'est pas grave, il faut savoir être patient. Nous avons un peu de temps, parlons de votre semaine.

Se sentant encore troublé, Simon commença sans conviction à parler de la pression qu'il ressentait au travail, mais s'arrêta bientôt. Une sorte d'élan de haine à l'égard de son médecin le secouait, sans qu'il ne comprît exactement ce qui avait pu le justifier. Sans même s'en rendre compte, il s'était levé et faisait les cent pas dans le bureau. Il s'en aperçut et s'assit aussitôt, un peu confus. Sa colère était retombée aussi vite qu'elle était montée, mais il avait l'impression que son énergie l'avait abandonné également. La psychiatre n'avait pas bronché, comme indifférente ou inconsciente de ce qui venait de lui arriver. Il se doutait bien qu'il s'agissait plutôt de sa manière de le laisser gérer ses émotions. Leurs relations étaient bonnes, construites depuis plusieurs années déjà, et elle le connaissait bien. Le silence s'installa un instant, pendant que Simon hésitait à raconter l'accident dont il avait été témoin et le sentiment de panique qui s'en était suivi. Il sentit qu'elle était sur le point de lui poser une question, et il se lança dans son récit, préférant être en contrôle de la conversation. Mais à peine avait-il ébauché les grandes lignes de l'histoire qu'il vit le docteur Blanchet pâlir, et saisir sa tablette. Il l'arrêta d'un mouvement :

— Non, je ne pense pas avoir besoin de reprendre un traitement. Et si je le fais, je vais perdre toute concentration, et c'est inenvisageable en ce moment.

— Mais vous vous rendez compte qu'il s'agit de problématiques qui peuvent avoir une influence forte sur votre psychique…

— Je le sais bien, mais je me sens beaucoup moins affecté que je pourrais l'être. Et je ne peux vraiment pas me permettre d'être amoindri intellectuellement.

Hélène soupira tout en reposant la tablette sans écrire d'ordonnance. L'heure de la fin de la séance approchait, et elle le raccompagna à la porte. Au dernier moment, elle sourit : « Vous devriez vous aérer l'esprit, changer d'air. C'est parfois par des biais insoupçonnés que les blocages de notre cerveau cèdent. »

Il sourit poliment, et sortit tandis qu'elle le regardait partir en poussant un long soupir.

Une nouvelle fois, il était bien tard quand Simon rentra chez lui. Par chance, il eut le plaisir de trouver son appartement propre. La cuisine brillait dans sa blancheur clinique. La femme de ménage était passée aujourd'hui, et tout était impeccable. Simon fit une rapide inspection des placards et du réfrigérateur, mais un vide presque total l'attendait, sans surprise. Il se promit une nouvelle fois de commander en ligne, tout était devenu tellement simple, il suffisait de quelques clics et on pouvait se faire livrer à n'importe quel moment, ou aller chercher sa commande dans un des distributeurs réfrigérés présents maintenant près de chaque station de métro et entièrement automatisés donc ouverts 24/7. Poussant un soupir, il se rabattit sur ce qu'il put trouver dans ses placards, bricolant tant bien que mal un dîner. Il avait encore faim, mais n'avait pas le courage de redescendre faire des courses.

Il s'assit sur le canapé de son salon, et laissa son regard se perdre sur les toits de Paris. Au 5ème étage, il avait la chance d'avoir une vue dégagée. Les tôles d'un gris tendre se mélangeaient aux tons plus durs des ardoises. Des cheminées de briques ajoutaient des touches de couleur mate, les façades claires faisaient comme un patchwork jusqu'à la ligne d'horizon, et l'ensemble était baigné dans la lueur rose du coucher du soleil. Un panorama qui aurait dû lui sembler apaisant.

Il finit son repas par des fruits trop mûrs, et s'allongea

sur son canapé, la tête confortablement calée par un oreiller sur un accoudoir, ses longues jambes repliées pour que ses pieds prennent appui sur le deuxième. Étendant son bras, il saisit une revue qui traînait sur la table basse depuis un long moment déjà. Il s'agissait d'un ancien numéro de « Politique Internationale ». C'est une des tantes d'Alice, ou une de ses amies il ne savait plus trop, qui l'avait abonnée, et il gardait les revues qu'elle avait déjà lues. Ce numéro était une réédition d'un des premiers du magazine, qui existait depuis plus de 50 ans, et était un des rares journaux à continuer à proposer aussi un format papier. Les thèmes de l'époque avaient été repris. Une manière de faire un point sur l'évolution des différentes problématiques de relations internationales dont ils avaient parlé alors.

Rien ne l'intéressait particulièrement. En ouvrant le magazine au hasard, il trouva un article consacré au sommet des pays d'Amérique du Sud le mois dernier à Bogota, avec en toile de fond la bataille économique pour les intérêts pétroliers. On y évoquait justement là aussi la POD, cet organisme officieux qui défendait les intérêts des pays producteurs d'Amérique du Sud. On lui attribuait des rumeurs de corruption généralisée, en interne et dans ses liens avec les gouvernements. On l'accusait depuis des décennies d'orchestrer assassinats, manipulations de cours monétaires, chantages politiques, faisant et défaisant les chefs d'État. Mais aucune preuve n'avait vraiment vu le jour, donc tout cela restait au stade de légende urbaine.

L'article était complet, l'information semblait parfaitement maîtrisée, mais écrite dans un style journalistique pompeux et moralisateur. Agacé, il ne le lut pas jusqu'à la fin. À la place, il lança une playlist de musique classique et resta sur son canapé en ne pensant à rien pendant une demi-heure au moins, l'esprit vagabondant, se laissant bercer par le rythme régulier qui envahissait la pièce. Il s'essaya à ce simple exercice d'auto-hypnose que sa psy lui avait expliqué : il prit dix lentes inspirations en regardant devant lui le mur vide. Il retint quelques secondes son souffle lors de la dernière, ferma les yeux en expirant, et compta calmement à rebours de vingt-cinq à zéro, tout en gardant cette respiration mesurée. Puis il chercha à concentrer sa pensée sur une seule idée, une seule image. Toujours la même.

Chapitre 4

Après son habituelle heure de trajet où il avait dodeliné de la tête sur un siège dur, il arriva devant ses bureaux. Il aperçut au loin Jason qui garait sa voiture à gauche du bâtiment, sur le parking encore quasi désert. Il lui sembla qu'il lui faisait un signe pour qu'il l'attende, mais il feignit de n'avoir rien vu et hâta le pas. Il n'avait vraiment pas envie de parler, et encore moins à Jason. Il s'engouffra dans le grand hall au pas de course et passant par la porte de service, préféra les escaliers aux ascenseurs afin d'éviter d'autres employés matinaux. Il n'était que 7h30, mais il savait qu'il y avait déjà du monde.

Il entra dans le laboratoire après s'être soumis à la procédure habituelle de sécurité, et enfila sa blouse tout en lançant la machine à café pour une tasse d'un noir d'encre. Quelques minutes à peine plus tard, il était devant son écran, savourant le calme du laboratoire encore vide. Le café commença à faire son effet, il se sentit enfin mieux. Totalement absorbé, il reprit ses calculs de la veille, faisant des va-et-vient entre les différentes machines et les résultats des tests exécutés par Will sur sa demande. Il avait reçu un nouvel outil informatique de « deep learning » qui faisait apparemment des merveilles. Will l'avait configuré, mais Simon avait insisté pour faire les ultimes réglages. Depuis les années 2010, la technologie était passée à un autre stade : elle n'était plus seulement codifiée par l'homme pour donner un résultat, elle apprenait de manière autonome et s'améliorait au fur et à mesure, d'elle-même, permettant d'analyser des bases de données immenses et variées, et d'anticiper des réactions en chaîne de plus en plus précisément. Maintenant, en réunissant par exemple des données comme les courants froids des océans et les mouvements planétaires, et donc la météo à venir ; l'état des récoltes et donc la qualité des denrées alimentaires qui seraient vendues, les phénomènes migratoires des oiseaux, etc., on pouvait prévoir une prochaine épidémie de grippe et lancer un programme de vaccination adapté. Bien sûr, les capacités grandissantes des machines avaient lancé un débat sans fin sur l'intelligence artificielle, mais Simon se sentait loin de tout ça. « Je m'en fous si c'est l'homme ou la machine qui trouve, ce qui compte, c'est d'avancer. »

Il avait rentré l'ensemble des paramètres et démarra la simulation numérique. Il était convaincu d'arriver à quelque chose, il allait enfin y parvenir. Les résultats s'affichaient progressivement. Au bout de dix minutes, il dut se rendre à l'évidence. « Putain, c'est pas possible ! » Il retrouvait toujours les mêmes paradoxes et c'était la même impasse. Le même problème de cohérence. Tout son raisonnement s'écroulait encore. Un grand découragement s'installa en lui…

L'équipe arriva au compte-gouttes à partir de neuf heures. Le technicien fut le dernier, bien en retard.

—Je suis désolé, Simon. Il y a eu un accident de circulation. J'ai fait au plus vite, dit-il.

— L'heure c'est l'heure ! On s'organise et on part en avance ! Déjà que vous ne fichez rien de vos journées ! On est bloqué depuis des semaines ! Mais quelle bande d'incapables de merde ! lâcha-t-il soudainement.

Lina s'interposa cette fois-ci :

— Simon, je pense que tu es un peu excessif ! Tout le monde travaille dur. Vraiment ça n'aide pas ce type de réflexion !

— Reste à ta place Lina et surtout, ne me donne pas

de leçon !! Ce n'est pas comme si tu étais toi-même en avance sur tes expérimentations.

— Simon, on tourne en rond, tu me demandes des éléments qu'on a déjà travaillés des dizaines de fois ! Se contenter de changer les paramètres ne suffira pas pour trouver la solution.

Simon avait les traits tirés, les yeux gonflés par le manque de sommeil de toutes ses courtes nuits, les mains tremblantes des excès de caféine. Il avait soudain envie de se défouler. Il ne comprenait pas toujours les brusques accès de rage qui le saisissaient parfois, sans réelle explication. L'excitation de sa première heure au calme était retombée, il leur en voulait à tous d'être là, témoins de son incapacité à trouver la solution. Il aurait voulu en prendre un et le…. « Non il devait se calmer, se calmer, se disait-il. »

Le regard encore furieux, il partit se réfugier dans le petit cagibi où se trouvaient un réfrigérateur, la machine à café et quelques placards, et avala un paquet de biscuits presque sans le mâcher, en faisant le vide autour de lui.

Il fallait qu'il parvienne à avancer. Dans quelques semaines l'attendait une nouvelle réunion avec Korstein, et s'il n'y avait rien de tangible, Jason aurait la partie belle, et il ne pourrait se défendre indéfiniment. Il fallait qu'il ait des résultats. Sa carrière, il s'en fichait, mais par amour-propre, il ne pouvait accepter un échec.

Il chiffonna d'une main redevenue contrôlée l'emballage du paquet de gâteaux, et le jeta dans la corbeille qui était à côté du réfrigérateur. Se composant un visage impassible, il sortit du réduit. Tout le monde était à son poste, et personne ne leva la tête. Il en ressentit un vrai soulagement, il savait bien que son explosion de colère avait complètement dépassé les limites, d'autant plus dans un cadre professionnel. Il n'aurait pas voulu croiser le regard accusateur ou blessé de l'un de ses collègues. Il avait retrouvé son calme, et se sentait un peu vidé. Le monde autour de lui semblait si normal, il était difficile de s'imaginer qu'il avait pu ressentir autant de rage quelques minutes auparavant. La patience de son équipe à son égard était parfois presque inquiétante.

Sans plus tarder, il suivit leur exemple et se remit à son bureau, reprenant du début les calculs des dernières semaines.

Il lui manquait juste un élément, une équation pour vraiment toucher du doigt la solution. Il sentait qu'il en était proche, si proche. Mais ça faisait des semaines maintenant qu'il bloquait sur cet élément en particulier. Et il se retrouvait seul face à cet obstacle imprévu. Y arriverait-il sans aide, était-il capable de trouver la solution ?

En fin de journée, il remonta à son bureau du 3ème étage. Il n'y passait normalement qu'épisodiquement, mais devait vérifier ses emails du groupe et trier quelques documents. Du laboratoire, il était impossible de faire le moindre transfert de données, même en interne.

En attendant que son ordinateur se lance, il regarda par la fenêtre. Il faisait beau. Il étouffa un soupir. Depuis longtemps maintenant, ses journées se partageaient entre son laboratoire en sous-sol, l'hôpital et de trop petites nuits dans son appartement. Et c'est tout. Il sentait que son enthousiasme et ses espoirs s'émoussaient de plus en plus. Sans se croire invincible, il était persuadé de pouvoir contrôler beaucoup de choses par son intelligence et son énergie. Et là, tout lui échappait.

Dans sa boîte mail se trouvaient des newsletters du groupe, ou de ces mails où il était en copie par acquit de conscience, mais qui ne le concernaient pas. Rien de particulier donc. Cette adresse mail lui servait peu de toute manière. Cela n'avait jamais été son genre de mélanger vie personnelle et professionnelle. Et les nouvelles règles drastiques de sécurité incluaient également les échanges d'emails. Ils ne pouvaient ni envoyer ni recevoir de mails d'une adresse qui ne faisait pas partie de l'entreprise, sauf dérogation spéciale. Cela ne le gênait pas. Il avait été informé de cette règle par des collègues qui s'étaient étonnés de voir tout à coup certains de leurs emails bloqués, il n'en aurait rien su sans eux. Il avait même refusé le portable offert par le groupe, un de ses vieux réflexes.

Une fois les messages ouverts et triés, il se renversa en arrière dans son fauteuil, pensant à son ancien maître de conférences à l'université. Lui revenait à la mémoire la citation d'Aristote que le professeur Chaluseau notait sur le tableau à chaque rentrée : « Le commencement de toutes les sciences, c'est l'étonnement de ce que les choses sont ce qu'elles sont. » Cette capacité d'étonnement était sans doute indispensable, mais cela restait assez flou comme concept. Il ne voyait pas vraiment la dimension pratique de cela. S'étonner ? Oui, mais de quoi ? S'étonner parce que ça fait des mois que je cherche et que je ne trouve pas. Ou s'étonner parce que je continue malgré tout ?

Le professeur Chaluseau était un homme à la fois vénéré et craint par ses élèves. Agrégé de physique et de chimie, cela faisait déjà quelques années qu'il était responsable du prestigieux pôle « Énergie, matière et univers » à l'université Pierre-et-Marie-Curie. Les cours théoriques étaient en grande partie dispensés dans les locaux de la Sorbonne et il avait en outre d'importantes responsabilités au siège du CNRS rue

Michel Ange. Il avait été en effet chercheur puis directeur de recherche dans l'institution pendant plus d'une vingtaine d'années.

Simon l'avait rencontré il y a maintenant huit ans.

Il voulait alors reprendre ses études, après ces quelques années où il était sorti du système. Il était arrivé un matin, en pleine année scolaire, et s'était rendu dans le bureau de ce professeur. Il était entré sans même frapper et, ignorant les usages, avait dit qu'il comptait s'inscrire directement en 4ème année, car il connaissait déjà par cœur le programme en Chimie des premières années, et que la Physique ne devait pas être bien compliquée.

Le professeur, au lieu de le mettre dehors, avait été surpris par tant d'aplomb. Ses élèves l'avaient plus habitué à de dociles têtes baissées. Il était malgré tout resté impassible et lui avait posé quatre questions très pointues en chimie. Il se souvenait que la première portait sur la « génomique structurale et fonctionnelle ». L'enseignant avait été sidéré par les réponses de Simon : celui-ci en connaissait presque autant que lui. Il avait fini par lui indiquer une chaise, et ils avaient parlé pendant trois heures. À la fin, le prof savait qu'il avait devant lui un élève génial. Un sale caractère, têtu, brusque, au passé compliqué, mais génial. Comment avait-il pu apprendre tant de choses sans même avoir une année de chimie dans son cursus académique ?

Cela restait un mystère. Il ne lui avait jamais demandé d'où venait son savoir. Ce n'était pas le type d'homme qui posait des questions personnelles. Ce qui l'intéressait était dans le présent et le futur. Et ce qui avait trait à la Science.

Simon n'aurait jamais pu entrer en année de Master sans une aide comme celle dont il avait bénéficié, mais le professeur Chaluseau avait contacté directement le rectorat pour appuyer cette candidature hors du commun.

Dès le lendemain matin, Simon était assis dans un coin de l'amphithéâtre. Il avait rapidement pris ses habitudes, se réservant une place isolée. Penché sur sa tablette, il écrivait tout. Il ne s'était lié à personne, mais laissait les autres étudiants accéder à ses notes s'ils avaient été absents. Peu le lui demandaient. Il posait rarement de questions, préférant attendre la fin du cours pour aller le faire sans témoins, et ces questions, un peu naïves sur certains points au début, étaient toutes pertinentes.

Il louait une petite chambre de bonne derrière le jardin du Luxembourg, dans un haut immeuble en briques de l'étroite rue Royer Collard, et sa vie se résumait presque entièrement au travail. Levé tôt le matin, il passait à la bibliothèque les heures de la journée où il n'avait pas cours. Quatre fois par semaine, il travaillait comme gardien de nuit dans une résidence pour financer sa vie frugale.

Ce retour aux études avait été pénible au début, surtout en physique quantique. Mais peu à peu, ses résultats s'étaient améliorés. Ses rapports avec les autres étudiants n'avaient pas suivi la même route. Il avait été dans un premier temps considéré comme un élève étranger bénéficiant de relations haut placées, ses camarades comprenant bien qu'il avait court-circuité le système pour se retrouver dans leur classe. Puis leur esprit de compétition avait pris le dessus quand ils avaient remarqué les résultats en constante amélioration de Simon. Son cas de figure dépassait leur cadre familier, et ils ne pouvaient aimer la réussite de quelqu'un qui n'avait jamais semblé faire le moindre effort pour s'intégrer, et qui se contentait de les surpasser. On ne savait rien sur son passé. Certaines rumeurs avaient circulé sur son compte. Mais en réalité, ils ne savaient rien.

Ils l'avaient juste vu plusieurs fois retrouver à la sortie des cours une jolie jeune fille blonde, et c'était la seule amie qu'on lui connaissait. Puis un jour, elle avait cessé d'être là.

Ce n'était pourtant pas de la mauvaise volonté de la part de Simon, mais plutôt un tel sentiment de décalage qu'il ne savait plus comment parler aux autres élèves, et que ce qu'ils prenaient pour de la froideur n'était que de la timidité. Les seuls liens humains qu'il avait créés le furent avec ce professeur, qui s'était très naturellement mis dans la position de mentor ; il était assez fréquent qu'ils se retrouvent après les cours pour parler science. La soif de connaissance de Simon paraissait inépuisable. Simon avait aussi sympathisé avec d'autres professeurs qui étaient fascinés par sa puissance intellectuelle et son talent scientifique. « Un génie comme vous, c'est le rêve de tout professeur et on n'en rencontre jamais plus d'un dans une vie », avait dit un jour l'un d'entre eux. Simon n'avait pas su quoi répondre, gêné et flatté à la fois.

À la fin de son cycle, ses travaux avaient gagné un prix et il avait reçu son diplôme avec les félicitations du jury.

Grâce à un parcours universitaire si brillant, on lui avait permis de travailler non sur une, mais deux thèses, dont l'une, avec ce même professeur, et avait également grâce à lui, rencontré Jason lors d'une conférence. La manière subtile, mais efficace dont monsieur Chaluseau avait présenté son étudiant « plein d'avenir » avait été payante : le lendemain même, il recevait un coup de fil d'une des personnes des R.H. qui le conviait à un entretien. Le mois suivant, il commençait à travailler au sein du groupe

K.B. sur un projet de nanotechnologies, permettant l'optimisation des flux électriques dans une cellule photovoltaïque, c'est-à-dire produisant de l'électricité quand elle est exposée à la lumière. L'entreprise avait accepté de lui laisser une certaine liberté dans son emploi du temps pour qu'il ait la possibilité de travailler à son gré sur ses thèses en parallèle. Voilà comment tout avait débuté, et il était loin de se douter à l'époque qu'il se retrouverait bientôt sur un projet aussi prodigieux et fou.

Chapitre 5

Deux semaines s'étaient écoulées. Simon était arrivé vers 19h30 à l'hôpital Saint Joseph, et d'un pas d'habitué, il se dirigeait vers la chambre d'Alice quand, avant qu'il pût y pénétrer, il aperçut le chef du service lui-même qui semblait l'attendre, et lui faisait un signe discret, l'invitant à venir le voir.

— Bonjour Simon.

— Bonjour David, que se passe-t-il ?

— Rien de particulier…

— Et ? C'est mauvais signe ?

—Je ne veux pas que vous vous inquiétiez, surtout ! On n'en sait pas suffisamment sur ce qui passe dans l'organisme d'Alice pour comprendre quelle est l'évolution normale. Je me demandais si de votre côté, vous aviez senti des changements, des signes d'amélioration peut-être…

Le ton de Simon, d'inquiet, devint dur :

— Vous êtes le médecin, et vous êtes en train de me demander un diagnostic ?! Que se passe-t-il ?

— Je ne veux pas vous faire peur, les derniers résultats des examens ne montrent pas une particulière dégradation de ses fonctions vitales. Mais elle délire de plus en plus souvent, et les doses nécessaires pour la calmer sont de plus en plus fortes.

— Mais le traitement actuel, il marche non ?

— Je pense… Il est encore tôt pour le dire… De toute façon, on trouvera bien ce qui se passe exactement. J'ai réclamé d'autres tests pour vérifier certains aspects de la maladie, et voir si on peut inverser le processus de destruction des cellules. Mais… je me demandais si vous aviez pu avancer vos recherches…

Simon blêmit.

— Vous pensez que c'est la seule solution pour la sauver maintenant ? Dites-moi la vérité !

Le médecin resta un instant sans répondre, semblant jauger son interlocuteur avant de décider de ce qu'il allait lui dire. Puis il récita, sur un ton qui ne paraissait pas naturel, comme s'il s'agissait d'un texte répété plusieurs fois à l'avance.

— Écoutez Simon, je vais être franc avec vous. Je pense que vous pouvez le supporter. Mon équipe travaille du mieux qu'elle peut, mais la situation de votre amie commence très sérieusement à m'inquiéter. On a tout essayé. Rien ne fonctionne vraiment. On ne va pas pouvoir la maintenir éternellement comme ça, si on ne trouve pas une vraie solution… Solution que vous connaissez déjà… Je suis convaincu que c'est possible, j'y crois fermement. Mais il faut se dépêcher.

— Se dépêcher ? … Combien de temps lui reste-t-il ?

— Je ne sais pas exactement. On ne connaît pas l'avancée que peut suivre sa maladie. Mais si on veut être sûrs qu'il n'y ait aucun dommage irréversible… quelques mois.

Simon le regarda, incapable de répondre. Malgré le ton se voulant professionnel et rassurant, un picotement douloureux était né en haut de son crâne et se répandait sur tout son corps, comme si sa peau grésillait froidement. Une réaction épidermique aux mauvaises nouvelles qu'il ne pouvait contrôler. Il ne se sentit chanceler que par le réflexe qui lui fit poser sa main sur le mur. Sans un mot, il prit congé du médecin avec une brève inclinaison de la tête, incapable de maîtriser sa voix ni ses paroles à l'annonce de cette nouvelle. Il fit quelques pas jusqu'à un siège et s'assit pesamment, sans même remarquer que David s'était éclipsé avec diplomatie pour le laisser digérer l'information.

Il se souvint.

Si seulement il avait pu l'empêcher d'aller en Corée ! Quand Alice lui avait annoncé son départ pour une mission humanitaire à l'est de Wonsan suite à la réunification, il avait voulu jouer la carte de l'homme ouvert, permissif. Il n'avait pourtant qu'une envie, qu'elle ne parte pas. Il n'aurait pu dire que c'était une histoire de pressentiment. Non. Il voulait juste qu'elle reste à ses côtés, égoïstement. Mais parce qu'il l'aimait déjà, il avait décidé de la laisser « vivre sa vie ». Quelle bêtise !

Les médecins n'avaient jamais pu expliquer exactement les raisons de sa maladie. Ils parlaient d'une maladie rare, une maladie mitochondriale.

Simon se souvint de la première fois où un docteur lui avait expliqué ce que c'était.

— Voyez-vous, ces maladies sont dues à un dysfonctionnement des mitochondries dans le corps humain. Les mitochondries sont comme des petites centrales électriques qui produisent 90 % de l'énergie dont le corps a besoin. Elles interviennent également dans le comportement des cellules. Par exemple afin qu'une cellule connaisse son rôle dans le corps humain, ce qu'on appelle la signalisation : savoir quand le corps doit se battre contre les maladies, quand il doit cicatriser une plaie. Une mauvaise signalisation est à l'origine de maladies comme le diabète ou le cancer. Mais les mitochondries servent aussi à favoriser la croissance des cellules, leur duplication, ou même leur autodestruction si une cellule a été reconnue comme défectueuse ou contaminée. Donc si ces compartiments producteurs d'énergie dégénèrent, toutes les cellules du corps en sont affectées. Les deux grands consommateurs d'énergie du corps humain sont le cerveau et les muscles... C'est pourquoi Alice a des problèmes d'articulations depuis déjà quelques mois. Ce qui est curieux, c'est que ces maladies sont habituellement génétiques, mais l'étude des dossiers médicaux des parents de votre amie ne montre rien. Cela illustre surtout à quel point on connaît peu de choses.

Tout avait commencé là-bas, alors qu'elle aidait dans un centre. Un jour, elle avait dû partir avec des gens de son équipe dans une province un petit peu plus à l'est, vers le milieu du pays. Il faisait chaud et sec. Le soleil heurtait violemment les aspérités des montagnes. Elle n'avait aucun souvenir de ce qui s'était passé. Ses collègues l'avaient retrouvée inanimée, allongée sur le sol, près d'un vieux bunker dont les portes étaient closes. Ils l'avaient transportée d'urgence vers la ville et un hôpital qui était — heureusement — encore géré par des médecins du sud du pays. Les premières analyses n'avaient d'abord rien révélé. Mais depuis, ses cellules se mouraient, inexorablement.

Un cas presque unique. Une rareté. Il se souvenait du regard presque ravi d'un des médecins quand il avait pu approcher la malade, plein de la surexcitation du chercheur devant un phénomène nouveau, une énigme dont il pourrait trouver la clef. Il avait eu des envies de meurtre. Ses poings s'étaient crispés douloureusement, et il s'était enfui sans dire un mot. Dehors, il avait couru longtemps au bord de la route. Il était chercheur, il connaissait lui-même l'ivresse provoquée par un challenge nouveau. Mais là, il s'agissait d'un être humain, et surtout, c'était Alice.

De multiples analyses avaient été faites, des articles circulaient dans des revues médicales pointues. Il était possible qu'un cas de ce genre ait déjà existé, mais rien n'avait été écrit de précis sur une affection similaire. Et personne ne pouvait en définir la cause exacte. Pourquoi la maladie s'était-elle déclenchée si tardivement ? Est-ce qu'il y avait un lien avec les essais nucléaires et bactériologiques de l'ancienne puissance Kim Il-jungienne ? Pourquoi est-ce que le bunker dont parlait Alice n'apparaissait sur aucune carte et avait été rasé si rapidement ?

Normalement de telles maladies se déclaraient chez des sujets plus jeunes, beaucoup plus jeunes.

Simon connaissait par cœur toutes les théories et toutes les études déjà faites. Ils avaient eu un espoir un jour, mais cette expérimentation des années 2000 basée sur la thérapie génique avait été presque pire que la maladie elle-même. Il avait lu tout ce qui existait. Il avait même retrouvé la trace d'une ancienne assistante de la professeur Dorothée Morgan, elle-même devenue chercheuse à l'Institut Curie. Maintenant d'un âge mûr, Madame Haze l'avait reçu dans ses bureaux, avec le sourire de la femme qui longtemps avait été habituée à plaire. Son visage s'était assombri quand elle avait compris le but de sa visite : elle lui avait avoué que, par dévotion envers son ancien mentor, elle avait continué à consacrer une petite partie de son temps à ces recherches, mais sans la moindre avancée.

—J'ai mon propre laboratoire, vous y êtes le bienvenu si vous voulez travailler sur le sujet. J'ai gardé tout l'outillage, mais c'est plus par sentimentalisme que par conviction. Dorothée était obsédée par ses expériences, elle avait perdu une patiente peu de temps avant que je n'entre dans son service dans des circonstances tragiques, et elle en avait été profondément marquée. Je reste persuadée qu'un jour quelqu'un trouvera la solution, ajouta-t-elle rapidement en voyant Simon pâlir. Mais elle ne viendra pas de moi, malheureusement.

Par chance, le jeune docteur David Beynac, chercheur de l'hôpital où Alice se faisait soigner maintenant, était plus ambitieux et restait persuadé qu'il trouverait une cure. En attendant, Simon avait tout fait pour se familiariser avec l'univers de cette maladie.

Il se sentait tellement coupable. Une part de lui ne pouvait s'empêcher de se considérer comme responsable. Bien sûr, pas directement. Mais comme si tout ça avait été trop beau pour lui, et qu'il ne pouvait qu'apporter de la destruction là où il allait. En y repensant, il y avait eu quelques signes avant-coureurs : quand ils étaient partis en vacances ensemble pour la première fois, il se souvenait que parfois elle avait des absences, comme si elle avait oublié leurs conversations précédentes. Il avait pensé qu'elle n'était pas dotée comme lui d'une mémoire presque clinique du détail, et qu'elle n'avait pas retenu tout ce qu'il avait pu écrire dans ses lettres, ou qu'elle n'attachait pas toujours beaucoup d'importance à ce qu'elle disait dans les siennes. Par la suite, elle ne lui avait plus donné le moindre signe d'inquiétude.

Ce qui lui faisait le plus peur, c'était de la voir peu à peu se transformer. Un peu plus après chaque crise.

Les premiers symptômes avaient été d'ordre physique : ses cellules évoluaient et vieillissaient. Des cheveux blancs apparurent, les petites rides qu'elle avait au coin des yeux se creusèrent. Cette phase n'avait heureusement pas duré, car il sentait à quel point Alice paniquait en observant son corps lui échapper.

Des troubles mentaux s'étaient ensuite manifestés. C'était moins traumatisant pour elle, car elle ne s'en souvenait pas. Mais parfois, sans raison particulière, elle entrait en transe. Des délires mystiques l'agitaient. Son corps se rigidifiait presque totalement, à l'exception de ses mains et de ses pieds qui se tordaient dans des positions grotesques. Et entre ses dents serrées s'échappait une bouillie de mots souvent indistincts, emplie d'une ferveur effrayée à la vue d'une puissance mystérieuse. Ses doigts griffaient sauvagement les draps, et derrière ses paupières closes, ses yeux semblaient rester immobiles, comme captivés par la vision de quelque chose d'hypnotique. Ou de quelqu'un.

Elle ressortait épuisée de ses crises.

Il avait décidé de faire confiance au service neurologique de l'hôpital Saint Joseph à Paris dans le

14ème, David Beynac étant considéré comme une référence en la matière. Il croyait vraiment que le traitement serait trouvé rapidement, et qu'ils pourraient retrouver une vie normale. Mais le temps passait, et la solution ne se présentait toujours pas à eux. Tous les traitements, même un traitement expérimental américain, avaient tour à tour été administrés à la patiente. Et rien ne changeait.

Par association, son esprit revenait inlassablement aux derniers avancements, mais surtout aux derniers obstacles de ses recherches. Il savait que Korstein avait raison, et qu'il devait trouver des résultats rapidement, même si ce n'était pas exactement pour les mêmes raisons. Parce que, quels que soient leurs motifs respectifs, le bilan serait le même : il réussissait, ou on lui coupait les vivres, et là tout serait perdu.

Il entra finalement dans la chambre. Alice ouvrit les yeux en l'entendant arriver, elle l'avait guetté. Elle était calme et paraissait être dans son état normal, ce qui le rassura. Il s'assit au bord du lit, souriant de manière un peu forcée, mais elle ne sembla pas le remarquer. Sa voix était faible quand elle prit de ses nouvelles. Essayant de masquer son désarroi après sa conversation avec le médecin, il entreprit de lui raconter quelques histoires du bureau, inventant de nouvelles avancées pour pouvoir continuer à parler.

Mais il aperçut bientôt une légère crispation sur le

visage de la jeune fille. Tout de suite il s'alarma :

— Que se passe-t-il ? Tu as mal ? Tu veux que j'appelle l'infirmière ?

Elle l'arrêta d'un geste :

— Ne t'inquiète pas Simon, tout va bien, je suis juste un peu fatiguée, c'était un bâillement que je réprimais. Rien de plus.

Simon la regarda plus attentivement et vit le visage d'Alice se tordre doucement.

— Qu'est-ce qu'il y a Alice ?

— J'ai mal.

— Laisse-moi aller demander qu'on ajuste ton traitement, et qu'on te donne plus d'antidouleurs.

— Non, non, je ne veux pas. Les médicaments qu'ils me donnent me brouillent déjà trop la tête. J'en peux plus de ne plus réussir à faire la part entre la réalité et des visions, tellement bizarres. J'ai l'impression que mon corps ne m'appartient plus. Et puis je vois des choses…

— Des choses… ?

— Oui, un homme dans ma chambre, un homme qui

croit que je dors, mais je le vois. Je le vois !

Elle arrêta de parler et soudain regarda Simon avec un visage fatigué.

— S'il te plaît, j'ai besoin de dormir.

Et elle ferma les yeux.

Simon ne dit rien et se contenta de se pencher pour serrer sa main entre les siennes et l'embrasser avant de partir.

C'était la première fois qu'elle prenait l'initiative de le mettre à la porte et il en avait mal au cœur. Ne mettant pas en doute son amour pour lui, il n'osait imaginer à quel point elle devait être à bout pour lui infliger ça.

Chapitre 6

Le lendemain, quand le jour se leva, Simon ne dormait toujours pas. Après sa conversation avec le médecin, son premier réflexe avait été de penser à ses recherches, à ce qu'il devait faire, à ses responsabilités. Son cerveau avait bloqué toute autre pensée. Et ce n'était qu'une fois chez lui, couché, presque calme, que soudainement, il avait réalisé : Alice allait mourir. D'ici quelques mois, peut-être un peu plus, elle pouvait être morte. Et il sentit comme une lame s'enfoncer dans son cœur, lui coupant la respiration, le faisant atrocement souffrir. Alors que depuis l'hôpital, son cerveau analysait avec méthode ce qu'il fallait qu'il fasse pour accélérer ses recherches, et essayait d'établir un planning, c'était comme s'il n'était plus capable de penser à rien, suffoquant d'angoisse et de douleur. Il lui avait fallu des heures pour réussir à dompter sa peur panique, et à nouveau remettre en marche ses facultés de réflexion. Il parvint à enfermer au fond de lui ce nouveau sentiment d'urgence qu'on lui avait donné. Travailler. Il devait travailler. Ça, il saurait le faire. Une fois un peu calmé, c'est un sentiment de rancune qui avait peu à peu émergé. Pourquoi cela leur arrivait-il, à eux ? Qu'avait-il fait pour mériter ça ? Il avait l'impression d'être une cible, que tout ceci n'était qu'un vaste complot contre lui.

Il avait passé la fin de la nuit à se tourner dans son lit en remâchant cette pensée. Quand il entendit retentir la sonnerie inutile du réveil, il hésita. Dans d'autres circonstances, il n'aurait pas été travailler. Il se sentait si mal, moralement et physiquement. Son corps était courbaturé comme s'il s'était battu, et ses yeux restaient secs, mais son cœur saignait abondamment. Mais avait-il le choix ? Ses sentiments n'avaient plus d'importance. Seule Alice comptait.

Toute la journée, il vécut avec l'impression que sa poitrine était poignardée dès qu'il repensait à elle, comme s'il venait à nouveau d'entendre le verdict du médecin pour la toute première fois. Et en alternance revenait ce malaise poisseux que ce n'était pas un hasard, que le sort s'acharnait délibérément sur lui. En rentrant chez lui, ce sentiment était encore plus fort. Il avait l'impression d'être observé, et que le monde entier avait le regard fixé sur lui. Que son voisin, qu'il avait une nouvelle fois croisé dans l'escalier, n'était pas là par hasard, et que son insistance pour engager la conversation était étrange. Que Will avait eu l'air suspect quand il était arrivé un peu brusquement dans le laboratoire tout à l'heure… Qu'il n'avait pas laissé la porte de sa cuisine fermée en partant ce matin.

Sa respiration s'accéléra sans qu'il puisse s'en empêcher. Il sentit les signes annonciateurs d'une crise d'angoisse. Il s'empara de son téléphone et fit défiler sa liste de contact jusqu'à celui du docteur Blanchet. Au dernier moment, il jeta son mobile sur le canapé. Du mieux qu'il put, il se força à se calmer. Inspirer lentement. Se lancer dans une tâche banale comme ranger un peu son salon et préparer son dîner. Il ne fallait surtout pas qu'il craque. Pas maintenant.

Il savait bien que c'était le sentiment d'impuissance créé par la maladie d'Alice, amplifié par le manque d'avancement dans ses projets professionnels qui devenaient soudainement essentiels, qui lui jouait des tours. Ce n'était pas la première fois qu'il expérimentait cela, et le docteur Blanchet l'avait beaucoup aidé à y voir plus clair.

Fermant les yeux, il se retrouva bientôt dans cet état intermédiaire entre la veille et le sommeil. L'image d'Alice était restée dans son esprit, et il la vit se matérialiser. Bien que sachant qu'il était toujours dans son salon, il était aussi dans un vaste espace dégagé, traversé par le vent. Alice était au loin, et elle marchait vers lui en souriant. Mais plus il se rapprochait, plus son visage lui semblait perdre sa structure, se modifier peu à peu. Soudain, il prit conscience qu'il s'agissait maintenant d'Hélène Blanchet qui était en train de marcher. Et son visage continuait à changer, les rides se creusaient, la peau devenait grise tout comme les cheveux. Quand il l'atteignit, elle ne bougeait plus du tout. Il la secoua « Où est Alice, qu'est-ce que vous avez fait d'elle, faites-la revenir ! » Le vent avait augmenté et soufflait maintenant en rafales qui rendaient difficile le fait de rester droit et de s'entendre. Le docteur Blanchet ferma doucement les yeux, et sa voix résonna pendant que son corps devenait lui aussi bourrasque et disparaissait « Nous sommes mortes depuis si longtemps Simon… »

La tempête tourbillonnait autour de lui jusqu'à ce qu'il se sente irrésistiblement attiré par la tourmente.

Il se réveilla en sursaut. « Juste un rêve, se dit-il, grelottant et transpirant. »

Le lendemain, les effets désagréables du cauchemar ne s'étaient pas totalement dissipés, et il partit au bureau avec l'horrible impression d'avoir eu un autre rêve prémonitoire. Du mieux qu'il put, il bloqua ces pensées superstitieuses. Ce n'était vraiment pas le moment de se laisser aller, et il avait envie de se frapper pour se punir d'avoir un esprit capable d'empirer encore les choses en lui inspirant de telles visions cauchemardesques.

L'ambiance au bureau n'était de nouveau pas extraordinaire. En fin de matinée, il prit Lina à part.

— Nous avons refait encore et encore les calculs de pression, les modélisations, nous avons demandé des ressources complémentaires pour arriver à cette foutue inconnue. Mais on bute toujours sur ce problème de la matière, et il n'est pas question qu'on ne le résolve pas ! Et au plus vite !

— Écoute Simon, on fait le maximum ! Mais on est aussi perdus que toi. Il nous faut une piste pour avancer, il nous faut quelque chose. Là depuis quelque temps, on tourne en rond, on le sait tous. Je pense que je peux parler au nom de tous en disant qu'on est toujours aussi enthousiastes pour travailler sur le projet, sa réussite serait une avancée absolument incroyable pour l'humanité ! C'est le projet d'une vie, on y croit... Tu dois toi aussi connaître la légende de ce scientifique qui avait fait des recherches similaires dans les années 2000 et avait été à deux doigts de réussir. Que ça soit vrai ou non, si on considère que la rumeur permet à quelqu'un d'accomplir une telle prouesse il y a presque 40 ans, on devrait tout de même être en mesure d'y parvenir, nous ! Donc je t'en prie, concentre-toi au lieu de t'énerver, je suis sûre qu'en étant inventifs on trouvera quelque chose, et on a tous besoin de toi.

—Je sais, je sais ! Je n'arrive plus à savoir par où avancer, dit-il la voix cassée.

— C'est frustrant, oui. J'ai téléchargé les derniers essais qui ont été écrits sur le sujet pour tenter de trouver de l'inspiration. On verra ce que ça donne. On n'est pas les premiers à avoir essayé. Mais personne n'est jamais allé aussi loin, il faut qu'on continue.

Simon lui sourit avec lassitude. Il savait qu'elle avait raison, mais ça lui faisait du bien de se l'entendre dire, il pouvait tellement se perdre au milieu de ses névroses.

Simon avait à peine dormi ces deux dernières nuits, mais le sommeil continuait à le fuir. Il vit arriver le week-end avec un sentiment de délivrance.

Le samedi matin, il passa plusieurs heures à travailler malgré tout, incapable d'accepter de se reposer, mais l'après-midi, il avait rendez-vous avec le docteur Blanchet. Il avait réussi à finir sa semaine sans requérir son aide, mais il était soulagé à l'idée de pouvoir aller lui parler.

Il entra d'un air faussement dégagé dans son bureau. Elle était au téléphone, mais lui fit signe de la main de s'avancer. C'était une grande pièce aux hautes fenêtres, qui tamisaient la lumière de dehors par un léger voile. L'ensemble jouait sur des tons ivoire, beige, taupe, avec quelques touches de bleu sombre. Les meubles, aux lignes sobres, étaient d'inspiration japonaise. Quelques bibelots, des estampes au mur. Le simple fait d'être là permettait à Simon de se sentir plus calme qu'il ne l'avait été depuis des jours.

Il s'assit en face de la psychiatre tandis qu'elle s'occupait d'organiser l'hospitalisation d'un de ses patients, d'après ce qu'il pouvait comprendre. Son regard fit le tour de la pièce. Elle finit par raccrocher, mais heurta involontairement une pile de dossiers qui étaient sur le coin de son bureau. Il se précipita pour l'aider à ramasser. Au milieu des pochettes cartonnées, son œil fut attiré par un petit carnet rouge qui s'était ouvert en tombant. Les pages étaient noircies d'une écriture légèrement passée, serrée. Quelque chose l'interpella sans qu'il puisse savoir quoi exactement, mais soudainement le sentiment d'oppression revint. La vision ne dura que l'espace d'un instant, le docteur Blanchet avait déjà refermé le carnet et l'avait glissé au milieu de la pile reconstituée des dossiers qu'elle tenait, et le regarda d'un air un peu ennuyé.

— Je suis maladroite aujourd'hui.

Elle dut sentir que quelque chose l'avait perturbé, car elle s'interrompit, dressée et immobile, les documents toujours serrés dans les bras.

— Quelque chose ne va pas Simon ?

— Je ne sais pas. Ce carnet...

Elle lui jeta un coup d'œil pénétrant :

— Vous avez eu le temps de lire quelque chose ? Vous n'auriez pas dû voir ça, il s'agit des écrits d'un de mes vieux patients.

Elle s'interrompit un instant, comme si elle hésitait, puis reprit :

— Nous travaillons ensemble en utilisant l'hypnose. Chez lui les résultats ont fini par être spectaculaires... C'est une des raisons pour laquelle je ne renonce pas à nos séances autour de votre enfance. Mais je vous sens particulièrement tendu aujourd'hui. Il faut que vous appreniez à vous laisser davantage aller. Détendez-vous et racontez-moi quelque chose de votre passé, la première chose qui vous vient.

Simon baissa les yeux. D'habitude, il la laissait prendre le contrôle de leurs rendez-vous, mais cette fois-ci il ne le pouvait pas. Son silence devait être pesant, car Hélène se leva et fit le tour de son bureau. Elle s'agenouilla à côté de sa chaise pour pouvoir croiser son regard : « Que se passe-t-il ? ». Parfois, son don pour deviner ses émotions le mettait mal à l'aise. Il ne répondit rien pendant un moment, elle finit par comprendre qu'elle était trop proche de lui pour qu'il puisse s'ouvrir et retourna s'asseoir, continuant à rester silencieuse elle aussi. Quand elle se fut rassise, Simon s'essaya à parler, la voix d'abord trop étranglée pour le faire. Il garda les yeux baissés, il ne voulait pas lire sa pitié, ou sa peine. Il était le seul à avoir le droit de souffrir de cette nouvelle.

À sa grande surprise, quand elle prit la parole, elle ne dit presque rien sur l'annonce du danger que courait Alice. A la place, elle s'intéressa plutôt à la capacité qu'il avait d'influer ou non sur son destin. Longuement, elle lui répéta, et fit répéter lui-même qu'il pouvait y arriver, qu'il avait en effet une lourde responsabilité sur ses épaules, mais qu'elle était à la hauteur de ses forces, qu'il en était capable.

Il se laissa porter par sa propre voix qui peu à peu s'affermissait.

Quand il repartit, il se sentait électrisé. Le docteur Blanchet avait raison, il pouvait le faire ! Rien n'était perdu tant qu'il avait la maîtrise des événements. Dans son élan, il dépassa son arrêt de métro et n'en prit conscience qu'une fois presque arrivé au suivant.

Décidant de rebrousser chemin à pied, le cours de ses pensées changea et il se mit à songer à son père, et à la relation étrange qu'ils avaient. C'était l'homme qui l'avait élevé, et qui l'avait en partie façonné. Pourtant, il avait l'impression qu'il était aussi le plus grand des étrangers, et que l'intérêt qu'il semblait lui porter était forcé. Comment comprendre des phases où il était constamment à ses côtés, à le former, guetter ses réactions, le faire parler. Et d'autres où il se retirait presque complètement de sa vie, sans véritable raison.

Évidemment, les relations de son père avec ses autres enfants — ses enfants naturels — étaient plus fluides. Le couple d'Almat avait essayé de le traiter de la même manière que ses frères et sœurs, mais cette simple volonté prouvait à quel point il s'agissait d'une démarche qui ne leur était pas complètement naturelle. Simon se sentait toujours un peu étranger.

Son père adoptif était un homme étonnant, brillant et au charisme indéniable. Grand intellectuel, il s'était beaucoup impliqué dans sa vie familiale, dans l'éducation de ses enfants, dans celle de Simon. Cette facette semblait les preuves d'un amour et d'un intérêt sincères. Mais sa réserve constante, le mystère même dont il pouvait parfois s'entourer, certains de ses mouvements d'humeur, le rendaient quasi inaccessible. Ses élans étaient surtout cérébraux, comme ses preuves d'affection. Et il fallait souvent que Simon rationalise leur relation pour y trouver des sentiments. Ils ne s'étaient jamais vraiment entendus.

Cette réserve de son père, Simon n'en comprenait pas les motifs. Il s'était régulièrement penché sur le mystère qu'il représentait pour lui, mais Monsieur d'Almat restait comme le coffre de son bureau, qui avait agité les fantasmes de Simon et de ses frères et sœurs quand ils étaient enfants : une porte fermée, dont personne n'avait plus la clef, et ne contenant d'ailleurs probablement rien.

Fermée… Un souvenir fit soudain surface, souvenir qu'il avait totalement refoulé jusque-là : ce soir où, enfant, il était entré dans le bureau de son père alors que celui-ci s'en était absenté pendant quelques minutes. Au lieu d'attendre à la porte, il avait eu la mauvaise idée de franchir le seuil et de s'avancer avec curiosité dans la pièce. C'était étrange comme une pièce pouvait sembler différente quand il en manquait un élément essentiel, c'est-à-dire son père, qui en était le centre. En son absence, c'était un endroit nouveau. Et quelque chose d'autre était différent : le coffre était ouvert ! Fasciné, il s'approcha lentement, conscient de l'interdit, mais trop curieux pour se réfréner. La porte du coffre n'était ouverte qu'en partie, et il tendit doucement le bras pour l'ouvrir davantage, retenant son souffle. Il eut à peine le temps d'y apercevoir quelque chose qui brillait, derrière une pile de carnets rouges et de documents divers qui obstruaient sa vue, quand il sentit une main s'abattre violemment sur son épaule et le pousser de côté. Son père était là, blanc de rage. Il lui assena une gifle qui lui fit perdre l'équilibre et il tomba par terre, derrière le bureau. Son père le redressa aussitôt en le saisissant par le bras, ce qui lui fit presque quitter le sol pendant qu'il le tapait à plusieurs reprises. Simon hurlait de peur et de douleur. Des coups, il en avait déjà reçu, mais ce qui le terrifiait cette fois-ci, c'était l'intention de faire mal qu'il sentait dans les gestes de son père. Ce n'était pas un châtiment punitif, c'était une colère incontrôlée. Heureusement de courte durée. Le tenant toujours par le bras, son père le traîna jusqu'à la porte et le faisant pivoter, le regarda avec dureté dans les yeux :

— Ne reviens JAMAIS dans ce bureau sans mon autorisation.

Simon hoquetait. Sa joue et ses fesses le brûlaient, sa tête bourdonnait et son épaule le lançait sourdement. Sa mère accourait déjà, et elle jeta un regard affolé à son mari qui se contenta de fermer la porte sans dire un mot. Ils entendirent le verrou tourner.

Ils n'avaient jamais reparlé de cet épisode. Dans les jours qui avaient suivi, Monsieur d'Almat avait fait preuve de plus de douceur que d'habitude, comme s'il sentait qu'il avait dépassé des bornes et qu'il voulait se faire pardonner sans pour autant mettre des mots sur la scène du bureau. Simon avait fait des cauchemars répétés pendant quelques nuits, et puis c'était passé. Finalement, l'événement avait fini par lui paraître presque irréel, et il l'avait même banni de son esprit.

Maintenant encore, il avait un doute. La scène était trop précise, alors que si lointaine. Et la coïncidence des carnets rouges un peu trop grossière.

Il marchait toujours, et peu à peu son trouble se modifia, remplacé par un sentiment de nervosité, et une envie de se défouler sur quelque chose. La violence, larvée en lui, ne demandait qu'à s'exprimer pendant qu'il fendait la foule des trottoirs d'un pas rageur. Elle redoubla en pensant au fait qu'il sortait pourtant de chez une psy... Ironiquement, alors qu'il avait attendu avec impatience ce rendez-vous, et qu'il avait semblé être bénéfique, c'était comme s'il avait déclenché sa colère. Tout paraissait l'agresser : la foule qui ne s'écartait pas assez vite sur son passage, la chaleur, le bruit. Il se sentait oppressé, fébrile. Après avoir bousculé un nouveau passant dont la protestation instinctive lui sembla venir de très loin, il hésita un instant devant un embranchement juste à côté de chez lui. L'idée de retrouver son appartement solitaire lui faisait soudain horreur. Tournant à droite, il rejoignit une petite brasserie de son quartier. Des tables rondes de bistrot s'étendaient sur la moitié du trottoir, occupées en partie par la faune locale. Renonçant à se glisser entre deux tables pour atteindre un des petits tabourets en osier, il poussa plutôt la porte pour se réfugier à l'intérieur. Comme d'habitude, il n'y avait pas grand monde, les gens préférant la promiscuité en plein air de la terrasse, qui offrait la possibilité de fumer en regardant les passants déambuler. Il commanda un gin-tonic tout en s'installant sur une étroite banquette au faux cuir brun. Les murs disparaissaient sous les miroirs et les réclames pour pièces de théâtre et expositions des galeries du quartier.

Il but quelques gorgées du verre qu'on lui avait servi. Sous l'effet de l'alcool, son corps entier se détendit rapidement, tandis que son esprit semblait atteindre une toute nouvelle lucidité. Il repensa à ce que le docteur Blanchet lui avait dit, le fait qu'il devait se laisser aller à son instinct. Il commanda un autre verre. L'heure du dîner était proche, mais il n'aurait rien pu avaler.

Près du bar, un petit groupe d'hommes, quinquagénaires aux visages rougis, sirotaient leurs pintes de bière en échangeant à bâtons rompus, l'œil sur le match de foot retransmis par le petit écran surplombant le comptoir. À une table, un couple de touristes, reconnaissables à la carte imagée de la ville étalée entre eux, fixaient le vide sans parler. Trois hommes d'origine africaine étaient assis autour d'une autre table et parlaient d'une voix lente, leurs mains soulignant leurs propos avec nonchalance. Une femme entre deux âges se trouvait à l'angle du bar, accoudée au comptoir. Son pied se balançait doucement, avec la régularité d'un métronome. Simon prit conscience qu'elle s'était mise à le regarder avec intensité, et il détourna rapidement la tête, mal à l'aise. Il fit signe au serveur pour commander un double whisky qu'il but, sans y penser. Une partie de lui n'avait qu'une envie, rester ici, continuer à boire. Une petite lutte intérieure s'engagea en lui, rendue d'autant plus difficile que sa volonté était émoussée par l'alcool. Résistant à la tentation, il se força à se lever, et fouillant ses poches, laissa sur la table un billet de cinquante euros. À la porte, il fut rattrapé par un serveur qui voulait lui rendre la monnaie, mais, le regardant dédaigneusement, il lui fit signe de tout garder et laissa la porte se refermer derrière lui. L'alcool lui donnait un sentiment de toute-puissance qu'il savourait, retrouvant les souvenirs de cette époque où c'était son quotidien...

La nuit était tombée, mais il se remit à marcher sans prendre la direction de son appartement. Il avait la tête légère, l'esprit vide. Sans y prendre garde, il fit route vers les quartiers un peu moins sereins du 18ème, dont les HLM formaient des barres compactes.

Un cri étouffé, qui semblait venir d'une petite impasse sur sa gauche, le fit s'arrêter. Un de ces coupe-gorge qui n'existe malheureusement pas que dans les films, passage étroit entre deux immeubles aux façades presque aveugles, trouées çà et là par des entrées de service. Une odeur âcre et persistante de vieilles ordures, cartons mouillés, urine et humidité prenait à la gorge.

Un camion de livraison pas très récent lui cachait la vue, mais en s'avançant un peu, restant prudemment masqué par le véhicule, il aperçut les dos de quatre hommes qui faisaient cercle autour d'une autre personne, qu'il ne pouvait distinguer. L'un d'entre eux était celui qui l'avait insulté deux ou trois semaines auparavant, il le reconnaissait à sa veste gris pâle de jogging et à son profil hargneux. Il s'avança et bouscula ce faisant un de ses compères qui masquait la vue de Simon. Ses yeux s'écarquillèrent : les jeunes n'entouraient pas une, mais deux personnes, et il s'agissait à nouveau de la toute jeune fille et son petit frère handicapé, les mêmes que la dernière fois.

Elle essayait de défendre son cadet, devenu depuis quelques semaines déjà le souffre-douleur attitré de cette petite bande, mais l'un d'entre eux la maîtrisa facilement, bloquant ses épaules d'un bras, et lui couvrant la bouche d'une main épaisse, pour étouffer ses hurlements, la maintenant serrée contre lui. Le jeune garçon gémissait de peur et de douleur, si choqué qu'il était incapable de pousser de vrais cris. Armés de cutters, ils s'étaient amusés à lui lacérer ses vêtements, et le sang perlait là où la lame avait appuyé sans pitié. Eux riaient, se délectant de leur pouvoir et des larmes qu'ils faisaient couler chez leurs victimes. Leur meneur était de taille moyenne et sec. Ses yeux profondément enfoncés dans leurs orbites lui donnaient naturellement un air mauvais, qu'il ne faisait rien pour adoucir. Il fixait la jeune fille, le corps tremblant d'anticipation malsaine. Ça faisait un moment déjà qu'il l'avait repérée, elle et son frère handicapé. Elle ne l'avait jamais vu, elle aurait du mal à oublier son visage maintenant.

À côté de lui, un garçon plus jeune redoublait d'insultes à l'égard du pauvre enfant. Cette violence l'excitait, et il sautillait presque sur place, jubilant de le voir à terre, encourageant les autres à en faire encore plus :

— Espèce de petit enfoiré, j't'avais dit ce qui se passerait si tu venais encore traîner ici, je t'avais bien dit que tu t'ferais défoncer la gueule.

— Mais on habite ju-ju-jusste derrière. Vous le savez. On voulait pas vous dé-dé-déranger.

Le pauvre petit s'étranglait dans ses sanglots. Ses

jambes ne le portaient plus, et si on ne lui avait pas maintenu un bras, il se serait roulé en boule en se cachant le visage pour ne plus voir, ne plus entendre, ne plus être là.

— Espèce de lâche, sale drogué, fous-nous la paix !

L'espace d'un instant, la jeune fille avait réussi à libérer sa bouche de la main qui la bâillonnait.

— Tiens, la petite Jessy se rebelle. Tu penses vraiment que c'est une bonne idée de m'insulter.

Il s'approcha d'elle et sa main caressa lentement la joue de Jessy et descendit jusqu'à son ventre, en profitant pour la peloter sans douceur au passage.

— On va te baiser comme ta salope de mère a été baisée par tout le quartier. C'est tout ce que tu demandes. Tu vas aimer ça, dit-il sur un ton nerveux.

— Vire lui son jean, maintenant, ça va être à son tour de nous distraire... indiqua-t-il au grand qui la retenait.

Celui-ci la regarda tout en se léchant vicieusement les lèvres :

— Mhhh, c'est ton jour de chance.

Elle profita de ce qu'il enlevait sa main pour lui

cracher au visage, mais ses yeux pleuraient déjà et elle ne pouvait plus rien dire. C'était comme un long cri d'effroi silencieux qui résonnait dans la tête de Simon.

Il ne chercha même pas à raisonner, il n'eut même pas à faire taire ses principes de prudence habituels. La violence insoutenable de cette scène aurait pu faire céder tous ses barrages, même sans alcool. Il commença à contourner le camion. Il apercevait à travers la vitre le grand en train de faire descendre le jean de Jessy le long de ses longues jambes. Son petit frère était maintenant complètement allongé par terre, un des voyous avait un genou sur son dos et le maintenait ainsi au sol, bien qu'il ne cherchât même pas à se débattre. Une entaille au bord de son cuir chevelu saignait, et ses larmes coulaient sans discontinuer sur son visage, creusant des rigoles plus claires dans le sang qui le recouvrait en partie. Sa sœur était devant lui.

— Tu vas assister au spectacle, mec, donc tu as intérêt à en profiter ! Si je te vois fermer les yeux ou détourner la tête, crois-moi, je te casse en deux, je te déchire les lèvres et je te plante ma lame dans le bide.

Ce fut le moment exact où Simon sentit que son vieux démon avait repris le contrôle. Sans un bruit, il se mit à marcher vers eux. Ils ne le virent pas arriver, trop occupés par leur affreux divertissement pour entendre la foulée rapide des baskets en toile de Simon. Il s'avança, les dents serrées, les muscles bandés. Comme toutes ces centaines de fois où il l'avait fait, à l'exercice. Quand il devenait une bête. Il se souvenait des cris qui l'entouraient quand il se battait. « Tyler, Tyler, **TYLER**. » Son corps était tendu, mais son esprit vide, c'était inexorable, il ne pouvait plus rien arrêter.

Ils ne le remarquèrent que lorsqu'il fut presque arrivé à leur niveau et que son ombre se découpa au milieu d'eux.

— Mais t'es qui, connard, dégage ou on te défonce, allez, CASSE-TOI ! hurla le chef de la bande, la voix tordue par la haine et le désir sexuel qui montait.

Le visage de Simon était un masque, ses yeux une fente noire. Sans même ralentir sa marche, il décocha dans la foulée un violent coup de coude dans le nez du plus jeune qui n'eut même pas le temps de pousser un soupir et s'écroula, le sang s'échappant de ses narines. Dans le prolongement de son geste, il s'empara de la gorge de celui qui maintenait le jeune garçon au sol, lui enfonçant profondément les doigts dans le larynx. L'autre s'efforça péniblement de se défendre en s'agrippant à la main qui lui broyait le cou. Simon brisa sec un des doigts qui s'accrochait. Le type hurla et commença à essayer de manière frénétique de se détacher de son étreinte. Mais l'effet de surprise qui avait paralysé tout le monde était passé. Simon sentit plus qu'il ne vit le grand se jeter dans sa direction, couteau à la main. Il devina la lame qui s'approchait de son épaule et, dans un mouvement de volte-face, le para en levant brusquement son bras gauche qui vint frapper le poignet de son agresseur. La voie libre, il donna un coup violent au voyou dont l'arcade sourcilière explosa sous l'impact. Cela lui ménagea quelques secondes de répit qui lui permirent d'accentuer encore la pression sur la gorge de celui qu'il maintenait, et de l'entraîner vers le mur où il lui racla le visage contre la pierre granuleuse. La douleur devait être affreuse, mais il ne le laissa même pas sombrer en paix dans l'inconscience et lui décocha un coup violent du talon, en plein milieu du dos. Il pivota pour faire face à son assaillant qui revenait à la charge. Après avoir essuyé du revers de la main le sang qui coulait abondamment de son front et l'obligeait à fermer l'œil, celui-ci s'élançait, le couteau toujours au bout du bras, mais plus prudent. Après quelques tentatives ratées pour atteindre Simon, il eut la mauvaise idée de faire confiance à son arme et sa stature, et se jeta sur lui. Simon avait anticipé le mouvement, il parvint à l'éviter, attrapant au passage son bras armé et le lui tordant jusqu'à ce qu'il lâche sa lame. Un corps à corps s'engagea, et il ne put se protéger des premiers coups de poing, mais il ne broncha pas. Il surprit le regard de son assaillant vers le couteau tombé sur le sol, près de leurs pieds, et profita de ce bref moment d'inattention pour le bousculer d'un coup d'épaule et lui enfoncer son poing dans le sternum, alors qu'il avait baissé la garde pour garder son équilibre. L'homme se plia en deux, bouche ouverte. Simon le saisit par une oreille et la lui arracha partiellement dans le geste qu'il fit pour lui démettre la mâchoire en lui assenant un coup violent de l'intérieur du poignet. Il s'écroula, et Simon lui donna avec rage un coup de pied vicieux dans les côtes, qui dut en fêler ou briser quelques-unes.

Jessy avait profité du moment où son tortionnaire l'avait laissée tomber sur le sol pour réajuster son jean et ramper jusqu'à son frère, qu'elle tenait serré contre elle, les mains sur ses oreilles pour qu'il n'entende pas les cris.

Simon resta un instant immobile, un lent sourire sur les lèvres. Il aimait ça, et ça se voyait. Ce déchaînement, c'était bien plus que pour venger des innocents, c'était l'instinct brutal d'un homme violent, qui ne cherchait plus à se maîtriser.

Seul, le leader de la bande était encore debout. Il essaya de parer le premier coup, mais il avait déjà compris que la lutte était perdue d'avance. Simon lui saisit le bras et, en une prise rapide, le lui tordit dans le dos jusqu'à ce qu'il entende le claquement de l'os qui sortait de l'articulation, aussitôt couvert par le hurlement de douleur de son propriétaire. Il le releva par le col, d'un coup de poing lui explosa le menton, puis lui saisissant le visage à pleine main l'écrasa sur son genou. Il le laissa retomber en arrière, et se tournant, il chercha du regard le couteau tombé sur le sol un instant plus tôt. Un voile rouge était descendu sur son cerveau, il ne contrôlait plus rien. S'en emparant, il lacéra l'entrejambe de l'homme inerte dont le corps tout entier se tordit en recevant cette douleur atroce.

Soudain il repéra un mouvement derrière son dos : le plus jeune qu'il avait assommé au début avait repris connaissance et cherchait à s'écarter en rampant. En voyant Simon se retourner, il resta pétrifié, encore sonné, et terrifié devant cet homme recouvert de sang qui se dressait au milieu des corps allongés. Tel un fauve, Simon s'approcha de lui sans le quitter du regard.

—Je n'y suis pour rien, je ne leur ai rien fait, laissez-moi tranquille, je vous en supplie.

Simon lui décocha un coup de pied dans le ventre. Puis comme au souvenir de son acharnement sur l'handicapé, il visa les jambes, et d'un coup de talon, lui brisa le tibia. Puis il s'attaqua à ses hanches, avec l'envie de les réduire en miettes, qu'il ne puisse plus jamais marcher lui aussi, qu'il souffre, qu'il souffre, qu'il SOUFFRE.

Il perçut soudain une voix apeurée.

— Arrêtez monsieur s'il vous plaît, ARRÊTEZ, criait la jeune fille en pleurant.

Elle avait dû le répéter une bonne douzaine de fois avant que Simon ne reprit le contrôle de ses gestes, et recule d'un pas en titubant.

— Arrêtez, répéta-t-elle encore une fois, dans un murmure.

Il la regarda. Elle faisait un rempart de son corps à son frère, et le fixait, complètement choquée par tout ce qui venait de se dérouler. Ils s'étaient réfugiés contre le camion de livraison, près de la sortie de l'impasse. Il passa la main dans ses cheveux, prenant soudain conscience du spectacle qu'il leur avait infligé. Jessy sentit qu'elle n'avait plus rien à craindre de lui, mais était incapable de lui dire quoi que ce soit.

Simon avait du sang sur sa chemise et ses mains, le regard encore un peu fou. Derrière lui gisaient les quatre corps quasi immobiles, et on entendait seulement le râle qui s'échappait des lèvres du dernier. Sans répondre, il regarda pendant quelques secondes Jessy et son jeune frère. Ce dernier s'était relevé et tenait la main de sa sœur, le visage encore embué de larmes qu'il ne cherchait pas à essuyer.

Dans l'autre main, il tenait une paire de lunettes brisées.

D'une voix rauque, il demanda, tout en restant à distance :

— Vous allez réussir à rentrer chez vous ? Tu as de quoi le soigner ? dit-il en désignant d'un geste vague les coupures et écorchures qui parsemaient le corps et le visage du jeune garçon.

Elle hocha la tête lentement, les yeux pleins de larmes.

— Il ne faudra pas que tu dises que j'étais là, ajouta maladroitement Simon, tout en rasant le mur opposé de l'impasse pour se diriger vers la sortie. Elle hocha une nouvelle fois la tête.

— Faites attention à vous, dit-il hâtivement avant de tourner les talons et de s'enfuir d'un pas de plus en plus rapide. Il se retourna juste avant de sortir de l'impasse et vit la jeune fille qui commençait à son tour à partir en maintenant son frère sous les épaules.

Sans plus s'attarder, il se mit à courir à petites foulées, accélérant progressivement son allure, et c'est en trombe qu'il arriva à son immeuble. Les quelques personnes croisées sur son passage s'étaient écartées sans vraiment le regarder ni prendre conscience de son apparence sanglante.

Atteignant enfin son appartement, il ferma la porte à double tour. Il avait le souffle court. Sans allumer les lumières, il alla jusqu'à sa fenêtre pour inspecter la rue. Il y avait seulement un passant qui s'éloignait, et il finit par laisser retomber le rideau. Il entra dans sa salle de bain et se regarda. Il avait une entaille à l'épaule droite, mais elle semblait bénigne et ne saignait plus. En revanche, un vilain cocard commençait déjà à noircir le contour de son œil et le haut de sa pommette, et il avait du sang partout. Il se déshabilla entièrement, entassant dans son lavabo les vêtements souillés, et alluma en grand le robinet d'eau froide pour que le sang soit entraîné par le jet.

Puis il entra sous la douche et laissa l'eau brûlante frapper son dos, sans bouger. Il ne sait combien de temps il resta ainsi, encore hébété de ce qui venait de se passer. Peu à peu, les derniers relents de la crise de violence qui s'était emparée de lui s'estompèrent, le laissant vide. Des voix résonnaient dans sa tête. Les souvenirs affluèrent...

Chapitre 7

Le jet brûlant de la douche continuait à jaillir, rebondissant sur son dos avec un effet anesthésique.

Il ne savait pas depuis combien de temps il était sous l'eau qui avait fini par emporter tout le sang et s'écoulait maintenant transparente. Étonnamment, il était redevenu très calme. Son corps apaisé restait là, immobile. Toute violence l'avait quitté, et il ressentait juste l'inquiétude d'avoir pris le risque de compromettre sa vie actuelle. Pas de remords devant cette explosion de rage. Son cerveau étudiait soigneusement les différents moyens qui pourraient permettre de remonter jusqu'à lui. Il ne fallait surtout pas qu'Alice le sache. Il lui avait promis de ne plus jamais frapper quelqu'un. Évidemment, elle n'avait probablement pas envisagé le scénario d'un handicapé qu'on attaquait au cutter ni d'une jeune fille de seize ans qui allait se faire violer. Mais il est vrai qu'il aurait pu se contenter de les effrayer, de leur donner une bonne leçon, ou juste d'appeler la police pour qu'ils fassent à sa place le sale boulot.

Il aurait pu.

Il ferma les yeux et, dans sa tête, résonnèrent encore les cris des hommes qu'il venait d'attaquer. De ce vacarme émergeait peu à peu le son grave et puissant de « Tyler Tyler Tyler » d'une foule invisible, scandant son nom en chœur.

Ce surnom datait du pensionnat.

Il se souvint. Tout avait commencé quand il avait 14 ans. Son père était venu le chercher — ce qui était assez exceptionnel — à son cours d'athlétisme et lui avait acheté la fameuse montre sportive connectée dont il rêvait. Ils marchaient dans la rue, Simon parlait comme il ne l'avait que rarement fait, submergé par la joie d'avoir la montre et l'attention de son père. Peut-être même que cet instant, s'il n'avait pas été humilié, aurait pu être le déclencheur d'une vie totalement différente. Une vie où sa carapace aurait disparu, où il serait devenu un garçon normal. Ou presque normal en tout cas. Il se souvenait encore de ce sentiment de bonheur que les enfants peuvent ressentir, ce sentiment de plénitude joyeuse. Et ils avaient croisé dans la rue londonienne de Hampstead une bande de trois types pas beaucoup plus vieux que lui. Ils l'avaient regardé et l'avaient insulté copieusement devant son père :

— Sale bougnoule ! Retourne dans ton pays de voleurs !

Et son père n'avait rien dit. Il s'était détourné et lui avait agrippé le coude pour partir, la tête basse.

Simon avait cru que sa tête allait exploser tant le rouge de la honte lui était monté aux joues. Il aimait son père et s'était senti humilié comme jamais il ne l'avait été. Humilié d'être insulté devant lui, mais surtout humilié d'être le témoin de sa lâcheté. Pour lui, si on aimait quelqu'un, on se devait de le défendre. Cette absence totale de réaction avait été comme un mauvais électrochoc. C'était sans doute après cela que sa relation avec son père s'était vraiment détériorée. Il lui avait dénié toute admiration, l'avait fait chuter de son piédestal, et il avait fallu des années et des années pour qu'il mette de côté l'énorme déception qu'il avait ressentie, et recommence, en tant qu'adulte, à avoir quelque considération pour lui. Il haïssait les lâches, presque autant que les racistes.

Simon avait ruminé sa colère. Il ne pouvait pas rester sans rien faire, quelque chose s'était brisé en lui, il lui fallait agir. Il avait volé un coup de poing américain dans un magasin de surplus de l'armée. Deux jours après, il avait retrouvé les trois types dans une ruelle et leur avait foncé dessus, le visage crispé. L'un d'entre eux était parti en courant, effrayé. Mais il avait martelé les deux restants à coups de poings, brisant notamment l'arcade sourcilière de l'un et réduisant en bouillie, d'un coup vicieux bien qu'à l'aveugle, les lèvres de l'autre. Les familles des deux garçons avaient porté plainte, mais l'affaire avait été étouffée grâce aux relations de son père qui connaissait bien le maire, ses enfants ayant fait partie de ses étudiants. Une condition avait été posée : que Simon parte du quartier pour se faire oublier. Sinon il risquait la prison pour mineurs vu la violence des coups et l'absence supposée de mobile. Ni Simon, ni son père n'évoquèrent jamais le fait que c'était les mêmes garçons qui l'avaient insulté quelques jours auparavant.

Ses parents l'envoyèrent alors dans un pensionnat du Sud de la France dont le directeur était un ami de jeunesse de Madame d'Almat, et qui accepta de fermer les yeux sur l'intégration en cours d'année d'un élève dont il ne savait rien.

Les adieux avec sa famille furent brefs et peu chaleureux. Ses frères et sœurs ne comprenaient pas pourquoi leur frère avait sans raison failli « tuer » deux jeunes garçons voisins avec une arme blanche. À l'école, c'était le grand sujet de conversation et les théories les plus folles couraient. Eux étaient mal à l'aise : ils se seraient bien passés de cette notoriété sanglante et n'avaient rien à répondre à toutes les questions qu'on leur posait. Ils rougissaient quand certains de leurs camarades, se croyant drôles, mimaient l'effroi en les voyant arriver, faisant mine de se protéger le visage.

Seule sa mère l'accompagna en avion au pensionnat : le Château de Peynier. Elle repartit rapidement.

C'était un château du XVIème siècle aux pierres claires. Des tours à l'arrondi parfait encadraient les façades aux volets verts, coiffées de tuiles formant des cônes presque plats. Un grand jardin s'étendait tout autour, fermé par de hauts murs. Le château se trouvait au milieu d'un petit village tranquille, dont il constituait l'animation principale. Une partie des élèves venait des environs, mais il n'était pas le seul à arriver d'un pays étranger. Presque tous étaient internes.

Arrivant en milieu d'année, Simon se sentit très seul. Il avait perdu d'un seul coup tout son univers familier. Il n'avait aucun regret de son acte, par contre il en voulait à tous : principalement à son père, mais aussi au reste de sa famille, et à tous ceux qui s'étaient mêlés de cette histoire, les institutions, l'école... La révolte couvait en lui.

Au début, il n'eut pas d'amis. Les professeurs étaient bienveillants, mais il restait sur ses gardes. Sa mère l'appelait deux fois par mois, mais cela lui semblait pure convenance. Plus d'un an s'écoula dans une grisaille et une rancœur que même le soleil d'Aix-en-Provence ne pouvait désarmer. Il travaillait assidûment et faisait beaucoup de sport, cela le calmait. Mais il ne connaissait plus le goût de la joie. Les autres internes n'avaient jamais particulièrement fait d'efforts pour l'intégrer, et, par son comportement, il s'était exclu des groupes constitués de l'école : il était encore dans l'âge ingrat, il s'habillait mal, n'avait pas d'argent et était taciturne. Il faisait même parfois un peu peur. Pendant les vacances, il retournait dans sa famille, mais ce n'était plus comme avant. Le souvenir de son éclat de violence s'était peu à peu estompé, mais son éloignement le tenait à l'écart de leur vie et il se sentait comme un étranger. Quand il rentrait, il passait beaucoup de temps seul dans sa petite chambre du second. Il lisait et restait allongé sur son lit, espérant que tout changerait, caressant des rêves confus de gloire et de revanche. Il avait fini par se sentir presque intimidé par les gens de sa propre famille, et les évitait au maximum sauf aux heures sacrées des repas, où il ne se mêlait à la conversation que lorsqu'il y était forcé, et alors du bout des lèvres. Il se souvenait d'être parfois resté de longs moments immobile devant sa porte entrouverte à guetter les bruits de la maison, avant de s'aventurer pour aller chercher un verre d'eau ou passer aux toilettes, afin d'être sûr de ne croiser personne.

C'est pour ça qu'il ne réclamait pas de quitter la pension : il n'y était pas particulièrement heureux, mais au moins, il se sentait libéré de cette atmosphère pesante.

Puis, environ un an et demi après son arrivée, il se lia d'amitié avec deux cousins turcs qui venaient d'intégrer l'école. L'un d'entre eux avait perdu ses parents quand il était enfant, il avait été adopté par son oncle, et celui-ci avait décidé de leur donner une éducation française. Ils avaient un an d'écart, mais étaient au même niveau scolaire, et inséparables. Un jour, lors d'une récréation du soir, Simon fut pris à partie par une bande de petits bourgeois marseillais. Ce n'était pas grand-chose, juste un commentaire désobligeant sur son style ou quelque chose de ce genre. Mais il sentit la colère monter. Les deux cousins étaient à proximité. Quand ils virent Simon s'approcher du groupe, seul, ils se levèrent et vinrent se mettre à côté de lui. La bagarre fut vite réglée, quelques coups de poing et claques, et deux ou trois coups de pied bien placés suffirent pour que la trêve soit demandée.

Légèrement essoufflés, ils se retrouvèrent tous les trois à rire avec orgueil de leur victoire facile. Les deux cousins le contemplèrent avec approbation. Rien que la couleur de leur peau leur créait un point commun. Par la suite, ils l'avaient surnommé « Tyler », en l'honneur du film Fight Club, étonnés par cette soudaine attaque quasi schizophrénique, contrastant avec son calme habituel.

Au fil du temps, Simon se rapprocha beaucoup de ses deux nouveaux amis. Orhan, le plus vieux, avait 17 ans. C'était un garçon vif et fin, séducteur et très orgueilleux. Son cousin Yalim était en apparence plus posé, mais le suivait dans tous ses délires. Les deux cousins avaient dû très jeunes apprendre à se débrouiller, car même si leur père était issu d'une bonne famille, il avait fait de la prison pour des raisons politiques. C'est principalement par peur des retombées possibles sur les deux enfants qu'il les avait alors envoyés en France. D'abord à Marseille, mais ils n'étaient pas restés dans cette première école. À la rentrée suivante, ils étaient arrivés au pensionnat que leur père avait lui-même fréquenté jadis. Leur mère était repartie dans sa famille lors du procès de son mari, et avait coupé tous liens avec eux. Sans qu'ils en parlent, Simon retrouvait en eux cette même blessure de l'abandon.

Avec étonnement, il prit conscience que ses amis, alors qu'ils recevaient encore moins d'argent que lui, avaient toujours les poches pleines et les derniers vêtements ou gadgets à la mode. Plusieurs mois lui furent nécessaires pour comprendre qu'ils avaient commencé à Marseille à mettre en place quelques trafics pour se faire de l'argent de poche. Ce qui avait d'ailleurs été une des raisons de leur renvoi. Fasciné et vaguement jaloux de tous ces billets de banque, Simon avait tout fait pour pouvoir participer à leurs combines. D'abord méfiants, les cousins l'avaient finalement associé à des coups faciles, testant sa résistance au stress et sa loyauté. Simon s'enivrait des décharges d'adrénaline que ça lui procurait. En outre, après avoir vécu pendant un long moment dans la solitude, il se grisait de faire partie d'une équipe. Peu à peu, ils s'entraînèrent mutuellement dans une escalade de délits. Ce qui avait commencé comme un peu de contrebande de cigarettes dégénéra en vol à l'étalage organisé. Simon avait 16 ans et demi, et il se mit même à sécher les cours.

Il passait maintenant tous ses week-ends à Marseille. Au fil des larcins, il rencontra d'autres garçons, des Turcs surtout, mais aussi quelques Français et Maghrébins qui le considéraient souvent comme l'un des leurs. Leur spécialité était le vol dans les entrepôts. Ils avaient les mêmes receleurs qu'eux, mais opéraient à plus grande échelle. Ils avaient entre 18 et 30 ans, et peu à peu ils les intégrèrent à leur bande. Ils leur rendaient de menus services, et ils se retrouvaient souvent à traîner ensemble l'après-midi.

Simon passa malgré tout en terminale. Il n'avait pas vu sa famille depuis six mois, sa mère ne faisait même plus l'effort de l'appeler, découragée. Parfois il recevait un message d'un de ses frères ou sœurs, surtout de Gabriel, le petit dernier, qui n'avait jamais compris qu'il soit parti et qui l'admirait comme un enfant peut admirer son grand frère. Et de sa grande sœur. Les deux qu'il aimait d'ailleurs le mieux, et qui lui manquaient parfois. Le bac approchait. Il était toujours passionné par les matières scientifiques où il se maintenait en tête de classe sans effort, mais le reste était vraiment catastrophique, car il ne faisait même plus le strict minimum. Avec Orhan et Yalim, ils s'enhardissaient à commettre des vols de plus en plus importants, jusqu'au jour où les deux cousins le prirent à part. Depuis quelque temps, ils avaient envie de voir plus grand, de frapper plus fort. Ils avaient réussi à obtenir un rendez-vous avec quelqu'un de décisif, qui pouvait les aider. Simon pouvait venir, à la condition expresse qu'il promette de ne pas intervenir.

Sur le chemin vers le lieu de rendez-vous, les deux cousins avouèrent à Simon qu'ils collaboraient avec un trafiquant de drogue depuis plusieurs mois, mais qu'ils ne lui avaient rien dit, car ils avaient besoin de le tester pour savoir s'il était vraiment digne de confiance.

En effet, trois semaines auparavant, Simon avait été arrêté bêtement avec Orhan par la FIMAC près d'un entrepôt de matériel informatique qu'ils s'apprêtaient à cambrioler. Ils le méritaient, ils avaient été imprudents. Grisés par leurs constants succès impunis, ils n'avaient pas respecté les règles de sécurité de base. Ils avaient été conduits au poste et gardés pendant vingt-quatre heures en garde-vue dans des cellules séparées.

Dans cette prison, Simon avait été maltraité, mais n'avait rien dit. Les flics avaient tout essayé, notamment lui faire croire qu'Orhan avait tout avoué et le chargeait. Depuis les dernières lois sécuritaires, l'avocat n'était plus obligatoire pendant les vingt-quatre premières heures et la FIMAC profitait avec beaucoup d'imagination de ce laps de temps qui leur était accordé. En effet, suite aux grandes émeutes des banlieues dans les années 20, le gouvernement avait mis en place des escadrons de militaires spécialisés, souvent encadrés par des sous-officiers de la Légion, qui avaient comme mission de ramener l'ordre et bénéficiaient à cet égard de beaucoup plus de pouvoirs que la police nationale : ils avaient par exemple obtenu le droit de faire feu face à tout suspect armé, l'autorisation d'abattre un individu fiché dangereux s'il refusait d'obtempérer, le droit à la mise en scène pour tenter et pousser un délinquant à la faute, et de procéder à de l'emprisonnement préventif. Sans que cela soit officiel, il était murmuré qu'ils jouissaient d'une impunité quasi totale sur le terrain, et qu'ils ne rechignaient pas à utiliser la torture s'ils jugeaient que c'était nécessaire. La FIMAC — Force d'Intervention Militaire Anti-Criminalité — suscitait donc beaucoup de polémiques, mais était devenue la première force de sécurité du pays. Les différents gouvernements louaient son efficacité malgré les images des bavures qui s'étalaient régulièrement sur les réseaux sociaux.

Simon était resté muet. Les dents serrées, il fixait un point au loin et attendait.

Orhan avait reçu le même traitement. Il n'avait rien dit non plus. La police avait finalement dû les relâcher, car bien que les sachant coupables, ils n'avaient aucune preuve suffisante. Ils auraient dû patienter jusqu'à ce qu'ils pénètrent le bâtiment ; là il n'y avait aucune infraction constatée.

— Tu es vraiment un des nôtres, répéta Yalim.

Les cousins expliquèrent qu'ils arrivaient à écouler beaucoup d'ecstasy grâce à des distributeurs dans les beaux quartiers. En revanche, avec la cocaïne, ils avaient eu beaucoup de plaintes, car la qualité était très inégale. Plusieurs clients avaient présenté rougeurs, allergies et même une fois une brève paralysie respiratoire. Selon eux, la coke était coupée avec des produits toxiques, et c'était très mauvais pour le business. Leur réputation était en jeu.

Les cousins se fournissaient chez un type plus âgé, Ben, qui n'était lui-même qu'un intermédiaire et les avait envoyés balader quand ils s'étaient plaints. Mécontents, ils avaient contacté un Turc de leur réseau, qui trafiquait lui dans les voitures, afin de trouver un autre distributeur en lui expliquant la situation. C'était, semblait-il, un vieux roublard, mais il avait connu jadis le père de Yalim et il avait accepté de les aider. Plusieurs semaines s'étaient écoulées quand un rendez-vous leur avait été proposé avec « le Vieux ». Ils ne savaient rien sur lui, mais vu la manière dont leur contact leur avait parlé de cette opportunité, il ne devait pas s'agir d'un vulgaire dealer de quartier.

Ils arrivèrent devant un immeuble qui était plutôt de bonne facture. Un grand type était posté dans le hall, un large tatouage dépassant de son t-shirt et recouvrant sa nuque. Il les dévisagea en leur demandant ce qu'ils voulaient.

— On a rendez-vous avec le Vieux, dit Orhan. Il s'approcha d'eux sans se presser ni dire un mot et les fouilla avec des gestes d'habitué.

— C'est au dernier étage fut son seul commentaire, pendant qu'il se rasseyait dans un fauteuil de plastique blanc près de la courette.

Un ascenseur les conduisit bruyamment jusqu'en haut de l'immeuble. La porte d'un appartement était entrouverte, et ils se retrouvèrent dans une grande pièce au mobilier design. On sentait que les travaux finis, un architecte d'intérieur était venu, qu'il avait reproduit ce qu'on pourrait voir dans des magazines, et que depuis les locataires ne s'étaient pas donnés la peine de déplacer un seul bibelot. Le Vieux apparut.

C'était un type à l'âge incertain. Ses cheveux mi-longs étaient d'un noir bleuté auquel se mêlaient quelques fils blancs. Ses yeux d'un bleu glacier accentuaient le magnétisme qui se dégageait de son visage dur où quelques rides profondes se confondaient avec de vieilles cicatrices. Maigre, de taille moyenne, il était revêtu d'un pantalon noir et d'une large chemise en jean.

Sans prendre le temps de les saluer, il se mit à aboyer :

— Alors on n'est pas content de ce qu'on vous fournit ? Pour qui vous vous prenez de critiquer ma came, bande de petits enculés ?... Je voulais voir le visage de ces petits merdeux qui pensent qu'il existe un service après-vente dans ce putain de business ! reprit-il.

Il ne s'agissait pas seulement de les intimider, c'était une véritable crise de rage, les insultes montaient en puissance, et les trois jeunes garçons restaient là, muets. Ils comprenaient que Ben devait être un des dealers du Vieux, et qu'il n'avait pas apprécié la critique sur la marchandise qu'il produisait lui-même.

— Vous croyiez pouvoir crier sur tous les toits que je vends de la merde, et vous en tirer comme ça ! Je vais vous apprendre qui je suis, espèces de petits connards de dealers de merde, continuait-il, la mâchoire serrée.

Mais Simon se décida à profiter d'un bref moment de pause, et, tâchant de prendre une voix assurée malgré les tremblements de peur qui semblaient devoir la faire chevroter, se lança :

— J'imagine que vous coupez la cocaïne avec de la phénacétine, et que pour augmenter les effets psychoactifs, vous utilisez un alcaloïde puissant comme l'atropine…

L'effet de surprise fut total. Les deux cousins le regardèrent avec des yeux ronds, ils ne se doutaient pas une seconde que Simon puisse connaître quoi que ce soit sur la drogue, alors qu'ils lui en avaient parlé à peine quinze minutes plus tôt.

Le Vieux se figea également, et son regard s'attarda sur Simon qu'il sembla découvrir.

Simon, légèrement encouragé par le silence qui s'était créé et l'attention dont il disposait, continua :

— Chez certains consommateurs qui sont déjà accros, ça fonctionne bien, mais chez d'autres, ça a des effets indésirables à cause de la présence de la belladone et vous perdez des clients. La vraie problématique de la cocaïne est de la produire, sinon y aurait pas de raison de la couper pour en augmenter le volume. Mais la production....

— Si tu me parles de synthèse, c'est pas possible gamin, l'interrompit le Vieux d'une voix plus calme.

— Oui, synthétiser c'est une solution, mais trop compliquée, et oui ça coûte aussi trop cher. Mais, s'il y avait une piste à approfondir, ça serait la reproduction des cellules souches de l'hydrochlorate de cocaïne par clonage. Ensuite il suffirait d'utiliser du bicarbonate de sodium pour l'extraire et augmenter son PH comme on le souhaite. Les travaux des scientifiques Johnson et Pauler montrent combien le clonage végétal est devenu quelque chose de facile à industrialiser avec les progrès des centri-moléculaires....

Il y eut un grand silence. Les cousins ne respiraient plus, totalement dépassés par les événements et ne comprenant rien à ce charabia.

— Que voulez-vous boire ? Et asseyez-vous putain, c'est pas l'armée ici... Enfin si, mais dans un autre genre, rajouta-t-il en riant de toutes ses dents légèrement jaunies.

À la suite de cette première rencontre, Simon fut rappelé par leur hôte, et bientôt il prit l'habitude de venir passer tous ses week-ends dans ce grand appartement pour creuser avec le Vieux la piste qu'il avait énoncée.

Face à la fureur du Vieux, il avait un instant cru qu'ils ne s'en sortiraient pas vivants, ou du moins entiers. Par chance et par pur hasard, il avait lu un article sur les cellules souches dans une des revues distribuées près de sa station de métro quelques semaines auparavant. Et ce même jour, comme il s'ennuyait, il avait regardé sur son ordinateur des articles sur les gros trafiquants marseillais et sur la drogue, ce qui l'avait amené, par un de ces chemins dont Internet a le secret, à lire avec intérêt toute une série d'écrits sur les psychotropes. Il en avait tiré quelques réflexions, faisant le lien entre les deux thèmes sans l'approfondir. Quelle chance ! Surtout pour quelqu'un qui comme lui n'avait jamais touché à la cocaïne. Il aurait pu avouer qu'il n'en avait même jamais vu. À ce niveau, il se rattrapa très vite. Le Vieux disposait d'un laboratoire dans un autre immeuble du quartier, et il passa bientôt de longues heures entouré de poudre blanche, au sein de l'équipe réduite qui s'occupait de la fabrication.

Il se sentait fier de côtoyer cet homme à l'intelligence supérieure. Et il n'était pas mécontent de montrer à Orhan et Senak qu'ils avaient été bien avisés de l'emmener avec eux, ce jour-là.

Il venait donc tous les week-ends. Sa bande continuait à s'occuper de la distribution, mais en s'approvisionnant désormais directement à la source, et ils récupéraient un petit pourcentage donné par le Vieux. Ce qui représentait déjà beaucoup d'argent.

Une fois son bac en poche, obtenu sans grand succès et uniquement grâce aux matières scientifiques et au sport, Simon prit un appartement à Marseille. Pour que ses parents le laissent en paix, il justifia cela par une inscription à l'Université, en licence de Physique-Chimie.

Il n'y allait que très peu et passait le plus clair de son temps avec le Vieux. Le procédé était long à perfectionner, mais ils y arrivaient de mieux en mieux. La qualité de la drogue s'était déjà sensiblement améliorée, et de plus en plus de dealers cherchaient à travailler avec eux. En parallèle de cette notoriété grandissante, tout était mis en œuvre pour que leur anonymat soit protégé et que personne ne puisse remonter jusqu'à eux. La bande de Simon ne vendait d'ailleurs plus rien en direct, c'était devenu trop dangereux. Chacun avait maintenant un rôle bien défini, articulé autour du Vieux.

Le système qu'ils avaient fini par mettre en place leur permettait de ne plus avoir aucun contact direct avec les distributeurs, tout en gérant approvisionnement et paiement. Quand ils savaient qu'un dealer voulait leurs produits, l'un d'entre eux le contactait en lui envoyant un faux spam par email, lui donnant de manière cryptée les informations requises. La mesure était immuable : ils vendaient par kilos. Le prix était fixé, le processus expliqué.

Le Vieux passait par un associé que Simon n'avait jamais vu et qui avait mis au point une procédure simple et redoutable. Il utilisait une des places de marché en ligne, phénomène qui s'était fortement développé avec l'explosion des bitcoins et les autres monnaies concurrentes. C'était devenu un jeu d'enfant de créer une société offshore comme de s'inventer une nouvelle identité virtuelle. Une fois la société créée, il suffisait de se rendre sur cette place de marché et d'organiser une levée de fonds. La fausse entreprise émettait des actions au prix qu'elle souhaitait. On comptait plus de deux cent mille entrées en Bourse sur ce site par jour donc il était quasi impossible de tomber dans les filets d'un régulateur étatique. Dans cette effervescence financière, personne ne remarquait donc que les acheteurs des actions de la société en question n'achetaient que du vent, enfin de la poudre. L'associé donnait ensuite au Vieux les noms de codes des distributeurs et le nombre de kilos qu'ils avaient acheté.

— L'avantage, c'est que tu peux décréter que ta société vaut un million et personne ne pourra jamais vérifier, disait le Vieux.

Une fois que le distributeur avait acheté les titres virtuels, il recevait environ vingt-quatre heures plus tard les coordonnées GPS précises de la marchandise, la poudre ayant été enterrée dans une zone forestière sauvage à l'extérieur de Marseille. Ainsi, pas d'échange physique, pas de rencontre directe. Juste de la confiance. Ce n'était pas sans risque, mais le système faisait ses preuves, et la police ne les dérangeait pas. Comme ils contactaient eux-mêmes les dealers, ils pouvaient faire le tri et écarter ceux qui semblaient être peu fiables.

Ils formaient une bande très soudée. Ils partageaient le sentiment d'être des élus, plus que des recrues. Mis à part le Vieux, ils étaient tous très jeunes. Les grandes réunions étaient rares, mais un sentiment d'appartenance profond existait entre tous.

D'ailleurs cette solidarité et cette loyauté étaient

nécessaires. Tous étaient au courant des rumeurs effroyables qui couraient sur leur employeur. On racontait que lorsque le Vieux voulait se débarrasser de quelqu'un, il le faisait enlever et lui proposait une partie d'échecs, qu'il nommait « la partie de la rédemption ». À son issue, immanquablement fatale pour l'adversaire, il le faisait exécuter, et pas toujours très proprement. Comme Simon avait pu le sentir lors de leur toute première rencontre, c'était un homme violent, capable d'une grande cruauté. L'ancien dealer des deux jeunes cousins, Ben, en avait fait l'expérience, chuchotait-on. Le Vieux aurait eu des craintes sur sa loyauté. Le fait est qu'il avait un jour disparu, et que plus personne n'avait entendu parler de lui.

Cette nouvelle vie fut comme un rail de cocaïne sans fin dans le cerveau de Simon. Chaque jour, il se sentait plus puissant. À 19 ans, il avait déjà des dizaines de milliers d'euros en liquide dans un coffre glissé sous son lit. En effet, le Vieux les payait toujours en liquide, « une vieille habitude ».

Il sortait souvent le soir avec sa bande. Malgré les injonctions du Vieux de rester discrets dans certains quartiers où ils ne devaient pas attirer l'attention, il leur arrivait, abrutis par de longues journées de boulot, de craquer. Alors ils louaient des voitures de sport qu'ils s'amusaient à pousser jusqu'à l'extrême dans les environs de la ville, jusqu'à la destruction parfois. Ils rencontraient des filles à qui ils offraient pour des milliers d'euros de vêtements dans des boutiques de luxe. Juste pour le plaisir de voir la tête des vendeurs devant ces petits voyous qui sortaient des liasses de billets de leurs poches représentant un salaire mensuel. Et tout simplement parce qu'ils le pouvaient.

Mais les soirées les plus folles se passaient avec le Vieux. Tous les deux mois environ, il allait à Paris emmenant Simon et quelques gars de la bande. Il en profitait pour élargir son réseau, faire quelques rencontres. Son business croissait, et il avait besoin d'écouler au-delà de la région marseillaise. La nouvelle qualité de ses produits en faisait un partenaire de plus en plus recherché.

Après ces rendez-vous auxquels Simon n'était jamais convié, ils sortaient tous dans de beaux restaurants, puis enchaînaient dans des boîtes de nuit ou des clubs de strip-tease. Leur chef devenait alors incontrôlable. Rien n'était assez grand ou assez fou pour lui. Simon ne savait toujours pas d'où il venait, ne connaissait même pas, ne serait-ce que son prénom. Il avait juste deviné un petit accent italien, notamment sous l'effet de l'alcool. Pendant ces soirées, le Vieux partait souvent dans de grands monologues pseudo philosophiques complètement corrompus où la pédophilie devenait un esthétisme, le totalitarisme un divertissement, la décadence une morale. Il vomissait les hommes de droite et adulait les dictatures communistes. Viscéralement athée, seuls les homosexuels recevaient un traitement similaire à celui des prêtres. Ses longs discours obéissaient à des logiques implacables, mais totalement vicieuses et viciées. On ne pouvait que l'écouter.

Souvent, au terme de ces ivresses sauvages, il finissait dans des salons de massages avec de jeunes prostituées asiatiques. C'est à ce moment que Simon partait. Il n'aimait pas ça, se sentant déjà vaguement écœuré d'avoir été le spectateur des errements de cet homme qu'il respectait tant.

Un soir, défoncé, il avait retenu Simon par la veste alors que ce dernier allait rentrer chez lui.

Il avait alors tenu des propos très étranges sur la physique moderne et une force inconnue qu'aucun scientifique n'avait jamais pu expliquer. Ils étaient sortis et marchaient au hasard des rues. La voix pâteuse, il cherchait à lui donner une formule, dont une partie lui échappait. La main profondément enfoncée dans le bras de Simon, il l'entraînait à sa suite. Devant une église, il s'était arrêté pour faire un signe de croix, sous le regard éberlué de Simon qui ne l'avait jamais vu avoir un comportement autre qu'antireligieux. Il avait continué pendant encore un moment, répétant encore et encore les mêmes termes de la formule incomplète, jusqu'à ce que soudain il lève la main au passage d'un taxi et s'engouffre dedans, laissant Simon seul sur le trottoir.

Simon avait voulu en reparler le lendemain, mais n'avait pas osé. Le Vieux restait pour lui un mystère total, même s'ils passaient souvent plus de dix heures d'affilée par jour enfermés dans le même laboratoire.

Ils fabriquaient maintenant beaucoup d'autres drogues, créant des mélanges entre opiacés naturels et synthétiques pour des cocktails toujours plus addictifs. Et les progrès de Simon en chimie étaient fulgurants. Sans être véritablement passionné par le sujet, il prenait ça comme un jeu. Et un jeu qui rapportait gros.

Pour Simon, surtout, le Vieux était peu à peu devenu comme une sorte de figure paternelle. Il était loin, le temps où il ne traitait avec lui que pour gagner de l'argent ou de la reconnaissance. Quand ils étaient ensemble, penchés sur les délicats instruments du laboratoire, échangeant des regards de connaisseurs sur les actions de l'autre, la complicité qui les liait transcendait toutes ces histoires de trafic et d'illégalité. Simon se sentait curieusement heureux et apaisé. Un soir, plusieurs jeunes abrutis bousculèrent Simon dans une boîte de nuit. Témoin de la scène, le Vieux éclata son verre de whisky sur le crâne de l'un d'entre eux, et tenant à la main le tesson dentelé, il s'en servit pour lacérer le visage de ceux qui n'eurent pas le réflexe de s'enfuir à temps, sans sembler se départir de son calme. Ils quittèrent les lieux aussitôt après, laissant quelques liasses de billets dans de bonnes mains afin d'éviter tout scandale futur.

Simon n'avait pu s'empêcher de penser avec un sourire amer à la réaction de son père adoptif à une agression bien plus réelle.

Il connut quelques prostituées dans ces nuits de débauche, mais rencontra un jour Douna, une très jolie métisse, au corps souple et nerveux qui appelait à la volupté. Très vite, elle s'installa chez lui. Elle faisait un peu de mannequinat, un peu de photographie. Il était fou d'elle.

Elle fut son premier amour. Quand elle sortait avec lui et ses amis, elle était douce. Mais le reste du temps, il n'avait aucun contrôle sur elle. Il était mort de jalousie quand elle partait plusieurs jours sans donner de nouvelles, mais elle était plus âgée que lui et ils savaient tous deux qu'elle le dominait. Elle l'encourageait à réussir dans son « business », sans chercher à comprendre de quoi il s'agissait. Elle aimait le pouvoir occasionné par l'argent qu'il rapportait. Et lui adorait ce regard de fierté possessive qu'elle avait alors. Elle l'appelait « mon petit » en privé, et il se sentait en effet totalement à sa merci. Il avait été sevré d'affection pendant si longtemps, il replongeait avec délice dans les sensations d'une main qui vous caresse la joue ou de deux bras qui vous serrent avec force.

Il passait voir sa famille une ou deux fois par an, mais l'écart entre eux s'était encore plus dramatiquement creusé, et ses visites duraient rarement plus que le temps d'un week-end. Il venait surtout pour son petit frère et sa grande sœur, à qui il gardait une vraie affection. Il glissait des billets à Gabriel qui ouvrait de grands yeux, surexcité à l'idée d'avoir de l'argent à lui. Sa sœur, elle, refusait. Moins innocente, elle se doutait que cet argent était louche. Il avait essayé une fois et n'avait jamais recommencé. Il lui rapportait donc de menus cadeaux à la valeur symbolique, et lui faisait livrer des fleurs pour son anniversaire quand il y pensait. Ses relations avec son père ne s'étaient pas arrangées ; il le méprisait, le tenant à distance et les timides tentatives de sa mère ne pouvaient rien y changer. Parfois dans ses insomnies, il pensait à M. d'Almat et la frustration et l'énervement montaient en lui, chassant définitivement tout espoir de sommeil. Il retournait dans son esprit le casse-tête de cet intellectuel fasciste adoptant un enfant de couleur, sans se remettre en cause. Voulait-il se racheter d'une faute passée, ou avait-il quelque chose à prouver ? Qu'est-ce qui avait bien pu être à l'origine de leur rencontre ?

Ces instants de gêne s'estompaient quand il retrouvait le tourbillon de sa vie marseillaise. Il n'imaginait pas alors que ces jours d'insouciance étaient comptés.

Chapitre 8

Simon coupa l'eau de la douche. Emporté par ses souvenirs, il avait perdu conscience du temps. Cette plongée dans le passé avait fini de le calmer totalement, ses muscles étaient sensibles, mais détendus. Encore nu et dégoulinant, il se dirigea vers la cuisine et attrapa une bouteille dans la porte du réfrigérateur. Il la but presque d'un trait, ne s'arrêtant que pour reprendre sa respiration. L'eau glacée qui envahissait son organisme lui donna rapidement mal à la tête, mais il continua à boire, boire, boire, jusqu'à vider la bouteille. Il la rejeta d'une main lasse dans l'évier, se sentant soudainement épuisé.

Il retraversa le salon sans prêter attention à sa tablette illuminée par des messages reçus. L'eau clapotait dans son estomac et il avait vaguement mal au cœur.

Il fila se mettre au lit. Une odeur de propre

l'accueillit, ses draps avaient été changés ce matin. Il laissa échapper un soupir en sentant contre sa peau le tissu tendu et un peu dru. Il y avait aussi dans l'air le parfum léger d'une femme. La femme de ménage. Soudain l'absence d'Alice lui sembla insupportable. Il était hors de question qu'elle puisse mourir, il fallait qu'elle vive et qu'elle lui revienne, qu'il la retrouve tous les soirs chez eux, et que tout redevienne comme avant. Il se tourna sur le côté, entourant de ses bras son deuxième oreiller pour conjurer sa solitude, et s'endormit rapidement, épuisé par les événements de la soirée.

Le lundi arriva, et il décida de rester chez lui. La veille déjà, il n'avait rien fait. Il avait traîné dans son appartement, déambulant entre la chambre et le salon. Dès le matin, il appela les Ressources Humaines et demanda à prendre une journée de congé : il avait tellement de vacances à rattraper qu'on lui avait dit oui, sans même en référer à Jason.

Il se sentait faible et démotivé, comme vidé de toute énergie. Il ne voulait ni penser, ni agir. Il savait qu'il avait dû trop forcer, depuis trop longtemps, et cet ultime accès de violence avait eu raison de lui. Il envoya un texto à Lina pour l'informer qu'il serait de retour le lendemain et devina sa surprise dans le message qu'il reçut en retour. C'était la première fois qu'il ne venait pas au bureau, depuis qu'il avait commencé.

Mais il ne voulait pas penser au laboratoire aujourd'hui. Il n'avait même pas envie d'aller voir Alice. Non pas parce qu'elle ne lui manquait pas. Mais plutôt parce qu'il sentait qu'il avait besoin, l'espace d'une journée, de faire abstraction de tout pour mieux se ressaisir. Et il avait peur de trahir ses derniers écarts de conduite : se battre, ne pas aller travailler… ce n'était pas exactement l'image qu'il voulait qu'elle ait de lui. Accessoirement, le cocard qui ornait son visage était loin d'être résorbé, et il préférait ne pas avoir à mentir là-dessus aussi.

Après avoir prévenu de son absence, il était retourné se coucher, somnolant vaguement. Quand il regarda sa montre, il était presque midi. Il avait l'impression que son corps était toujours épuisé, mais son esprit s'était mis en marche et il ne se sentait plus capable de dormir plus longtemps. Les yeux encore brûlants, il laisse ses pensées voguer. Avoir tant repensé au Vieux faisait se mêler dans sa tête les deux laboratoires, celui de son passé et celui de son présent. Les formules se mélangeaient, et l'une se précisait, avec insistance.

Et puis il eut un flash.

Dans son esprit s'illuminait la raison pour laquelle l'équation lui semblait familière : c'est celle que le Vieux lui avait répétée ce fameux soir où il était complètement drogué ! Hier encore, il aurait été incapable de la retrouver, mais elle s'imposait maintenant à lui, comme s'il ne l'avait jamais oubliée. Il se leva d'un bond pour aller l'écrire sur sa tablette.

Il la relut une dizaine de fois. Ce n'était pas absurde… mais alors ça voulait dire que… Il n'arrivait pas à mettre de mots sur son idée.

Il se mit à écrire, s'arrêtant parfois brièvement pour aller chercher sur Internet ou dans sa bibliothèque la confirmation de son intuition. Il bouillonnait.

Il calculait de plus en plus vite, déroulant un raisonnement fluide et logique. La foi lui était revenue. Il s'activait avec précision et ne pensait plus à rien d'autre. C'est cette ivresse qu'il avait toujours aimée, cette ardeur cérébrale incessante, ce sentiment de se confronter seul à des problèmes et d'en trouver la clef, par ses propres efforts, à la pointe de son esprit. Il repensait au Vieux, à ses conseils.

— On dirait que tout est lié. C'est tellement bizarre. Il n'a pourtant jamais eu des connaissances astrophysiciennes très poussées. D'où pouvait-il donc sortir cette formule ? Il faut avouer que je ne savais finalement presque rien de lui…

Le temps fila, mais quand il reposa son stylet, il n'avait plus de doute : « Il y aurait donc une cinquième interaction ! Cela change tout... »

Le Vieux l'avait su avant lui. Et ce ne devait pas être la seule chose qu'il savait. Simon en était maintenant intimement convaincu.

Sa mémoire l'entraînant à nouveau vers le passé, il se souvint des heures de travail avec le Vieux dans l'appartement réaménagé en laboratoire. C'était là qu'il avait tout appris. C'était là que le Vieux lui avait enseigné à organiser sa réflexion pour comprendre le cheminement d'un raisonnement scientifique.

Il se souvint plus particulièrement de ce jour où il n'arrivait pas à trouver la synthèse exacte d'un composant d'une nouvelle drogue appelée Zu9, pour une formule qu'il mettait tout juste au point. Le Vieux était parti pendant quelques jours. Comme d'habitude, Simon ne savait ni où, ni pour combien de temps. En revenant, il s'était énervé, car Simon était en retard sur une livraison. Mais quand il avait compris la nature du problème, il s'était calmé et avait fait virevolter sa chaise pour s'asseoir en face de Simon. Il l'avait interrogé, le forçant à reprendre son raisonnement, pas à pas. Aiguillonné par les questions, Simon avait peu à peu fait émerger la réponse. Après coup, il s'était demandé si le Vieux connaissait la réponse lui-même, ou s'il ne s'était pas juste appuyé sur ses simples intuitions pour arriver à la réponse finale. Il n'avait pas osé lui poser la question.

Dans le domaine de la physique quantique, Simon était sûr d'avoir dépassé le Vieux par ses compétences techniques, mais c'était pourtant probablement la seule personne qui pourrait être capable de l'aider. Le Vieux lui avait donné une grille pour comprendre les sciences et les mathématiques appliquées, c'était de cette grille dont il avait besoin pour trouver la case manquante dans son projet. Ses tendances de solitaire lui avaient fait oublier à quel point il avait appris à s'appuyer sur l'intelligence de son ancien collaborateur pour aller toujours plus loin. Il fallait qu'ils reforment leur association !

Et maintenant que cette idée avait pris possession de son esprit, il lui était impossible de l'en chasser. Plus il y pensait, plus cette option lui semblait une évidence. C'était si logique !

En revanche, il y avait tout de même un petit détail à ne pas négliger : où était donc le Vieux ?

Il passa l'après-midi à penser à lui. Les délais étaient courts, il avait très peu de temps pour le retrouver et le convaincre de venir l'aider. Mais il se connaissait, il savait qu'en proie à une nouvelle idée fixe, il ne pourrait vraiment se concentrer sur rien d'autre : il fallait qu'il obtienne son assistance, coûte que coûte. La vie d'Alice en dépendait, et donc sa vie à lui aussi.

Il refit mentalement le bilan de ses avancées. Il était vraiment bloqué.

Il leva la tête et se rendit compte qu'il était sorti de chez lui sans y prêter attention et se trouvait sur le banc d'un petit parc non loin de son appartement. Une impression diffuse de malaise le prit et ses poils se hérissèrent sur ses bras. D'un seul coup, sans raison particulière, il se sentit observé. Il faisait beau, l'herbe était verte et les feuilles bruissaient dans la brise printanière. Mais il ne se sentait plus en sécurité dans ce lieu public. Il enfila sa veste, posée sur le dossier à côté de lui, et fila vers son appartement.

De nouveau chez lui, il prit à peine le temps de lancer sa veste sur le canapé, et se mit à fouiller les placards. Il lui fallut un moment avant de mettre la main sur une certaine caisse, qu'il n'avait pas ouverte depuis bien bien longtemps. À l'intérieur, il retrouva en pagaille des vieux papiers, dont les procès-verbaux des tribunaux. Il lui fallait absolument une piste pour se mettre sur la trace du Vieux. Saisissant une première brassée de documents qu'il commença à trier, il repensa à sa chute.

Comme cela arrive souvent, il avait sombré alors que tout semblait idéal. Niveau business, c'était impeccable. L'argent continuait à rentrer avec une régularité grisante. Avec Douna, c'était le parfait amour. Il avait trouvé un appartement superbe, et voulait lui faire la surprise d'emménager véritablement ensemble. Il devait juste convaincre le propriétaire de recevoir une majeure partie du loyer en cash, mais comme le fisc n'avait pas bonne presse, ces arrangements étaient totalement réalisables.

Parfois, il se disait qu'avec un million en liquide et un appartement à son nom, il pourrait arrêter les trafics et voyager avec Douna. Il rêvait de partir loin.

Mais tout d'un coup, les grains de sable s'étaient mis à pleuvoir sur la machine bien huilée de sa vie. Une bande de chinois de la Triade, curieusement épaulés par des Turcs, avait commencé à supprimer quelques-uns de leurs meilleurs dealers. Ahmed, un mec de la bande, avait été capturé, torturé et abattu. Peut-être avait-il parlé ? Pourtant, c'était un dur à cuire. Algérien, il était fils d'un membre actif du Front de Libération Algérien qui était mort pendant la 2ème révolution de Jasmin contre les généraux de 2019. Il en gardait une grande fierté. Il avait dû mourir en homme. Mais comment en être sûr ?

Le Vieux, toujours excessivement prudent, avait alors décidé de changer toutes les planques. Cela avait coûté cher. Toute la bande avait reçu comme consigne d'être de plus en plus discrète. Pour Simon, il n'était plus question d'obtenir ce nouvel appartement. Et de toute façon, Douna le minait complètement. Elle était devenue fuyante, instable.

Elle disparaissait à nouveau. Elle lui reprochait tout ce qu'il faisait, tout ce qu'il disait, plus rien n'était bien. Il ne la comprenait plus. Enfuie la belle complicité qui semblait s'être installée dernièrement. Mais il l'aimait toujours, et se disait qu'il ne pouvait que s'agir d'une mauvaise passe, allant jusqu'à blâmer ses propres soucis professionnels pour expliquer son comportement.

Un soir, ils s'étaient violemment disputés, et elle avait fini par hurler qu'elle avait rencontré quelqu'un d'autre. Il n'avait pas voulu y croire, prenant ça pour un moyen de le faire souffrir, très efficace d'ailleurs. Elle était partie en criant qu'il était trop stupide pour voir qu'il allait tout perdre. Il ne savait même pas ce qu'elle lui reprochait vraiment, mais il s'était lui aussi emporté et avait jeté en hurlant certaines de ses affaires par la fenêtre, visant sa voiture qui partait en trombe dans la rue éclairée. Puis il avait bu une bouteille de whisky en sniffant beaucoup de coke et en l'appelant des dizaines de fois, lui laissant des messages de plus en plus incohérents.

Au petit matin, il n'avait même pas entendu sa porte voler en éclats, et au moins quinze policiers de la FIMAC venir le cueillir, en en profitant pour saccager son appartement à la recherche de drogue et autres preuves. Il n'y avait heureusement pas grand-chose excepté toutes ses économies sous son lit. Il était encore complètement défoncé et ne comprenait rien. Les flics avaient dû attendre de nombreuses heures avant de pouvoir l'interroger.

Il n'avait rien dit. Il avait été frappé, humilié pendant des heures, mais n'avait rien dit. Au fil du temps, il avait compris qu'il était le seul à avoir été pris. Il avait aussi compris que quelqu'un les avait dénoncés : les flics en savaient beaucoup trop. Malgré toutes les consignes et mesures de sécurité du Vieux, ils avaient eu beaucoup d'informations. Suffisamment pour remonter jusqu'à lui. Heureusement, ils n'avaient pas de véritables preuves contre lui. Juste de la détention de stupéfiants, et quelques autres délits mineurs. Il avait malgré tout été condamné à dix-huit mois de prison ferme. Et son nom avait été publié dans les journaux. Sa famille l'avait su. Ça avait été terrible pour eux, mais sur le coup il s'en fichait. Il en voulait à tout le monde de l'avoir abandonné, mais surtout à Douna. Il se doutait qu'elle avait dû participer à sa chute, et il se repassait le film de leur histoire, sans comprendre comment ils avaient pu en arriver là. Plus tard, il avait entendu dire qu'un fils des parrains de la Triade de Marseille se tapait une très belle métisse. C'était justement le mec qui avait profité le plus des désastres de la bande du Vieux. Il lui avait donc vraiment tout pris...

Et le Vieux n'avait jamais donné de nouvelles.

En prison, Simon aurait pourtant bien aimé bénéficier d'appui. Son avocat, commis d'office, avait fait honnêtement son boulot, mais sans éclat. Puis il avait disparu dans la nature après le procès, sans se lancer dans des démarches de réduction de peine. Et jamais, jamais le Vieux ne lui avait donné le moindre signe de vie. Dans les premiers temps, il ne pouvait pas y croire, il guettait courrier et heures de visite. Peu à peu était venu le découragement. Il lui en avait beaucoup voulu, puis le temps avait passé.

Et quand il avait rencontré Alice, il avait définitivement tourné la page. Elle avait pansé ses blessures affectives et comblé le vide qu'il ressentait.

Il avait pu pardonner à tout le monde, et même demander pardon à ceux qu'il avait compris avoir blessés. Il avait fini par se dire que c'était sans doute mieux ainsi. Cette grande coupure douloureuse lui avait permis de trouver enfin une vie équilibrée.

Et cela faisait maintenant six ans qu'il avait relégué toutes ces histoires dans le passé.

Mais il se prit à réfléchir. Peut-être que les anciens de la bande, avec qui il avait personnellement peu à peu coupé les ponts, avaient eu plus d'informations, en dehors des murs. Eux, pour le coup, s'étaient prudemment manifestés dans les débuts, mais ils avaient tous beaucoup perdu, et la majorité avait préféré fuir à l'étranger pour se faire oublier de la police et des Chinois.

Orhan et son cousin étaient apparemment retournés auprès de leur père en Turquie. Enfin, il l'avait supposé lorsqu'un mec en prison lui avait dit entre deux portes : « les cousins te passent la paix d'Erzurum ». Mais il n'avait rien reçu de plus, ni argent, ni protection. Il avait dû se battre nuit et jour pour sauver sa peau dans ce trou à rats qu'était la prison des Baumettes.

Il s'était allongé sur son lit et continuait à réfléchir. Il ne savait pas où les trouver, mais il se souvenait avoir croisé Orhan il y a quatre ans, lors d'un enterrement dans le sud de Marseille. C'était celui d'un de ses amis de l'époque, un des rares qui ne faisait pas partie de la bande. Au contraire, il s'agissait d'un fils de bonne famille qui raffolait du monde de la nuit. Ils s'entendaient bien, et il rappelait à Simon la manière dont il avait été lui-même élevé, avec ce grain de folie qui les avait poussés vers des sensations plus fortes. Paul s'était montré un camarade fidèle, il avait régulièrement pris des nouvelles de Simon quand il était derrière les barreaux, ce qui l'avait touché. C'était un garçon fantasque, plein de légèreté et dénué de tout jugement ou raisonnement trop poussé. Mais quand Simon, ayant déménagé à Paris depuis un moment déjà, avait appris par sa mère qu'il venait de se tuer en bateau, il avait pris un train pour Marseille. La dernière visite possible...

Ce jour-là, en repartant vers la gare, il avait aperçu au loin une silhouette qui semblait être celle d'Orhan. Ce dernier ne l'avait pas vu, ou pas reconnu. Simon en avait déduit qu'il avait dû revenir vivre à Marseille pour reprendre ses trafics, la seule chose qu'il savait vraiment faire. À sa vue, Simon avait sursauté et s'était détourné vivement. Il ne voulait surtout pas que le passé ressurgisse, avec tous les malheurs qui l'avaient environné.

Le mardi, il reprit la route du laboratoire. Personne ne lui fit la moindre réflexion, et il passa la semaine l'esprit ailleurs. Il était désormais obsédé par l'idée qu'il lui fallait à tout prix retrouver le Vieux. Rester enfermé lui semblait dérisoire, il devait se mettre à sa recherche.

Le jeudi soir, il passa voir Alice. Elle dormait. Vaguement soulagé d'éviter une confrontation directe, il lui griffonna rapidement un mot qu'il posa sur sa table de nuit, en évidence « *Ma chérie, je suis arrivé un peu tard et tu dormais déjà. Je pars ce week-end dans le sud de la France pour avancer sur mes recherches. Je t'appellerai. Prends soin de toi. Tout va s'arranger. Je t'aime. Simon.* »

Il ne pouvait plus reculer maintenant, tout allait se jouer là-bas. Et il était loin de se douter de la série d'événements qu'il était sur le point de déclencher.

Chapitre 9

Avant de partir, il passa voir David Beynac, le médecin à la tête du département Recherches des infections neurologiques.

C'était un scientifique brillant que Simon avait rencontré assez rapidement après qu'Alice ait été admise dans le service de cet hôpital. Ses dernières publications portaient justement sur des recherches de thérapies innovantes pour des malades comme Alice.

Simon avait beaucoup d'estime pour cet homme qui, malgré sa position hiérarchique élevée, était resté accessible et intéressé par ses patients. Ou en tout cas par Alice. Il l'avait déjà vu rabrouer des familles qui essayaient de le retenir, lui faisant perdre un temps précieux. Mais avec Simon, il était différent, ce qui l'arrangeait et le flattait un peu aussi. Comparé aux médecins qu'il avait pu rencontrer, celui-ci prenait toujours le temps de discuter avec lui des dernières avancées de ses recherches. Cela avait d'autant plus encouragé Simon à essayer de mieux comprendre la maladie d'Alice et les thérapies possibles.

Simon se souvenait de leur première conversation à ce sujet. Il avait été dans son bureau, quelques semaines après l'admission d'Alice dans ce nouvel hôpital.

— Bonjour, excusez-moi de vous déranger. Je sais pas si vous me reconnaissez… je suis un proche de la jeune fille de la chambre 218. Voilà, est-ce ce que je peux vous poser une question ? avait demandé Simon au médecin.

—Je vous écoute, avait-il répondu en observant Simon avec curiosité.

— Pourriez-vous me dire quels sont les traitements pour quelqu'un atteint d'une maladie mitochondriale ?

David avait poussé un soupir :

— La science est malheureusement encore assez peu évoluée sur ce sujet. Nous ne pouvons pour le moment pas faire mieux que les traitements actuels.

Mais Simon avait insisté. Il sentait que le Docteur Beynac ne lui disait pas tout, ne souhaitant pas se lancer dans une conversation technique avec un néophyte.

Peut-être était-ce l'obstination de Simon, ou alors son apparente connaissance du sujet, qui avait eu raison de ses résistances. Un peu à contrecœur, il avait commencé à expliquer :

— Bon, vous semblez savoir de quoi vous parlez. Comme vous avez pu le saisir, votre amie souffre d'un dérèglement au niveau des mitochondries. Ce qu'il faut comprendre, c'est la manière dont tout s'articule. À la base, il y a les gènes qui forment le corps d'un individu. Ils envoient des messages par le biais de molécules. Le problème chez votre amie est que ses gènes sont défectueux, et donc le message n'est plus correctement transmis. Et ça atteint les mitochondries qui sont censées permettre aux cellules de transformer par exemple la nourriture en énergie permettant au corps humain de fonctionner. Ou permettant aux muscles de bouger, au cerveau d'avoir des connexions.

— Oui, les réactions entre les cellules adénosines de phosphate et triphosphate.

— Exactement. Cette réaction chimique dans le corps humain qui permet justement la création de l'énergie.

— Sur ce sujet, je commence à bien comprendre.

J'aimerais surtout connaître l'état de vos recherches sur les enzymes. D'après ce que j'ai saisi, il serait possible de créer une cellule qu'on injecterait dans le corps de la personne malade, et qui irait à la place des gènes donner l'information aux molécules.

— Vous êtes bien renseigné. C'est une piste qui a été explorée depuis les années 2000. Des scientifiques ont travaillé dessus, mais se sont heurtés à de vraies difficultés pratiques pour synthétiser cette enzyme. Systématiquement, il y avait un problème pour configurer la molécule. Tout a pourtant été essayé. Oui, tout : analyse cristallographique, résonance magnétique nucléaire, cryomiscroscopie électronique… Et j'en passe. Toutes leurs tentatives se sont soldées par des échecs : l'enzyme produite était inefficace. J'ai moi-même passé des années à étudier le sujet…

— Mais il y a une solution !

— Pour le moment, je me heurte à la même barrière que les savants de l'époque. Il faudrait pouvoir utiliser une électrolyse extrêmement puissante. L'électrolyse est une méthode qui permet de générer des réactions chimiques grâce à l'énergie électrique. Suffisamment puissante, elle permettrait de recréer correctement l'enzyme responsable de la synthèse de l'ATP. Après, c'est loin d'être une situation idéale à long terme : cela signifie injecter tous les jours au patient cette enzyme pour assurer que la création d'énergie se fasse correctement…

Il eut un regard rêveur…

— Vous avez pensé à une solution alternative, dit Simon, et c'était plus une affirmation qu'une question.

Il reconnaissait dans les yeux du médecin la lueur qui était dans le sien lorsqu'il se mettait à parler de ses propres recherches…

David lui avait jeté un regard pénétrant, et avait laissé s'écouler quelques secondes avant de répondre.

— En effet… C'est un rêve : soigner le problème à la racine… Au lieu de se contenter d'injecter une enzyme pour suppléer à la cellule défaillante, je voudrais m'attaquer directement au gène.

— Que voulez-vous dire par là ?

— Vous savez que le corps humain est formé par l'ADN. Cet ADN contient toutes les informations codées de ce que vous êtes. La couleur de votre peau, votre groupe sanguin, votre taille, etc. Ces informations viennent des gènes que vous ont transmis vos parents. Chaque gène est composé de deux allèles. L'un venant du père, l'autre de la mère. Parfois ces allèles sont les mêmes, parfois ils sont différents. Dans le cas d'une maladie génétique, il suffit qu'un des parents soit porteur d'un gène défectueux, et l'allèle transmis déclenche la maladie. Mes recherches se sont donc portées sur ce qu'on appelle la thérapie génique…

Simon avait continué lui-même d'un ton concentré :

— Réussir à régénérer l'allèle défectueux, et le rendre sain…

— Oui, c'est exactement ça. Pour le moment c'est une discipline qui n'est pas très à la mode. Je vous passe le débat sur l'éthique. Dans les années 2020, on a fait beaucoup d'expérience avec la technologie CRISPR/Cas9, pour essayer de guérir cancers et sida. Le problème était que cette technologie a été très encadrée par les pouvoirs publics et n'a pas pu montrer tout son potentiel. Malgré les efforts, les allèles visés n'étaient pas les seuls modifiés, d'autres gènes étaient touchés. Il en résultait des cellules devenues totalement étrangères à leur mission et qui finissaient par former des tumeurs.

— Et vous avez trouvé une solution ?

— Oui. J'ai eu l'idée d'exploiter les recherches déjà effectuées sur les enzymes, et de les pousser juste un peu plus loin. Le message serait tellement ciblé que le risque deviendrait nul.

— Mais alors, quel est le problème ?

— C'est ce que je vous disais plutôt tôt. Pour former cette enzyme, l'électrolyse devrait être vraiment puissante. Absolument monstrueuse même. L'équivalent de la puissance électrique d'une centrale. Bien au-delà de ce que l'on peut produire dans un laboratoire... En d'autres termes, c'est malheureusement complètement impossible à l'heure actuelle. Il nous faudrait les cerveaux d'un Einstein. Ou de deux...

— Donc votre seul problème est d'ordre technique... Et si une machine pouvait produire autant d'énergie, est-ce que cette synthèse serait envisageable ?

— En rêvant, on arrive à beaucoup de choses... Mais oui, je suppose. Si vous avez une centrale électrique à votre disposition, mon laboratoire peut vous confectionner cette enzyme en un tour de main. Bref... Maintenant si vous voulez bien m'excuser, j'ai une réunion dans quelques minutes. À bientôt.

Au dernier moment, il lui avait fait un signe :

— Vous vous en doutez, cette conversation était purement informelle. Comme je vous le disais, les débats sur les manipulations génétiques sont d'actualité...

Et Simon s'était retrouvé dans le couloir, tournant et retournant dans sa tête les données du problème.

Cette discussion avait été suivie par d'autres. Fasciné, Simon avait passé des longs moments dans le laboratoire de l'hôpital, surveillant de près les expériences en cours, observant au microscope le ballet fou des cellules. Plus il en savait sur la question, plus il avait l'impression que tout était possible.

Le lendemain, il était en route vers l'aéroport. Il était passé dire à son équipe qu'il devait partir dans le sud de la France, sous prétexte d'aller rencontrer un confrère travaillant dans un centre ayant un bon département de recherche quantique, le laboratoire Widmens. Prétexte qui lui permettrait de prolonger son séjour si besoin.

Il fut un peu étonné par la réaction de son équipe lors qu'il leur annonça qu'il serait absent quelques jours. Il s'était attendu à ce qu'ils posent des questions. Mais ils se contentèrent de le regarder sans rien dire, puis baissèrent la tête et se remirent au travail. Simon resta interdit, mal à l'aise. Il patienta un instant, mais seul Will lui jeta un coup d'œil, baissant immédiatement les paupières quand il s'aperçut que Simon l'avait remarqué. Sans ajouter un mot, il prit sa mallette et se dirigea vers la sortie. Alors qu'il allait quitter la pièce, il vit qu'ils avaient tous cette fois-ci relevé la tête pour le regarder partir et il ferma brusquement la porte, dans un sursaut irraisonné.

Il arriva à l'aéroport d'Orly avec un peu d'avance. Le long bloc vitré reflétait vaguement le gris du ciel. À l'intérieur, l'atmosphère était classiquement fébrile. Une foule essentiellement composée d'hommes en costumes et de femmes en tailleur se dépêchait, faisant claquer ses talons sur le revêtement luisant du sol.

Il réussit à négocier une place près des issues de secours, ce qui lui permettait d'étendre ses longues jambes. Personne n'occupant le siège à côté de lui, une hôtesse s'y assit pendant le décollage. C'était une belle femme d'une quarantaine d'années. Les cheveux châtain clair, les jambes galbées et la poitrine généreuse, elle avait un petit air de Catherine Deneuve. Il lui rendit son sourire.

Mais quand il reçut la collation offerte pour le vol, la vue du plateau en plastique lui rappela désagréablement les moments les plus noirs de sa vie : ceux qu'il avait passés en prison.

Les premiers mois dans la prison des Baumettes avaient été particulièrement durs. Cet endroit, qui de l'extérieur semblait un gigantesque fouillis, était finalement très organisé. Il abritait quatre catégories d'individus : les Chinois, les Maghrébins, les Africains et le reste. Malheureusement pour Simon, il faisait partie du reste, donc ne pouvait compter sur quiconque pour le protéger. Personne ne le connaissait à Marseille, car leur bande, et lui particulièrement, agissaient dans l'ombre. Et personne n'avait essayé de l'annoncer pour qu'il reçoive une aide quelconque. Au début, avec sa tête d'intello, on l'avait même pris pour un criminel sexuel. Certains détenus voulaient sa peau et l'avaient traité de pédophile dans les couloirs. La rumeur avait enflé. Il avait mis du temps à la faire taire.

Il avait aussi eu une très mauvaise approche, les premiers jours. Au lieu de faire profil bas en espérant passer plus ou moins inaperçu, gonflé comme un jeune coq par l'idée qu'il était digne de respect, il avait répondu aux provocations. Cela faisait des années qu'il faisait de la boxe thaï, il avait des réflexes et le sang chaud. Le temps de comprendre que le meilleur des combattants finit toujours par succomber si ses adversaires sont plus nombreux et n'ont aucun scrupule, il était trop tard, et il s'était attiré le mauvais œil. Certains de ces codétenus l'avaient particulièrement pris en grippe. Même en se faisant le plus invisible possible, les sévices s'abattaient sur lui, gagnant en intensité avec le temps. Plus d'une fois, il avait cru qu'il ne se relèverait pas des coups qu'on lui infligeait lorsque les gardiens ne regardaient pas. Qu'avait-il donc pu faire pour mériter cette haine qui ne se lassait pas, même devant sa soumission la plus absolue ? Il était pourtant un détenu lambda parmi d'autres... Bientôt il se mit à vivre dans une peur constante. Il avait l'impression d'être au cœur d'un complot, un complot qui le visait en particulier et cherchait à le détruire.

Lui qui avait eu depuis l'internat une haine de l'uniforme, il devait reconnaître que ce furent bien souvent les gardiens qui le sauvèrent. Ça avait dû contribuer par la suite à son retour dans le droit chemin. Après plusieurs nuits où il n'avait pu dormir tant il craignait ce qu'on allait lui infliger, ils lui étaient tombés dessus avec tant de violence qu'il avait bien cru sa dernière heure arrivée. Une fois rétabli, on lui fit alors bénéficier d'une cellule individuelle. Ces cellules étaient normalement réservées aux gens que l'on voulait isoler pour les punir : elle était encore pire que la précédente, et extrêmement exiguë. Les murs s'effritaient, complètement moisis à certains endroits, des champignons verdâtres se disputant avec les auréoles noires de la crasse attaquée par l'humidité. Le lavabo fuyait, la chasse d'eau fonctionnait à peine, le robinet d'eau chaude ne servait que de décoration, et une persistante odeur d'égout flottait dans la pièce. Il n'y avait pas de fenêtre, mais au moins, en hiver, cela évitait les courants d'air que connaissaient les autres détenus, dont les fenêtres étaient au mieux mal isolées. Parfois la nuit, il entendait des rats courir sur le béton du sol.

Mais il y était à l'abri. En dehors de sa cellule, ça restait une autre paire de manches.

Pendant les longues heures qu'on leur faisait passer dans la cour bétonnée, il rasait les murs, s'installant le plus loin possible des bandes les plus agressives et ne bougeant plus. À chaque fois qu'il se déplaçait, il s'exposait à un coup vicieux. Un jour, pas assez précautionneux, il était passé trop près d'un groupe assis. Ils s'étaient levés à son approche, le masquant brièvement à l'œil des gardiens le temps de lui faucher les jambes, de lui décocher quelques coups de pied hargneux dans les côtes, et de lui écraser la main d'un coup de talon qui lui avait cassé deux phalanges. Il n'avait pas crié et les gardiens étaient intervenus rapidement, l'envoyant à nouveau à l'infirmerie. Par chance les fractures étaient nettes, et il n'avait pas perdu la mobilité de ses doigts, mais il ressentait depuis des élancements quand il faisait des efforts trop violents. Le simple fait d'y penser lui fit se masser machinalement ces deux doigts.

À chaque fois qu'il se faisait attaquer, il avait le dessous, ne cherchant même plus à se défendre, car il savait maintenant que c'était encore plus dangereux, et il s'était peu à peu affaibli physiquement. Son corps le faisait constamment souffrir des coups qu'il prenait quotidiennement, les hématomes n'avaient pas le temps de se résorber qu'ils étaient recouverts par de nouveaux.

On le tabassait sans raison. On l'agressait entre deux couloirs. Ses repas étaient souvent jetés par terre. Il dépérissait à vue d'œil. Il savait se battre, mais dans le fond il n'avait jamais été un garçon de la rue. Avec le Vieux, il était un assistant scientifique, pas un garde du corps. Il avait eu l'habitude de laisser aux autres les tâches violentes, restant à l'écart.

Dans cet univers impitoyable, il allait de plus en plus mal. Enfermé doublement dans sa souffrance morale et physique, il ne savait pas combien de temps il allait tenir dans cet enfer. Il essaya même, sentant qu'il touchait le fond, de prévenir ses parents, les suppliant de l'aider à sortir de là d'une voix rauque. Mais son père lui avait répondu durement :

— Tu as choisi ton chemin. Tu as ce que tu mérites. Mais prends ça avec dignité. Ne pleurniche pas comme un faible.

Et il avait raccroché.

Un soir particulièrement, il se sentit à bout. La bande des Africains était la plus virulente contre lui. Leur chef, Ousmane, un colosse de cent vingt kilos qui adorait la musculation et s'était laissé pousser une grosse barbe, le regardait toujours méchamment. Il semblait détester Simon, sans que celui-ci ne puisse en comprendre la raison. Le matin même, il s'était arrangé pour lui décocher un coup de poing entre les omoplates, lui coupant le souffle pendant qu'il se rattrapait au mur pour ne pas tomber. Il avait constamment envie de pleurer.

Ce soir-là, il se tenait à l'écart dans la cour, accroupi contre un grillage, pâle et le regard hagard. Un vieux détenu s'assit non loin, un rital au physique massif. Larges épaules et mains velues. Son visage était d'une laideur puissante, le nez trop grand, la bouche tordue, les yeux enfoncés sous des sourcils broussailleux ; ses cheveux d'un noir profond tombaient en mèches inégales presque jusqu'à ses épaules. De manière fortuite, ils parlèrent un peu, à bâtons rompus. Simon parlait un peu d'italien, un des seuls bienfaits d'une éducation comme la sienne dans un univers carcéral, et cela plut au type. Ils se croisèrent ainsi chaque après-midi, échangeant des mots, puis des phrases, jusqu'à finir par avoir de vraies conversations. Cette rencontre fut providentielle pour Simon, que la solitude était en train de faire dépérir au moins autant que les coups quotidiens.

Son nouveau compagnon s'appelait Francesco Maccietti et devait avoir environ cinquante ans. Proxénète, il faisait venir des filles de Bosnie et de Moldavie, « les meilleures ! » comme il disait. Il avait été dénoncé par une d'entre elles, qu'il avait un peu trop corrigée un matin.

— Il n'y a plus de respect, ajoutait-il invariablement avec son accent italien.

Ayant déjà fait de la taule jadis, il en avait pris pour huit ans fermes. Il était protégé par des Maghrébins, mais il était toujours seul. Il lisait beaucoup et prêta quelques livres à Simon. Le temps était long en prison, et les distractions rares. Il adorait Joseph Kessel, surtout son roman « Le Tour du Malheur » qu'il passa à Simon. Cependant, il ne pouvait rien faire pour Simon, qui continuait à se faire humilier.

Un jour où Simon arriva, le nez en sang après avoir voulu esquiver une bousculade, il le regarda pensivement et lui dit :

— Si tu veux te faire respecter, emploie ton intelligence. Tu peux pas les battre sur leur propre terrain, crée-toi le tien.

Simon passa une nuit à retourner ce conseil dans sa tête. C'était la première fois que Francesco évoquait le lynchage dont il était l'objet, et il sentait qu'il n'avait pas parlé pour rien. Il réfléchit : les seuls moments où la bande des Africains était à découvert, c'était dans les douches ou dans leurs cellules. Mais il ne pouvait pas aller les attaquer avec ses simples poings, ni même une lame de rasoir s'il arrivait à s'en procurer une, ils étaient trop nombreux et lui feraient payer cher la moindre tentative du genre.

Enfin il eut une idée. Il demanda à rejoindre l'équipe qui s'occupait des menus travaux dans la prison. Il fit vite bonne impression à son chef, en employant des mots techniques, et raconta qu'il avait été électricien et peintre avant de faire de la taule. Il fut donc intégré le jour même.

Une semaine plus tard, il croisa la bande d'Ousmane dans la cour de la prison. Les insultes fusèrent, comme d'habitude.

— Alors petit enculé. Toujours aussi seule-toute ! Et encore plus keuss qu'avant. Il va falloir penser à passer à la casserole, dit un des hommes avec un rire bien gras.

Simon se força à masquer sa terreur devenue instinctive. Redressant la tête, il le fixa dans les yeux, et d'un ton qu'il cherchait à rendre le plus froid possible, lui dit :

— Bientôt vous allez avoir peur. Partout. Sous la douche. Aux toilettes. Dans vos cellules. Et là....

Son message délivré, il s'esquiva presque au pas de course pour rejoindre son équipe de maintenance.

Le soir même, trois gars de la bande, dont Ousmane

lui-même, étaient retrouvés électrocutés dans la douche collective. Ils furent transportés de toute urgence à l'hôpital dans le service des grands brûlés. Après enquête, il fut établi qu'il y avait dû y avoir un court-circuit causé par un fil de cuivre qui touchait l'eau. On ne trouva pas d'autre explication. Trois jours plus tard, c'est une fuite de gaz qui manqua tuer toute une cellule de la même bande. Simon avait lui-même donné l'alerte aux gardiens. Les occupants de la cellule furent juste très indisposés, mais au moment de sortir de l'infirmerie, ils demandèrent avec insistance à être déplacés dans une autre partie de la prison. La peur commençait à s'installer.

Quand Ousmane revint au bout de trois semaines, ses brûlures en partie cicatrisées, il manqua de mourir intoxiqué par le plat principal servi le soir même de son arrivée. Pris de vomissements à répétition, il ne pouvait plus respirer. Il fut le seul de la prison à être atteint. Là encore, Simon ne fut pas soupçonné, il n'était même pas dans la cantine lors du dîner. Et là aussi, malgré ses hurlements clamant qu'il avait été empoisonné, les analyses ne prouvèrent rien. Quand Simon le recroisa, il sut que ses mises en garde avaient été efficaces. Ousmane tourna la tête et changea sa route. Personne n'avait oublié son regard mauvais quand il les avait menacés, et l'histoire fit le tour de la prison. Un intello dangereux, ça fait peur. Il devint presque invisible. C'était exactement ce dont il rêvait.

Il dut tout de même parfois se battre, mais ce n'était plus la même chose. Ils étaient tellement nombreux, tellement tous à fleur de peau qu'il suffisait d'un rien pour que deux détenus en viennent aux mains. Mais cette fois, c'était des combats aussi loyaux qu'une prison peut en offrir, et surtout seul à seul. Il se prit quelques coups, en donna au moins autant. Maintenant qu'il avait retrouvé une alimentation presque normale et qu'il ne vivait plus le même enfer, ses années d'entraînement pouvaient lui servir et il apprit rapidement à utiliser toutes les techniques interdites en dehors de la prison. Il y avait deux règles : ne pas tuer et ne pas se faire tuer. Il n'avait aucune envie de voir se prolonger sa peine pour un nouveau crime. Il luxa une fois l'épaule d'un codétenu, mais sinon, les combats finissaient avec des bleus et un nez ou une lèvre qui saignaient. Il savait maintenant comment étourdir son attaquant rapidement, et s'éloignait sans attendre que les gardiens arrivent sur les lieux pour donner quelques coups de matraque à ceux qui étaient restés attroupés afin de les disperser. Il était hors de question qu'il redevienne une victime, il voulait juste qu'on le laisse tranquille. Tous les jours, dans sa cellule ou dans la cour, il passait du temps à courir et se muscler. Il endurcissait ses poings sur les murs de la prison. Il faisait de son corps une machine redoutable. La simple vision de son entraînement suffit à finir d'impressionner ses codétenus qui l'évitèrent d'autant plus. Mais quand il se battait, il eut la surprise de voir ressortir son surnom datant du pensionnat. Comme si, maintenant qu'il avait gagné le respect, ou du moins la crainte, la mémoire revenait à ceux qui avaient été en contact un jour ou l'autre avec quelqu'un de son ancien réseau. Elles étaient loin, les rumeurs de pédophilie ; il était Tyler et son nom était scandé quand il en venait aux mains « Tyler, Tyler, Tyler ». Son quotidien s'améliora alors sensiblement.

Par ailleurs, dès qu'il le put, il s'inscrit à des cours de sciences par correspondance, il avait toujours aimé ça et se réfugia dans les études. Maintenant que son calvaire avait pris fin, il retrouvait la disponibilité de son cerveau, et il le faisait travailler à plein régime, oubliant ainsi un peu les murs au milieu des formules. Au bout d'un an de prison, son ami Francesco mourut foudroyé d'une crise cardiaque, le résultat d'une vie d'excès. Cela lui fit de la peine, mais il s'était tellement endurci qu'il ne put en ressentir beaucoup de tristesse. La trahison du Vieux lui avait servi de leçon, et la mort de son camarade semblait prouver que chaque relation qu'il tissait le laisserait seul.

Au bout de quelques mois, on lui dit qu'il avait été inscrit à un programme d'échange par courrier avec des bénévoles avec l'association « Cuckoo's Nest ». Bien que surpris qu'on ne l'ait pas consulté avant, il ne fit pas d'objection, se disant qu'une distraction était toujours la bienvenue. Il reçut les lettres d'une jeune fille nommée Alice, qui vivait en banlieue parisienne. Le ton des premiers écrits était assez convenu, mais Simon répondit malgré tout. Peu à peu, les échanges se firent plus denses, complices. Simon avait parfois l'impression qu'elle le connaissait déjà. Il apprit ainsi au fil du temps qu'elle avait été élevée par un vieil oncle et une vieille tante dans la ville de Stavanger, en Norvège. Elle n'avait jamais connu ses parents. Elle aimait Paris et s'y était installée dès le bac en poche. Elle était maintenant étudiante à l'école du Louvre, en dernière année, mais elle voulait faire de l'humanitaire. Elle était originale, douce, féminine. À son tour, Simon lui raconta son parcours, en édulcorant ou omettant certains détails les plus scabreux. Il en vint rapidement à parler plutôt de ses envies d'avenir. Au fil des semaines, il se mit à penser de plus en plus à elle, attendant ses lettres avec une grande impatience.

— Rien n'arrive par hasard, lui avait souvent dit Francesco.

Et puis un jour, elle lui proposa de venir au parloir pour le rencontrer, car elle assistait à un événement culturel des Arts Florissants à Montpellier pour écouter un célèbre baryton. Il refusa au début, jusqu'à ce qu'elle ne lui donne plus le choix. Pendant quelques jours, il avait joué avec l'idée qu'il avait toujours la possibilité de décliner sa visite, mais il bondit quand on appela son nom. Ils se retrouvèrent au parloir, souriants et un peu gênés. C'était une jeune fille toute blonde, sa lourde chevelure ramenée en un chignon lumineux. De taille moyenne, très fine, un sourire sincère étirant ses lèvres rouges, elle dégageait une pureté qui fit tressaillir Simon. Il avait oublié que des gens comme ça existaient. La salle était commune, mais Simon ne voyait qu'elle... Il avait préparé dans sa tête tous les sujets de conversation qu'ils pourraient aborder, nerveux à l'idée qu'ils pourraient ne pas savoir de quoi parler. Cela faisait maintenant quatre mois qu'ils communiquaient à raison de deux lettres par semaine, il n'avait jamais autant parlé de lui à quelqu'un. Il n'en avait jamais autant appris sur quelqu'un d'autre non plus.

Évidemment, ils n'abordèrent aucun des sujets soigneusement préparés.

À la fin de leur entrevue, il y eut un silence. Son regard à elle s'attardait sur les traits tirés de son visage, les sourcils fournis au-dessus des yeux d'un brun chaud, réduits à deux fentes par son sourire, ses lèvres pleines, ses larges épaules. Sa respiration s'accéléra un peu. Elle ne lui demanda rien d'autre, mais quelque chose s'était passé, ils le ressentirent tous deux.

Ce fut à ce moment que pour Simon, la chose fut claire, il avait eu un coup de foudre. Alice lui apparaissait comme la promesse d'une vie nouvelle, d'une vie heureuse. Il ne le lui dit pas, car il n'osait mettre des mots là-dessus, c'était la première fois qu'il ressentait cela. Ils continuèrent à s'écrire et elle revint le voir quelques rares fois. Mais quand il fut libéré, c'est elle qui l'attendait à la sortie. Ils partirent ensemble une semaine dans une petite station balnéaire italienne. Simon se souvint à quel point tout lui paraissait magique. Être libre, et libre de la toucher, la voir rire, l'entendre finir ses phrases. Il ne croyait pas que ça pouvait exister. Mis à part ces quelques moments d'absence quand il se mettait à évoquer certaines choses dont elle ne semblait pas se souvenir... Il était loin de deviner que c'était les signes avant-coureurs d'une maladie qui la confinerait sur un lit d'hôpital...

Elle l'avait encouragé à reprendre ses études, et avait été à ses côtés depuis. Elle était tellement bienveillante. L'évoquer fit agréablement dériver le cours de ses pensées.

Soudain, une voix dans l'avion le ramena à la réalité :

— Nous traversons actuellement une zone de turbulences. Veuillez retourner à vos sièges et attacher vos ceintures s'il vous plaît.

L'hôtesse revint s'asseoir à côté de lui, lui souriant à nouveau.

Il finit le contenu de son plateau. Mais il ne toucha pas au gâteau aux amandes. Il avait toujours détesté les amandes.

Chapitre 10

L'avion arriva à Marignane, dans un ciel dont le bleu n'existe que dans le sud.

Simon s'engouffra dans un taxi autonome. Il avait loué une chambre dans un petit hôtel du vieux Marseille. Revoir cette ville lui rappellerait des souvenirs, de bons comme de mauvais. Il s'enfonça dans son siège et laissa son regard s'évader par la fenêtre, la tête abandonnée contre la portière. La vue se transforma peu à peu alors qu'il se rapprochait du centre-ville, les vieux immeubles prenaient la place des barres d'HLM. Une demi-heure plus tard, il était arrivé à destination.

L'hôtel des Calanques était un petit établissement non loin du vieux port. Sa façade blanche était simple, mais il s'en dégageait un léger parfum d'authenticité, comme si l'essence de la vieille ville s'y était réfugiée.

Pénétrant dans le hall, il eut l'impression de reconnaître le réceptionniste, à moins que ce soit sa manière insistante de le regarder qui lui ait donné ce sentiment. C'était un homme qui, on le sentait, faisait plus que son âge. Il était gras sans être gros. Un bouc et un t-shirt informe trop grand pour lui complétaient une image qu'on ne s'attendait pas à trouver dans ce genre d'établissement, mais plutôt dans un bar aux arrière-chambres louches, dans une mauvaise série télé.

L'homme prit un ton obséquieux malgré sa voix trop aiguë :

— C'est la 6. Je vais vous accompagner.

— Non merci, ça ira. Je trouverai très bien tout seul, dit Simon, un peu sèchement. Certaines personnes avaient le don de le mettre instantanément mal à l'aise.

Heureusement, la vue d'une petite cour arrière délicatement ombragée, et la montée des escaliers à l'épais tapis usé par les pas le rasséréna. L'endroit, sans être luxueux, possédait un charme discret et de bon goût.

Il sortit déjeuner dans un restaurant qui s'étalait sur une petite place des environs. Il avait troqué ses vêtements de voyage contre une tenue plus légère. Le quartier était assez calme malgré son attrait pour les touristes, on était en milieu de semaine, et peu de voitures circulaient dans cette partie de la ville. Les tables étaient dressées dehors, ombragées par les arbres et un grand auvent de toile rouge brun. On entendait les cliquetis des couverts et des odeurs de nourriture se mêlaient agréablement, tandis que les serveurs au long tablier noir faisaient des allers-retours entre la terrasse et la cuisine, les bras chargés de corbeilles de pain, de carafes d'eau et de plats colorés. Il n'était pas revenu depuis longtemps, mais rien n'avait vraiment changé.

Sa première tâche était de trouver Orhan. Il pourrait l'aider à retrouver le Vieux. À part lui, il n'avait pas une seule piste. Il savait qu'il allait lui falloir une bonne dose de chance. Mais il n'avait pas le choix, il se sentait lancé dans une course contre la montre. Et puis il s'était toujours considéré comme quelqu'un de particulièrement privilégié par le destin : tant de fois tout s'était organisé exactement comme il le voulait, des situations perdues s'étaient inversées en sa faveur comme si le hasard était de son côté.

Il commença par écumer les lieux qu'ils avaient eu l'habitude de fréquenter. Mais cela faisait si longtemps. Il repassa par le quartier où Orhan et son cousin vivaient dans un premier temps. Il y croisa quelques visages familiers, mais qui l'évitèrent. Ce qui le troublait, c'était la rapidité avec laquelle tous semblaient s'être donné le mot. Personne ne s'étonnait, ne se figeait même un bref moment avant de réagir, ils se contentaient de disparaître à sa vue. Sans relâche, cherchant à refouler son malaise grandissant, il continuait :

— Bonjour. J'ai vécu il y a quelques années ici. Je cherche un de mes amis ? Il s'appelle Orhan. Il est assez grand, très brun et les yeux très clairs. Il venait souvent ici. Ça vous dit quelque chose ? interrogeait Simon.

Les réponses étaient vagues. Certains faisaient au moins mine de fouiller dans leurs souvenirs. La plupart se contentaient de piquer du nez dans leur verre en maugréant. Ici, on avait l'habitude d'éluder les questions.

Simon avait pourtant décidé de se concentrer uniquement sur la recherche d'Orhan, afin d'éviter d'annoncer que son but était le Vieux. Il ne savait pas si ce dernier était toujours pourchassé par les Chinois, mais ils n'étaient pas réputés pour pardonner et auraient probablement été ravis de lui faire la peau. Et il savait pertinemment que très peu de gens le connaissaient vraiment. Il utilisait habituellement des noms d'emprunt : « Monsieur Nicolae » étant le plus usuel. En référence au dictateur Ceausescu du XXe siècle. Pas étonnant de sa part. Mais ça ne simplifiait

169

pas une recherche dans l'annuaire.

Le dimanche matin, en se levant, il étouffa un soupir de découragement, il ne savait déjà plus où aller. Il avait sillonné le vieux port à Arenc, les Grands Carmes, la Joliette... Il se sentait vraiment bloqué et sans le Vieux, il avait l'intime conviction qu'il ne pourrait jamais faire avancer ses recherches.

Il s'attabla à un petit bistrot de quartier, le Café des Marguerites. Il se forçait à ne pas perdre espoir. Mais la ville était grande et il n'avait aucune autre piste que celle de son ancien complice.

Un quart d'heure à tourner nerveusement sa cuillère dans un café déjà froid, et quelqu'un se dressa devant lui.

— Il paraît que tu me cherches Simon ? Que me veux-tu ? lui lança l'apparition d'une voix méfiante.

Simon leva les yeux et vit son ancien ami de jeunesse qui se tenait entre lui et le soleil. Il n'avait pas vraiment changé. Il arborait juste une très fine moustache maintenant.

Simon se redressa d'un bond, le visage illuminé par un sourire. Il avait espéré que sa manie de poser des questions lui amènerait une réponse, mais il ne pensait pas que cela arriverait aussi vite, et en personne.

— Orhan ! Te voilà, Dieu merci, tu m'as retrouvé !
S'il te plaît, assieds-toi, je t'offre un verre !

Le visage d'Orhan s'éclaira légèrement. Simon se
doutait bien qu'il avait eu peur de le voir ressurgir
avec l'idée de régler les vieux comptes du passé, mais
son air joyeux et soulagé non feint le rassura. Il lui
ouvrit les bras, et Simon lui rendit son accolade
fraternelle. Orhan avait toujours été affectueux.

— Amigo ! ça fait si longtemps ! Je croyais jamais te
revoir ! On a même cru avec les gars que les noiches
t'avaient descendu après la zonze !

Soudain volubile, il s'assit en le fusillant de questions :

— Mais pourquoi tu nous as jamais donné de
nouvelles ? On a essayé de te passer des messages en
taule, mais c'était super chaud ! On avait quitté la
France, et les noiches comme la FIMAC nous
collaient au cul ! Putain, je croyais que je t'reverrais
jamais. J'ai cherché à avoir de tes news pendant pas
mal de temps, tu sais. On t'a vraiment cru fini.

— Aucun problème mon vieux. Au contraire c'est
moi qui m'en veux. Après la zonze, j'ai voulu tourner
la page. On avait vraiment déconné. J'me suis rangé
et j'ai repris les études. Je voulais plus trop donner de

nouvelles. C'était pas de belles années, tu vois ? Le juge m'avait interdit de reprendre contact avec vous et j'avais reup de retourner en cabane. Et puis, je croyais que t'étais rentré chez oit, en Turquie.

Simon souriait intérieurement de cet échange, un peu hypocrite, plein de bonne volonté et de séries de mauvaises excuses, dans ce vieil argot de l'époque qui lui revenait naturellement. Le temps avait passé, ils n'avaient plus eu besoin l'un de l'autre et avaient, là il avait été honnête, voulu oublier une période sombre.

— Mais qu'importe bordel ! Je suis content de te revoir. Que deviens-tu ? Que fais-tu maintenant mon vieux ?

Finalement, ces retrouvailles étaient un moment agréable pour l'un comme pour l'autre. Ils s'étaient connus à l'aube de leur adolescence et avaient tout compte fait, grandi ensemble. Simon était d'autant plus heureux qu'il avait retrouvé le premier maillon de la chaîne qui allait le mener jusqu'au Vieux, et donc peut-être enfin lui permettre d'élucider la fameuse formule. Et puis, il reconnaissait ce qu'il avait aimé chez son ancien compagnon, son insouciance, et la sienne à l'époque. Il aurait presque pu oublier quelques minutes le but ultime de cette réunion, et que chaque instant comptait.

Orhan lui raconta qu'il avait lancé un business un peu

plus en règle que le trafic de stupéfiants. Il avait rejoint l'entreprise d'un de ses oncles qui faisait de l'importation de bière avec la Turquie. Tout passait par le port de Marseille. Ça avait bien marché pour lui au début, la période était florissante. Mais là, depuis plus d'un an, c'était devenu beaucoup plus compliqué avec les nouvelles réglementations mises en place par l'Union européenne. Seules les grosses sociétés parvenaient encore à faire des bénéfices.

— Comme d'hab, c'est toujours les gros qui s'enrichissent. C'est un scandale ! Nous c'est notre ruine. Foutus connards de politicards !

Quant à son plus jeune cousin Yalim, il s'était installé au pays et était devenu expert-comptable. Plutôt honnête même.

— Tu te rends compte : expert-comptable, mon pote ! D'un côté, il avait bien commencé avec la formation en alternance qu'on avait généreusement mise à sa dispo, dit Orhan dans un grand éclat de rire.

En effet, dans la bande, le rôle de Yalim était de gérer les finances. De faire se balader l'argent qu'ils recevaient en ligne pour qu'il perde toute origine et odeur, et revienne en France en toute innocence. Il était foncièrement loyal, et tout le monde avait confiance en lui.

Orhan continua à donner des nouvelles. Enzo, le cousin de Noah, celui qui avait été tué par les Chinois, avait voulu se venger. Mais le sang appelle le sang, et il s'était fait tuer à son tour après avoir descendu deux jeunes seconds de la bande de la Triade. Aucun d'entre eux n'avait plus de 20 ans à l'époque des faits. Une boucherie d'enfants. D'autres s'étaient rangés. Sam avait fait de la prison, et travaillait maintenant dans un garage. Andreï était informaticien.

Simon à son tour lui donna de ses nouvelles, en restant assez flou sur une partie des éléments de sa vie. Il dit juste à Orhan qu'il avait une petite amie et était salarié dans une entreprise à Paris, et qu'il avait un peu renoué avec sa famille. Une vie rangée en fait. Il passa évidemment sous silence la maladie d'Alice et le thème exact de ses recherches au laboratoire.

D'autant plus que maintenant, il savait qu'il allait devoir aborder le sujet du Vieux. Cela faisait deux heures qu'ils parlaient, et Orhan devait bien se douter qu'il n'avait pas organisé une battue dans la ville de son passé pour le simple plaisir de ses beaux yeux. Simon n'avait pas encore trouvé d'excuse crédible pour expliquer ce qui allait suivre, trop obnubilé qu'il avait été par sa toute première étape. Il se devait d'être convaincant. Orhan était un homme intelligent, et avait survécu en sachant sentir les coups fourrés. Il était justement en train d'évoquer sa frustration à ne plus avoir d'argent frais à sa disposition. Ils étaient passé à l'apéritif, troquant le café contre du pastis, et il s'épanchait avec cette familiarité et ce besoin de se confier qu'apporte l'alcool.

— Il ne doit pas avoir beaucoup d'amis… un peu comme moi, songea Simon. On est vraiment une espèce à part. Ce qu'on a fait jeunes nous a marqué jamais.

— Tu vois, Simon, continuait-il, y a plus de possibilités de business. Maintenant les nouveaux font un bordel monstre. Ils ne respectent plus rien.

Cela fit sourire Simon qui repensa à ce vieux Francesco et à son code d'honneur. Ces voyous, qui parlent de règles, alors qu'ils passent leur temps à violer celles qui sont normalement valables pour tous. Orhan continuait, la voix plus sourde :

— Je suis fauché comme les blés. Je sais plus quoi faire. J'ai peur chaque matin que ma meuf se fasse la malle. Et pourtant Dieu sait que je l'ai dans la peau celle-là. Mais je ne peux même plus l'inviter au resto. Il faut que je me refasse.

C'était l'angle d'attaque parfait pour Simon, dont le cerveau se remit en marche. La cupidité était bien leur dénominatif commun à cette époque.

— Écoute Orhan. Moi aussi ça va mal. Moi aussi j'ai absolument besoin de me refaire. Ces années à me ranger, c'est bien. Mais la thune c'est dur à trouver quand tu marches dans les clous. J'en peux plus de fermer ma gueule devant ma connerie de hiérarchie pour espérer gagner trois cents euros de plus à la fin du mois avec un foutu bonus du mérite. J'ai beaucoup repensé à notre bande et à ce que l'on avait accompli. On a été trop loin, c'est pour ça que tout a merdé. Mais tu te souviens du pognon qu'on se faisait ?

Devant le regard soudain brillant d'Orhan, il sut qu'il avait trouvé la meilleure accroche possible.

— Près de cent briques par mois !

— Et c'était il y a plus de six ans !

Il marqua un silence, de manière calculée.

— J'avoue que j'hésitais à t'en parler. Quand tu disais que toi qui t'étais rangé, et que le reste de la crew était aussi passé de l'autre côté de la barrière, j'étais pas sûr. Mais voilà. J'ai des contacts maintenant au UK. Des mecs très sérieux, cleans. Ils payent vraiment bien, et ils veulent… comment dire… délocaliser une partie de leurs activités. Je pense qu'y aurait quelque chose à faire là-dedans pour toi aussi.

— Balance...

— Je te dirai tout, mais d'abord, il faut que tu m'aides. J'ai besoin de toi, mais on a surtout besoin de retrouver le Vieux. C'était un génie. C'est avec lui que j'ai tout appris, et sans lui, on ne pourra rien faire.

Quand Simon leva les yeux de son verre dont il venait de prendre une longue gorgée, Orhan le regardait bizarrement.

— Tu penses vraiment qu'on devrait renouer avec le Vieux ? Comme tu dis, il t'a tout appris, et puis c'est même ton boulot maintenant, les labos. Suis sûr que tu retrouverais vite tes bonnes habitudes.

— J'ai malheureusement pas trop le choix.

Simon essaya de masquer l'urgence dans sa voix pour ne pas se trahir.

— Il est connu, il a toujours une putain de réputation niveau qualité. J'ai réussi à les faire s'intéresser à moi en sous-entendant que nous étions toujours proches… Les mecs accepteront de nous avoir sur le coup à la seule condition que le Vieux soit avec nous dans le biz.

Simon constata avec soulagement que son histoire n'avait créé aucune suspicion dans l'attitude d'Orhan.

Le bar où ils étaient assis était bordé d'une petite haie. Tout d'un coup, un mouvement brusque en agita les branches. Un homme habillé en noir s'enfuit en courant. Il rejoignit une moto qui semblait l'attendre. Un vieux sortit à sa suite, en toute précipitation.

— Encore un de ces putains de low-life qui vient essayer de chouraver. Ou un keuf de la FIMAC en planque... Maintenant, on sait plus. Il devrait pas revenir, mais faites gaffe à pas laisser traîner vos affaires et à ce que vous dites, dit l'homme qui devait être le restaurateur.

Soudain inquiet à l'idée d'avoir été entendu, Simon régla les consommations et ils marchèrent en direction de la station de métro la plus proche. Il avait du mal à croire à une coïncidence, mais il pouvait pas se permettre de perdre du temps à s'inquiéter de ça.

Orhan expliqua sur la route à Simon qu'il allait tenter d'avoir des pistes pour le Vieux, dont il n'avait plus jamais eu de nouvelles non plus. Mais lui avait gardé des connexions dans le milieu...

Ils se quittèrent tout en se donnant rendez-vous le soir même pour dîner dans un petit restaurant italien à la limite des quartiers touristiques du Vieux Port, où Orhan avait ses habitudes. L'endroit avait longtemps eu une très mauvaise réputation, à la hauteur de ses fréquentations, mais s'était presque embourgeoisé avec le temps, « Chez Marcello ».

Simon repassa à l'hôtel et en profita pour envoyer une dizaine d'emails pour faire croire qu'il travaillait. Il n'avait pas donné de nouvelles depuis son arrivée, et il semblait qu'il allait devoir prolonger son séjour. Il essaya de joindre l'hôpital en fin d'après-midi, mais la ligne était occupée lors de ses quatre tentatives. Il trouva ça étrange, mais il était déjà en retard.

Il se hâta vers le petit restaurant qui était heureusement près de son hôtel.

Orhan arriva un peu après lui. Élégant, il avait pris le temps de se changer.

—Je suis enfin digne de nos retrouvailles… Mais pas les moyens de t'offrir la teille de Dom Pé.

Ils prirent place. Orhan était bruyant. Le sourire et le geste larges, il reprenait ses habitudes de jeune voyou même s'il n'en avait plus le compte en banque ni les risques.

— Tu as pu avoir de l'info sur le Vieux ? finit par demander Simon, brûlant de savoir.

— Écoute mon vieux, j'ai passé l'aprèm à le chercher. Mmhh que c'est bon, ça m'a rappelé le bon vieux temps de me replonger dans ces histoires, de recontacter tous ces gens...

— Alors, tu as des pistes ? le coupa Simon, impatient.

— Pour être franc, j'ai aucune idée de l'endroit où il peut bien crécher. Après la descente de la FIMAC, on l'a plus jamais revu. J'ai même appelé un de mes potos très connecté : nada. Tous les autres ne savent rien, sont en zonze, ou ont clamsé.

Ça fit l'effet d'une douche froide pour Simon qui ne put s'empêcher de se décomposer.

Orhan caressa malicieusement sa petite moustache.

— Mais…. Mais, j'ai retrouvé l'adresse d'Adélaïde. Je sais pas si tu te souviens. Peut-être même que tu l'as jamais su. Mais le Vieux avait une zessegon. C'est Seb qui devait le conduire chez elle de temps en temps et qui m'en a parlé, un soir où il était foncedé. Il se souvient juste de l'adresse et de l'étage. Il devait attendre le Vieux, parfois des heures, et il avait repéré l'appart aux lumières allumées. C'est notre seule piste. Allons commandons, j'ai une faim de loup.

Mais Simon était déjà debout.

— Ne perdons pas une seconde, donne-moi l'adresse, on y va.

— Mais la bouffe… ?

— T'inquiète pas. Elle nous attendra. Si on veut être

sûr de trouver cette fameuse femme cachée, il vaut mieux y aller un dimanche soir. La journée, si elle travaille, ça nous fera vingt-quatre heures à poireauter. Et une fois qu'on lui aura fait cracher des infos, je t'invite à dîner où tu veux.

Cela rassura Orhan, qui en plus d'avoir faim, ne savait pas trop comment avouer à Simon qu'il devait avoir au maximum vingt euros en poche, lui qui il y a six ans pouvait en dépenser cinq mille en une nuit.

Ils enfourchèrent la moto d'Orhan, une très vieille Triumph Trident 900, et se dirigèrent vers le 14 de la rue Adolphe Thiers.

Un coup d'épaule appuyé dans la porte de l'immeuble leur donna accès à un escalier en bois usé. Ils arrivèrent au deuxième étage et sonnèrent deux fois avant qu'une femme leur ouvre. C'était une belle femme au charme un peu fané.

Simon lui expliqua presque honnêtement le motif de leur venue, s'en tenant à leur envie de retrouver son compagnon dont ils avaient jadis été des amis proches. Elle commença par nier fermement être cette fameuse Adélaïde et savoir de qui ils parlaient, disant qu'ils avaient dû la confondre avec quelqu'un d'autre. Mais sa voix dérailla un peu lorsqu'elle leur demanda de partir sur-le-champ.

— Elle ment, annonça Orhan, qui s'était tu depuis qu'elle avait ouvert.

À ce moment précis, elle fit un geste brusque pour tenter de refermer la porte sur eux.

Ohran fut plus rapide et la poussa à l'intérieur de l'appartement, dans un étroit vestibule qui faisait office d'entrée, percé de deux portes donnant l'une sur un salon et l'autre sur un couloir. Lui agrippant fermement le bras, il la poussa contre le mur, la tête presque enfoncée dans les manteaux qui pendaient à côté. Elle n'avait pas encore mal, mais en la plaquant ainsi, il lui faisait passer un message clair.

Simon le laissa faire. Le Vieux était sa seule piste et il savait qu'il serait prêt à tout pour le retrouver.

Dans le salon, un jeune garçon blond, maigre, qui venait probablement de souffler ses 16 bougies les fixait, terrorisé. Recroquevillé dans un large fauteuil usé, il tenait son téléphone des deux mains et était paralysé par la peur.

La femme, elle, ne disait toujours rien. Mais son visage avait perdu toute impassibilité. Malgré cela, elle gardait le regard dur et les lèvres serrées. Elle finit par crier :

—Je ne sais pas de qui ni de quoi vous parlez. Partez

d'ici, sur-le-champ.

Orhan, la maintenant toujours d'un bras, leva lentement sa main droite, à laquelle brillait l'or jaune d'une chevalière, prêt à la gifler sans haine, mais avec force, conscient des ravages que sa bague pourrait infliger.

— Les cartes postales, regardez les cartes postales. Et je vous en prie, laissez ma mère tranquille... Elle ne sait rien de plus !

La voix encore mal posée du jeune garçon venait de retentir dans le silence lourd de menaces de l'appartement.

Sa mère le regarda d'un œil trouble. Il aurait été difficile de savoir si elle lui en voulait d'avoir cédé aussi vite, ou si elle était juste soulagée de voir s'éloigner la souffrance, et cela sans culpabilité.

Coincées dans l'angle d'un grand miroir qui occupait un des murs, donnant à la pièce une profondeur illusoire, se trouvaient plusieurs cartes postales. Elles représentaient toutes des paysages africains.

Orhan les éplucha. Il y en avait une tous les mois, la plus ancienne datant d'il y a plus d'un an. Mais la plus récente remontait à presque trois mois. Le cachet indiquait la ville de Ouadda, en Centrafrique.

Le texte était court et énigmatique : Adélaïde. « Tourne ton visage vers le soleil, ainsi l'ombre restera-t-elle derrière toi ». Avec tout mon amour, Charles.

Simon se tourna vers Adélaïde.

— S'il vous plaît, reprenons depuis le début. Pardonnez la réaction de mon ami. Nous ne voulons vraiment aucun mal au Vieux… enfin à Charles. Bien au contraire, nous voulons l'aider. Mais il faut que je lui parle, c'est très important, j'ai besoin de lui. Il faut me dire la vérité. Est-il toujours à Ouadda ? Est-il possible de le joindre là-bas ?

La transition brutale entre les agressions physiques d'Orhan et la politesse suppliante de Simon eut raison des nerfs d'Adélaïde. Elle s'assit et explosa en sanglots. Très mal à l'aise, les deux hommes attendirent nerveusement que la crise passe, tandis que le fils les fixait maintenant d'un air furieux, sans toutefois oser bouger de son fauteuil. La femme finit par se calmer, et d'une main tremblante, leur fit signe de s'asseoir, sans regarder Orhan.

— Moi aussi, j'aimerais tant pouvoir lui parler...

Elle leur raconta tout. Avec soulagement, elle se libérait de cette histoire qui la minait.

Chapitre 11

Simon avait projeté sur le mur de son salon une carte de Centrafrique. Sur un site spécialisé, il avait trouvé la plus fiable des cartes dont il pouvait disposer. Ceci dit, il était bien possible qu'une partie des villages indiqués aient disparu. Cela faisait déjà plusieurs années que le pays revivait une guerre civile qui dégénérait. Depuis des décennies, cette zone était engluée dans un conflit qui semblait ne pouvoir se résorber. Les Seleka, des bandes rebelles, affrontaient les détracteurs de l'ancien président dictateur Bozize, et personne n'osait ou ne voulait vraiment intervenir. Certaines zones étaient sous le contrôle des rebelles, le premier président autoproclamé avait fini par disparaître dans des circonstances que personne ne faisait mine d'élucider, et avait été remplacé par un de ses « cousins ». Les civils étaient des cibles comme les autres. Des villages entiers avaient été brûlés, leurs habitants massacrés à coups de machette. Ceux qui réussissaient à s'échapper essayaient de passer la frontière, ou se réfugiaient dans la forêt. Mais c'était aussi le repère des trafiquants de tout ce qui pouvait se vendre dans le pays. Dernièrement, la violence était devenue plus larvée, les escarmouches entre les différents partis étaient épisodiques, les alliances se faisaient et se défaisaient. La situation semblait cruellement sans issue.

Simon aurait préféré que le Vieux choisisse un autre lieu de villégiature…

Il entendait encore résonner dans ses oreilles la voix lasse d'Adélaïde lorsqu'elle s'était mise à parler. Depuis plusieurs années, le Vieux, qu'elle appelait Charles, était parti s'installer en Afrique. Il faisait des affaires là-bas, sans trop entrer dans les détails. Depuis bientôt un an, les cartes postales venaient de la même région de Centrafrique. Or cela faisait trois mois qu'elle n'avait rien reçu. Elle ne s'était pas inquiétée au début, puis avait fini par trouver ça étrange. Mais elle n'avait aucun moyen de le joindre. Et puis il y a trois semaines, elle avait reçu une lettre de là-bas, de quelqu'un qu'elle ne connaissait pas, mais qui lui donnait un numéro de téléphone en disant d'appeler au plus vite, et que la vie de Charles était en danger. Au bout du fil, elle s'était retrouvée avec un vieil associé du Vieux — un des rares qu'elle connaissait un peu — qui lui avait expliqué que le Vieux avait été kidnappé par une tribu rebelle. Comme c'était lui qui était habituellement chargé tous les mois de poster les fameuses cartes, il avait eu l'idée de la joindre. De ses discours confus avait fini par ressortir le fait que le Vieux s'était retrouvé mêlé à un trafic de diamants, une histoire de procédé spécial pour leur donner une pureté parfaite, qui lui ressemblait bien. Il était devenu presque un gourou dans cette tribu aux croyances chrétiennes mâtinées d'une bonne dose de superstition et de sorcellerie. Sa renommée et l'éclat quasi surnaturel des diamants qui sortaient de son atelier avaient rapidement conduit d'autres tribus à s'intéresser d'un peu trop près à lui. Une tribu crainte dans la région avait fini par tout simplement mener un raid contre eux, et l'avait enlevé. Depuis, elle le maintenait prisonnier et devait probablement l'obliger à collaborer avec eux, avec la triste éventualité qu'elle parvienne à lui voler son secret et le supprime.

Adélaïde avait cru cette histoire. L'homme avait insisté sur le fait qu'il fallait le tirer des mains de cette tribu. Il lui avait demandé si elle pouvait lui donner de l'argent pour recruter des mercenaires afin d'essayer de libérer Charles, mais la mission avait échoué. Dans une époque aussi troublée, il était quasiment impossible de trouver des gens de confiance et de courage. Il était en train de mettre en place une autre expédition, mais cela prenait du temps, et chaque journée représentait un nouveau risque de ne jamais revoir le Vieux vivant.

Simon avait obtenu d'Adélaïde le numéro de cet associé, elle était bien trop heureuse de pouvoir s'en remettre à quelqu'un pour prendre le relais. Pour le financement, pas de problème, Adélaïde lui avait assuré avoir largement les fonds nécessaires. Il n'avait pas trop cherché à comprendre comment cette femme pouvait disposer d'autant d'argent alors qu'elle vivait dans un simple appartement d'un quartier populaire de la ville. Jusqu'à preuve du contraire, elle était l'épouse légitime du Vieux, il avait dû veiller à ce qu'elle ait de quoi faire face, dans ce genre de situation. Depuis, il appelait quotidiennement l'associé pour savoir où en était la nouvelle tentative de sauvetage. Le problème était surtout de trouver une équipe fiable. Les hommes sur place refusaient de risquer leur vie s'ils n'étaient pas payés d'abord. Mais si on s'avisait de le faire, ils disparaîtraient avec l'argent. Recruter des mercenaires n'était pas chose aisée.

Simon sentait le désespoir et la paresse qui guettaient l'associé, prêt à baisser les bras. Depuis qu'il était rentré à Paris, il l'appelait surtout pour être sûr qu'il n'allait pas abandonner. Exaspéré de ne pas pouvoir faire plus et de devoir masquer son énervement, il le harcelait quotidiennement. Il passait des heures à observer des cartes de la région, et à imaginer comment il pourrait par la suite rapatrier le Vieux en France.

Il fallait que cet homme le lui ramène, il n'y avait pas d'autre solution. Il se crispait sur le sentiment de son impuissance, qui allait de pair avec son impatience. Il n'arrivait même plus à travailler, obsédé par cette idée fixe : retrouver le Vieux. Il avait l'impression que l'univers s'était ligué contre lui pour ne jamais le lui faire oublier : son chemin était comme parsemé de signes qui pointaient dans la direction de son ancien associé. Il allumait la radio et c'était une playlist des tubes de cette époque, il lançait Internet et les publicités voulaient l'emmener à Marseille, il regardait les titres et on faisait un focus sur le démantèlement d'un trafic de drogue ou sur les dernières nouvelles de Centrafrique. Il lui semblait même que les mannequins des vitrines des magasins adoptaient le style et les postures du Vieux, et il avait envie de se prendre la tête entre les mains et de hurler. La santé défaillante d'Alice augmentait encore son angoisse.

Le week-end suivant, il était retourné à Marseille. Il n'avait pas particulièrement de raison de le faire, mais il ne pouvait pas rester en place, il lui fallait se donner l'illusion de l'action. Il avait ses cartes sous le bras et il avait passé le vendredi soir avec Adélaïde à les regarder tout en imaginant le trajet, l'aéroport à atteindre, faisant des recherches sur les compagnies d'aviation qui faisaient encore des allers-retours entre la Centrafrique et la France. Et puis l'associé avait appelé d'une voix blanche : sa maison avait explosé. Par chance, il était sorti quand c'était arrivé, mais il prenait le prochain avion affrété pour les ressortissants canadiens et serait donc parti dans quelques jours. Il tenait trop à sa vie pour rester plus longtemps.

Simon avait blêmi. Il avait regardé Adélaïde qui s'était assise, le visage décomposé. Ce n'était pas possible que le destin s'acharne ainsi sur lui. Il ne pouvait pas laisser disparaître sa seule chance de réussite. Et que de temps perdu à attendre passivement. Son regard égaré croisa celui de son écran d'ordinateur allumé. Il clignotait de publicités pour les compagnies aériennes, qui s'étaient ouvertes lors de sa dernière recherche. Et là il comprit qu'une seule solution lui restait. Il se tourna vers Adélaïde :

— J'irai !

Et tout s'était enchaîné.

Y aller oui, mais pas seul. Si l'associé n'avait pas pu réunir une équipe là-bas, il y parviendrait encore moins. Dès le lendemain matin, il appela Orhan et lui donna rendez-vous dans un café du quartier. Comme il le craignait, celui-ci ne se montra pas particulièrement enthousiaste à l'idée d'aller en Afrique en pleine zone de guerre. Malgré les contrôles de plus en plus sévères sur la diffusion des images « à caractère traumatisant », il était impossible d'empêcher certaines d'entre elles de trouver leur chemin vers le public. Soucieux de ne pas passer pour un lâche, Orhan avait tout de même choisi de lui opposer des arguments autres : il ne pouvait que difficilement prendre des congés, partir dans une dizaine de jours comme Simon le suggérait était juste impensable, et puis comment être sûrs que le Vieux était toujours là-bas, ou alors en vie… Simon but une gorgée de son café tiède :

— Il y a cinquante briques à se faire, qu'on le récupère ou non.

Avec un certain plaisir mauvais, il vit Orhan changer d'expression. Sortant un stylet, il tapota sur sa tablette :

— J'ai commencé une liste des choses qu'il va falloir mettre en place. Mais la première chose à faire est de trouver des mecs pour nous accompagner. Tu crois pouvoir t'en charger ? Je suis malheureusement un peu trop en dehors du système maintenant, je sais pas à qui m'adresser.

Il était reparti à Paris en laissant donc Orhan responsable du recrutement.

De retour, il se sentit comme une bête en cage. Ses recherches, bien qu'ayant pris un nouveau tournant, restaient au point mort. Retrouver le Vieux était devenu son obsession. Il ne dormait plus la nuit, des cauchemars le réveillant en sursaut à chaque fois, où il voyait Alice agoniser tandis qu'il la contemplait sans faire un mouvement. Chaque fois que son téléphone sonnait, il tressaillait, persuadé qu'il s'agirait d'une mauvaise nouvelle, voire de la plus mauvaise des nouvelles. Il était dans un tel état de nerfs qu'il ne remettait même plus en question la folie de son projet de partir à l'autre bout du monde dans un pays en guerre. C'était son seul espoir.

Orhan avait confirmé qu'une expédition de ce genre ne pourrait se faire à deux. Dans leurs anciens contacts, il n'y avait plus personne qui accepterait de se lancer, ou alors ce n'était plus des types sur lesquels il avait envie de devoir compter s'il y avait un danger. Heureusement, Orhan retrouva rapidement les coordonnées d'une bande mercenaire, composée notamment d'anciens légionnaires, qui acceptaient des missions de protection sans poser trop de questions. La destination n'était pas un problème, il y avait des tarifs par jour et par zone. Deux jours après, il appelait Simon :

— C'est bon j'ai nos hommes. Des pros. Et coup de bol, ils ont les ressources dispos pour nous accompagner dans les prochaines semaines.

— Que sais-tu sur eux ? Tu leur fais confiance ?

— Je ne sais pas grand-chose. Il faudra payer cash un acompte avant le départ, le reste de l'argent au retour. Ils ont l'air de savoir ce qu'il faut faire, ils ont proposé d'aider pour les visas et ils ont le contact de quelqu'un sur place qui pourra nous servir de guide. Ils connaissent pas exactement ce coin-là, mais ça ne semble pas leur poser de problèmes. On m'a dit que c'était les meilleurs.

— Ok dans ce cas, booke-les. Dis-leur que je leur apporte le fric quand ils veulent, et donne-moi un numéro pour les joindre, on a tout de même un sacré nombre de choses à régler avant de partir, et il n'y a pas de temps à perdre, le plus tôt sera le mieux. Je vais contacter Adélaïde pour qu'elle s'occupe de faire le nécessaire pour l'argent.

Le samedi suivant, Simon était à nouveau dans un avion pour Marseille. Il passa d'abord chez Adélaïde, puis retrouva Orhan qui l'attendait en bas et l'emmena directement voir les mercenaires, qui leur avaient donné rendez-vous sur une terrasse près du port. Ils étaient 3 : Lucas, Malik et Ali. Ils semblaient être faits sur le même modèle : silencieux. Malik lui prit l'enveloppe contenant l'argent et recompta tranquillement les billets, vérifiant qu'il y avait bien là la somme prévue. Il la rangea dans une poche intérieure de sa veste, et sortit sa tablette.

— Bon, donc on part sur l'idée qu'il faudra au minimum 2 jours sur place pour aller chercher votre homme. Il va nous falloir des visas, un avion, un moyen de transport sur place, du matériel et des armes. On peut s'occuper de tout ça, comme je disais à votre collègue. Ça va juste prendre un peu de temps…

— Combien de temps ? Nous sommes prêts à payer plus si ça peut accélérer le processus.

— Nous savons ce que nous faisons. Et nous le ferons au plus vite. Je pense qu'on devrait avoir tout bouclé d'ici 10 jours.

Simon soupira de soulagement, il avait soudain eu peur de se retrouver bloqué pendant des semaines. Ils restèrent encore un moment tous ensemble à discuter de certains détails pratiques, mais bientôt, les trois hommes prenaient congé d'eux après leur avoir fait un bref signe de la tête.

Orhan regarda Simon avec satisfaction :

— Tu as vu, des pros hein ?

Simon approuva distraitement. En effet, il n'aurait pas pu souhaiter mieux. Pourtant, quelque chose commençait à le déranger, un sentiment d'oppression qui montait. Il observa les alentours, cherchant ce qui avait pu accrocher son regard et provoquer chez lui cette sensation pénible. Rien. Le souffle plus court, il checka sa montre : s'il se dépêchait, il pouvait prendre le prochain vol et être rentré à Paris en début d'après-midi, au lieu de rester déjeuner avec Orhan comme il l'avait initialement prévu. Il héla un taxi qui passait, et laissa son compagnon en quelques mots, sans se préoccuper de sa surprise. Il l'appellerait plus tard.

De retour à Paris, environné du laboratoire et d'Alice, il passa plusieurs jours plongé dans un sentiment d'irréalité. La machine était lancée, il n'y avait plus à remettre en question sa décision, il était en contact quotidien avec Ohran et un des mercenaires pour préparer l'expédition. La première difficulté avait été de trouver un moyen de locomotion pour rejoindre la zone de la Haute-Kotto, à partir de l'aéroport de Birao. Il s'agissait d'un petit aéroport. Les lignes nationales ayant été coupées depuis bien longtemps, il leur fallait passer par une compagnie privée ou un organisme humanitaire. L'aéroport de Bangui était extrêmement contrôlé par les autorités, surtout vis-à-vis des étrangers qu'ils laissaient partir, mais pas entrer. Et la plupart des autres aéroports de la région, dont celui de Ouadda, avaient été détruits et étaient inutilisables. Par ailleurs, c'était presque mission impossible d'obtenir les visas nécessaires.

Pendant cette période, Simon continuait à aller tous les jours au laboratoire tout en sachant pourtant qu'il n'avançait plus. Son équipe ne semblait pas en prendre conscience, et ils continuaient à s'agiter avec la même constance qu'avant. Simon les laissait faire, peu enclin à essayer de leur expliquer pourquoi leurs efforts actuels étaient vains.

Il ne put voir Alice que de rares fois, car elle était trop faible. Un mardi soir, une infirmière le prévint qu'Alice semblait plus en forme et il avait accouru. Elle sourit à son arrivée. Il enferma en lui le désespoir qui l'habitait. Il ne pouvait pas lui laisser voir sa peur de la perdre.

Ils parlèrent de sujets légers, d'abord. Mais Simon avait l'horrible l'impression que ses sourires et ses enthousiasmes sonnaient faux, et qu'Alice ne pouvait que s'en rendre compte. Lors d'un silence, ce fut elle qui lui prit la main : « Simon, arrête de t'inquiéter pour moi, je suis forte tu sais, je vais m'en sortir. Occupe-toi plutôt de toi un peu, pour une fois. Tu as une mine affreuse, je pense que je parais en bien meilleure santé que toi, là. » Et elle rit. Simon sentait son cœur exploser d'amour et de reconnaissance.

Il partit plus léger, avec un petit sourire idiot sur le visage. Mais il ne pouvait pas oublier ses échéances, et rapidement il était à nouveau sur sa tablette, sourcils froncés, encore plus impatient de pouvoir faire avancer les choses, pour que tout redevienne vraiment comme avant.

Tous les soirs il s'astreignait maintenant à courir au moins une heure et enchaîner avec des exercices poussés. Sa condition physique était restée bonne, mais ayant vu les hommes qui allaient l'accompagner, il n'avait pas envie d'être trop à la traîne. Au téléphone, Ali était toujours calme, rassurant. On sentait l'habitude. Tout avançait comme convenu, il n'y avait pas de soucis à se faire. Le seul point d'interrogation restait la manière dont ils allaient s'y prendre pour récupérer le Vieux. Il ne fallait pas compter uniquement sur une rançon, « personne n'est fiable dans cette région, il faut être prêt à toutes les éventualités. »

Finalement, il leur fallut deux semaines pour achever tous les préparatifs. Simon avait rejoint l'équipe le matin même du grand départ. Il avait dû inventer un mensonge pour expliquer son absence du bureau, et dans des contrées qui ne lui permettraient pas d'avoir accès à Internet. En épluchant la rubrique « Techno » du New York Times, il découvrit qu'une conférence était organisée en Australie la semaine suivante sur la matière noire et la valeur de la constante de Hubble. Simon savait qu'il n'y aurait pas appris grand-chose, il avait déjà eu accès aux résultats, mais c'était une excuse crédible pour le reste de l'équipe, et il n'avait pas de risque d'être compromis, car aucune personne de sa connaissance n'y allait et pourrait s'étonner de son absence. Il lui suffirait de jeter par la suite un coup d'œil aux comptes-rendus pour pouvoir en parler si jamais on lui posait des questions.

Mais une nouvelle fois, l'annonce de son départ sembla laisser son équipe totalement indifférente. Simon s'était attendu à une réaction au moins de la part de Lina, elle savait comme lui que dans six semaines ils avaient une réunion avec Korstein et Jason, et que si leur projet n'avait pas avancé, il y avait des risques que l'équipe soit dissoute. Mais comme les autres, elle se contenta de hocher la tête à la nouvelle de son départ, puis de la baisser, semblant se replonger dans son travail. Simon eut envie de crier pour voir si ça, ça les ferait réagir. Il se contint, mais, de mauvaise humeur, il rangea ses affaires dans un bruit inutile, et partit sans dire un mot de plus. Personne ne parut le remarquer.

Les mercenaires leur avaient proposé de les rejoindre dans leur QG, à l'écart de Marseille. Plusieurs années auparavant, ils avaient acheté un ancien ermitage qui se trouvait tout au nord de la ville, dans le massif de l'Étoile. Situé sur la route de l'aéroport, cela leur permettrait de régler les derniers détails, et de partir tous ensemble. Leur vol était prévu dans la nuit.

Un portail glissa sans bruit à l'approche du taxi qui

l'emmenait. Orhan était déjà sur place, et l'accueillit avec une accolade. Le site était superbe : les falaises de calcaire les entouraient, à peine tempérées par la garrigue et quelques pins. À l'intérieur, on se sentait dans une caserne. Des hommes couraient par petits groupes disciplinés autour des blocs sobres des bâtiments. Mais déjà Orhan l'entraînait :

— Viens, je vais te montrer où tu peux poser tes affaires. Les autres nous attendent pour passer en revue le programme une dernière fois.

Dans une salle de réunion, ce fut vite fait. Simon lança la mise à jour de sa carte de la région, qui s'alimentait des informations des différents consulats encore présents en Centrafrique, et des derniers articles des journalistes. Ali les regarda en souriant :

— On déjeune et on va se défouler les jambes si ça vous dit. On a l'habitude de s'entraîner quand on est ici.

Quelques heures plus tard, Simon en nage se félicitait, dans la mesure où son cerveau le lui permettait, de s'être remis au sport ces deux dernières semaines. Ils avaient passé près de 3 heures à courir dans les montagnes, sous le soleil, et ils étaient en train de se diriger vers une salle de sport bien équipée. Orhan avait décliné l'invitation de sortir de la base, et Simon ne ressentait plus le moindre sentiment de supériorité à son égard. Malgré ses muscles qui hurlaient leurs protestations, il se sentait bien pour la première fois depuis longtemps, l'esprit vidé et assaini. Il fit une sieste avant le dîner, fourbu, et conscient qu'il n'aurait probablement que peu d'heures de sommeil le soir même. Dans un autre registre, il faisait aussi plus confiance à ses compagnons après avoir passé ce moment à s'entraîner ensemble, comme si une sorte de solidarité avait été créée, et qu'il pouvait compter sur eux un peu plus que professionnellement.

Mais quelques heures plus tard, une mauvaise nouvelle tomba. Une recrudescence des combats forçait leur compagnie aérienne à annuler le voyage. Les rebelles étaient manifestement équipés depuis peu de missiles russes antiaériens Pantsir S-1, fournis par un réseau salafiste terroriste.

Simon regarda à la ronde, le visage décomposé. Ils étaient tous autour de la table du dîner. Les malles étaient prêtes, déjà chargées dans le coffre de la fourgonnette qui devait les emmener à l'aéroport.

Ali ressortit et se mit à faire les cent pas dans le jardin, l'oreillette de son téléphone clignotant à chaque nouveau coup de fil qu'il passait ou recevait, faisant de grands gestes. Simon le vit s'asseoir, fixant le mobile qu'il avait sorti de sa poche. Quand celui-ci se mit à sonner, il se leva d'un bond et resta dans une position semi-penchée, le buste immobile, tandis qu'il écoutait. Quelques minutes après, il revenait en souriant vers la maison : le jet privé d'un homme d'affaires partait le lendemain. Ali avait réussi à contacter le pilote et venait d'obtenir la confirmation qu'il était possible d'utiliser le vol. En échange d'une participation financière qui permettait au propriétaire de réduire ses frais, ils pouvaient embarquer. L'avion était un vieil Adam Aircraft A900, et il y avait assez de place pour eux tous.

C'était une chance inespérée ! Simon avait du mal à y croire. En plus, cela revenait même moins cher que l'avion initialement prévu.

Tout le monde se coucha tôt après le dîner. Simon et Orhan étaient stressés et n'avaient que peu dormi la nuit précédente déjà, à cause de l'excitation du départ. La crainte qui les avait saisis de ne plus pouvoir partir avait eu raison de leurs nerfs. Maintenant, c'était sûr, ils allaient se lancer à l'aventure. Et une certaine gravité les prenait à l'idée de ce saut dans l'inconnu.

Pendant la nuit, Simon se réveilla plusieurs fois. Je fais ça pour toi Alice, pensait-il, le cœur battant. Et il replongeait dans un sommeil agité.

Alors que le ciel était encore noir, des bruits de moto qui freine et de graviers qui crissent le tirèrent une nouvelle fois de sa torpeur. Étrange… Trop assommé, il n'eut pas le courage de faire un geste pour regarder l'heure, ou aller voir à sa fenêtre ce qui se passait.

Le lendemain, le petit déjeuner les réunit à cinq heures.

Simon repensa au bruit de moteur dans la nuit :

— Orhan, c'est toi qui t'es barré pendant la nuit ? J'ai entendu un bruit et j'ai cru que c'était ta moto, demanda Simon en le regardant avec suspicion.

Il y eut un blanc...

Orhan, pris de court par la remarque, ne dit rien au début. Il reposa sa tasse de café.

— Oui c'était moi.

— En pleine nuit ? Pour aller où ? demanda Simon, le regard durci.

— Tu sais comment je suis Simon... Je n'ai pu m'empêcher d'aller embrasser Ayça une dernière fois, dit-il avec un clin d'œil, souriant et regardant les hommes autour de lui pour voir l'effet de son aveu.

Cela n'y manqua pas. Un petit ricanement complice accompagna sa confession, et Simon se détendit. Il était décidément trop sur ses gardes, alors qu'ils n'avaient même pas encore quitté Marseille. Ces crises soudaines de paranoïa l'inquiétaient, mais il mit ça sur le compte de la situation exceptionnelle.

Une demi-heure plus tard, ils étaient entassés dans la fourgonnette, serrés coudes contre coudes. L'avion partait de l'aérodrome Aix-les-Milles.

Quand ils arrivèrent, le soleil était levé et éclairait la piste de bitume. L'avion était déjà là, tout blanc. De loin, il avait des allures de jouet. La porte découpait une ouverture sombre sur son flanc.

Dans l'avion, Simon commença par aller échanger quelques mots avec le fameux homme d'affaires, sobrement vêtu d'un costume anthracite et qui avait conservé ses lunettes de soleil. Il avait un léger accent étranger. Il expliqua brièvement qu'il se rendait là-bas pour son business. Après avoir empoché l'enveloppe de cash sans en vérifier la somme, il se cala dans son siège situé tout à l'avant, n'ayant apparemment aucune envie de perdre son temps dans une conversation oiseuse.

Simon s'attarda, songeur, sur les cartes de Centrafrique.

Le vol ne se passa pas bien. Les cinq hommes ne parlaient pas beaucoup. Orhan l'avait fait un peu au début, mais avait fini par s'endormir rapidement, probablement épuisé par son escapade nocturne,

Simon essaya de continuer à lire ses cartes pendant la première heure du trajet. Il regardait furtivement ses compagnons de route qui restaient assis, le visage vide de toutes émotions, sans esquisser le moindre mouvement. C'en était presque dérangeant. Des robots, on aurait dit des robots. Simon tenta de fermer les yeux, mais il était incapable de dormir plus. Et les yeux fermés, son malaise augmentait. Il se sentait devenir de plus en plus nerveux, des impulsions folles commençaient à tourbillonner dans sa tête, comme éclater un hublot ou courir à l'avant et étrangler le pilote, juste pour voir s'il obtiendrait une réaction de leur part... Il se prit le front entre les mains, ce n'était pas le moment de craquer, il fallait se concentrer, et arrêter de voir le mal tout autour de lui.

Au-dessus de l'Algérie, ils faillirent être déroutés, mais le pilote changea de cap et quitta l'espace aérien algérien pour celui de la Tunisie, ce qui leur permit de continuer leur route. Simon remarqua que l'homme d'affaires s'était levé de son siège et se tenait maintenant dans le cockpit avec le pilote. Le vol dura plus longtemps que prévu. Au bout de la troisième heure, les perturbations commencèrent, bien plus violentes sur un petit avion de ce genre que sur des long-courriers. Les doigts crispés sur leurs accoudoirs, tous finirent leur trajet sans un mot, retenant leur souffle à chaque trou d'air un peu profond, le cœur au bord des lèvres. Presque par chance, l'effort qu'ils devaient faire pour lutter contre la nausée les empêchait de penser à leur peur. Les accidents d'avion avaient pour ainsi dire disparu depuis qu'on se servait d'accumulateurs en lithium polymère, mais le réflexe humain était resté le même : si on est en l'air, on peut tomber... Enfin, ils finirent par arriver à destination.

L'aéroport tenait de l'arrêt de bus. Une piste de terre rouge, tout juste suffisamment longue pour les accueillir était flanquée dans un de ses angles d'un abri en béton sans fioriture. Il s'agissait d'un petit aérodrome privé de la région de Vakaga. Quand ils descendirent de l'avion, il n'y avait personne à part le responsable de l'aéroport, qui coinça sa casquette sous son bras pour s'éponger le front tout en regardant leurs passeports et leurs visas. Le mélange de la chaleur étouffante et du silence pesant qui les environnait depuis que le moteur de l'avion avait été coupé donnait à cette scène un côté irréel et vaguement inquiétant.

Heureusement, leur contact sur place les attendait comme prévu, un guide de la région, qui leur serra à tous la main en souriant largement.

Simon retourna voir l'homme en costume qui discutait avec le pilote sur le tarmac.

— Merci encore. Comme convenu, nous nous retrouvons ici dans trois jours, à 11h30. Nos affaires devraient se régler rapidement.

— Elles ont intérêt à l'être, car nous ne vous attendrons pas, répondit-il sans sourire, et il se retourna sans même serrer la main que Simon tendait.

Simon tiqua, mais ne dit rien. Cet homme était distant et lui semblait louche, mais ce n'était pas comme s'il avait lui-même eu envie de partager les raisons de leur voyage. Il leur fallait un moyen de rentrer, il leur était utile pour cela, point.

Simon regarda alors le paysage qui s'étendait au loin, tout en rejoignant les autres qui avaient commencé à transporter les malles vers un petit camion garé de l'autre côté des barrières délimitant la piste.

La terre rouge était sillonnée d'étendues de végétation dont les couleurs constituaient un patchwork de verts et de beige. Les hautes herbes ondulaient de reflets changeants, créés par le poids des rayons du soleil de plomb qui donnait à chaque ombre une dureté métallique. Au loin, des montagnes formaient une barrière irréelle aux contours floutés.

C'était magnifique.

Chapitre 12

Une fois le 4x4 en route, le guide Ayodélé leur fit un rapide débriefing tout en s'engageant sur la piste de terre battue qui les éloignait de l'aéroport. Les mains calmement posées sur le volant, il évitait avec habileté les nids de poule. Grand et les épaules larges, ses cheveux rasés accentuaient l'ampleur de ses oreilles légèrement décollées qui lui donnaient un air naïf. Impression combattue par la brillance de ses yeux et son sourire qui finissait parfois en coin.

Simon surtout lui posa des questions. Il avait pris place sur le siège avant et se cramponnait d'un bras à la portière pour contrôler les chaos. Il se sentait angoissé par le peu de temps qu'ils avaient devant eux, et craignait tout retard dans l'exécution du plan. Le fait que les rebelles aient repris du terrain face aux forces gouvernementales ne le tranquillisait pas pour la suite des événements. En montant dans le véhicule,

Ali avait donné au guide une enveloppe contenant la moitié de la somme convenue à l'avance. Celui-ci l'avait soigneusement pliée avant de la glisser dans un petit sac en cuir noir qu'il portait autour de la taille, sous son t-shirt. Pendant ce temps, le reste de l'équipe avait fini de charger le 4x4, une vieille machine à l'air solide, et ils s'étaient répartis sur les 2 banquettes de l'arrière qui pouvaient chacune accueillir trois personnes.

La route se déroulait devant eux, pleine de poudre et de soleil. En permanence, des mirages faisaient imaginer une mare d'eau les attendant au prochain tournant, mais la terre restait sèche et craquelée.

Ayodélé se mit à parler de la guerre. Sans chercher à les émouvoir, il voulait plutôt les préparer à ce qu'ils pourraient voir. Et qui pourrait être absolument atroce. Des massacres, des viols, des actes d'une barbarie honteuse.

Il ne souriait plus du tout maintenant.

Une heure ne s'était pas écoulée lorsqu'il arrêta sa voiture à l'ombre d'un arbre sans feuilles. Il alluma un vieux radio-transmetteur complètement archaïque que Simon n'avait pas remarqué sur le tableau de bord, et envoya quelques courts messages qui reçurent des réponses sibyllines pour les néophytes qu'étaient ses passagers.

— On va un peu modifier l'itinéraire. Il y a des barrages sur la route que je voulais prendre. On va passer par un chemin plus à l'ouest en direction de Gordil et on coupera par la réserve d'Aouk Aoukale.

Le chemin devient encore plus mauvais, mais le paysage était superbe. Ils traversèrent plusieurs villages, qui semblaient pour la plupart déserts. Parfois ils devinaient une présence humaine dans une ombre qui se reculait dans les herbes ou une porte de hutte qui battait encore. Parfois, quelques enfants couraient derrière la jeep, puis disparaissaient.

— La guerre a épargné cette zone... mais jusqu'à quand ? dit le guide avec une certaine mélancolie.

Simon ne répondit rien à cette question toute rhétorique et se replongea dans l'étude de sa carte, essayant de deviner le chemin parcouru.

Ayodélé appuya sur le tableau de bord et un morceau de musique résonna.

— C'est Bebe Manga qui chante AmiO. Ma mère est originaire du Cameroun, on chantait ça enfants à la maison.

Et il battait la mesure sur sa cuisse. Tout le monde restait silencieux.

Et le paysage continuait à défiler.

Ils croisaient quelques voitures brinquebalantes, des bus lancés à pleine vitesse et débordants de passagers et de bagages, et des carrioles de paysans locaux, tirées par des ânes chancelants.

Orhan paraissait être le plus stressé. Il avait pris un pistolet électromagnétique avec lui, qu'il cramponnait sous sa veste treillis, et s'était assis au fond.

Simon se mit à songer à ce qu'il allait bien pouvoir dire au Vieux pour le convaincre de le suivre une fois qu'ils l'auraient atteint. Il doutait que l'argent suffise comme argument. Mais s'il le libérait, il espérait pouvoir compter sur sa reconnaissance et son soulagement de quitter ce pays, après y avoir été kidnappé.

À côté de lui, Lucas et Malik discutaient à voix basse sur les moteurs d'avion. On sentait les connaisseurs.

Deux fois, ils croisèrent des barrages de police. Le guide expliqua aux hommes armés aux visages fermés qu'ils rejoignaient Ndélé pour rencontrer un client. Malik montra plusieurs documents, dont une autorisation gouvernementale, qu'il avait falsifiés. Ce fut suffisant la première fois, mais au deuxième poste, un bakchich fut nécessaire pour réfréner l'excès de zèle du fonctionnaire qui s'apprêtait à en « référer à ses supérieurs ».

Ils s'arrêtèrent pour déjeuner dans une cantine improvisée sur le bord de la route. Le cuisinier leur dit qu'il n'avait pas vu de clients depuis près d'une semaine. Sans leur demander leur avis, il posa sans cérémonie sur le sol un grand plat en bois contenant une sorte de bouillie de légumes, d'un vert éteint sur lequel tranchait le rouge des tomates. Devant leurs regards un peu inquiets, Ayodélé se mit à rire.

— C'est un plat typique du coin. Vous avez intérêt à manger, car c'est pas un palace ici, donc c'est ça ou rien.

S'accroupissant et joignant le geste à la parole, il plongea ses doigts, recourbés pour en faire comme une cuillère, dans le grand plat, empêchant que la mixture ne s'échappe en la maintenant avec son pouce tout en la portant à sa bouche. Il saisit ensuite une boulette de la semoule compacte que le cuisinier avait apportée dans un bol profond, et la fit disparaître tout aussi prestement. L'un après l'autre, ils suivirent son exemple tout en inspectant le mélange. Ayodélé reprit la parole :

—Je pense que vous connaissez la plupart des ingrédients : des oignons, des tomates, des poivrons, de la semoule. Et puis il y a le gombo. C'est le truc vert que vous voyez un peu partout dans le plat. Quand il cuit, il devient gluant, ça colle aux doigts, et après ça colle à l'estomac ah ah !

Et il rit en mangeant encore. Simon pensait à autre chose tout en avalant machinalement ce qu'il attrapait devant lui. Ohran rougissait un peu sous l'effet des piments et fut le premier à déclarer forfait. Il s'assit en tailleur tout en s'essuyant le front du revers de son bras et alluma une cigarette.

Ils se remirent en route sans plus tarder, et à partir de cet instant ne virent vraiment plus personne sur le chemin. Une ou deux carcasses de voitures abandonnées sur le bord de la voie finirent d'effrayer Orhan qui se mit à respirer plus fort, le corps tendu et l'œil aux aguets.

Mais rien n'arriva et ils se laissaient porter par la monotonie du bruit du moteur.

Il était 17 heures et le soleil était déjà bas sur l'horizon. Ayodélé leur dit avec satisfaction qu'il connaissait un endroit où ils pourraient dormir à l'abri, et où ils seraient bien accueillis.

Ils se retrouvèrent devant un grand portail qui s'entrebâilla aux coups de klaxon de la voiture. Descendant, Ayodélé se mit à parlementer avec un jeune homme qui leur jetait des regards intrigués. Finalement, il se tourna pour finir d'ouvrir le portail, et la voiture s'engagea lentement dans une allée ratissée, qui menait vers des bâtiments rectangulaires d'un étage aux murs blancs. Ayodélé leur expliqua :

ils étaient chez un prêtre missionnaire belge qui les hébergerait pour la nuit. Ils le verraient peut-être ce soir, il était absent pour le moment, et en attendant ils pourraient se reposer un peu de leur voyage. Les hommes se regardèrent entre eux d'un air perplexe. Quand leur guide avait parlé d'un «bon accueil», Orhan n'avait pu s'empêcher d'imaginer de jeunes femmes locales, et l'annonce du prêtre belge offrait un contraste un peu moins affriolant. Mais il aperçut à ce moment une piscine dont l'eau luisait d'un bleu glacé, et sortit en s'ébrouant et en s'exclamant de la voiture. Simon prit le chauffeur à part en lui demandant s'il était sûr que leur véhicule pouvait rester garé ainsi, ou s'il valait mieux décharger certaines des caisses pour les enfermer dans un endroit plus discret. Dans le doute, il arrêta ses compagnons. Tous ensemble ils prirent les bagages, dont l'ouverture n'aurait pas manqué de soulever des questions gênantes, et les entassèrent dans un coin de la petite maison d'invités qui leur avait été désignée. Sommaire, elle se composait de deux pièces dans lesquelles s'alignaient des lits de camp recouverts de draps d'un blanc honnête. Enfilant rapidement leurs maillots, ils firent ensuite avec bonheur la course vers la piscine dont l'eau — véritablement glacée, surtout par contraste avec l'air brûlant du crépuscule, les électrisa. Ils finirent par en sortir pour revêtir sur les conseils de leur guide des vêtements couvrants. Les moustiques commençaient à attaquer, voraces.

Une table avait été dressée sous la véranda de la maison principale. Une moustiquaire épaisse voilait la vision du jardin luxuriant qui était peu à peu baigné par les ténèbres. Un grand plat de riz aux légumes fumant les attendait, accompagné cette fois-ci de bols et de cuillères. Sur un côté de la table trônait un plateau chargé de fruits variés. Avec des exclamations joyeuses, ils découvrirent une glacière remplie de bières fraîches. La soirée se passa à siroter le breuvage doux amer tout en grignotant des fruits parfumés.

Un jeune garçon, pieds nus, vint débarrasser une partie de la table, et les laissa ensuite. La carte une nouvelle fois étalée au milieu d'eux, ils discutaient avec Ayodélé de la route qu'ils devraient accomplir le lendemain quand un remue-ménage leur parvint, et des bruits des voix. Repliant la carte dans un geste coupable, ils virent apparaître dans le halo de lumière qui les entourait un homme en short et chemise à fleurs qui leur sourit avec bonhomie. Au salut plein de respect d'Ayodélé, ils comprirent qu'ils étaient en face du prêtre. Son visage rond cuit par le soleil était auréolé d'une masse mousseuse de cheveux blancs. De ses mains petites, mais à la poignée ferme, il les salua un par un avec un grand sourire, s'attardant peut-être un peu plus quand ce fut le tour de Simon. Puis tirant une chaise à lui, il s'empara d'une bière qu'il décapsula d'un geste d'habitué. Il rit à leur regard :

— Eh oui, les prêtres ne boivent pas que du vin de messe.

Et avalant une première gorgée, il soupira :

— Merci mon Dieu.

Il tint à s'excuser de son retard, il rentrait tout juste d'une tournée des villages environnants. Arrivé tout jeune en Afrique au début des années 2000, il avait commencé par construire des églises et baptiser les convertis. Mais à cette période, on demandait de plus en plus aux missionnaires d'accompagner leur œuvre d'évangélisation par une aide au développement du pays. Lui-même étant passionné d'agronomie, il avait lancé une première école, puis d'autres. Puis des coopératives. Il était arrivé un jour dans cette région, ravagée par la sécheresse. En faisant des recherches, il avait découvert une gigantesque nappe d'eau souterraine. Avec l'aide de tous les villages environnants qui avaient participé financièrement et en main-d'œuvre au projet, ils avaient ainsi pu redonner une nouvelle vie à la région malgré le contexte difficile de la guerre civile. Sa récente spécialité était l'installation de champs de panneaux solaires. Il revenait justement d'une inspection des derniers panneaux mis en place. Les yeux brillants, il décrivait cette terre tellement sèche que de petits canyons y traçaient des balafres profondes. Et la surplombant en scintillant sous le soleil de l'Afrique, des alignements parfaits de panneaux solaires, dont le métal et les lignes définies contrastaient encore plus avec le désert ambiant.

Le sentant d'humeur bavarde, Simon aiguilla la conversation sur les tribus de la région. Prétextant les racontars d'un homme croisé sur leur route, il l'interrogea sur la présence d'un étranger correspondant à la description du Vieux. Les sourcils froncés, le Père le regarda d'abord en secouant négativement la tête. Mais il se reprit, une curieuse lueur dans les yeux.

Il avait entendu parler d'un homme blanc qui vivait dans une des tribus les plus sauvages et les plus dures, réfugiée dans la jungle à flanc de montagne. Lui-même n'était jamais entré en contact avec eux. La légende disait que cet homme, appelé le « sorcier bleu » avait des pouvoirs incroyables. On l'avait déjà vu à deux endroits à la fois. Il n'apparaissait pas sur les photos que l'on prenait de lui. Engendrer sa colère condamnait à une mort soudaine et inévitablement violente. Il avait été adopté par une tribu. Le Père n'en savait pas beaucoup plus. Cette tribu trempait dans des histoires de trafics de drogue et de diamants, les marchandises remontant vers le sud en caravanes fantômes. Ils faisaient partie des gens dont il était plus indiqué de rester éloigné, et même s'il ne désespérait pas de les voir changer et venir à lui, il se contentait d'attendre patiemment, sans rien essayer. Il poussa un profond soupir et eut soudain l'air coupable.

À ce moment-là, Ohran hurla, relevant brusquement ses genoux qui cognèrent la table, manquant de la renverser.

— Putain un rat ! Un rat vient de passer en courant sur mes pieds ! couina-t-il, effaré.

Tous se mirent à rire, tout en remettant l'air de rien leurs chaussures qu'ils avaient enlevées au cours du dîner pour être plus à l'aise.

— Ça peut être que lui, dit discrètement Simon à Malik, profitant du remue-ménage.

— Oui, mais pourquoi bleu ? lui répondit avec curiosité son compagnon de voyage.

— Ses yeux…, dit Simon, songeur.

Il ne tarda pas à lancer le signal. Ils comptaient partir à l'aube et la journée serait longue. Ils prirent congé du prêtre qui, souriant, les salua en les bénissant de la main. Un boy les escorta jusqu'à leur maisonnette et les laissa, leur enjoignant de ne pas quitter ces lieux avant le matin, disant qu'il viendrait frapper à leur porte à l'heure convenue. Ils se répartirent les lits de camp et s'y écroulèrent dans un soupir.

Au milieu de la nuit, Simon une nouvelle fois se réveilla, le cœur battant. Quelque chose l'avait dérangé dans son sommeil, mais il ne savait pas quoi.

Après quelques instants à scruter l'obscurité autour de lui sans un mouvement, il se décida à se lever et entrouvrit la porte d'entrée pour se glisser à l'extérieur. Une ampoule pendante, à la limite du toit, traçait un halo lumineux devant lui. Il s'avança dans le cercle ainsi formé, cherchant à braver les ténèbres. Soudain il les vit. Massifs, sombres et silencieux, trois chiens de garde marchaient vers lui, lentement. Sans un bruit, très calmement, Simon recula sans les quitter des yeux. Trébuchant un peu sur le seuil de la porte, il faillit tomber en arrière, mais se rattrapa à la porte qu'il referma violemment sur lui, et il resta un moment accroché à la poignée, tétanisé. Jamais encore, il n'avait rencontré d'animaux dont la présence l'avait fait se sentir proie. L'absence du moindre grognement avait rendu cette scène encore plus inquiétante.

Il n'avait réveillé personne en claquant la porte. Il regagna son lit et se blottit sous le drap, légèrement tremblant rétrospectivement. Telle devait être la raison du conseil du jeune garçon quand il les avait conduits jusqu'à leur case.

Il mit un moment à retrouver le sommeil. L'irréalité de sa situation le travaillait. Était-il vraiment possible qu'il soit en ce moment même en pleine mission de sauvetage au cœur de l'Afrique, alors qu'il y a quelques semaines il vivait confortablement dans son petit univers parisien ? Était-ce vraiment possible que des choses comme ça arrivent à des gens normaux ? C'était invraisemblable. La présence de ses compagnons, loin de le rassurer, le stressait un peu plus. Il y avait quelque chose de pas net chez ses hommes trop calmes. Le guide semblait en savoir beaucoup plus qu'il ne le disait. Les sentiments de camaraderie qu'il avait ressentis depuis hier avec ces hommes lui paraissaient soudain faux. Même Orhan était étrange. Il sombra finalement dans un sommeil agité, où les chiens qui avaient failli l'attaquer prenaient les visages de ses compagnons tout en l'encerclant.

Le lendemain, ils quittèrent la propriété au point du jour, le garçon de la veille leur ouvrant le portail, les yeux gonflés de sommeil. Alors qu'ils s'éloignaient, le guide leur expliqua qu'ils arriveraient rapidement à la frontière de la zone rebelle.

Dans un petit village qu'ils traversèrent, Ayodélé leur fit acheter de l'essence, de la nourriture, des fruits et de l'eau en grande quantité, qui allèrent rejoindre dans le coffre les divers bidons et caisses dont ils avaient déjà fait l'acquisition chez le missionnaire.

— Ça va être plus compliqué maintenant…

Compliqué et très dangereux...

Orhan était toujours aussi tendu. Lucas prit à son tour une arme avec lui, d'un air crâne. La route était très mauvaise, les nids de poule se succédaient et plusieurs fois ils durent descendre de voiture pour pousser du chemin des branches ou des pierres qui les empêchaient de passer. Tâche qu'ils accomplissaient le plus rapidement possible dans la crainte qu'il s'agisse d'une embuscade. Mais ils ne croisaient plus personne. Pour le déjeuner, ils s'arrêtèrent brièvement, mais ne descendirent même pas de la voiture. Au loin, ils entendirent les échos de ce qui pouvait passer pour des rafales de mitraillette, et sans se concerter, ils reprirent instantanément leur route, ne s'arrêtant que lorsqu'il fallait remettre de l'essence dans le réservoir.

Ils continuèrent vers le Sud. L'état des routes les empêchait d'avancer aussi rapidement qu'ils l'auraient voulu. Ali prit le relais derrière le volant en remarquant les traits tirés de leur guide. À quelques reprises, ils modifièrent leur itinéraire, avertis par leur transmetteur de nouveaux barrages. La végétation était de plus en plus dense et la route de plus en plus étroite. En fin d'après-midi, ils arrivèrent finalement au village où Ayodélé comptait leur faire passer la nuit.

De loin, ils sentirent une odeur âcre, et en

s'approchant, distinguèrent le toit des premières huttes, dont certaines laissaient s'échapper une fumée sombre. Et le silence. Le silence immense qui les entourait. Ayodélé stoppa la voiture, et d'un signe de la main, leur fit signe de ne pas bouger pendant qu'il se dirigeait d'un pas feutré vers l'entrée du village. De longues minutes s'écoulèrent. Le silence s'appesantissait en même temps que leur nervosité grandissait. Se mettant d'accord d'un signe de la tête, ils sortirent leurs armes de leurs ceintures, et s'avancèrent lentement sur le chemin qu'avait pris leur guide.

La terre battue, écrasée par le temps et les passages, claquait sourdement sous leurs pieds, tandis qu'ils progressaient à travers les arbres plus rares qui constituaient encore un rideau vert entre eux et le village.

Après le premier virage, ils aperçurent le dos immobile d'Ayodélé. D'un pas plus rapide, ils s'approchèrent jusqu'à son niveau, et ce n'est qu'à ce moment-là qu'ils prirent conscience du spectacle qui l'avait stoppé net.

Des corps d'hommes et de femmes jonchaient le sol entre les huttes brûlées. Leurs membres étaient désarticulés et ils avaient dû être atrocement torturés. Les plaies béantes grouillaient de mouches. L'odeur les prix à la gorge : un mélange de peau carbonisée, de sang séché et d'urine.

Dans un réflexe instinctif pour échapper à cette vision, Simon se tourna sur le côté. Mais la scène était encore pire. Le nouvel amoncellement de cadavres qu'il découvrit était formé de corps beaucoup plus petits. Des enfants. Juste des enfants.

L'odeur semblait devenir de plus en plus puissante… elle suintait à travers l'atmosphère et rendait le silence encore plus assourdissant.

Il rejoignit Lucas qui s'était avancé un peu plus loin dans le village, l'arme au poing.

Devant eux, face à un mur ébréché et noirci se dressaient deux corps recroquevillés qui n'étaient plus qu'un amas d'os brûlés. La forme d'un pneu les entourait l'un et l'autre. Malgré le passage des flammes, les traits des deux visages étaient discernables, un vrai masque de douleur.

— Le supplice du pneu… dit le guide derrière eux, sorti de sa torpeur.

Sa voix n'indiquait aucune émotion. Pas besoin d'en dire plus. Ils avaient tous entendu parler de cette torture qui consistait à placer un pneu autour du corps d'une victime, de l'arroser d'essence et d'y mettre le feu. Cependant, ils n'avaient jamais imaginé ça avec un couple.

Le corps d'un nouveau-né lacéré de coups de couteau rendait la scène encore plus insoutenable. Le visage de l'enfant avait été piétiné.

— Ils ont sans doute tué le bébé devant les parents avant de les brûler, rajouta le guide d'une voix sombre.

— C'est des monstres... des monstres, dit Simon, nauséeux. Il avait le cœur au bord des lèvres, et des frissons incontrôlables l'agitaient.

L'atmosphère semblait encore s'épaissir. Ils continuaient à avancer dans le village ravagé sans trop savoir ce qu'ils cherchaient. Personne ne parlait. Un peu plus loin, la ruelle était déserte et vide. De la fumée s'échappait des monceaux de cendre, dans un nuage gris qui prenait à la gorge.

Soudain Simon vit une silhouette se glisser au loin et disparaître derrière un muret.

— Là-bas ! Il y a quelqu'un !

Tout le monde sortit son arme. La tension était à son apogée. Ali contourna une hutte noircie par l'incendie et tomba alors sur un vieil homme mal dissimulé derrière quelques tôles posées contre un mur brinquebalant. L'homme tremblait de peur et se couvrait la tête pour se protéger. Le reste de la bande arriva, un peu désemparé. Simon s'agenouilla auprès du vieillard et voulut lui proposer son aide, mais ses tremblements redoublèrent. Le guide regardait la scène derrière eux sans rien dire.

— Nous ne vous voulons pas de mal, dit Simon, mais il ne savait pas si l'homme le comprenait. Il ne bougeait pas, se contentant de sangloter et de se protéger le visage.

Il enchaîna en anglais :

—We are not going to hurt you, don't worry.

L'homme ne dit rien. Chaque mot le faisait sursauter comme s'il s'agissait d'un tir de balle. Il portait un bandage de fortune autour de son crâne, souillé de sang séché. La lame d'un couteau ou d'une machette lui avait laissé une balafre sur tout le visage.

Ses yeux restaient hermétiquement clos, comme si ne pas voir lui permettait de nier ce qui l'entourait. Simon et Ali le portèrent délicatement par les épaules et le firent asseoir un peu plus loin sous un arbre, dos au village. Simon lui mit de force sa gourde entre les mains et la poussa vers sa bouche. Celui-ci était assoiffé. Il but longuement les yeux fermés.

— Merci, dit-il finalement en français.

Il leva la tête et les regarda tour à tour, lentement. Ses yeux jaunis d'une immense tristesse assombrissaient encore ses traits déjà bien usés par la vie. Ses lèvres s'ouvrirent à nouveau dans un effort pour parler, mais tout ce qui en sortit d'abord fut un balbutiement d'enfant. Il se remit à pleurer doucement. Il était si maigre que chacun de ses sanglots faisait trembler son corps tout entier.

— Que s'est-il passé ? lui demanda Simon d'une voix qui se voulait apaisante.

L'homme le regarda longuement sans rien dire. Puis, il raconta :

— Cela fait cinq ans que les rebelles sont dans les montagnes. Au début, les gens du village les ont parfois soutenus, car les militaires du gouvernement pillaient la région et augmentaient sans cesse les impôts. Mais depuis un an, ils sont devenus de plus en plus menaçants et paranoïaques. On racontait régulièrement qu'ils égorgeaient de jeunes bergers ou abusaient de femmes sur les routes. Ils vivent dans ces montagnes, dit-il en montrant d'un doigt tremblant des hauteurs au-delà du village. Certains disent qu'ils ont commencé à utiliser la drogue d'un grand Sorcier et que cela les rend diaboliques…

Simon frémit. L'homme enchaîna :

Ils sont venus plusieurs fois cette année. Il suffisait que la région ait été survolée par des hélicoptères pour qu'ils se sentent menacés et nous accusent de donner des informations à l'armée.

Un soir, ils sont arrivés à dix. Ils avaient appris, je ne sais comment, que notre mécanicien venait de Kinsaha, et ils étaient persuadés que c'était un traître. Ils l'ont tué et ont coupé la main de son fils aîné. Et ils sont partis. Ça s'est passé tellement vite, on n'a rien osé dire. On a juste envoyé un jeune du village à Mashna pour demander à la guérisseuse de venir soigner le fils du mécanicien, car le membre mutilé s'infectait. Quelques jours après, on a entendu des explosions dans la montagne au loin. Comme des tirs de mortiers ou de missiles. On n'a jamais revu le jeune garçon, et le fils du mécanicien est mort en moins d'une semaine. On commençait tous à avoir peur ici, mais on ne savait pas où aller. À la radio, on a entendu que l'armée gagnait du terrain. Le chef du village nous a dit qu'on était en sécurité, que les rebelles étaient en train de reculer, mais qu'il ne fallait pas partir du village, car c'était encore très dangereux.

Hier après-midi, après le déjeuner, j'étais dans ma maison en train de me reposer quand j'ai été réveillé par un bruit pas possible. Je suis sorti comme tout le monde et j'ai vu arriver au moins trente rebelles armés, dans des jeeps. Ils étaient comme fous, ils hurlaient. Ils avaient la tête du garçon avec eux et l'avaient accrochée à un bâton qu'ils agitaient devant nous. Au début, on ne l'a pas reconnu, car la chair avait commencé à pourrir, mais c'était bien lui.

Leur commandant a demandé à tout le village de venir sur la place devant l'église. Il était comme possédé, tout le monde avait si peur. Il a hurlé et nous a accusés d'être des traîtres, d'avoir donné leur position à l'armée et de les espionner depuis le début.

Il doit avoir ton âge, dit-il en fixant Simon. Il est très grand, le visage sec, l'air mauvais. Son visage est complément brûlé d'un côté. Tout le monde tremblait et gardait le silence. Autour de nous, les hommes armés nous surveillaient et fouillaient les maisons. C'était l'après-midi et on avait très chaud, plusieurs femmes se sont évanouies, mais les gardes les frappaient avec des bâtons jusqu'à ce qu'elles se relèvent. Le commandant continuait à hurler pour que quelqu'un se dénonce. Hoko, le chef du village, a essayé de lui dire qu'on n'avait rien à voir avec la guerre, qu'il n'avait jamais comploté contre eux. Il lui jeta un coup d'œil, fit silence l'espace d'un instant, et le coupa presque en deux d'une rafale de son fusil mitraillette. Tout le monde hurla. Je le vis prendre une petite boîte, accrochée à son cou, et se mettre quelque chose dans le nez. Sans doute un peu plus de cette drogue. Sur son ordre, ses hommes ont attrapé plusieurs jeunes du village et les ont frappés jusqu'au sang, mais on n'avait rien à avouer, personne n'avait de contacts avec l'armée. On n'a même pas de téléphone ici. Les rebelles devenaient de plus en plus excités et violents.

Le vieux sanglotait. Mais maintenant qu'il s'était mis à parler, il n'arrivait plus à s'arrêter.

— L'un d'entre eux a attrapé une jeune fille et a commencé à vouloir lui arracher ses vêtements. Son frère a voulu s'interposer, et là tout a dégénéré. Cette simple résistance les a rendus fous de rage. Alors ils ont battu les hommes avec des câbles, avec des chaînes, avec des pierres. Et ils tiraient quand le spectacle de l'agonie d'un homme ne les intéressait plus. Ils ont violé certaines des femmes, torturé d'autres. Ils ont massacré les nourrissons, ils les piétinaient. Ils ont brûlé vif des couples. Ils devenaient de plus en plus fous. Ils prenaient tous cette sorte de poudre. Ils riaient, ils hurlaient.

Puis ils ont donné un fusil à un enfant et l'ont obligé à tuer sa mère. « Sinon on t'égorge », disaient les gardes. Beaucoup d'enfants n'ont pas réussi, mais deux garçons et une fille ont appuyé sur la gâchette, désemparés. Le commandant les a mis de côté. Bientôt il ne resta que les vieillards, nous étions regroupés dans un coin. Certains priaient. Les rebelles n'avaient plus beaucoup de balles et plus d'essence, donc ils nous ont donné des coups de machette.

C'est le moment où j'ai reçu ce coup. Je suis tombé et je ne me souviens plus de la suite. Quand je me suis réveillé, j'avais cette plaie qui saignait encore et je mourais de soif, mais je n'osais pas bouger, j'avais trop peur qu'ils soient encore là, cachés, à m'observer. Au bout d'un moment, j'ai tout de même fini par vaincre ma lâcheté et j'ai essayé de voir si d'autres étaient vivants. Mais tout le monde ici est mort. Pourquoi pas moi ? dit-il en pleurant avec la voix du désespoir.

Simon se leva avec l'équipe. Il ne put s'empêcher de faire les cent mètres qui le séparaient de l'église dont une partie avait été brûlée. Tout ce que l'homme lui avait décrit était bien vrai, mais il n'aurait jamais pu être préparé au spectacle qui l'attendait. Des corps jonchaient le sol. Des victimes par dizaine. C'était une vision d'horreur.

Il voyait des enfants piétinés, des femmes éventrées, des hommes lacérés et brûlés. Des nuages de mouches les recouvraient d'un grouillement immonde. Avant de retourner sur ses pas, il aperçut à deux mètres de lui une jeune fille qui devait avoir une quinzaine d'années, dont le visage pur maintenant figé était tordu par l'angoisse et la souffrance.

Il se détourna, mais il était trop tard, l'image resterait à tout jamais gravée dans son cerveau. Orhan et Ali qui l'avaient accompagné ne disaient rien. Sans s'en rendre compte, Orhan et lui s'étaient agrippé le bras, pour se soutenir en s'éloignant du charnier. Jamais de leur vie ils n'avaient vu quelque chose d'approchant même de loin le degré d'horreur auquel ils venaient d'être confrontés.

Ils retournèrent sur leurs pas.

Le guide dit alors :

— Il y a un village à côté… cet homme dit qu'il y a de la famille. Nous nous y arrêterons pour la nuit. Ne restons pas ici une seconde de plus et allons-y.

Remontant dans leur véhicule, ils se dirigèrent vers le village voisin en compagnie du vieil homme qui gardait le silence, le regard mort. Vidé de son histoire, il était comme vidé de tout. Les autres passagers se taisaient aussi, évitant de se regarder, encore sous le choc de ce qu'ils avaient vu.

Ils n'eurent que quelques kilomètres à parcourir. Dans ce hameau se mêlaient les habitants qui n'avaient pas encore fui et des survivants des environs qui s'y étaient réfugiés. L'ambiance qui y régnait était surréaliste, une atmosphère post-apocalyptique. L'arrivée de cinq étrangers passa complètement inaperçue, les gens semblaient comme dans un état second et levèrent des regards inexpressifs vers leur voiture. Simon s'assit un peu à l'écart. Il avait du mal à respirer depuis la vision du village détruit. Les images tourbillonnaient dans son esprit pendant qu'il contenait une nausée. Il aurait voulu pouvoir crier, frapper le sol, mais hébété, comme les autres survivants, il restait là silencieux et immobile.

Chapitre 13

Sentant la nausée qui se précisait, il se releva et sans prêter attention à l'endroit où il mettait les pieds, il se remit à avancer au hasard. Comment un homme pouvait-il faire ça ? À des femmes ? À des enfants ?

Les images continuaient à tourbillonner dans sa tête. Ses pas l'entraînèrent vers la lisière du village. Une végétation dense formait comme un mur de protection de ce côté, et un chemin serpentait doucement, s'amorçant entre les dernières huttes et s'enfonçant dans la jungle. Il trébucha sur une racine et prit conscience d'un son de djembé au loin.

La nuit était proche, mais le soleil bas sur l'horizon envoyait encore entre les arbres les rayons d'une lumière feutrée. La terre rougeoyait, zébrée par les buissons jaillissants aux ramifications épaisses. Les feuilles des arbres s'inclinaient déjà en prévision du sommeil à venir. Les montagnes avaient pris une teinte bleutée. Quelques fleurs au jaune mat tranchaient sur les dégradés de vert qui l'entouraient.

S'aventurant plus avant sur le chemin, derrière un rideau végétal qui reléguait très loin le village, Simon atteignit une petite clairière, sûrement dégagée par des mains humaines. Au centre, un feu était allumé et une demi-douzaine de personnes formait un cercle, chantant une mélopée étrange. En s'approchant, Simon remarqua qu'un jeune homme était assis à même le sol, le dos au feu, constituant le centre de l'attroupement. Un homme semblait officier. Il entonnait les phrases que les autres répétaient, tout en se balançant doucement.

Il tourna la tête en le voyant approcher et lui fit signe de s'asseoir sur un tronc d'arbre étendu à quelques mètres d'eux. Un peu mal à l'aise à l'idée d'avoir interrompu quelque chose qui n'était pas destiné à ses yeux d'européen, Simon se faufila jusqu'à ce siège improvisé et prit place maladroitement, se demandant quelle contenance il était censé adopter. Il n'avait jamais accordé de crédit aux récits de cérémonies vaudoues dont il avait pu entendre parler, mais l'atmosphère particulière de cette journée, la lumière qui environnait cette scène d'un éclat de soleil mourant, les odeurs exaltées de cette fin d'après-midi lui montèrent à la tête et il se tint immobile, regardant de tous ses yeux.

Déjà, le sorcier-guérisseur ne faisait plus attention à lui. De nouveau absorbé par la mélopée qui s'échappait de ses lèvres, il scandait des paroles qui paraissaient dénuées de sens tout en tournant lentement sur lui-même. Au bout de quelques minutes, il se pencha en avant et plongea sa main gauche dans une des calebasses qui étaient disposées pas loin de lui. Il la ressortit enduite d'un mélange orange ressemblant à une peinture épaisse, et la porta à son visage dont il balafra de ses doigts la peau noire, maintenant striée. Il reprit ses chants, la voix plus dure et plus forte. D'une taille au-dessus de la moyenne, il surplombait l'assemblée et tournait ses mains décharnées vers le ciel, crispant ses doigts qui se désarticulaient en des mouvements saccadés. Vêtu d'un pagne, son torse aux poils rares et blancs était à moitié recouvert d'une peau de bête tannée d'un brun clair. À chaque mouvement de ses bras, les bracelets de ses poignets et les pendentifs autour de son cou s'entrechoquaient en un tintement étouffé. Ses comparses étaient vêtus plus simplement, mais portaient des bracelets similaires aux mains et aux pieds, qui se répondaient en un écho régulier. Le cercle se resserrait autour du jeune garçon prostré. Se penchant à nouveau vers une autre calebasse, le vieillard en tira une poignée de poudre blanche qu'il laissa retomber sur le crâne rasé de l'enfant. Il répéta plusieurs fois ce geste. Le jeune adolescent avait les yeux révulsés et ses avant-bras étaient couverts de sang. Peut-être avait-il échappé au massacre dont Simon venait d'apercevoir les restes. S'agissait-il de la scène de conjuration d'un traumatisme dont il pouvait deviner la gravité. Qu'avait-il subi ? De quoi avait-il été spectateur ? Ou acteur ?

L'ambiance devenait de plus en plus électrique. Maintenant, les voix de tous se mêlaient sans plus chercher à se répondre. Une seule phrase s'imposait, qu'ils répétaient encore et encore. Le guérisseur versait à présent sur la tête et les épaules de son patient un mélange liquide à l'odeur âcre qui dominait celle du feu de bois. Il s'accroupit derrière le jeune garçon, lui enserrant la tête de ses longues mains, ses doigts blanchissants de la force qu'il mettait à lui appuyer sur les tempes. Se balançant d'abord lentement d'un talon sur l'autre, il prit peu à peu de la vitesse. Ses disciples avaient maintenant perdu toute réserve et se balançaient sauvagement sur le même rythme, leurs mains posées sur leurs tempes comme s'ils ressentaient la pression exercée au plus profond de leur chair. Simon lui-même ne respirait plus. Ses bras enroulaient ses genoux et sa gorge était nouée pendant qu'insensiblement il oscillait sur le même rythme.

Soudain, le nganga se releva d'un bond. L'enfant

s'écroula sur le côté, les yeux enfin fermés. Le silence se fit brusquement. Deux hommes le soulevèrent doucement et l'étendirent sur une natte qui se trouvait à proximité du feu. Puis tous se retirèrent, saluant le sorcier qui se tenait debout pas loin de l'enfant, sans le regarder.

La nuit était tombée, et seules les flammes éclairaient maintenant la scène. Simon n'avait pas bougé. La gorge serrée, il restait recroquevillé. Il sentit le regard de l'homme sur lui, et sa voix s'éleva dans un français chantant.

— Ton âme à toi aussi est malade, mon enfant. Approche-toi du feu. Je vais t'aider. Les sorciers blancs essaient de te perdre. Fais-moi confiance, Simon.

Simon le regarda, éperdu. Comment connaissait-il son nom ? Et ces sorciers blancs dont il parlait ? Que lui voulait-il ? Que savait-il ? Qui était-il ?

Trop troublé pour réagir, il le laissa lui défaire ses mains qui enserraient toujours étroitement ses jambes et le relever pour le conduire près du feu. Il eut un regard de biais et la musique des tambours reprit, en sourdine. Le guérisseur plongea sa main dans une poche qui pendait à son côté et en sortit une poignée d'herbes rêches qu'il jeta d'un geste vif dans le feu. Une épaisse fumée blanche se répandit, dégageant une forte odeur proche de l'eucalyptus. Simon ne sentait pas ses yeux piquer, mais peu à peu sa respiration s'apaisa et il devenait léger, les battements de son cœur ralentirent. De manière presque imperceptible au début, l'homme se remit à chanter et danser autour de lui. Les mots n'étaient pas les mêmes, et sans les comprendre, Simon se laissait porter par cette voix ensorcelante. Une fois de plus, il perdit la notion du temps. Cela dura-t-il quelques minutes ou une heure, il aurait été bien incapable de le dire. Il sentait des images encore floues se former peu à peu dans sa tête. À chaque cercle que le guérisseur faisait autour de lui, elles semblaient se préciser, prendre forme. Et puis soudain, dans un état second, il remarqua qu'il s'était agenouillé en face de lui et lui avait saisi les poignets. D'une voix grave, il lui murmura :

— Pense à l'amandier. Il y a très longtemps...

Simon sentit ses yeux se fermer inexorablement. Une voix au loin résonnait. C'était celle d'une petite fille.

— Khayye, khayye !

Il voyait un petit garçon dont les cheveux mi-longs retombaient souplement en mèches d'un noir brillant. Celui-ci était vêtu d'une chemise de lin et d'un bermuda bleu marine aux plis nets. Vif et souriant, il devait avoir huit ans.

Dissimulé dans les buissons qui entouraient le tronc noueux d'un oranger, il avait un air malicieux tout en s'aplatissant pour échapper au regard d'une petite fille qui trottinait dans sa robe trapèze rose, resserrée autour de la taille par un large ruban du même coloris. Deux tresses bien serrées s'agitaient de chaque côté de son petit visage brun aux fossettes hésitantes.

— Allez sors, ça fait une heure que je te cherche, j'en ai assez, c'est pas du jeu !

Il bondit devant elle en une danse de victoire :

— J'ai gagné, j'ai gagné !

Il jubilait tout en bondissant autour d'elle, qui le fixait d'un air boudeur, bien que soulagée qu'il soit de nouveau en vue. Il finit par s'arrêter en voyant sa lèvre qui s'avançait en tremblant un peu, et lui saisit la main gentiment :

— Bravo Mia ! Tu as bien cherché.

Son sourire réapparut, et s'accrochant à son bras, elle se mit à sautiller avec excitation. Lui la regardait avec une affection instinctive et protectrice.

— Allez habbibi, on rentre à la maison. Les invités de grand-père vont arriver et il faut qu'on se prépare.

Et l'entraînant, ils remontèrent l'allée du parc pour

atteindre la maison. Autour d'eux, les orangers s'étendaient en lignes régulières, le vert foncé de leur feuillage troué par les éclats brillants des fruits dont l'odeur sucrée flottait doucement, mêlée aux herbes parfumées et à la chaleur qui donnait à tous les contours un léger vacillement.

La maison émergeait de ce bouquet, une volée de colonnes recouvertes de mosaïques bleues traçait la lettre U autour d'une vaste cour pavée, au milieu de laquelle une fontaine murmurait inlassablement. Des arbustes jaillissaient de leurs enclos bordés de briques ocre. De chaque côté, deux grandes tentes aux lourds tissus avaient été montées et des serviteurs installaient les canapés, bas et surchargés d'oreillers, qui permettraient aux invités de se délasser. Les tables basses étaient déjà couvertes de bougies encore éteintes et de plats qui n'attendaient plus que leur contenu. Derrière les colonnes, la maison apparaissait, offrant une fraîche pénombre qui contrastait avec l'extérieur. Les enfants disparurent au milieu d'un dédale de couloirs jusqu'à leur chambre où des tenues propres étaient soigneusement étendues sur leur lit. Un grand bassin d'eau claire dans un coin de la pièce leur tendait ses bras transparents pour quelques ablutions afin de se débarrasser de la poussière dont leur après-midi les avait plus ou moins recouverts.

Simon voyait ça comme s'il flottait au-dessus de la scène, et capturait d'un même regard les deux enfants qui s'aspergeaient en riant, les serviteurs qui s'affairaient à préparer la réception du soir, et la nuit qui avançait doucement.

À un angle de la maison, tournait lentement sur une broche un énorme mouton dont la peau grésillait en bulles paresseuses. Un vieil homme se tenait près de la bête, donnant des ordres. Petit, svelte, les gestes précis et vêtu avec recherche, il semblait familier à Simon. Il continua sa tournée dans la maison, veillant aux derniers préparatifs, redressant dans une coupelle une grappe de raisin qui en débordait, humant les senteurs qui s'échappaient de grandes théières fumantes, désignant une ampoule à changer dans l'ordonnance lumineuse parfaite de la cour.

Peu à peu, les invités arrivèrent. Les hommes portaient des costumes noirs, les femmes des robes de cocktail aux couleurs pastel et variées. Un groupe de musiciens avait pris place et les accords de leurs instruments se mêlaient aux bruits des verres tintés et des conversations. Le petit garçon et la petite fille étaient près de l'entrée, se tenant à côté de leur grand-père qui leur souriait régulièrement avec bonté, tout en accueillant avec chaleur chacun des invités qui s'avançaient vers eux. Lui avait un costume d'enfant aux plis bien marqués, et on voyait encore la trace du peigne dans ses cheveux soigneusement coiffés. Elle avait une robe rouge dont la jupe s'arrondissait, et elle portait quelques bijoux de petite fille qui brillaient joliment. Les joues toutes roses, elle était ravissante et le savait.

Simon voyait ces scènes comme un film qui s'accélérait peu à peu, tout en gardant une grande netteté. Il lui semblait pouvoir sentir les parfums et entendre les sons produits par la foule des invités, par les oiseaux qui lançaient quelques derniers trilles avant que la nuit ne tombe, par les musiciens qui enchaînaient sans pause les morceaux...

Une cloche agitée par un des serveurs tinta avec légèreté : c'était l'heure du dîner. De grandes tables s'étendaient sur le côté gauche de la maison, les nappes étaient tellement blanches qu'elles semblaient refléter comme des miroirs la lumière des bougies, les couverts s'alignaient avec une précision mathématique de part et d'autre des assiettes. Un petit carton enluminé prenait appui sur les verres, permettant aux convives de trouver leur place. Tous s'interpellaient joyeusement en cherchant la leur. Un couple encore jeune était assis non loin du maître de maison et leurs visages semblaient familiers, surtout celui de l'homme qui portait une petite moustache fine et un air grave.

La scène se poursuivait. Simon savait qu'il était en

Afrique, près du sorcier, mais tout le reste de son esprit était focalisé sur le spectacle qui se déroulait sous ses yeux.

Avant le dîner, le vieil homme se dressa et, levant son verre, prononça un petit discours de bienvenue en arabe, anglais puis français.

Soudain des coups de feu l'interrompirent. Comme jaillis de l'ombre, des hommes tout de noir vêtus firent irruption de toutes parts, armes à la main. Dans un grand désordre, tous les invités se levèrent et commencèrent à vouloir fuir en criant. Les chaises culbutées sur le sol les faisaient trébucher, les bougies renversées dans la précipitation répandaient des coulées de flammes sur les tables, éclairant la scène qui venait de virer au cauchemar.

Dans un curieux mouvement, perdant son rôle de spectateur, Simon se sentit soudain happé par le corps du petit garçon et leva le regard vers celui du grand-père qui lui dit d'une voix étouffée :

— Cachez-vous ! Simon, prends soin de Mia !

Ce garçonnet, c'était donc lui ?... Son grand-père le fixait toujours lorsqu'il fut touché par une balle. Il porta brusquement la main à sa poitrine tandis qu'une tache rouge mouillée s'élargissait rapidement sous ses doigts crispés. Son regard sembla chavirer, mais il demeura dressé, levant son autre bras comme un bouclier dérisoire pour permettre la fuite de ses invités.

Le garçon resta immobile, une peur panique l'empêchant de faire le moindre mouvement. Il ne sentait même plus son cœur battre. Il voulut se tourner vers sa sœur pour l'entraîner, mais elle était déjà en train de courir dans la direction de la maison de toute la vitesse de ses petites jambes. Cette vision lui rendit sa mobilité, mais il resta encore un moment indécis, ne voulant pas partir loin de son grand-père. Les coups de feu continuaient, les cris et les hurlements retentissaient à un volume toujours plus assourdissant. Reculant, il se jeta sous un meuble qui se trouvait juste derrière lui et qui servait de desserte, tremblant de peur, des sanglots dans la gorge.

De sa cachette, il regarda une dizaine d'hommes en noir s'approcher de la grande table. Leurs visages étaient masqués par des chèches noirs, ils portaient des rangers, d'épais blousons cisaillés par le poids des armes en bandoulière, et des treillis sombres. On ne voyait que leurs yeux qui brillaient des reflets des bougies, dont la lumière s'attachait aussi aux arêtes des armes.

L'un d'entre eux cria quelques ordres dans une langue qu'il ne connaissait pas. On aurait dit qu'ils cherchaient quelque chose. Beaucoup d'invités avaient eu le temps de s'enfuir, les autres gisaient à terre, des gémissements avaient suivi le vacarme des détonations.

Un homme s'approcha du grand-père qui était maintenant effondré sur le sol, le regarda avec haine et leva son canon tout en criant :

— Espèce de traître... meurs sale chien !

Et il lui déchargea son arme dans le ventre. Le vieillard ne dit rien, son visage était durci par la douleur, ses yeux grand ouverts fixèrent le vide tout en s'éteignant. Simon était à deux mètres de la scène, et il sentit son cœur se briser.

Les hommes continuèrent à fouiller les environs, allant jusqu'à arracher la nappe pour voir s'il y avait quelqu'un ou quelque chose dessous. Les plats et les assiettes se déversèrent en un grand bruit sur le sol, tandis que les bougies brûlaient maintenant le tissu, répandant une odeur noire et éclairant de flammes tourmentées la scène de désolation et de mort.

Simon restait immobile, retenant sa respiration. Il aperçut alors, sortant de sous une lourde tenture qui allait presque jusqu'au sol, les pointes de petits souliers qui dépassaient. Il reconnut les chaussures de Mia dont la course n'avait pas été assez longue pour atteindre la maison et qui était cachée non loin de lui.

Elle n'avait pas dû se rendre compte qu'elle n'était pas totalement dissimulée, dans sa panique.

— Pourvu qu'ils la voient pas, se mit à prier Simon.

Les hommes semblaient nerveux. Certains se dirigèrent vers la maison, d'autres s'enfoncèrent vers l'intérieur des terres, tournant le dos à Simon.

Celui-ci sentait sa jambe droite qui s'ankylosait de plus en plus. En se jetant sous la desserte, il l'avait repliée sous lui sans y prêter attention au début, mais il commençait à avoir si mal qu'il fit un geste pour essayer de changer de position. Dans ce mouvement, il se rendit compte que sa main s'était accrochée à quelque chose. Son cœur s'arrêta en sentant arriver la catastrophe, inexorable. Il entendit un grand bruit. Dans sa maladresse, il avait fait bouger le drap qui recouvrait la desserte, entraînant la chute d'un grand vase garni de branches d'amandier fleuries, qui se répandirent sur le sol.

Le groupe d'homme se retourna dans la direction du bruit, la main sur la gâchette. Ils s'étaient déjà un peu éloignés, mais l'un d'entre eux parut distinguer quelque chose et se mit à courir dans sa direction. Simon se recroquevillait avec angoisse, quand il vit l'homme le dépasser et foncer vers le rideau. Il se pencha, attrapant une des chevilles de la petite fille qu'un reflet sur ses chaussures avait trahie. Il la tira à lui, entraînant son corps dans la chute, tête en arrière.

Mia hurla de terreur. L'homme se tourna vers celui qui avait déjà achevé le grand-père :

— C'est la petite fille. Quels sont les ordres ?

Mia ne disait plus rien, mais son corps se tordait convulsivement. Elle venait de voir son grand-père allongé sur le sol et, faisant un effort pour s'en détourner, elle croisa le regard de Simon, à quelques mètres. Elle arrêta de bouger, le fixant d'un air suppliant. Sa bouche articulait son nom, silencieusement.

— Elle est fille de traître. Tu connais la consigne.

— Mais ce n'est qu'une gamine...

— Espèce de lâche, pousse-toi, laisse-moi faire. Tu vas voir qu'est-ce que c'est qu'un homme, quelqu'un qui sait se battre et obéir aux ordres.

Se penchant vers la petite fille, il la saisit par les cheveux et lui logea deux balles dans la nuque.

En se relevant, il souriait cruellement, satisfait d'avoir accompli sa mission.

— Une salope de maronite en moins.

Simon restait paralysé, incapable de comprendre ce qu'il venait de voir. En retombant, la tête de sa sœur était toujours tournée dans sa direction, presque détachée du corps par ces deux projectiles tirés à bout portant. Le sang se répandait sur le sol, et l'odeur puissante des branches d'amandiers l'entourait, lui donnant une nausée de plus en plus forte.

Le regard brouillé, il entendit une nouvelle série de coups de feu et un homme entra dans son champ de vision, courant, une arme à la main, suivi de militaires. Il tirait sur les hommes en noir en hurlant. Les militaires, au moins une cinquantaine d'hommes, le talonnaient de près et en un rien de temps, la scène se transforma.

Les hommes en noir battirent en retraite en s'enfuyant vers le parc. Seuls deux retardataires n'échappèrent pas aux projectiles et tombèrent au sol, morts.

Une fois l'endroit sécurisé et les blessés et les morts évacués, l'homme qui avait mené la charge regarda autour de lui. Ses yeux s'éclairèrent quand il aperçut Simon, et il se pencha pour le sortir de son abri, le serrant contre sa poitrine dans ses bras vigoureux. Simon, dans un état second, leva la tête vers lui. Il le reconnut, c'était l'homme à la moustache qu'il avait aperçu au début du dîner. Monsieur d'Almat. Son père adoptif.

Celui-ci le serrait toujours et le regardait intensément.

— C'est fini, je suis là, tu peux oublier, tout oublier, je veillerai sur toi, je t'emmène.

Simon ne bougeait pas, le contemplant d'un air absent. Puis ses lèvres s'arrondirent, et dans un murmure, il prononça le nom de sa sœur. Monsieur d'Almat resserra ses bras autour de lui. Alors, Simon se mit à sangloter.

Quand il reprit conscience, allongé dans la clairière, il pleurait encore. Le sorcier était là, chantant la même mélopée, encore et encore. Simon se sentait horriblement mal. Devant lui, il y avait une calebasse pleine d'un liquide amer qu'il but, gorgée après gorgée, goûtant l'oubli et le vertige qui l'entraînaient. Il tendit la main pour en avoir davantage. La chanson du vieil homme devenait de plus en plus forte. Une femme dansait devant lui. Il voyait son corps qui ondulait, suivant le rythme entêtant. Il était là et ailleurs. Il n'aurait pu bouger, il voulait disparaître, mais il la regardait, fasciné. Les ténèbres l'envahirent tandis que la femme lui semblait de plus en plus proche, de plus en plus grande, ses bras s'allongeant vers lui comme des tentacules. Il perdit conscience.

Le lendemain, lorsque ses yeux s'ouvrirent avec difficulté, il était couché sur une natte, à côté du feu éteint. Il était seul. Sa montre n'était plus à son poignet, mais il haussa les épaules : il n'y tenait pas. Et il savait que la vision qu'il avait eue la veille était un vrai souvenir et qu'il venait de comprendre beaucoup de choses sur ses mystérieuses origines.

Il se leva en titubant un peu, et il lui fallut plusieurs pas pour retrouver une démarche normale. Respirant profondément, il se força à chasser de son esprit cette histoire. Il y repenserait. Plus tard. Quand il serait capable d'affronter ces images. Pour le moment, il lui fallait se concentrer sur le plus urgent, sur Alice.

Il rejoignit les autres. Ils étaient eux aussi dans un état second. La veille, ils avaient bu pour oublier avec des hommes du village, et n'avaient dormi que quelques heures. Ils ne s'étaient même pas rendu compte qu'il n'était pas avec eux. Ils se levèrent sans rien dire.

Simon passa sous silence son expérience. Le guide était déjà près de la voiture, les attendant pour repartir. En interrogeant les habitants du village, il avait trouvé la meilleure route à prendre pour approcher la tribu qui retenait le Vieux prisonnier. Au moment où ils montaient dans la voiture, il fixa sur la poitrine de Simon une amulette qui y pendait :

— Où as-tu trouvé ça ? C'est un objet de sorcier. Ça va nous porter le mauvais œil !

Simon porta la main au pendentif qu'il n'avait pas

remarqué. Il s'agissait d'un simple petit étui en peau recouvert de la même peinture dont le vieil homme s'était enduit le visage la veille. Un objet avait été cousu à l'intérieur. Il le fit disparaître dans l'entrebâillement de son t-shirt. C'était le lien vers son passé soudain redécouvert, il ne voulait pas s'en séparer. Il grommela sans lever les yeux :

— Allez en route. Le temps nous est compté. L'avion n'attendra pas et le plus dur est encore à faire.

Chapitre 14

La voiture les attendait sous un arbre dont le tronc ramassé s'élargissait amplement en de longues branches presque horizontales, garnies de bouquets d'une végétation beige se découpant en ombre chinoise sur la terre, qui semblait encore plus rouge ce matin-là.

Ils prirent place dans la voiture dans un silence lourd. L'esprit de Simon s'évada dès qu'ils démarrèrent. Il repensait à ce qu'il avait vu. Ces images étaient réelles, il le savait. Comme si une digue avait cédé, son cerveau lui envoyait maintenant une foule de détails enfouis de cette époque, avant... Il revoyait son grand-père, la maison, des chutes, des jeux, des rires. Ses parents adoptifs ne lui avaient jamais reparlé du passé, il ne les avait pas questionnés non plus, et il comprenait maintenant pourquoi ils n'avaient jamais abordé le sujet. Serait-il possible qu'il puisse retrouver d'une manière ou d'une autre des traces de ce qui s'était passé ? Il savait bien que sa famille d'origine était morte, mais son cerveau avait soigneusement rayé de sa conscience la manière dont c'était arrivé, et avait mis en place un mécanisme tellement bien rodé qu'il n'avait jamais trouvé étonnant d'avoir si peu de souvenirs du drame qui avait fait de lui un orphelin. Même avec toutes ses séances de thérapie, son enfance restait une terre mystérieuse, et il comprenait les réactions violentes de son organisme quand Hélène cherchait à le forcer à se souvenir. Son passé comportait bien des énigmes, mais le moment était mal choisi pour les résoudre. Il craignait trop de se détourner de la seule chose vraiment importante : retrouver le Vieux, faire aboutir ses recherches et sauver Alice. Et tout cela le plus vite possible ! Tic-tac, tic-tac. Chaque seconde qui passait était une seconde perdue. Il lui fallait rester concentré, le passé pouvait attendre. Il aurait le temps, plus tard, dans un contexte plus calme, de repenser à tout cela. Même si c'était le passé qui pour le moment lui avait offert le premier pas vers une vraie solution. C'était fou, se battre un soir, et voir son inconscient lui tracer une route le menant tout droit en Afrique à la recherche d'un fantôme. Quelle étrangeté que l'esprit humain ! Son passé, son présent, son futur… tout semblait intrinsèquement lié. Était-ce normal que tout se mélange ainsi, ou était-il peu à peu en train de perdre ses derniers repères ?

Après plusieurs heures de route à travers la brousse, l'ambiance s'était un peu apaisée. Ils avaient tous vaguement somnolé, autant que le permettaient les cahots du chemin, et cette sieste inconfortable avait eu un rôle libérateur. Et puis, la voiture les emmenait toujours plus loin des lieux sinistres de la veille, comme si la distance gommait la réalité. Ali et Orhan parlaient ensemble à l'arrière, à voix basse.

Il était maintenant près de 13 heures et il faisait extrêmement chaud et humide. La route sinueuse les faisait onduler dans une brousse à la végétation épaisse. À intervalles assez réguliers, ils traversaient des villages qui semblaient endormis.

Le guide proposa de s'arrêter pour faire le plein et déjeuner. Il stoppa le véhicule devant une bicoque au toit en toile d'un blanc sale qui avait surgi comme par enchantement au bord de la route, avec des bancs et des tables en métal. Quelques personnes y étaient déjà installées. Le guide gara la voiture un peu à l'écart et les fit s'asseoir au fond, le plus loin possible de la route.

— Il faut rester discret. On est entré sur le territoire des rebelles.

Ils prirent place autour d'une table, pendant qu'Ayodélé allait demander que l'on fasse le plein de la voiture et remplisse le radiateur.

Dehors, sur la gauche, deux femmes faisaient cuire de la viande et des légumes dans une marmite qui fumait au-dessus d'un feu dont on ne distinguait pas les flammes dans l'éblouissement du jour, mais dont on pouvait sentir la chaleur par le vacillement visuel qui entourait la scène. Plusieurs enfants s'occupaient de faire le service. Un homme qui devait être le chef de famille, énorme colosse, se tenait derrière un bar à l'équilibre précaire et était en train de verser des verres de bière belge à des clients.

Les gens déjeunaient presque en silence, un transistor grésillait une vieille chanson américaine. La tension était palpable.

Soudain on entendit un cri d'enfant venant du ciel. Levant les yeux, ils aperçurent un jeune garçon perché dans les plus hautes branches d'un sipo, faisant le guet. Son signal étant en dialecte, ils sentirent sans le comprendre le vent de panique qui souffla sur l'assemblée. Tous se levèrent dans l'idée de fuir dans un désordre apeuré. Simon et ses compagnons se tournèrent vers leur guide, une boule d'appréhension installée au creux du ventre. Son visage avait pris une couleur de cendre :

— Les enfants soldats...

Il était déjà trop tard, on entendait le moteur d'une jeep qui se rapprochait à toute allure. Ils restèrent assis, le dos rond, fixant leurs assiettes, essayant de disparaître dans l'ombre.

La voiture s'arrêta dans un crissement de freins et un frémissement de tôle usée. Ils étaient huit, des jeunes adolescents au regard dur et dont la ride entre les sourcils semblait déjà indélébile. Ils portaient des bandanas rouges crânement noués autour de leurs têtes, et étaient revêtus de bric et de broc de vêtements militaires. De grosses ceintures tenaient les pantalons dont ils avaient parfois dû raccourcir les jambes d'un coup de couteau, le tissu s'effilochant au-dessus de baskets vieillies. Certains portaient des lunettes de soleil, les autres, l'œil mauvais, contemplaient l'assemblée pétrifiée, la main caressant presque machinalement les mitraillettes et autres gros calibres qu'ils tenaient contre eux. Celui qui semblait mener le groupe ne devait pas avoir 15 ans. Des dreadlocks courtes s'échappaient de son foulard et le petit coquillage blanc qu'il portait en boucle d'oreille luisait à chacun de ses mouvements. Des bras aux muscles encore juvéniles sortaient d'une veste kaki aux poches multiples. Une Kalachnikov pendait à son côté droit.

Ayodélé chuchota à la bande de ne pas bouger et de faire profil bas, au sens littéral du terme. Heureusement, il faisait sombre là où ils se tenaient. Il se plaça devant, comme s'il pouvait ainsi les masquer.

Le jeune chef interpella le restaurateur, demandant qu'il leur donne de la nourriture. Et vite.

Il voulait des boîtes de conserve et tout ce qui pouvait se transporter facilement. L'homme s'exécuta en hâte. Malgré sa taille, il ne semblait pas du tout rassuré et transpirait à grosses gouttes pendant que ses mains tremblaient en ouvrant les placards derrière lui. Il n'avait pas grand-chose à leur offrir, et il rafla les quelques conserves qui se trouvaient sur les étagères, les déposant pêle-mêle sur le bar devant lui.

Soudain, une jeune fille soldat se dressa à l'arrière de la tente. Ils ne l'avaient pas vue avant, elle avait fait le tour pendant que les regards étaient attirés par le reste du groupe. Elle était mince, borgne et avait un air méchant. Elle vit Simon et cria quelque chose avec agressivité.

Le chef se retourna. Délaissant les boîtes de conserve dont il remplissait son sac à dos avec méthode, il s'avança et découvrit les étrangers.

Il hurla dans un anglais difficilement compréhensible :

—Who are you? Who are you working for? en pointant son arme sur Simon.

Derrière lui, les autres adolescents s'étaient massés avec des gestes lents de morts-vivants, les fusils levés.

Tout le monde retenait son souffle. En plus, dans le silence établi, on entendait le moteur d'une jeep qui semblait se rapprocher.

Ali et Malik se jetèrent un coup d'œil, impuissants. Les armes étaient restées dans la voiture, planquées à l'arrière.

Alors le guide se leva et prononça quelques mots dans une langue aux sonorités étranges.

Le visage du chef adolescent se transforma. Il répondit brièvement dans le même langage et inclina légèrement la tête devant Ayodélé. Avec un sourire inattendu, il lança à Simon la conserve qu'il tenait encore à la main et, se retournant sans même vérifier si ce dernier avait eu ou non le réflexe de l'attraper, il intima à ses troupes :

— Kampa ! Kampa !

Et ils remontèrent tous pêle-mêle en voiture et disparurent dans un ensemble de cris stridents et de poussière.

Simon contemplait alternativement la boîte de corned-beef qu'il tenait à la main et le guide qui restait debout, fixant le nuage encore visible formé par les voitures qui disparaissaient à l'horizon, le visage impassible. Que s'était-il donc passé ? Qu'était-il possible de dire pour stopper dans leur élan une bande de gamins ivres de pouvoir et de violence? Perplexe, Simon regardait Ayodélé. Qui donc était cet homme?

À présent, tout le monde chuchotait dans le restaurant en les fixant. Cet épisode leur avait coupé l'appétit.

Ali était déjà près de la voiture, la main sur l'un des coffres transportant les armes, le visage fermé. Il ne se laisserait plus surprendre ainsi.

Le guide, après avoir jeté un rapide coup d'œil à la salle maintenant ouvertement tournée dans leur direction, alla vers leur hôte et lui parla brièvement. Aussitôt, il fit signe à une des femmes qui enroula dans de larges feuilles de bananier des portions de nourriture et les entassa dans un sac plastique qu'elle apporta en trottinant. L'homme voulut refuser l'argent que le guide posait sur le comptoir, se confondant en remerciements quant à la manière dont il avait écarté le danger, mais celui-ci, sans attendre la monnaie, fit signe à Simon et aux autres en leur indiquant la voiture.

Le restaurateur rattrapa Ayodélé et lui serra la main, l'attirant à lui dans une accolade qu'il prolongea le temps de lui glisser quelque chose à l'oreille. Le guide surprit le regard de Simon et s'écarta tout en inclinant légèrement la tête à l'égard de son interlocuteur qui s'inclina à son tour, le sourire aux lèvres. Sans comprendre exactement la nature de cet échange, Simon attendit le chauffeur, le déchargea du sac en plastique contenant la nourriture et le suivit jusqu'à la voiture dans laquelle il monta aussi vivement que les autres.

La bande ne s'était pas fait prier pour s'installer sur les sièges, des gouttes de sueur et d'angoisse perlaient encore sur leurs fronts. Le 4x4 dégageait un sentiment de sécurité et Ali gardait farouchement une main sur le coffre, les dents serrées.

Simon ne put s'empêcher de demander au guide :

— Mais qu'est-ce que tu lui as dit ?

— Juste un dicton de la région de Berberati, au nord de Sosso. Il avait un tatouage dans le cou qui vient de là-bas. Nous sommes très peu nombreux de cette ethnie. Une partie a été massacrée pendant les affrontements, lors des attaques des hommes de Bantourri originaires du Cameroun. Les survivants sont tous jeunes, mais ils respectent encore leur passé. Souvent, ils ont été enlevés à sept ou huit ans dans leur village par les factions rebelles, la Seleka, donc ils gardent un peu de nostalgie. C'est son cas apparemment, dit-il sur un ton qui clôturait le sujet.

Cela suffit à Simon qui était encore tendu. Que de tragédies ! Sa vie organisée autour d'Alice et du laboratoire lui semblait si loin. En pensant à elle, son cœur se serra et ses yeux le piquèrent un peu. Il détourna la tête vers la route.

Il avait déjà oublié l'épisode du restaurateur.

Une heure s'écoula sans incident. Puis Ayodélé arrêta la voiture à un embranchement. Se tournant vers ses passagers, il les regarda d'un air sérieux :

— Il faudrait que vous preniez chacun une arme. Et accrochez-vous ensuite, je vais devoir aller beaucoup plus vite. Le chemin devient très dangereux. Nous entrons dans la région de la tribu de Mhdéré. Ils sont connus pour leurs rites barbares et pratiquent encore le cannibalisme. Même les rebelles de la Seleka ne s'y risquent pas... Cette tribu est cruelle et redoutable. Ils vivent cachés dans les arbres. Aucun gouvernement n'a jamais réussi à les contrôler. En fait, les Mhdéré pensent qu'on peut gagner en force en mangeant le corps d'un homme. Mon cousin m'avait raconté l'histoire de jumeaux albinos qui avaient été tués, découpés et dévorés par leur propre famille, car ils étaient considérés comme des sorciers. Leur mère les aurait elle-même jetés dans une grande marmite bouillante encore vivants. Des sauvages… !

Mais heureusement le chemin se passa sans

encombre.

Le guide ralentit vaguement son allure. Il expliqua qu'ils n'étaient plus qu'à une trentaine de kilomètres de leur destination. Tous continuèrent malgré tout à regarder les arbres environnants pour traquer le moindre mouvement suspect, avalant nerveusement leur salive.

Ils poursuivirent leur route à travers la brousse, la nuit tombante donnant à la nature des reflets bleus et allongeant les ombres. Malgré la chaleur, des frissons agitaient les passagers du véhicule qui ne pouvaient relâcher la tension de leurs muscles.

— Il faut continuer, dit le guide. Nous ne sommes pas très loin de l'emplacement. C'est bien ce que je pensais à la base, ils sont à Kampa. Ils n'ont pas bougé depuis un mois selon mes sources, le cuisinier de tout à l'heure me l'a confirmé.

Ils gravirent une colline par un petit sentier aux ornières profondes, envahi par les herbes folles. La nuit était tombée, mais les étoiles et la pleine lune rendaient les phares inutiles. Ce qui tombait bien, car il ne semblait pas que le chauffeur ait eu la moindre intention de s'en servir.

À un embranchement, Ayodélé consulta un plan et une boussole à la lueur d'une petite lampe, et tourna à gauche.

— Ça doit être là...

Il avait éteint la lampe afin de ne pas attirer l'attention, et ils roulaient presque au pas. Le paysage avait changé, plus aride. Des bouquets d'herbes sèches se détachaient sur l'horizon en ombres chinoises, çà et là surplombés par un arbre dont on ne pouvait deviner les feuilles.

Ils atteignirent le sommet de la colline. Ayodélé gara la voiture entre quelques arbres qui les masquaient de la route. Puis il leur fit signe de descendre du véhicule et de le suivre en leur recommandant le silence. Ils s'approchèrent d'une sorte de promontoire. En s'accroupissant, ils se glissèrent dans un buisson épais et s'arrêtèrent à ses limites. En contrebas, la colline qui tombait d'abord brutalement s'arrondissait ensuite en un espace presque plat. Où se trouvait un campement.

Ils avaient une vue plongeante, leur permettant d'appréhender le lieu dans son ensemble.

Le camp était composé d'une centaine de tentes de toile sombre et entouré de barbelés. Des hommes faisaient le guet, postés aux entrées qui se trouvaient sur trois des côtés, d'autres étaient assis près des feux disséminés à l'intérieur du campement.

Un groupe de femmes était recroquevillé près d'une tente.

— Ça doit être leurs esclaves, chuchota le guide.

Simon prit un moment pour évaluer la distance qui les séparait du village de toile.

Ils reculèrent avec précaution et regagnèrent les abords de leur voiture. Tous s'activèrent. Le guide prépara un dîner, et les hommes se mirent en tenue, se passant silencieusement les gilets pare-balles, les armes diverses, et vérifiant que toutes étaient prêtes à l'usage : chargées, coulissant à la perfection. Rassurantes.

Simon était retourné dans le buisson et observait avec des jumelles infrarouges le campement et les mouvements des hommes encore éveillés.

Ali vint lui taper sur l'épaule quand le dîner fut prêt.

Le guide avait accommodé diverses provisions qui ne nécessitaient pas l'usage d'un feu, afin de rester dans l'ombre.

Rompant des morceaux de galettes et se servant dans les boîtes de conserve ouvertes devant eux, ils se rendirent vite compte qu'ils étaient tous affamés.

— Prenez des forces !

Le guide se cala un peu en arrière, s'appuyant sur l'arbre qui était dans son dos.

— Il faut maintenant trouver un moyen de sortir votre ami du camp. Ces hommes que vous avez vus en bas, ils sont terribles. Vous avez bien vu comment étaient les gosses qu'on a croisés, ils sont tous drogués et se croient invincibles grâce aux sorts de leur général Marcus Assaka.

Ali se leva :

— Nous avons des drones, je vais les chercher. Dès qu'il fera assez nuit, nous les enverrons survoler le camp pour surveiller les mouvements des rebelles et voir comment rentrer dans ce merdier.

Simon enchaîna :

— Je pense avoir repéré l'endroit qui leur sert de prison. C'est une cabane en dur, avec deux gardes devant. Elle est malheureusement au milieu du camp... Il va falloir trouver un moyen d'entrer... et aussi de sortir.

— Attaquer sur le flanc droit : trop dangereux, en plus avec ces barbelés électrifiés.

— Se faire passer pour des rebelles en se déguisant, c'est trop risqué !

— Simuler l'attaque d'une armée en tirant une grande partie de nos munitions, ça ne suffirait pas à les faire partir, mais par contre réveillerait ceux qui dorment et mettrait tout le monde sur le qui-vive…

Le dîner était fini. Il était déjà 21 heures. Au loin, les lumières du camp se faisaient plus rares, mais les points lumineux de mégots de cigarettes montraient bien que plusieurs hommes continuaient d'assurer la surveillance.

— Ils semblent être sur leurs gardes, dit Orhan.

Le guide répondit :

— C'est normal, les forces militaires de l'U.EA. — l'Union des États africains je veux dire — préparent une contre-attaque. Nous sommes vraiment arrivés au pire moment...

Une forte brise s'était levée, rafraîchissant l'atmosphère sans apporter de solution.

Ali revenait vers eux chargé de deux grandes boîtes. Les drones. Il les posa sur le sol près de Simon qui jeta un coup d'œil distrait sur le descriptif des engins. Soudain il étouffa une exclamation et se tourna vers eux, les yeux brillants :

— Je crois que je sais ce que nous allons faire ! C'est complètement fou, mais ça pourrait marcher.

Il continua d'une voix plus basse, inquiet que son éclat de voix puisse avoir été entendu du camp, porté par le vent.

— Vous voyez ces drones. Ils sont à propulsion à hydrogène ce qui veut dire qu'ils ont plus de puissance et d'autonomie que des drones classiques. C'est à peu près le modèle qui était utilisé dans des usines que j'avais visitées. Et normalement, ils peuvent transporter jusqu'à 100 kg...

Ils le regardèrent avec des yeux ronds, sauf le guide qui laissa percer un petit sifflement admiratif. Encouragé, Simon s'expliqua :

— La voie de terre est compliquée... pourquoi ne pas plutôt arriver par les airs, en se servant des drones pour transporter deux d'entre nous... ?

— Mais comment on tient sur ce machin ? demanda Malik.

— Euh... Je t'avoue qu'il va falloir bricoler un peu. J'ai déjà vu des gens faire des trucs bien plus oufs sur des vidéos en ligne, mais disons qu'il faudra minimiser le temps de vol, car je ne pense pas que ça soit très stable. Il faudra vérifier qu'on peut y greffer un système de poignées qui soient suffisamment solides, et sécurisantes. Et si tout se passe bien, on pourrait atterrir juste au-dessus de la cabane où est retenu le

Vieux…

— Putain, c'est carrément risqué ton truc, ne put s'empêcher de dire Ohran.

— Je peux y aller seul si ça vous fait peur. Sauf si vous avez une meilleure idée...

Personne ne parla, pesant le pour et le contre de l'opération.

Sans plus attendre, Simon commença à déballer les appareils et les examiner.

Il était 22 heures.

— Il va falloir être efficace. On a la solution pour entrer dans le camp, il va falloir trouver un moyen pour en sortir. On a un peu de temps, car une ou deux heures avant l'aube serait le moment parfait pour intervenir : il fera encore nuit noire, mais presque tout le monde dormira. Mais seulement quelques heures… J'ai quelques idées pour nous enfuir du camp, mais je vais avoir besoin de votre aide pour savoir ce qui est faisable et ce qui ne l'est pas.

Lucas fut désigné pour prendre le premier tour de garde afin de surveiller le village, les lunettes infrarouges vissées sur le nez. À la moindre alerte ou approche des militaires, il était chargé de les prévenir.

Les autres descendirent un peu en contrebas et établirent leur base.

Appuyés contre un arbre, Orhan et Malik avaient projeté devant eux une carte holographique du campement et de ses proches environs, et ils chuchotaient en la faisant tourner, leurs visages éclairés par son pâle rayonnement. Le guide, curieux, s'était assis à côté d'eux et les regardait faire sans participer.

Simon quant à lui s'était attelé aux drones. Aidé d'Ali, il consulta le mode de configuration de l'appareil. « Bon, il va falloir faire un test. » Il le régla pour monter horizontalement de 50 centimètres puis redescendre, et se leva. Il grimaça un sourire. Les autres aussi le regardaient. Tenant chacun des patins du drone à bout de bras, il fit un signe de tête à Ali : « Go. »

Il se sentit enlevé brusquement dans les airs, la montée fut rapide, le drone resta un instant immobile tandis qu'il pendait, les mains crispées jusqu'à en être blanches pour ne pas lâcher, mais quelques secondes plus tard il avait à nouveau les pieds sur le sol. Il respira profondément : « Bon, ça prouve que ça peut porter un homme, mais il va falloir que je fabrique une sorte de harnais, car je ne suis pas sûr qu'il soit possible de tenir longtemps à mains nues. On a de la corde ? »

Alors qu'il commençait à grossièrement confectionner ce harnais, il gardait un œil sur Ali qui réglait soigneusement les paramètres du premier engin, configurant le plan de vol pour qu'il n'ait pas à dépendre d'un membre de l'équipe pour le guider dans la nuit noire. Il resta imperturbable quand Ali se saisit du deuxième appareil pour lui faire les mêmes réglages, et attrapa un peu plus de corde pour faire un second harnais.

Soudain, ils entendirent des bruits de voix au niveau de la route en contrebas.

Se saisissant des drones et ordinateurs pour les cacher derrière des fourrées, ils s'y dissimulèrent eux aussi en toute hâte. La lumière de la lune éclairait la terre plus claire du sentier, sur lequel se découpa la silhouette de deux hommes qui titubaient légèrement en parlant fort. Sans doute des hommes du camp qui avaient été boire dans les alentours. Tenue par une sorte de laisse, une frêle jeune fille les suivait, contrainte par la corde qui la tirait, trébuchant à chaque pas.

Les hommes riaient grassement, tout en se dirigeant tout droit vers leur campement, cherchant probablement l'ombre des arbres pour faire subir à leur compagne forcée ce pour quoi on l'avait attachée.

Simon et le guide se regardèrent sans rien dire à travers les buissons qui les dissimulaient encore pour le moment. Simon plongea lentement sa main vers sa ceinture où était coincée son arme.

L'instant approchait où la voiture apparaîtrait à leurs yeux, et où il risquait d'être trop tard pour agir, s'ils cherchaient immédiatement à donner l'alerte.

Mais Lucas, qui avait dû faire le tour en rampant, arriva alors derrière les deux hommes dans une course silencieuse. La jeune fille n'eut même pas le temps de le voir approcher et de réagir, qu'il avait déjà d'un geste prompt ouvert profondément la gorge du premier. Le deuxième le regarda sans comprendre, et il lui planta rapidement le couteau dans la poitrine, attirant juste ensuite sa tête dans le creux de son épaule afin de prévenir le moindre gémissement au cas où la mort n'aurait pas été instantanée. L'homme eut un ultime soubresaut, levant un bras faible pour se libérer, mais quelques secondes à peine plus tard, Lucas laissait couler sur le sol un corps sans vie.

La jeune fille était toujours tenue par la corde que le premier n'avait pas lâchée dans sa chute, et elle restait là, immobile. Ali trancha le lien avec le couteau qu'il avait retiré du deuxième cadavre, et l'emmena jusqu'au guide qui était sorti de sa cachette, suivi par les autres.

— Tu peux lui faire dire ce qu'elle sait sur le camp ? demanda Ali au guide en fixant la jeune fille.

Le guide s'entretint avec elle dans leur dialecte pendant quelques minutes

— Elle ne sait rien. Elle habite à une dizaine de kilomètres et a été enlevée avec ses deux sœurs ce matin même par des rebelles dans une jeep. Elle n'a aucune utilité pour nous.

— Dis-lui qu'elle ne peut pas partir avant nous. Elle reste. C'est trop dangereux pour elle, mais aussi pour nous si elle parle. Ensuite, elle sera libre de faire ce que bon lui semble. Même si je suis pas sûr qu'elle ait particulièrement envie de retourner au campement... Mais je ne veux pas prendre le risque.

Simon la regarda. Elle était très belle et très jeune. Ses yeux en amande brillaient au-dessus d'un nez à l'arête fine et d'une bouche aux lèvres pleines. On sentait dans sa joue le fantôme d'une fossette, mais elle ne souriait pas. Elle devait avoir quinze ans, mais son corps était celui d'une femme, les longues tresses de sa coiffure coulaient sur des épaules déjà arrondies. Le guide lui jeta quelques phrases. Elle ne répondit rien et se contenta d'aller s'asseoir près d'un arbre, entourant ses jambes de ses bras étroitement serrés, les yeux baissés.

Sans autre interruption, ils purent se remettre au travail. Maintenant tous planchaient sur le plan de fuite et, plus rapidement qu'il ne l'avait craint, tout se mettait en place. Son esprit était d'une créativité et d'une lucidité étonnantes, et la stratégie se dessinait aisément, permettant d'anticiper presque tous les scénarios possibles et de bénéficier de conditions aussi idéales qu'elles pouvaient l'être.

Après avoir caché les deux corps, Lucas était retourné faire le guet. Donner la mort ne semblait pas l'avoir affecté, il était parti en levant les deux pouces.

Simon regarda son équipe. Tout allait se jouer maintenant dans à peine une heure.

C'était Lucas qui avait été désigné pour l'accompagner. Simon était rassuré, il n'aurait pas voulu y aller seul et il était toujours utile d'être escorté de quelqu'un capable de se défendre avec autant de sang-froid. Ils s'assirent en cercle pour manger un peu pendant que Simon vérifiait à nouveau que les harnais étaient solidement fixés sur les drones.

Puis ils révisèrent une dernière fois l'ensemble du plan, après avoir fait signe à Lucas de les rejoindre.

Sur le bord du rocher qui surplombait le camp, Simon et Lucas maintenaient fermement dans leurs mains crispées les cordes qui leur passaient autour de leur torse et les liaient aux drones. Ces derniers volaient au-dessus de la tête des deux hommes en faisant du surplace, silencieux. C'est Ohran qui avait le doigt sur le bouton de commande qui allait déclencher leur envol vers le camp des rebelles. Simon leva les yeux. Etre entraîné dans le vide par un aussi frêle objet ne lui semblait plus une si bonne idée.

— On aurait peut-être dû faire un test un peu plus long pour être sûr qu'ils vont être capable de nous porter plusieurs centaines de mètres.

Il s'approcha du bord, l'air concentré, mais ses genoux vacillèrent. Lui et Lucas restèrent de longues secondes sans rien dire, contemplant le vide sombre qui s'étendait devant eux. Sans attendre leur signal, Ohran enclencha le compte à rebours et les drones les entraînèrent avec eux, indépendamment de leur volonté, les oreilles battues par le vent, les doigts cramponnés, les jointures blanchies, le souffle coupé. En moins de trois minutes, ils étaient au-dessus du camp des rebelles.

C'était un sentiment étrange d'être suspendu dans le ciel à un si petit appareil, qui instable, les ballottait beaucoup plus qu'ils n'auraient pu le penser. Ils se trouvaient à moins d'une dizaine de mètres l'un de l'autre, et ils retenaient leur souffle en espérant arriver le plus vite possible. Ils en avaient presque oublié le danger qui les attendait en bas.

Les drones atteignirent finalement le point de chute prévu : un espace dégagé qui devait servir aux exercices et qui se trouvait juste à côté de la case des prisonniers. Simon atterrit le premier, en douceur, mais le drone de Lucas ne ralentit pas. Il tomba sur le sol de tout son poids et sentit sa cheville tourner. Il ne laissa pas échapper le moindre murmure et rejoignit Simon en boitant légèrement. Ils restèrent un court instant aux aguets, inquiets d'avoir été vus ou entendus. Mais rien ne bougeait. Ils posèrent les deux drones contre le mur d'une des tentes, l'ombre les faisant disparaître.

À l'aide des lunettes infrarouges, ils se dirigèrent sans peine vers la case que le guide lui-même avait désignée comme étant celle abritant les prisonniers. « Que ferait-on sans lui ? se demanda Simon. Il sait tout, c'en est presque flippant. »

Autour d'eux, les ténèbres étaient au plus épais de la nuit. Des masses plus sombres et immobiles se détachaient, les faisant retenir leur souffle un peu plus encore. Soudain, ils se figèrent, une exclamation étouffée venait de retentir sur leur droite, comme une voix humaine tout de suite bâillonnée. Ils s'arrêtèrent net, le sang battant aux oreilles, trop tétanisés pour faire le moindre geste, même se mettre à couvert. De longues secondes passèrent, rien ne bougea. Seul le vent continuait à faire claquer la toile des tentes et frissonner la végétation. Il s'agissait probablement d'un animal. Ils reprirent leur progression, avec des précautions nouvelles, conscients du danger fou de leur opération.

Embusqué, Simon tenait d'une main son arme et scrutait l'obscurité. Il n'y avait aucun bruit autour de lui excepté de temps en temps le cri d'un animal, au loin, dans la savane. La lune était si froide que sa lumière semblait vaine.

Il se tourna vers Lucas, dont il distinguait mal le visage durci par la tension et la douleur, qui lui fit signe qu'ils devaient continuer à avancer.

Il déglutit difficilement. «Je n'ai pas le choix, je n'ai vraiment pas le choix, il est le seul qui puisse m'aider.» Et il fit un premier pas. Ils se glissèrent derrière la fameuse case. Lucas, indiquant à Simon de ne pas bouger, en fit le tour sans un bruit. Simon entendit juste le son terrible du couteau qui servait à éliminer le garde en faction, et la chute retenue d'un corps, roulé sur le côté.

Avec un mini-laser de découpe, Simon entama le mur, ménageant rapidement une ouverture suffisamment grande pour lui permettre de se glisser à l'intérieur. Une fois dedans, il resta immobile, retenant son souffle. Autour de lui, ce qu'il avait pris d'abord pour des cages d'animaux contenait des hommes, entassés à plusieurs, couchés en chien de fusil dans ces espaces confinés. L'odeur était atroce. Simon laissa passer quelques instants, mais personne ne bougea. Se déplaçant sans bruit entre les cages, il en trouva une qui n'était occupée que par un seul homme. Assis en tailleur, il le fixait de ses yeux qui paraissaient phosphorescents à la lueur infrarouge, comme s'il l'avait attendu.

D'un geste d'habitué, Simon fit sauter la serrure avec son laser. Un autre prisonnier sortit à ce moment de son sommeil et commença à gémir. Lucas qui arrivait à ce moment passa son bras entre les barreaux et lui fit perdre conscience en lui serrant la gorge. Il retomba comme une poupée de chiffon sur le corps de ses compagnons de cage qui ne bronchèrent pas.

Le Vieux, quant à lui, déplia lentement sa longue silhouette et se glissa en dehors de sa prison, sans prononcer un mot.

Ils sortirent tous trois et Lucas émit un bref rayonnement avec son pointeur infrarouge, en direction de la colline.

C'était le signal pour Malik qui, planté devant son ordinateur portable, avait réussi à pirater le service 55 de la zone. Chaque téléphone était muni d'un canal que ne pouvaient normalement utiliser que les pouvoirs publics afin d'alerter les habitants d'événements importants comme un attentat, une catastrophe naturelle... Il permettait d'envoyer un message à tous les téléphones présents dans une zone géographique définie. Mais dans de nombreux pays, il était aussi employé par des réseaux parallèles à des fins moins citoyennes. Malik n'aurait jamais pu pirater ce système en Europe, mais y était parvenu sur ce plus vieux modèle dont était équipé le pays.

— Vite, on a qu'une minute. Ayodélé, le message.

Le guide dicta rapidement dans son dialecte le texte préparé à l'avance :

— Les forces du gouvernement vont pilonner la région où vous vous trouvez. Alerte ! ALERTE ! Évacuez, vite. Dans 10 minutes, les avions de l'UEA vont frapper.

Malik compressa le message et l'expédia en boucle sur tous les téléphones des environs qui avaient le canal 55 ouvert, ayant modifié l'origine de l'envoi comme provenant d'un camp de rebelles installé non loin.

— Espérons que ça va marcher je n'ai pas très envie de devoir aller moi-même les chercher dans ce campement...

Tout le monde retenait son souffle.

Et soudainement, tout se mit en mouvement. L'homme qui devait être responsable de la permanence courut vers le poste de commandement que Simon, Ali et le Vieux virent s'illuminer. Des voix se mirent à crier. Ils en profitèrent pour se rapprocher d'une jeep qu'ils avaient repérée, un vieux modèle à essence et système d'alimentation des années 10. Lucas se pencha sous le siège, manipula quelques fils, et le moteur se mit en marche.

Des lumières s'allumèrent dans tous les coins, comme une traînée de flamme. Le camp se réveillait d'un seul mouvement, des voix hurlaient, on entendait les bruits des pieds nus qui martelaient la terre dure. Lucas démarra en trombe, tandis que Simon et le Vieux s'étaient couchés à l'arrière, cachant leurs visages à la peau trop pâle. Pendant ce temps, tous les rebelles sortaient de leurs tentes, courant au hasard, suivant les ordres des lieutenants qui aboyaient à pleins poumons. Personne ne faisait attention à cette voiture qui circulait, dans la nuit noire, éblouis qu'ils étaient par les phares et trop préoccupés à comprendre ce qu'on attendait d'eux. Les fuyards aperçurent au loin la sortie, et la jungle qui leur tendait ses bras sombres.

Mais soudain, alors qu'ils n'étaient plus qu'à quelques mètres du check-point, la lumière d'un gros projecteur les fit sortir de l'ombre. Les deux gardes en faction s'interposèrent immédiatement, braquant leurs mitraillettes sur la voiture.

Simon bondit de sous la bâche et tira sans attendre, tout en maintenant de l'autre main le Vieux couché. Lucas accéléra. Un garde, touché, tomba presque instantanément, mais l'autre avait eu le temps de crier dans son transmetteur avant d'être fauché à son tour.

La route était devant eux, mais des coups de feu commencèrent à être tirés dans leur direction. L'homme à la lampe avait dû lui aussi donner l'alerte. Deux jeeps les prirent rapidement en chasse.

La poursuite s'engagea à toute allure sur le sentier, dans la brousse. Ils devaient rejoindre leurs complices au plus vite.

Une jeep des rebelles tomba dans un fossé, le chauffeur avait été touché par Simon qui visait de son mieux, obligé de se maintenir d'une main à une barre pour ne pas être renversé par les chaos violents. Lucas conduisait à fond, du sang coulait d'une de ses tempes.

Ils arrivèrent enfin au point de rendez-vous, en trombe. Orhan avait prévu d'éventuels poursuivants.

Leur voiture passa, volant presque d'une bosse à l'autre, mais juste derrière elle un arbre s'écrasa, barrant la route. La jeep des poursuivants freina en catastrophe, pour être accueillie par le tir nourri d'un fusil mitrailleur léger, manié par Orhan et le guide.

Simon, Lucas et le Vieux avancèrent encore d'une cinquantaine de mètres et sortirent en courant de la jeep criblée de balles. Soutenant le Vieux dont les jambes ne le portaient presque plus, ils rejoignirent leur voiture dans laquelle Malik, Ali et la jeune fille prostrée les attendaient, le moteur tournant déjà. Ali était prêt à démarrer sans attendre, appelant Orhan pour qu'il se dépêche de les rattraper.

Mais personne n'arrivait. Simon descendit du véhicule, s'inquiétant aussi du guide qui n'était pas reparu non plus. Au détour du sentier, il vit Ayodélé courir vers lui, criant d'une voix étranglée que d'autres rebelles avaient fait irruption à moto et qu'Orhan avait été tué d'une balle dans la tête. Sans réfléchir, malgré les cris du guide qui voulait l'en empêcher, Simon se précipita vers le lieu où l'arbre était tombé. Il aperçut Orhan à terre, allongé sur le ventre, l'arrière de son crâne transformé en une bouillie sanglante. Les rebelles s'étaient déjà repliés.

Le guide arriva sur ses traces, tirant en l'air.

— Viens viens, ils vont revenir ! Tu ne peux pas rester

ici, tu ne peux plus rien pour lui !

La gorge trop serrée pour répondre, Simon se laissa entraîner et retourna à la voiture.

Un grand silence se faisait en lui, tout lui semblait comme ouaté, comme s'il n'y avait plus que lui, dans cette voiture qui filait, dans un calme absolu.

Le Vieux était allongé au fond.

Tout avait été si rapide.

Simon resta sans penser un temps qu'il n'aurait pu estimer, avant de tourner la tête afin de le regarder. Il lui parut très vieilli. On lui aurait donné au moins soixante-dix ans, alors qu'il croyait retrouver un homme n'ayant pas beaucoup plus que la cinquantaine.

Simon tourna son regard vers l'horizon qui défilait. Son cœur saignait en pensant à son ami qu'il avait dû laisser sur le bord de la route. À l'idée qu'il devrait annoncer à sa femme qu'Orhan ne reviendrait jamais, il était envahi d'un affreux sentiment de culpabilité. S'il n'était pas retourné à Marseille, Orhan serait toujours en vie. Il ferma les yeux, essayant de ne plus penser, d'oublier. Il appela à sa rescousse le doux visage d'Alice, mais il était tellement choqué qu'elle lui apparaissait elle aussi sous les traits d'un cadavre qu'il ne pouvait plus ranimer.

La voiture menait un train d'enfer. Il fallait rejoindre l'aéroport.

Sur la banquette arrière, Lucas avait sorti la trousse à pharmacie dont ils s'étaient heureusement munis. La jeune fille lui prit des mains une bande de gaze et entreprit de lui bander le côté de sa tête, où le sang s'était presque arrêté de couler. Elle avait l'air absente, mais ses gestes avaient la précision d'une professionnelle. Il enroula un strap autour de sa cheville gonflée et se laissa aller dans son siège avec un soupir.

Ali était au volant. Les dents serrées, le visage rouge, il conduisait très vite, trop vite. À plusieurs reprises, il manqua de faire verser la voiture. Malgré la lune, tout était très sombre. Mais personne ne réagissait et ne songeait à le ralentir dans sa course folle.

Près d'un village, Ayodélé brisa le silence et demanda à Ali de s'arrêter. Il fit un signe à la jeune fille, lui signifiant de partir. Elle devait habiter dans les environs. Elle descendit et resta immobile sur le bas-côté, fixant Simon dans les yeux de son regard sombre pendant que la voiture redémarrait.

Il eut un geste, sa culpabilité redoublée par ce deuxième abandon. Mais le guide dut sentir son mouvement et il lui posa une main ferme sur l'épaule.

— Elle appartient à cette terre, laisse-la partir.

Une heure sans incident notable s'écoula. Les risques de poursuite semblaient avoir totalement disparu.

Le guide était étonnement calme.

Ils avaient encore six heures de route devant eux. Cette fois-ci, les détours prudents n'étaient pas de rigueur. Ce qui comptait n'était plus la discrétion, mais la rapidité.

— La route est truffée de militaires, mais c'est la seule solution pour arriver à l'heure à l'aérodrome. Elle est beaucoup plus rapide que celle de l'aller, on va juste couper, tout droit, ajouta le guide.

Ils continuèrent donc à manger la route sur un rythme halluciné. Ayodélé finit par reprendre le volant. Le jour s'était levé, et le soleil dardait des rayons qui faisaient vaciller l'horizon.

Simon regarda sa montre. Il est déjà dix heures. L'avion partait dans une heure et demie, et ils avaient encore soixante-dix kilomètres à faire sur cette route accidentée. Ils ne pouvaient pas se permettre de ne pas y arriver.

Malik avait allumé le transmetteur, essayant de

trouver des informations sur les suites de leur expédition de sauvetage. Les rebelles étaient toujours à leur poursuite, leurs voix s'entremêlaient, brouillées. Le guide traduisait dans les grandes lignes. Soudain, Malik se tourna vers le poste, interloqué : une des voix venait de prononcer quelques mots en espagnol.

— C'est vraiment bizarre, approuva Simon, il y a des Espagnols dans cette région ? Ça n'a aucun sens !

— Il y a beaucoup de choses que vous ne savez pas, coupa le Guide, le regard fixé sur la route.

Le Vieux n'avait toujours pas prononcé un mot. Tout au plus marmonné quelque chose d'indistinct. Il semblait épuisé. Simon se rappela, comme au sortir d'un mauvais rêve, de la raison de cette mission, adressant au ciel une prière muette :

— Pourvu qu'il me serve à quelque chose. Pourvu que tout ceci ne soit pas arrivé en vain.

Chapitre 15

À plein régime, la voiture continuait vaillamment à rebondir entre creux et bosses. Chez ses passagers, la tension était palpable. La végétation était devenue dense autour d'eux ; l'horizon était bouché par une marée verte qui les empêchait de voir quoique ce soit, d'un tournant à l'autre. À la radio, Ali continuait d'entendre des échanges irréguliers en espagnol. Il était compliqué de comprendre ces échanges en partie cryptés, mais l'urgence des messages était facile à discerner.

Le guide avait pris la place du mort, tandis qu'Ali poussait le moteur à son maximum. Ils ne s'étaient arrêtés que très brièvement le temps de remplir le réservoir d'essence et d'asperger le moteur d'eau pour le refroidir. Ils passèrent trois villages fantômes sans même ralentir. La route cabossée faisait trembler la carlingue et chacun s'accrochait à ce qui l'entourait pour garder un tant soit peu d'équilibre. Seul le Vieux restait prostré.

Cela faisait déjà quinze minutes que les échanges radio de ces étranges transmissions hispanophones n'avaient plus retenti. Un certain soulagement se faisait sentir dans la voiture au fur et à mesure que les minutes s'écoulaient et que leur porte de sortie se rapprochait. Soudain, un bruit de verre brisé surprit tout le monde. Ils se retournèrent : la vitre arrière venait d'exploser. Et les secousses de la jeep ne semblaient pas en être responsables. Ils aperçurent alors derrière eux une voiture sombre, une grosse berline allemande couverte de poussière, qui roulait comme eux à vive allure. Un homme dont la moitié du corps était sortie par la vitre de la porte gauche brandissait un AK-47. Il tira une seconde fois, mais heureusement sans toucher personne ni même atteindre la voiture. La tension remonta d'un bloc. Qui étaient-ils ? Cela ne pouvait pas être les rebelles. Comment auraient-ils pu les rattraper ? Lucas se penchait déjà pour retrouver une arme et riposter.

Seul, le guide ne disait rien, il avait à peine détourné la tête pour regarder ce qui se passait et il restait fixé sur la route, le visage concentré. Soudain, il s'écria :

— À droite, à droite !

Un chemin de traverse apparut le long de la route de

brousse, presque invisible au milieu de la végétation. Le chauffeur s'y engagea tant bien que mal, faisant voler la poussière sous ses pneus. Cela n'avait pas échappé à la grosse berline noire qui roulait à quelques centaines de mètres d'eux.

La petite route prenait un peu de hauteur et Simon réalisa qu'il n'y avait pas une, mais deux voitures qui les suivaient. Le souffle court, il se mit à réfléchir à la manière de se débarrasser d'eux au plus vite. Chaque kilomètre augmentait le danger qu'ils les rattrapent, ou qu'ils arrivent avec cette escorte plus qu'indésirable à l'aérodrome.

La situation n'était pas à leur avantage, en position comme en nombre. La route qu'ils suivaient maintenant était dans un état encore plus piteux que la précédente, et ils étaient comme suspendus en l'air à force de secousses. Leurs poursuivants avaient recommencé à tirer. Ils étaient pourtant si près du but !

Même le guide avait perdu sa sérénité et ses mains se crispaient sur le tableau de bord. Tous se penchaient en avant comme si cela pouvait les aider à aller plus vite… et à éviter les balles. La route qu'ils suivaient était bordée de très grands cocotiers qui la surplombaient comme une haie.

Lucas s'empara d'une mitraillette légère, et s'appuya

sur Malik qui l'aida à se tenir debout dans une certaine stabilité. Visant comme il pouvait, il se mit à tirer à profusion en direction de la première voiture. Celle-ci devait être blindée, car les rares projectiles qui l'atteignaient semblaient sans effet. Un chaos lui fit presque perdre l'équilibre. Il s'exclama grossièrement, l'écart entre les deux véhicules s'amenuisait inexorablement. Lucas tourna la tête, l'aéroport n'était toujours pas en vue et à ce rythme ils n'arriveraient jamais à l'atteindre les premiers.

Mais quelque chose se profilait plus loin sur le chemin. Simon étouffa une exclamation et saisit l'épaule d'Ayodélé en tendant le bras :

— Mais qu'est-ce que c'est que ça ? Putain un barrage !

Ali se mit lui aussi à crier :

— Des soldats ! Je fais quoi ? Je fais quoi ? Je ne peux pas faire demi-tour ! Putain, les gars, je fais quoi ?

Pris en étau, ils hurlaient tous des ordres contradictoires :

— Sur le bas-côté ! À droite ! À gauche ! Arrête-toi ! FONCE !

Ayodélé agrippa la main droite d'Ali qui s'apprêtait à rétrograder :

— Tout droit… va tout droit, SURTOUT ne ralentis pas !

Sa voix assurée trancha, et Ali ressaisit le volant de ses deux mains, la mâchoire serrée et les yeux noircis par l'attention. Simon s'était rassis et avait lâché son arme au fond de la voiture. Plus que quelques secondes avant qu'ils ne se retrouvent au niveau du barrage, au prochain virage. Jusque-là, ils l'avaient seulement entraperçu. Ils n'en crurent pas leurs yeux en réalisant qu'ils se trouvaient dans le bon axe. La voie était libre : hommes et voitures étaient rangés de chaque côté de la route, formant comme une haie d'honneur qu'ils traversèrent en trombe. Tournant la tête, ils virent les voitures démarrer aussitôt après leur passage pour se garer en travers de la route tandis que les soldats se mettaient en position. Les coups de feu commencèrent à crépiter dès que la première berline se présenta à son tour.

La végétation couvrit rapidement la scène. Ils regagnèrent la route principale et l'horizon redevint dégagé. Ils continuèrent à la même allure et vingt minutes s'étaient à peine écoulées qu'ils arrivaient à l'aérodrome, sans encombre. Seul Simon avait été légèrement blessé à l'épaule, mais ce n'était qu'une éraflure. Un joyeux tumulte avait suivi le passage du barrage.

— Les ennemis de nos ennemis sont nos amis, dit

Ayodélé avec un petit sourire entendu.

—Je sais pas qui étaient ces mecs qui nous suivaient, mais l'armée semblait avoir très envie de les choper. C'était ce que j'ai espéré en les voyant. L'armée n'en a rien à faire de nous.

De loin, ils aperçurent avec soulagement l'avion qui devait assurer leur retour. Il n'avait pas encore décollé. L'homme en costume les attendait, debout devant la passerelle. Quatre hommes armés l'entouraient, fusil baissé, mais le doigt sur la gâchette. La scène était étrange, mais ils ne cherchèrent pas à réfléchir. Ils stoppèrent la voiture à une dizaine de mètres, et Simon en sauta le premier, sans se préoccuper des bagages ni se soucier de la saleté de ses vêtements tachés de sang. La peur de voir réapparaître les berlines, les gens du campement ou des membres de l'armée qui auraient changé d'avis sur leur insignifiance, le taraudait. Il voulait être sûr que l'avion les emmènerait loin d'ici.

Un sourire énigmatique flottait sur le visage de l'homme quand il lui tendit la main en un geste qui l'étonna, après la froideur de leur dernière rencontre.

— Un vrai business trip de plaisance à ce que je vois, dit-il ironiquement, tandis que son regard détaillait les accrocs et taches sur les vêtements de son interlocuteur.

— En tout cas, je ne vous aurais pas attendu... mais vous êtes là donc partons, partons vite.

Simon bafouilla quelque chose, trop fatigué pour donner une réponse intelligible, et intima l'ordre à ses hommes de se dépêcher. Pendant qu'ils vidaient le coffre, il s'occupa d'épauler le Vieux. Très faible, celui-ci se laissa entraîner, le regard vague, en traînant les pieds.

En moins de dix minutes, l'avion était chargé et l'équipage prêt à décoller. Seuls les hommes en armes restaient sur le tarmac, ainsi que le guide. Simon s'attarda le dernier, lui serrant la main sans savoir que dire, avant de fouiller dans sa poche pour lui donner le peu d'argent qu'il avait sur lui.

— Au revoir Ayodélé. Sans toi aucun de nous ne serait revenu... je ne t'en serai jamais assez reconnaissant.

Le guide le regarda, prit sa main entre les deux siennes et lui sourit tandis que ses yeux restaient graves :

— Garde ton argent, je n'ai fait que mon devoir…

Il n'ajouta rien et recula de quelques pas afin de s'éloigner un peu de l'appareil dont les hélices commençaient à tourner.

On cria à Simon de monter, il s'exécuta, le poing crispé sur la liasse de billets dédaignés, le cœur soudain serré par ce départ. Par le hublot, il vit alors apparaître une grosse voiture noire qui roulait à vive allure sur la piste et fonçait vers l'avion. Deux hommes, mitraillette au poing, dépassaient des fenêtres de la banquette arrière. Les gardes armés de l'homme en costume se mirent à tirer sans attendre. Pendant ce temps l'avion avait commencé à rouler sur la piste, prenant son élan pour décoller. Simon ainsi que toute son équipe avaient le visage collé aux hublots, stupéfaits par cette ultime bataille. Jusqu'au dernier moment, rien ne leur aurait donc été épargné. Ils n'eurent même pas le temps d'avoir peur pour eux ou l'avion, la voiture n'avança pas très longtemps, le chauffeur semblait avoir été touché par la riposte rapide et inattendue des hommes de main restés à terre. L'avion ne tarda pas à décoller. L'homme en costume était imperturbable, comme s'il venait d'assister à une scène familière.

L'avion exécuta un léger virage qui permit à Simon d'apercevoir une dernière fois le guide, entouré de deux des hommes. Les deux autres s'étaient volatilisés, sans doute en train d'éliminer les occupants de la voiture. Mais une sourde exclamation lui échappa quand il vit le guide se tenir le ventre et glisser à terre, comme s'il venait à son tour d'être touché, sans que les hommes armés qui le flanquaient toujours esquissent le moindre geste pour le soutenir.

La scène fut si rapidement noyée dans l'épaisse poussière causée par le décollage que cela enleva à Simon tout espoir de comprendre ce qui s'était réellement passé. Il jeta un coup d'œil aux autres : manifestement, il avait été le seul spectateur, et il ne pouvait même pas être sûr du témoignage de ses yeux. L'idée que le guide venait d'être abattu froidement par un de ces hommes était démente. Pourquoi auraient-ils fait ça ? Serait-il en train de devenir fou ? Quelle est encore cette nouvelle hallucination ?

L'espace d'un instant, il hésita à aller questionner l'homme en costume, dont il apercevait le dos parfaitement immobile de sa place. Mais qu'aurait-il pu lui dire, se tortura Simon. Tout avait été si vite, ils étaient tous épuisés, le visage sale, crasseux, les yeux hagards. Pouvait-il arriver, la bouche en cœur, en lui disant :

— Écoutez, il me semble avoir vu mon guide se faire descendre par vos hommes de main... Si c'est bien le cas, avez-vous la moindre idée de la raison de cet acte... ?

Les lèvres crispées, il ferma les yeux et essaya de faire le vide dans son esprit. Il avait le Vieux et c'était l'essentiel. Tout ce qu'il venait de vivre en Afrique lui semblait déjà irréel. Il remit à plus tard l'analyse de tout ce qui lui était arrivé, pour le moment il avait peine à y croire. Et il plongea presque instantanément dans un sommeil de plomb. Quand il reprit conscience quelques heures plus tard, l'ambiance était très calme dans l'avion ; il se leva en vacillant un peu sur ses jambes et se dirigea vers le Vieux. Celui-ci était allongé sur deux fauteuils. Les yeux clos, il respirait lentement. Simon se refit la réflexion qu'il semblait extrêmement âgé. On aurait dit un vieillard plutôt qu'un jeune quinquagénaire parti s'exiler en Afrique il y a quelques années. Il alla au mini frigo et y prit deux bouteilles de Badoit, dont l'une qu'il tenta, non sans mal, de faire boire au Vieux pour l'hydrater un peu après ces heures dans la fournaise de Centrafrique. Il continua à le regarder, étonné de ne pas sentir plus d'émotions. Sans avoir passé beaucoup de temps à imaginer ce que seraient leurs retrouvailles, il s'attendait tout de même à plus de réactions de sa part, ou de la part du Vieux. Pas à cette quasi-indifférence réciproque.

Ils arrivèrent à Marseille dans un silence pesant. Orhan... Tout le monde réalisait qu'ils étaient en vie, avec le Vieux, mais qu'ils avaient laissé quelqu'un là-bas. Un homme qui avait une femme à Marseille et à qui ils allaient devoir apprendre l'affreuse nouvelle. Même les mercenaires ne pouvaient pas arrêter de ressasser ce sentiment d'échec. Orhan n'était pas l'un des leurs, mais il ne serait pas enterré, son corps était perdu à jamais.

La nuit tombait quand ils atterrirent, à leur grand soulagement. Ils se sentaient honteux de rentrer, eux, alors qu'ils n'étaient pas au complet. La culpabilité des survivants... Et puis la nuit leur semblait douce, protectrice. Ils déchargèrent rapidement leurs bagages et repartirent dans la voiture laissée sur place, le Vieux les suivant sans réagir. Sur la route, ils n'échangèrent que le strict minimum de paroles, la place vide du mort les empêchant d'étaler leur soulagement d'être de retour.

Simon demanda qu'on s'arrête d'abord chez Adélaïde afin d'y déposer le Vieux, comme cela avait été convenu. Ils le portèrent presque, Lucas et lui, pour aller sonner à la porte. Adélaïde ouvrit immédiatement, comme si elle les guettait. Elle ne put retenir un cri d'émotion, vite étouffé, à la vue de ce vieil homme au teint blafard et aux yeux cernés d'un bleu presque noir. Ils transportèrent le Vieux dans une chambre qui semblait l'attendre depuis des mois et sans demander leur reste, prirent congé rapidement, expliquant qu'ils reviendraient le lendemain.

À tour de rôle, chacun fut déposé chez lui. Simon retourna dans l'hôtel de son arrivée. Il s'écroula sur son lit sans même se déshabiller et dormit pendant près de douze heures. Quand il se réveilla, après une longue douche, il appela Lucas, lui demandant s'il voulait bien l'accompagner pour aller voir la femme d'Orhan. Il se sentait coupable d'avoir autant dormi et de ne pas y être allé sans tarder, mais le courage lui manquait maintenant encore de faire cette démarche seul. Celui-ci, d'une voix froide, lui apprit qu'il s'en était déjà chargé. Un silence s'installa de part et d'autre de la ligne. Simon ne savait comment réagir, et finit par lui proposer de déjeuner ensemble le lendemain pour régler les « derniers éléments de l'affaire ». Il alla ensuite dans le restaurant le plus proche de son hôtel, affamé comme s'il n'avait rien mangé depuis une semaine. Puis il reprit la direction de l'appartement du Vieux. Sur le chemin, tristesse, culpabilité, mélancolie du passé se mêlaient dans son esprit en pensant à Orhan.

Arrivé chez Adélaïde, il entendit un rire à travers la porte et dut attendre quelques minutes afin de se recomposer un visage serein. C'est le Vieux qui lui ouvrit, l'air reposé, vêtu avec élégance d'un costume cintré sans cravate, datant de la vieille époque de sa vie marseillaise. Il semblait avoir rajeuni de dix ans au moins.

— Mon cher Simon ! Mon enfant… mon sauveur !

Et il le prit dans les bras, le serrant d'une accolade chaleureuse. Se dégageait de lui un parfum frais, du

Guerlain, comme autrefois.

Troublé par ces secondes retrouvailles, Simon ne savait que dire. À l'époque, le Vieux avait parfois ces accès d'affection, mais ils étaient rares. L'entraînant, il lui proposa de discuter sur un des bancs de la petite place de Brocéliande qui s'arrondissait à proximité. Et comme un abcès qui crevait enfin, Simon lui raconta tout, d'abord en désordre, puis se reprenant, il organisa un peu plus ses confidences, veillant à ne lui dire que ce qu'il devait savoir, et à le présenter suffisamment intelligemment pour ne pas le faire fuir. Dans un élan d'honnêteté calculé, il ne lui cacha pas à quel point il l'avait détesté pour sa disparition quand tout s'était mis à aller mal, à quel point il l'avait méprisé pour sa fuite, et puis il lui raconta sa nouvelle vie et cette femme qu'il aimait et qu'il devait sauver. Le Vieux le laissa parler sans l'interrompre, ni même chercher à le faire. Simon finit par lui présenter ce qu'il attendait de lui, sans lui en donner le choix. Il le lui devait, pour se racheter de ses fautes, et en souvenir de la joie qu'ils éprouvaient jadis à vaincre énigmes et difficultés scientifiques. Et puis il avait bien vu le regard qu'avaient échangés Adélaïde et le Vieux quand il était sorti : il pouvait comprendre l'importance d'une femme dans la vie d'un homme.

Le Vieux, sans chercher à se justifier ou se défendre sur le passé, lui sourit.

—Je comptais justement aller à Paris.

Il ne posa que quelques questions sur les schémas que Simon avait griffonnés sur son carnet rouge, quand il lui expliquait ses expériences.

—Je crains de ne t'être d'aucune utilité, mais pourquoi pas.

Quelles que soient ses réelles motivations, il se soumit sans la moindre protestation au projet de Simon, qui en resta presque étourdi, échauffé par la discussion. Il s'était préparé à employer la force s'il le fallait, et il se sentait presque étonné de sa docilité, coupant court à son flot d'émotions.

—C'est une idée complètement folle, cette histoire d'énergie sombre…

Puis il ajouta après quelques secondes de réflexion :

—Même si en effet j'ai toujours cru qu'un truc clochait dans la Physique… Il y a trop de choses inexpliquées, ça serait pas absurde qu'il y ait quelque chose… quelque chose de plus.

—Oui, tu me l'avais dit un soir. Tu m'avais parlé d'une formule, répondit Simon en revenant sur l'épisode en détail.

—Ah oui ? Je n'en ai aucun souvenir. Bref, je crois en

revanche qu'il faut réfléchir sur la réaction des éléments. Tu me montreras les résultats des simulations numériques, ainsi que les raies d'absorption attendues, la réponse est là, je pense.

Ils parlèrent encore un moment des recherches faites par l'équipe de Simon, le Vieux était surtout très curieux de se faire une idée exacte de l'avancée de leurs travaux. Simon était surpris par les questions de son ancien mentor. Pour quelqu'un qui avait passé ses dernières années en Afrique Noire à créer des psychotropes, sa mémoire de l'astrophysique restait prodigieuse.

L'après-midi touchait sa fin, la lumière du soleil était déjà assourdie par l'arrivée du crépuscule. Simon raccompagna le Vieux jusqu'à son appartement. Adélaïde était là, qui lui tendit en rougissant un peu une grosse enveloppe en kraft brun. Elle contenait l'argent promis à l'équipe.

— Elle était prête hier, merci encore.

Simon retourna à l'hôtel. Il avait la tête pleine de ces émotions qui l'avaient submergé à retardement. Il y passa quelques coups de fil afin d'annoncer à son équipe qu'il serait de retour à Paris dans deux jours, et tenta de joindre l'hôpital pour parler à Alice. Mais le service était déjà fermé, et seul le répondeur lui dicta d'une voix monocorde les horaires de visites, dépassés. Une rage coupable l'envahit. Cela faisait près d'une semaine qu'il ne lui avait pas donné de nouvelles, qu'il n'avait pas entendu sa voix. Elle lui manquait atrocement, redevenue son obsession maintenant que le Vieux était là et prêt à coopérer. Imaginant l'effet que pourrait avoir sur elle son silence prolongé, il eut envie de se battre et dans un élan de cette ancienne colère qu'il avait appris depuis à dompter, il se mit à frapper le lit. Une douleur vive à l'épaule le stoppa : l'éraflure s'était rouverte et une tache de sang s'élargissait rapidement sur son t-shirt clair. S'insultant lui-même à voix basse, il se calma, arrêtant l'hémorragie d'une serviette avant de descendre à la pharmacie la plus proche acheter désinfectant et bandage. Il se coucha le cœur lourd, l'image d'Alice dansant devant ses yeux. Le lendemain, il déjeuna avec Lucas. Le repas fut presque silencieux. Ils n'avaient plus rien à se dire. Il lui remit l'intégralité de l'argent, lui demandant d'ajouter sa part à celle d'Orhan, et d'en faire don à Ayça.

— L'argent n'achète pas tout, lui dit-il avec une tristesse sincère. Simon le regarda, surpris par cette émotion. Orhan et lui se connaissaient-ils mieux qu'il ne l'avait imaginé ? Ils n'avaient pas semblé si proches que ça lors de leur court périple, et Lucas n'avait pas le profil d'un sentimental. Puis il réalisa qu'il était en train de trouver étrange qu'un homme déplore la mort d'un autre... Ses angoisses le transformaient en monstre.

Il fut soulagé quand Lucas s'éclipsa sous un faux prétexte avant même le dessert, et il prit un taxi pour rejoindre la gare. Le Vieux l'y attendait. Ils s'installèrent en première et Simon, reprenant sa tablette, se mit à expliquer en détail à son ancien maître les avancées et les questionnements levés par ses recherches, sans se préoccuper des autres passagers, indifférents à leur conversation.

Les sujets étaient très variés et de toute façon trop complexes pour leur public : transition de Mott, fermion élémentaire, champ marginal dynamique, fonctions de Green à deux particules...

Il était environ 17 heures quand le train fit son entrée à Paris. Le Vieux avait prévenu Simon qu'il avait une course impérative à faire. Il le quitta d'un pas rapide en lui disant qu'il le rejoindrait le soir même. Plus les heures passaient, plus il semblait retrouver son ancienne vitalité.

Simon en profita avec soulagement pour se précipiter à l'hôpital d'Alice. Les bras chargés d'une brassée de fleurs si gigantesque qu'elle ne le vit pas tout de suite. Mais ses yeux s'éclairèrent alors d'une façon telle qu'il en eut la gorge serrée, lui jurant qu'il ne la quitterait plus jamais. En route, il avait craint de ne pouvoir lui cacher la vérité, tout en sachant pertinemment qu'il ne pouvait strictement rien lui dire. Mais de retour dans la bulle de douceur qu'elle créait autour de lui, il se replongea avec délice dans la simple joie de la revoir, d'entendre sa voix, de toucher sa peau. Il en oublia, l'espace d'une visite, la gravité de la situation. Et elle ne lui posa d'ailleurs pas de questions, juste heureuse elle aussi de le retrouver à ses côtés, de sentir ses lèvres pressées sur ses doigts, de voir ses yeux la fixer. Ce fut pour Simon comme une régénération qui repoussa au loin les souvenirs brûlants de l'Afrique.

En repartant de l'hôpital, après une visite qui lui avait semblé passer comme un éclair, l'optimisme le gagnait. La maladie d'Alice avait pris un tournant vers le pire, mais le Vieux était là, il se sentait gonflé à bloc, tout irait bien. Il retrouva avec le sourire les rues sinueuses de son quartier, dont l'air doux du soir faisait jaillir de partout une population bigarrée qui prenait possession des trottoirs, s'interpellant, s'amassant sur les terrasses des cafés, partie pour des conversations qui dureraient jusque tard dans la nuit.

À l'heure dite, le Vieux le retrouva dans un petit restaurant jouxtant le canal Saint-Martin.

Cela faisait si longtemps…

Ils évoquèrent un peu le passé, mais une gêne subsistait et ils ne s'éternisèrent pas sur le sujet. Le

Vieux lui annonça qu'il n'aurait finalement pas besoin de son hospitalité et dormirait dans un de ses anciens bureaux dont il avait récupéré les clefs. Il le décrivit succinctement comme un vaste espace sous les toits. Il n'y avait pas d'ascenseur, mais au moins il serait tranquille. On était jeudi. Il lui demanda de le laisser se reposer, lui promettant qu'il serait d'attaque pour le retrouver lundi et le suivre au labo.

— En revanche, hors de question que je prenne le métro avec tous ces ploucs. Tu me trouveras un taxi ou un chauffeur. Et maintenant, revenons aux choses sérieuses, parle-moi de tes recherches.

— Oui, bien sûr. Alors, voilà, pendant un moment je me suis concentré sur la théorie des cordes. Mais je suis sur une toute nouvelle piste.

— La théorie des cordes ? Rafraîchis-moi la mémoire s'il te plaît.

— Ok, je vais essayer de faire simple. On considère qu'il y a quatre forces, quatre interactions dans l'univers. L'une est macroscopique, c'est-à-dire observable à l'œil nu. La gravité, qui fait tourner la Lune autour de la Terre, provoque les marées, etc. Les trois autres sont des interactions microscopiques, donc au niveau des atomes.

— Ok, je vois. 4 forces. Et donc… ?

— Le problème est que pour le moment ces interactions ne peuvent être expliquées par la même formule mathématique. Il y a une formule pour les interactions macroscopiques : c'est la relativité générale. Et une autre pour les interactions microscopiques, qu'on appelle la mécanique quantique.

— Ok oui, je me souviens. La théorie des cordes, c'est l'idée qu'il est possible de trouver une nouvelle formule mathématique qui pourrait expliquer ces quatre interactions à la fois.

— Exactement. Et pour le moment personne n'y est parvenu, malgré des décennies de recherche. Einstein avait eu une intuition, qu'il avait ensuite reniée : introduire une inconnue, une cinquième force, qui permettrait de résoudre l'équation. Il s'agissait d'une force gravitationnelle répulsive. Au lieu d'attirer les éléments les uns vers les autres, elle les éloignerait au contraire. Einstein avait déjà pensé à l'existence d'une force qui empêcherait l'univers de s'effondrer.

— Comment ça ?

— La gravitation attire les éléments les uns vers les autres. Ça, ça va ? Eh bien s'il n'y avait que cette force qui agissait sur les planètes, elles se seraient depuis longtemps toutes écrasées les unes contre les autres. Pour expliquer que les planètes restent à leur place, Einstein avait donc pensé à ce qu'il appelait la « constante cosmologique » : quelque chose empêchait les planètes de se rapprocher, les faisait rester à leur place.

— OK, je vois. Et donc ? Sa théorie est fausse ?

— Ce qui était faux, c'était l'idée que l'univers était immobile, que les planètes restaient à leur place. Des tas d'autres scientifiques de l'époque ont démontré que l'univers au contraire était en train de s'étendre, les planètes de s'éloigner les unes des autres. Einstein a dû se résoudre à déclarer que sa théorie d'une « constante cosmologique » était fausse. Il l'a même appelée « la plus grande erreur de sa vie ». Mais il n'avait pas complètement tort. C'est un certain Martin Perl, lauréat du prix Nobel de Physique 1995, qui a remis cela au goût du jour. Il s'agit d'une découverte qui allait révolutionner la physique : au lieu de chercher à trouver un moyen de rassembler les quatre interactions en une formule, il faut d'abord accepter la présence d'une cinquième interaction fondamentale...

— Et qui fait quoi alors ? Elle éloigne les planètes ? Vous avez pu étudier comment ça marchait ?

— Pour le moment, on ne sait pas grand-chose. Ce que l'on sait, c'est que l'Univers — la Terre par exemple ou les étoiles — est constitué de 5 % de matière ordinaire, 25 % de matière noire, mais surtout 70 % d'une énergie mystérieuse. On avait déduit son existence, mais personne n'avait jamais réussi à vraiment l'observer. C'est cette énergie sombre qui aurait un impact sur l'univers.

— L'énergie sombre ? Quelle poésie...

— L'obscurité du mystère... Dans les années 90, il était devenu évident qu'il y avait des incohérences dans les calculs qu'on faisait sur les galaxies. Non seulement elles s'éloignaient les unes des autres, mais en plus elles le faisaient de plus en plus vite. On était jusque-là persuadé que l'expansion de l'univers était en train de ralentir. Un peu comme un jeu de billard, quand tu casses au premier coup. Tu donnes un premier grand coup, c'est le Big Bang. Les boules se mettent à rouler. Mais normalement, elles finissent par ralentir puis s'arrêter. Or là, c'est comme s'il y avait quelque chose qui les poussait toujours plus loin, toujours plus vite, et que la table de billard elle-même s'étendait à l'infini en même temps que les boules s'éloignaient les unes des autres.

— Et tout ça, ça serait à cause de l'énergie sombre ?

— Oui, tout à fait. Mais le problème est maintenant de comprendre comment elle fonctionne exactement.

— C'est assez fou d'avoir prouvé l'existence de

quelque chose en n'ayant aucune idée de ce que c'est.

— Oui… ce n'est pas la première fois que des scientifiques le font, mais ça remet en question toute notre vision de l'Univers. De ses débuts, jusqu'à sa fin peut-être.

— Et ça permettrait de résoudre votre histoire de théorie des cordes ?

— C'est une excellente question. Je n'en suis même pas sûr. L'idée serait non plus d'unifier tous les phénomènes, mais juste de prouver l'existence d'un autre… Il y a des savants dans le monde entier qui travaillent dessus. Il est difficile de détecter cette énergie sombre : elle est partout, mais elle a une densité très faible, malgré le fait que sa force soit énorme… Mais il doit bien y avoir un moyen…

Ils continuèrent un long moment à parler de ces théories. Le Vieux semblait fasciné : apprendre que son ancien protégé était en train de faire des recherches qui remettaient en question toutes les théories sur l'univers avait de quoi captiver.

À la fin du repas, il prit pourtant rapidement congé, et repartit vers le 10e, laissant Simon regagner seul son appartement.

L'odeur familière qui l'accueillit fut comme la marque

du retour total à ses anciennes préoccupations. Il négligea d'aller au bureau le vendredi, trop courbaturé pour avoir le courage de faire le trajet et inquiet d'avoir à expliquer son visage encore abîmé, mais il passa une bonne partie de la journée au téléphone avec son équipe, après avoir parcouru d'un regard rapide les emails qui s'étaient accumulés pendant son absence. Pendant le week-end, il répondit à tous ceux qui nécessitaient une réponse, reprenant en main son travail. Le samedi soir, après avoir bu un verre de vin devant son ordinateur, il dut lutter pour ne pas finir la bouteille et rester opérationnel.

Il repensa au Vieux. Allait-il vraiment l'aider, lui permettre d'avancer ? Serait-il là lundi ? Il n'avait aucune confiance en lui, mais il n'avait pas le choix.

Chapitre 16

Le réveil sonna, il était sept heures du matin. Simon se leva la bouche pâteuse, avec l'impression de s'être battu toute la nuit contre des ennemis qu'il ne pouvait plus identifier, le front encore couvert d'une mauvaise sueur à l'odeur aigre. Il eut du mal à reprendre le contrôle de sa respiration hachée. Il avait cette désagréable impression qu'il avait été comme déraciné d'un endroit qu'il ne pouvait pourtant décrire, l'impression qu'il n'était pas là où il devait être, que quelque chose manquait. L'œil lourd, il se sentait accablé d'un poids malfaisant. « Quel est le but de tout ça ? Vers quoi suis-je en train de courir ? » Une longue douche, qu'il finit par prendre glacée, lui permit d'enchaîner de manière mécanique les gestes du matin. Peu à peu, la pensée qu'il allait retourner au laboratoire après plusieurs jours d'absence lui occupa l'esprit, repoussant au loin son malaise introspectif. Le plaisir à l'idée de retrouver cet univers familier finit par dominer. Les spectres de l'Afrique perdirent du terrain, l'odeur de chair brûlée qui parfois lui semblait le frapper en plein fouet comme si en se retournant, il allait revoir les corps dévastés du village en ruine s'estompa. Il n'avait pas le luxe de se permettre d'y penser. L'urgence, c'était de reprendre les recherches, de se concentrer sur Alice. Avant de partir, s'étonnant de ne pas avoir encore de nouvelles du Vieux, il prit son téléphone pour confirmer leur rendez-vous du matin. À ce moment, il aperçut l'enveloppe portant son nom glissée sous la porte.

D'une écriture ferme, un petit mot à l'intérieur lui était adressé : *« Je ne pourrai pas venir aujourd'hui. Je t'appelle dès que tout est réglé. C. »*

Il froissa le papier dans sa poche, les dents serrées par la colère. Mais il se reprit : s'il l'avait prévenu, c'est qu'il ne comptait pas disparaître tout de suite. De plus, les mesures pour faire admettre dans son service un nouveau membre n'auraient pu se régler dans la matinée. Il l'appellerait plus tard pour s'assurer qu'il allait tenir sa promesse, tout en lançant les démarches administratives. Le Vieux avait semblé trop intéressé par les recherches pour qu'il l'abandonne. Quand ils en avaient parlé, il avait bien senti que sa propre obsession de comprendre comment extraire cette énergie par un procédé purement artificiel inédit avait fait un nouveau disciple. Savoir aussi que dans l'univers, cette réaction n'avait existé qu'une fois… une seule et unique fois : lors de la création de l'univers, le fameux Big Bang ! Donc, quel que soit son agenda, il ne pouvait pas ne pas se joindre à lui.

Pendant le trajet monotone qui l'emmenait en banlieue, il essaya tout de même d'appeler le Vieux sur la ligne fixe dont ce dernier lui avait donné le numéro. Personne ne décrocha, un vieux répondeur proposait de laisser un message, mais il raccrocha avant d'entendre la fin du message standard. Il essaya une nouvelle fois, vaguement mal à l'aise à la question qui lui venait enfin : « Mais comment avait-il su où il habitait ? »

Le laboratoire l'attendait, dressé dans sa plaine sans charme, sous le soleil encore pâle du matin. Il était arrivé tôt et se félicita de cette initiative : cela lui permettait d'éviter de croiser d'autres collègues qui auraient pu s'apercevoir ou apprendre par les ragots de couloir son étonnante absence. Même ascenseur, même couloir, même lumière, même procédure de sécurité. Il profita des quelques dizaines de minutes qui précédaient l'arrivée de l'équipe pour faire un point général, retrouvant les machines, les piles de documents familières, consultant ses propres notes afin d'être prêt à repartir de plus belle dans sa quête scientifique.

Il n'y parvenait pas encore, mais il avait l'intuition

qu'il était tout proche du but, que la solution était là, juste là. Neuf heures, il était toujours seul. Il en profita pour rappeler le Vieux, mais le même enregistrement monocorde lui proposa de laisser un message.

Il entendit des voix : Lina et Marc entrèrent en même temps, échangeant quelques banalités sur leur week-end. Il sourit sans effort, soulagé de les revoir après tout ce qu'il avait vécu. Seul Marc le dérangea par une certaine curiosité mal masquée. Son regard restait immobile et concentré comme s'il n'écoutait pas le résumé qu'il faisait de son séminaire, mais cherchait à deviner quelque chose d'autre, la vérité derrière son compte-rendu sans détails. Il fixa, sans discrétion, la légère cicatrice qui lui barrait encore la joue d'un trait rougeâtre.

Lina, en revanche, semblait contente de revoir Simon, et elle se lança avec enthousiasme dans le récit de leurs expériences, des nouvelles idées qu'ils étaient en train de développer et des derniers résultats obtenus. Bientôt, tous étaient repris par la fièvre de la recherche, et Marc lui-même perdit son attitude vaguement inquisitrice.

Suivant les dernières intuitions de Simon avant son départ, ils s'étaient lancés dans la construction d'un nouveau prototype pour l'appareil.

Vincent, un autre technicien, qui s'était lui aussi joint

à eux enchaîna :

— Cet appareil est équipé d'un double protocole de mesure. Donc, non seulement, on est capable de mettre en évidence la présence d'énergie sombre autour de nous, mais également de mesurer sa densité locale. Et les premiers résultats montrent quelque chose d'assez fou : la densité de l'énergie sombre, bien que présentant des inhomogénéités de densité à l'échelle microscopique, est uniforme à l'échelle du Système solaire, au moins, et très certainement à l'échelle de l'Univers entier… donc la machine pourrait fonctionner n'importe où contrairement à ce qu'on pensait.

— C'est absolument dingue, intervint Marc, ça remet tellement de choses en question sur l'univers.

— Oui en effet, mais on est encore loin d'avoir trouvé ce qui nous intéresse : utiliser cette énergie sombre. Et ça, personne n'y a jamais pensé, ou n'y a jamais cru. Que ça soit Planck, ou Einstein... Tout reste à faire...

La journée s'envola. Simon fit le tour de différents services pour contrôler et suivre le projet, mais ne put échapper à une réunion avec Jason qui souhaitait avoir un retour sur les dernières semaines, afin de faire le point avec Monsieur Korstein au plus vite. Jason, malgré leur animosité récente, s'avéra étrangement courtois et patient, comme si, dans un curieux revirement, il avait accepté le fait qu'il ne pouvait rien faire pour empêcher ce projet de se poursuivre et qu'il ferait mieux d'en tirer tout le parti possible.

— Écoute, Simon, tu sais bien ce que je pense de ce projet, mais le fait est qu'il y a eu des résultats qui pourraient, je dis bien « pourraient » faire penser qu'il y a des avancées possibles sur cette thèse complètement folle de l'énergie libre.

À la surprise de Simon, il n'évoqua pas une fois cette semaine où il avait presque disparu, et valida sans même poser une seule question, la requête de Simon qu'un scientifique externe rejoigne le projet pour faire avancer les tests. Peut-être que la mention du travail bénévole l'avait convaincu : pour une fois qu'une de ses demandes ne lui coûtait rien... mais encore faudrait-il que le Vieux se décide à répondre à ce fichu téléphone !

Emporté par l'excitation de ses recherches, il en oublia de déjeuner et quitta le bureau le dernier, très tard.

La journée du lendemain se déroula de manière similaire. Will, le jeune assistant, lui présenta en fin de matinée l'avancée de ses résultats ce qui les occupa, lui et toute l'équipe, jusqu'au soir.

C'est Jason qui les interrompit en pleine fièvre, il venait demander à Simon le nom du scientifique afin de mettre en place toutes les autorisations administratives nécessaires pour qu'il ait accès au laboratoire. Simon le fixa, le regard comme halluciné. Il était tellement immergé dans son travail que pendant les dernières heures, il avait perdu toute notion du temps et de l'espace.

Un nom pour le Vieux... Pourquoi n'y avait-il pas songé plus tôt? Ses yeux parcoururent la pièce à la recherche d'inspiration. Une revue dépassait d'une pile de documents et de livres, titrant «La science et l'idéologie». En couverture on voyait le haut du visage d'un dieu grec, vieilli par le temps. Sans réfléchir davantage, il lança précipitamment à Jason :

— Arès... Le professeur Arès.

Le front assombri, il ne put s'empêcher de réaliser la part d'absurdité de ces dernières semaines. Il se sentait comme un pantin que les circonstances contraignaient à une spirale d'actions qui lui échappaient. Il avait l'impression de regarder un étranger évoluer, et il ne comprenait plus comment il pouvait être possible que tout ça lui soit arrivé.

Il était bientôt 18h30, et il décida de rentrer pour une fois un peu plus tôt chez lui. Auparavant, il consacra une petite demi-heure à travailler en toute tranquillité à la rédaction d'un document qu'il voulait achever avant de partir. Il finit ensuite de trier ses emails et découvrit qu'une réunion notée « importante » était programmée par l'assistante de Monsieur Korstein, avec comme intitulé « Avancée du Projet ».

Il avait aussi reçu un email confirmant les codes d'accès du Vieux. Sans y croire, il essaya à nouveau de l'appeler, mais bien évidemment personne ne répondit. Il se raccrocha aux arguments qu'il se répétait en boucle depuis lundi, refusant de céder à la panique.

Il téléphona ensuite à l'hôpital et s'entretint quelques minutes avec le médecin de garde. Alice n'était pas en danger immédiat, mais elle avait subi une importante chute de globules rouges dans la matinée et on avait dû la mettre sous sédatif tout l'après-midi, pendant qu'on la traitait.

S'enfonçant dans son fauteuil, Simon serra les poings. Il aurait tant aimé que ses soucis disparaissent, que le temps revienne en arrière. Ne connaîtrait-il jamais un moment de répit ? Mais la vie continuait, les problèmes s'enchaînaient les uns après les autres et il fallait se battre sans cesse. Il avait heureusement l'impression diffuse que quelque chose de capital allait se jouer bientôt, il ressentait un frémissement au creux de son ventre, un mélange de nervosité et d'excitation. Une sorte de fébrilité.

Il était finalement déjà tard quand il sortit du bureau. La nuit était tombée sur la campagne, noyant l'horizon de ses vagues sombres. Épuisé par sa journée, abattu par la perspective de cette réunion qui lui semblait bien trop proche et par les nouvelles de la santé d'Alice, Simon commanda un taxi. Il s'accordait rarement ce luxe, mais ce soir particulièrement, il se sentait incapable d'affronter le bruit et la promiscuité des transports publics. Sur le parking, en attendant son chauffeur, il se sentit mal à l'aise. Les ombres autour de lui semblaient s'animer, menaçantes, comme une série de silhouettes hostiles dont les regards noirs pesaient sur lui.

Il se déplaça et son cœur fit un bond dans sa poitrine quand il crut voir quelqu'un véritablement caché derrière une voiture. Mais il ne s'agissait que d'une désagréable illusion d'optique, et il pesta contre lui-même, tentant de chasser d'un mouvement d'épaule la sensation d'être observé, une sensation étrangement familière.

Le taxi arriva quelques minutes après, et la musique l'attendait déjà, réglée sur ce qu'il avait écouté en fin d'après-midi. Les notes lancinantes d'un morceau à la mode lui permirent d'effacer cette impression si dérangeante. Il s'arrêta chez le traiteur asiatique installé à quelques mètres de chez lui pour lui prendre un plat de riz aux crevettes et une canette de coca qu'il emporta. Il n'avait pas faim, mais il s'astreignait à une « hygiène de vie » comportant des repas réguliers, pour s'assurer une énergie physique constante. Trop fréquemment, il avait traversé des phases d'excitation telle qu'il en perdait l'idée de manger et dormir jusqu'à ce que son corps le lâche, bien souvent au pire moment.

Alors qu'il gravissait l'escalier d'un pas lourd, son téléphone sonna, sans afficher le numéro du correspondant. Une crainte superstitieuse lui fit mettre son appareil en mode silencieux et il ne répondit pas. À la troisième tentative, pris d'un doute et lassé de cette persistance, il finit par décrocher. À sa grande surprise, il reconnut la voix du Vieux, une voix enjouée, dynamique. Sans chercher à se justifier, ce dernier lui expliqua qu'il avait eu des affaires à régler, qu'il s'était reposé et qu'il était maintenant totalement à sa disposition pour l'aider au laboratoire « bien que je ne sois probablement pas capable de faire grand-chose pour toi. »

Simon raccrocha avec une exaltation renouvelée. L'ampleur de son soulagement lui prouvait à quel point il avait craint que le Vieux le laisse tomber. Il lui fixa rendez-vous le lendemain à l'angle du quai de Valmy et la rue Lucien Sampaix.

En revanche, ce fut à contrecœur qu'il descendit voir son voisin afin de lui demander de lui prêter sa moto hybride. Celui-ci le lui avait si souvent proposé, après avoir appris que Simon utilisait les transports publics.

—Je ne m'en sers pas, Simon. Vous devriez la prendre, ça lui ferait du bien et ça vous ferait gagner du temps le matin et le soir.

Il frappa à la porte d'un air résigné, et ce dernier, tout sourire, l'accueillit chaleureusement, insistant pour qu'il rentre quelques instants partager un petit verre. Il a déjà dû en boire quelques-uns sans m'attendre, se dit Simon, ennuyé comme d'habitude par cette volubilité qui allait à l'encontre de sa propre nature.

Il le remercia pourtant, et prétextant une urgence le lendemain, se contenta de se faire remettre les clefs de la moto ainsi que deux casques. Puis il fila en balbutiant quelque excuse, remontant les escaliers d'un pas pressé, sur une vague promesse.

— On se prend un verre bientôt !

Au matin, levé de très bonne heure, Simon en profita pour prendre son petit déjeuner dans le bistrot au bas de chez lui, un expresso parfumé et un croissant encore chaud.

Il jeta un œil distrait aux titres de l'actualité sur sa tablette et une tribune retint son attention. Elle était écrite par un syndicaliste que Simon aurait imaginé plutôt engagé à se battre pour des hausses de salaires et de meilleures conditions de travail. Simon lut un passage au hasard :

« La gauche doit continuer de défendre les vraies classes populaires qui subissent la tyrannie libérale de l'immigration massive et non ces bobos engoncés dans leur politiquement correct exécrable. Défendre l'opprimé c'est défendre la FIMAC qui vient secourir ces quartiers délaissés et rétablir le droit à la sécurité. La petite délinquance est une création du grand patronat pour terroriser les travailleurs, faire baisser les salaires et augmenter le prix de l'immobilier. La crise mondiale de l'Énergie nous oblige à protéger la Nation contre les forces obscures de l'anarchie. Robespierre, Jaurès, Blum auraient soutenu ces forces républicaines qui viennent redonner confiance en la Res Publica dans cette période de chaos. »

Un socialiste qui défendait l'armée : les étiquettes de partis ne voulaient décidément plus rien dire, ça en devenait grotesque.

Simon se souvint de l'humiliation subie quand il les avait rencontrés, et considérait plutôt la FIMAC comme un catalyseur de haines. Il n'aimait pas la politique, vraiment pas. Il repoussa le journal, il n'avait plus envie d'en lire une ligne de plus, l'estomac noué par une réaction qu'il sentait disproportionnée mais sur laquelle il n'avait pas de contrôle.

Alors qu'il levait les yeux de sa tasse refroidie, il aperçut soudain sur le trottoir d'en face le jeune garçon handicapé, accompagné de sa sœur.

Il leur fit un signe, mais la jeune fille prit son frère par la main et baissant la tête, l'entraîna d'un pas rapide.

Simon laissa sa main retomber, à la fois blessé et énervé. Il était tout de même venu à leur secours, il méritait qu'ils montrent un minimum de reconnaissance. Il rumina un moment son agacement, le sentiment d'injustice étant toujours un élément déclencheur très fort chez lui. Ça lui apprendrait à risquer sa peau pour rendre service. Il avait même été blessé, pour eux! Et il semblait leur faire peur. Serrant les dents, le visage contracté, il se força au calme. Sans eux, peut-être n'aurait-il pas pensé au Vieux.

Il descendit dans un garage voisin pour récupérer la moto. Il laissa échapper un petit sifflement admiratif devant cette Triumph qui flamboyait doucement, sa carrosserie rouge disparaissant presque sous les chromes luisants, la roue de devant s'élançant fièrement, comme pressée de l'emmener vite et loin. Le siège en cuir souple s'affaissa agréablement quand il l'enfourcha, écartant les bras pour prendre possession du guidon aux fines poignées. Il enfila son casque et se mit en route dans un ronronnement de moteur obéissant, n'osant trop pousser la machine.

Il arriva à l'endroit indiqué, sur les bords du quai Valmy. Les deux immeubles qui faisaient l'angle se reflétaient dans l'eau, étalant l'un sa pierre blanche et son toit d'ardoises, l'autre ses murs de brique qui paraissaient roses dans la lumière timide du matin. Les arbres aux feuillages d'un vert sombre fournissaient une ombre dense, dont sortit le Vieux qui était déjà là.

Il semblait très en forme, encore plus que la dernière fois. Son visage lui-même avait rajeuni. Après l'avoir trouvé usé, ravagé, précocement vieilli dans ce camp de rebelles, c'est comme s'il avait fait peau neuve et avait effacé de son corps toute trace de sa captivité.

Il était revêtu d'un élégant costume de saison et souriait, entamant la conversation sans même attendre d'avoir mis son casque. Seul son regard bleu, intense et secret, n'avait pas changé.

Les quelques embouteillages du périphérique permirent à Simon de faire un point avec le Vieux. Il lui communiqua l'identité qu'il devrait revêtir, les quelques détails qu'il avait donnés sur sa personne, et surtout sur l'avancée des recherches. Le Vieux fit preuve de la même attention que dans le train, posant des questions si pertinentes qu'il en devançait les informations que Simon comptait lui communiquer. Cela ne surprenait pas Simon outre mesure : le Vieux avait toujours eu un sixième sens, une intuition étonnante. Il s'en réjouissait, ayant craint un instant que son esprit eût pâti de ses mésaventures africaines. Mais il le retrouvait comme avant, et c'était exactement ce qu'il lui fallait.

La première journée avec le Vieux se passa très bien. Ce dernier jouait parfaitement son rôle et se montra charmant avec toute l'équipe. Il semblait heureux d'avoir retrouvé la civilisation, après la brousse qui avait été son horizon pendant ces dernières années. Et très rapidement, il se rendit utile, s'intégrant dans l'équipe et partageant la fièvre commune.

Lina fit un point des avancées avec le Vieux.

— Où en êtes-vous alors ? demanda-t-il.

— Simon a dû vous l'expliquer : nous travaillons sur cette énergie sombre que nous pensons pouvoir utiliser pour produire de l'énergie.

— L'énergie sombre oui… Ambitieux.

— Au début, nous avions basé nos recherches sur la mécanique quantique. On a testé des dizaines de pistes différentes, mais il nous a toujours été impossible de trouver un moyen pour que l'énergie utilisée soit moins importante que l'énergie récoltée.

Simon passa la tête à ce moment :

— De quoi parlez-vous ?

— D'Heisenberg, répondit le Vieux impassible.

— De... de quoi ?!

— Du principe d'incertitude d'Heisenberg et des théories sur l'énergie du vide que nous avions explorées au début. Pourquoi as-tu l'air si surpris ?

— Hum... Non non, rien, pardon, j'avais mal entendu. Simon, après avoir jeté un regard sombre au Vieux qui souriait en coin, s'éloigna rapidement.

— Bref, en parallèle de cette utilisation de l'énergie du vide, nous menions des expériences diverses, notamment sur l'énergie sombre. Or nous avons avancé d'une manière si significative que c'est devenu notre sujet principal.

— Racontez-moi.

— Je ne sais pas si vous êtes familier avec les travaux de Martin Perl, prix Nobel de physique en 1995. Il avait proposé une expérience pour réussir à mettre en évidence l'énergie sombre. À l'époque, il pensait qu'il serait possible d'y arriver vers 2010, ça a pris un peu plus de temps que prévu. Et encore, sans Simon, je pense qu'on en avait encore pour quelques décennies… Venez, je vais vous montrer l'appareil.

Lina l'entraîna dans une autre salle. Une cloche en verre trônait en son centre. Elle devait atteindre une hauteur de presque deux mètres, avec une circonférence d'environ un mètre. Un homme bien bâti pourrait y tenir debout, mais sans avoir une grande liberté de mouvement. Elle était posée sur un socle d'une matière étrange qui semblait bourdonner constamment. Des rayons de laser la traversaient à intervalles réguliers. Lina s'approcha d'un écran posé sur un pupitre à proximité et tapota sur le clavier.

— C'est… impressionnant, murmura le Vieux.

— On l'appelle « la Cloche », pour des raisons évidentes.

— Et à l'intérieur… ?

— Le vide… Enfin le vide de toute la matière qu'on maîtrise.

— Et que faites-vous avec ?

— C'est assez simple en réalité : on prend un paquet d'atomes définis et on les fait « tomber » à l'intérieur de la Cloche. Par exemple, on envoie un photon sur un miroir semi-réfléchissant, il peut donc suivre deux parcours. Ces deux parcours étant rigoureusement identiques, on se contente de profiter des bizarreries de la mécanique quantique et du principe de mesure. On peut considérer que le photon suit simultanément l'un et l'autre. Les deux parcours sont réunis plus bas, et des mesures au point d'arrivée commun permettent de détecter comment l'énergie sombre a influé de manière différente sur les deux parcours. On en déduit ainsi des densités locales d'énergie sombre.

— Et… ?

— Et ça a fini par fonctionner, triompha Lina. Non seulement nous avons réussi à observer l'influence de l'énergie sombre sur la matière, mais en plus nous sommes depuis peu capables de mesurer sa densité dans l'atmosphère.

— C'est prodigieux !

— Attendez ce n'est pas fini. Nous avons donc contacté nos ressources de K.B. à travers le monde et nos satellites, et refait l'expérience : nous pouvons affirmer que l'énergie sombre est distribuée de manière homogène dans l'Univers. Il s'agit donc d'une énergie constante et qui n'a pour ainsi dire aucun effet sur la matière à l'échelle humaine.

— Rien de très surprenant…

— En effet, mais maintenant notre but est de trouver un moyen de comprendre comment agir sur cette énergie sombre, pour pouvoir en faire ce qu'on veut. C'est un peu comme si on voulait se débrouiller pour mettre en mouvement une eau jusque-là parfaitement immobile. Si on y arrive, on pourra faire en sorte qu'elle ait un impact sur notre matière terrestre. Le but est de concentrer cette force de manière adéquate sur un rotor de générateur électrique, et ainsi produire de l'électricité.

— Il faudrait donc maîtriser le principe de force de l'énergie sombre. Vous y êtes arrivés ?

— Non, pour le moment, c'est notre point de blocage. Mais la théorie que nous sommes en train d'ébaucher prévoit une cinquième interaction fondamentale, non prévue par la mécanique newtonienne ou la mécanique quantique.

— Rien que ça…

Lina ne releva pas l'ironie de la réflexion et continua à parler avec enthousiasme de cette machine qui serait « capable de produire de l'électricité de manière abondante, et de fonctionner indéfiniment. »

Le Professeur « Arès » s'entretint avec chacun des membres de l'équipe, revenant sur toutes les recherches des derniers mois et décortiquant chacun des résultats jusque-là obtenus. C'était assez extraordinaire de voir la rapidité avec laquelle il avait été capable d'appréhender l'ensemble des recherches et de se plonger dans le travail comme s'il avait toujours fait partie de l'équipe.

Les journées étaient longues et Simon s'endormait comme une masse tous les soirs, sitôt son dîner avalé. Plusieurs matins pourtant, les bribes de rêves encore collés à son cerveau lui montraient que son inconscient n'avait pas voulu oublier ce qu'il avait vécu en Afrique, même s'il cherchait soigneusement à éviter toute pensée s'y rapportant. Et les mêmes questions lancinantes lui revenaient. Qu'était devenu le guide ? Qui étaient ces hommes qui les avaient pourchassés jusque sur le tarmac ?

À chaque fois, il repensait avec tristesse et culpabilité à Orhan, superposant des souvenirs heureux et la dernière vision de son visage surpris, le front percé. Il n'avait même pas eu le temps de faire son deuil. Tout allait si vite. Et bien que poursuivi jusque dans ses rêves par ces questions, il ne pouvait se résoudre à en parler au Vieux. Sans avoir pris le statut de sujet tabou, cette histoire avait juste été écartée, comme si elle ne présentait plus le moindre intérêt. Parfois, le Vieux faisait allusion à l'Afrique, mais de manière si incidente, ou ne portant que sur un détail si précis, qu'il était impossible à Simon de rebondir. Et puis il avait toujours été secret, et Simon n'étant pas lui-même un grand communicant, la question restait en suspens. Leurs rapports en étaient facilités et la nouvelle vie au laboratoire se déroulait vraiment bien.

Le vrai souci était ce temps qui passait trop vite, l'oppressant un peu plus tous les jours. Les nouvelles de l'hôpital n'étaient pas bonnes. Simon était allé voir Alice presque tous les jours, trichant sur les heures de visite avec la complicité du personnel. Elle était toujours plongée dans un coma artificiel par les médecins. Il ne pouvait même plus accéder à sa chambre, pour ne pas risquer d'apporter des éléments de contamination dans la chambre stérile où elle reposait. Il ne pouvait que rester collé à la vitre, observant son beau visage paisible dans ce sommeil trop long. Ce sujet aussi avait été rejeté des conversations que tolérait le Vieux. Après l'avoir laissé s'épancher la première fois, il semblait ne plus vouloir l'écouter dès que Simon risquait un commentaire. Il refusait d'entrer dans l'hôpital avec un regard un peu fuyant, et restait à l'attendre dehors, si Simon ne l'avait pas déposé avant dans son quartier.

Les deux week-ends qui suivirent furent pour Simon l'occasion de se reposer. Il en profita pour aller nager le dimanche, et se remit à courir le soir afin d'évacuer la tension. L'activité physique lui faisait un bien fou après ces longues journées enfermé au laboratoire. Le corps tendu à l'extrême, c'était les seuls moments où son cerveau le laissait tranquille et qu'il oubliait tout.

Il aurait bien voulu voir quelques amis, mais il réalisait qu'il était vraiment seul ces temps-ci, dans sa vie parisienne. Ce fut donc presque une bonne surprise quand son père lui apprit qu'il allait passer vingt-quatre heures à Paris pour un congrès hellénistique, à la fin du mois, et qu'il en profiterait pour dîner avec son fils, car « ils avaient des choses à se dire ». Cette marque d'attention, rare, tombait à pic pour sortir Simon de son quotidien.

Les recherches avançaient toujours. Le Vieux travaillait d'arrache-pied. Un soir, il fit venir tout le monde dans la salle d'expérimentation. Le tableau était recouvert de formules.

— Bon, je pense que j'ai trouvé une piste pour déclencher la force répulsive. Il faut se concentrer uniquement sur certains matériaux pour obtenir une réaction intéressante. On est parti du principe que l'énergie sombre avait un même effet sur la matière standard. Mais je pense que son impact est neutre pour la grande majorité des matériaux, ce qui explique qu'elle n'agisse que sur des galaxies à une très grande échelle. Si on ne choisit qu'un certain type d'élément, je pense qu'on peut avoir plus de chance d'avoir une influence sur l'énergie sombre.

Simon et le reste de l'équipe se regardèrent : c'était une piste qu'ils n'avaient encore jamais explorée.

Le Vieux enchaîna :

— J'ai fait une première étude de l'ensemble des éléments du tableau périodique, et je les ai fait passer à travers la Cloche. C'était bien une erreur de croire que tous les éléments chimiques allaient réagir de manière similaire à l'énergie sombre. Selon mes calculs, je pense qu'il faut retenir seulement quatre éléments de la colonne VI, à savoir le chrome, le molybdène, le tungstène et le seaborgium. Ils appartiennent à la même colonne du tableau périodique de Mendeleïev, et partagent un nombre impressionnant de propriétés chimiques communes. De plus, la configuration de leurs électrons n'obéit pas à un ordre précis comme pour les autres éléments du tableau, ce qui en fait les sujets les plus intéressants pour notre expérience.

Il avait accroché au mur le tableau périodique et détailla brièvement les propriétés des quatre éléments qu'il avait sélectionnés.

Simon jeta un regard aux chiffres. Cette idée semblait bien trop simpliste pour avoir la moindre chance d'aboutir. « Peut-être que c'était une erreur de faire venir le Vieux... Pourquoi suis-je si convaincu qu'il est en mesure de nous aider sur un projet aussi titanesque ? Après tout, ce n'est qu'un simple chimiste de cocaïne. » pensa-t-il. À ce moment précis, il s'en voulait terriblement d'avoir cru que la solution était ailleurs qu'en lui. Il se redressa malgré tout.

— OK, creusons cette voie. Will, tu vas commencer des tests dès demain matin. Merci ! dit-il en regardant le Vieux sans sourire.

Il ne fallait surtout pas risquer de décourager le reste de l'équipe, il avait encore besoin d'eux.

L'échéance de la réunion avec Jason et Korstein se rapprochait. Cependant, après plusieurs essais, suite à la piste du Vieux, l'espoir d'avancer retomba. Il était loin de fournir les résultats escomptés.

Un mardi vers midi, Simon était remonté dans son bureau pour y déjeuner en paix tout en préparant la réunion qui se tiendrait l'après-midi même avec son équipe. Son repas avalé, il disposait encore d'un bon moment avant le lancement du meeting et décida d'aller faire quelques recherches à la bibliothèque, située à l'opposé de son laboratoire. Se souvenant d'études qu'il avait eues entre les mains quelque temps auparavant, il souhaitait les relire.

Alors qu'il traversait d'un pas élastique le dédale des bâtiments, une voix familière qui filtrait par une porte entrouverte le fit s'arrêter net, d'autant plus que le timbre de la seconde voix lui répondant lui semblait tout autant reconnaissable... Dans le calme du bâtiment, il avait l'impression de surprendre une conversation entre le Vieux et Korstein lui-même :

— Il faut aller plus vite !

— Je fais ce que je peux, je pensais vraiment que j'arriverais à aller plus loin cette fois-ci, mais je bloque au même point...

Stupéfait, Simon s'était approché de la porte et s'apprêtait à la pousser pour voir qui était vraiment là, quand, comme montée sur un ressort, la poignée s'abattit et la porte fut brusquement fermée. Au même instant, un petit groupe de jeunes collaborateurs apparut au loin, s'annonçant par leurs voix hautes. Sans chercher plus avant, Simon se remit en route, ne pouvant pourtant s'empêcher de se retourner plusieurs fois.

— Il faudrait que je dorme plus, je deviens fou…, se dit-il.

Il atteignit la bibliothèque, qui s'apparentait plus à une vaste salle d'archives. Quelques rayonnages de livres se tenaient à l'entrée, mais le reste de la salle était consacré à des dossiers soigneusement rangés dans des pochettes répertoriées, s'étendant à l'infini dans leurs étagères de métal mat. Le sol d'un brun terne luisait sous les éclairages durs qui marbraient le plafond de leurs rectangles réguliers.

Toutes les recherches effectuées depuis la création de l'entreprise étaient ainsi conservées. La majorité était dans les serveurs sous format numérique, mais il restait les premiers travaux et archives sous format papier. Une vague odeur de vieux livre flottait dans l'air, mal combattue par les détergents dont on aspergeait la salle pour lui maintenir sa propreté clinique. Il était presque réconfortant de sentir ce poids du passé, dans cet établissement si neuf et moderne.

Ayant repéré les trois livres qu'il cherchait, Simon resta une petite heure dans la salle de travail afin de collecter les informations dont il avait besoin. Il était simple de venir consulter sur place, par contre il fallait une autorisation spéciale pour faire quitter de cette salle les documents qu'elle contenait. Il aurait pu en faire la demande, mais l'archiviste en charge de la bibliothèque le mettait toujours légèrement mal à l'aise. Comme s'il l'observait d'un peu trop près. De manière irraisonnée, il avait envie de cacher quels étaient les documents qui l'intéressaient. Sans en prendre complètement conscience, il avait même choisi une table en retrait, qui lui permettait d'être moins visible si quelqu'un venait à passer. Ce fut inutile, il resta seul tout le temps de ses lectures.

Quand il retourna au laboratoire, il croisa Marc dans l'antichambre. D'un ton détaché, il lui demanda si le professeur « Arès » s'était absenté durant l'après-midi. Ce dernier ne répondit pas tout de suite, mais finalement lui assura qu'il n'avait pas bougé de sa place depuis le matin, travaillant notamment avec Lina, et qu'ils s'étaient fait livrer leur repas directement en bas.

Simon hocha la tête distraitement. Était-ce une bonne nouvelle ? Il n'en était pas sûr du tout. Valait-il mieux qu'il se mette à dérailler ou aurait-il préféré qu'il y ait un lien secret entre son ancien et son nouveau boss ? Il surprit le regard un peu inquiet de Marc, il devait s'être pétrifié. Irrité, il tourna les talons d'un mouvement brusque, un goût amer dans la bouche. Pourquoi fallait-il qu'il soit si bizarre ? Il avait beau faire attention, se surveiller, il lui semblait que les gens finissaient toujours tôt ou tard par comprendre qu'il y avait quelque chose de différent chez lui, quelque chose de cassé. Et il se mettait alors à leur en vouloir, à s'énerver. Le pire, c'était leur passivité. Le fait qu'ils acceptent si bien son comportement. Et qu'au lieu d'y trouver du réconfort, il se sente encore plus mal à l'aise, et suspicieux.

Le soir, il repartit seul. Le Vieux avait dégoté une vieille voiture qui lui permettait d'être indépendant. Il en profita pour s'éclipser un peu plus tôt que d'habitude, marqué par le sentiment d'avoir été dans un état second une partie de la journée. Il décida d'aller dîner dans un petit restaurant indien qu'il affectionnait, rue des Martyrs. La salle se dévidait en recoins, éclairée par de multiples lampes en métal doré tarabiscoté, dont les abat-jours colorés limitaient le cercle de lumière. Une douce odeur d'épices embaumait, mêlée aux effluves des chapatis et du thé. Les sons étaient assourdis, le service feutré.

Cette atmosphère lui rappelait une lointaine époque. Une très lointaine époque.

Chapitre 17

Les yeux mi-clos, Simon laissait les odeurs d'épices tracer dans sa mémoire la courbe des souvenirs.

Depuis son expérience africaine, son enfance lui revenait, cette enfance au pays du cèdre. Ses heures de jeux au milieu des orangers et des amandiers. Sa fascination pour la nature.

Il revit le petit potager que son grand-père l'avait aidé à installer dans un coin du parc. Les environs étaient déjà envahis par des buissons fleuris de toutes les couleurs. Les azalées de Chine offraient leur jaillissement de flamme, d'un orangé sans fin. Les forsythias élançaient leurs branches dures au moutonnement d'or. Les millepertuis bourgeonnaient de toutes leurs extrémités, étalant leurs feuilles bordées de rose et de crème, tandis que les clochettes rose presque fuchsia des pieris croulaient jusqu'au sol.

Au milieu de ce bourdonnement, un long rectangle de terre lui avait été confié. Il y faisait pousser des courgettes, des aubergines et des poivrons de toutes les couleurs. Le soleil faisait des merveilles et les légumes prospéraient sous ses petits coups de râteau et de binette.

Souvent, il y travaillait seul, passant des heures à regarder les progrès que faisait tel ou tel de ses plants. Il permettait parfois à sa petite sœur de venir œuvrer sous ses ordres. Ils en sortaient couverts de terre, du jus de légumes poissant les contours de leur bouche et leur menton, rapportant triomphalement jusque dans les cuisines des petits paniers contenant le fruit de leur collecte du jour.

Ses amis avaient d'autres passe-temps. Déjà à l'époque, il se sentait différent. Lui employait ses journées à lire, travailler dans le potager, et le soir, il regardait les étoiles avec son grand-père. Régulièrement, ils allaient s'installer dans le jardin juste après le dîner. Simon s'allongeait sur un vieux transat en osier dont certains brins échappés lui picotaient la peau sous les cuisses ou dans le dos. Et là, les jambes presque immobiles et le regard brillant, il écoutait parler son grand-père en contemplant le ciel.

Celui-ci lui racontait que l'astronomie avait toujours existé : les hommes avaient peu à peu appris à se repérer dans l'espace du firmament, y traçant la course du temps. Les premiers écrits sur le sujet étaient babyloniens, 1600 ans av. J.-C..

Simon se familiarisait avec la Voie lactée et dévorait toutes les lectures qu'il trouvait sur la question.

Son grand-père lui avait montré une fois, dans le secret de sa bibliothèque, des livres inédits de Galilée. Il lui avait détaillé avec minutie les lois liant astronomie et cosmologie qui avaient causé tant de tensions avec le pape Urbain VIII. Simon retenait son souffle tandis que son grand-père s'aidait d'une fine pince en bois pour tourner avec d'infinies précautions les pages à la fragilité de verre. Cette série de livres avait été écrite au XVIIe siècle et comportait cinq volumes. Le vieil homme chuchotait d'un air mystérieux que seuls quatre tomes avaient été retrouvés, jusqu'à maintenant…

Simon lisait beaucoup, et fréquentait l'église maronite. Il aimait les récits de paraboles que faisait le prêtre, mais passait le reste des cérémonies à contempler en rêvassant les épais murs en pierre claire percés çà et là de fenêtres en ogives, parées de vitraux aux dessins compliqués.

Il se souvenait particulièrement de l'un d'entre eux représentant l'Arbre de Jessé. Sa famille s'asseyait toujours sur le même banc, et en tournant légèrement la tête sur la gauche, il pouvait en voir le motif qu'il passait de longs moments à scruter, à chaque fois captivé par de nouveaux détails, plissant les yeux pour mieux distinguer les ramures retraçant la généalogie de Jésus-Christ. Au pied de l'arbre, Jessé, couché, enserrant le tronc d'un de ses bras, levait la tête. Les cinq niveaux de l'arbre contenaient sa descendance, jusqu'au sommet où Jésus trônait. Mis à part Jessé, tous avaient la même position : assis entre deux branches, les pieds prenant appui de chaque côté du tronc, les bras pliés levés, comme en miroir des genoux écartés, les mains ouvertes en un geste de bénédiction. Mais on avait fait Jésus plus grand, et bien sûr auréolé.

Le prêtre l'avait surpris un jour, après la messe, planté en bas, contemplatif.

— Cette image a l'air de t'intriguer, mon fils.

Simon avait répondu, un peu troublé dans ses raisonnements d'enfant :

— Mais si quelqu'un n'avait pas existé dans l'arbre, est-ce que le Christ serait né ?

— Les voies du Seigneur sont impénétrables, mais il avait un plan dessiné depuis toujours pour le Monde. Rien ne pouvait l'empêcher d'envoyer son fils. Il y a certaines choses, Simon, qui sont le sens de l'Histoire et que l'homme ne peut arrêter ou contrôler. Il faut se laisser porter dans les bras de Dieu, lui avait-il répondu avec bienveillance.

Un jour, son grand-père l'avait fait entrer dans son bureau. Un visiteur français s'y trouvait, qui lui avait passé la main dans les cheveux en souriant et lui avait donné un livre.

Le souvenir du visage de l'homme s'était brouillé, il n'aurait plus été capable de le reconnaître même s'il lui en restait un vague sentiment de familiarité. Le livre en revanche était gravé dans sa mémoire : il s'agissait d'un petit ouvrage passionnant qui s'intitulait « Une brève histoire du temps : du Big Bang aux trous noirs » de Stephen Hawking.

C'était une œuvre très complète qui racontait de manière pédagogique les dernières découvertes de la physique moderne, expliquait des phénomènes comme les supernovæ, et exposait le défi de la théorie des cordes.

Simon posa énormément de questions à son grand-père suite à la lecture de ce livre, qu'il dévorait avec passion, se levant la nuit pour aller s'enfermer dans la salle de bain afin que la lumière ne filtre pas sous sa porte et risque de le faire punir pour ses nuits blanches.

— Tu es trop sérieux mon Simon. Va donc un peu t'amuser dehors avec ta sœur. Le monde continuera à tourner même si tu arrêtes deux minutes de réfléchir !

Le serveur apportant les plats l'interrompit dans ses pensées.

Il rentra chez lui à pied, goûtant la nuit douce et la lumière jaune des réverbères qui éclairait arbitrairement des pans de bâtiments, noyant les recoins dans une pénombre veloutée. Les immeubles prenaient un relief de photos sépia, les couleurs étaient mortes.

Il n'entendait plus le bruit qui l'environnait, les grondements d'une grande ville un soir de semaine, un roulement de voitures espacées, des éclats de voix assourdis, des volutes de musique sortant d'un appartement à la fenêtre ouverte, ou de la porte entrebâillée d'un bar.

Il se demandait ce qu'il serait devenu si son enfance avait été différente… Où en serait-il maintenant, s'il avait connu ses parents biologiques ? L'arbre de Jessé lui revint : serait-il sur sa branche ? Aurait-elle poussé dans la même direction ?

Le lendemain soir, Simon avait rendez-vous avec sa psy. Il avait déjà revu le docteur Blanchet plusieurs fois depuis son retour, mais il ne pouvait se résoudre à tout lui dire. Malgré lui, et malgré la confiance qu'elle — et son secret professionnel — lui inspiraient, il censurait toujours ses récits, laissant dans l'ombre des pans entiers de ce qu'il avait vu ou vécu ces derniers temps. Il ne pouvait pas s'empêcher de se demander s'il était normal qu'elle soit aussi proche de lui, il lui semblait qu'il aurait été plus correct qu'une certaine distance existe entre un docteur et son patient. Parfois il se disait qu'il faudrait peut-être qu'il trouve quelqu'un d'autre, quelqu'un de moins impliqué. Mais il s'était si bien habitué à elle, il se fiait tant à son jugement. Et comme personne, elle avait cette capacité de le confronter à ses vérités, de lui faire avouer ce qu'il avait tenté de dissimuler.

Il lui avait raconté son rêve sur l'attentat contre son grand-père. Elle l'avait écouté avec beaucoup d'intérêt sans rien dire. Avec tristesse, cet acte qu'il imaginait libérateur ne lui avait pas fait un bien particulier. Il tentait plutôt de ne plus trop y penser. Il avait été un peu étonné que contrairement à son habitude, elle ne s'ingéniât pas à pointer des détails, à lui faire éclaircir les parties floues, à essayer de séparer la part de rêve et celle de souvenirs réels. Il lui avait été extrêmement reconnaissant de son silence. Si elle avait rebondi, l'histoire aurait pris une autre dimension, qui lui faisait peur. Il sentait qu'elle avait dû mesurer la portée énorme de ce traumatisme d'enfance, et comprendre qu'en parler plus aurait causé en lui des dégâts supplémentaires. Il était d'autant plus surpris que ça devait être une des premières fois qu'un de ses souhaits se réalisait entre ces murs. Il perdait normalement tout contrôle quand il pénétrait cette pièce. Il avait beau se préparer, policer son discours, choisir les mots; dès qu'il franchissait les limites de son bureau, il n'avait plus aucune prise sur la manière dont la séance se passait. Il devenait petit, fragile. Sa seule possibilité de résistance était de garder le silence, et elle lui avait suffisamment souvent expliqué que c'était ainsi qu'il se faisait le plus de mal.

Aujourd'hui, il lui parla de ces souvenirs qu'il avait remués la veille, autour de sa passion de gamin pour l'astronomie. Elle lui avait justement demandé de travailler sur son enfance, lui disant que c'était primordial.

— Vous savez Simon, afin de retrouver une sérénité psychologique, il est vital de mieux comprendre ce qui vous a structuré tout jeune. Si vous réussissez à recréer cette atmosphère rassurante, avec des éléments familiers, comme l'étude des étoiles, cela sera très bénéfique… Et peut-être même cela vous sera utile pour vos recherches scientifiques dont vous me parlez si peu… Vous ouvrir l'esprit, retrouver la sérénité dont sont bercés tous ces récits que vous faites, cela vous permettra d'être plus efficace dans votre travail de tous les jours, même si vous avez au contraire l'impression que cela va vous fait perdre du temps et de l'énergie. Vous en sortirez enrichi et apaisé.

Simon l'écoutait, mais un sentiment de malaise le gagnait, il y avait un petit quelque chose qui sonnait faux, et il n'arrivait pas à mettre le doigt dessus.

Chapitre 18

Simon se tenait dans un coin du laboratoire, en train de faire le point avec le Vieux quand Will l'assistant s'approcha d'eux, les bras chargés d'ouvrages.

— Simon, voici tout ce que vous m'avez demandé. C'est surprenant, aucun d'entre eux n'était en version numérique, j'ai dû prendre les vieilles éditions papier qui ont plus de quarante ans. Je ne sais pas s'il en manque un ou non, vous aviez commencé à écrire quelque chose en bas de la page que je n'ai pas trop pu déchiffrer, mais comme vous aviez mis des parenthèses...

— Merci beaucoup, Will. Bon boulot.

Will rougit légèrement, Simon ne pensait pas souvent à les remercier même quand il était satisfait de leur travail.

— Pour le dernier livre, ce n'est pas grave en effet, je ne sais plus trop ce que j'avais en tête en faisant cette liste.

Le Vieux jeta un coup d'œil aux ouvrages sans rien dire et se remit au travail.

— Foutus éléments, foutue force répulsive, l'entendit murmurer Simon.

Il semblait préoccupé.

Depuis ce fameux entretien avec la psychiatre, Simon avait beaucoup repensé à son conseil. Parallèlement à ses recherches, il avait relu un certain nombre d'ouvrages théoriques sur les dernières avancées dans l'étude du ciel, rapidement passionné par le sujet.

Le Vieux était quant à lui toujours aussi impliqué. Travaillant avec les différentes équipes du laboratoire, il finissait très tard le soir. Comme si le virus scientifique de la découverte l'avait piqué à nouveau, en plein cœur ! Il avait complètement perdu son flegme du début, sa nonchalance post-africaine n'était plus qu'un souvenir. Il avait les traits tirés, mais ses yeux brûlaient d'intelligence.

Quelques jours auparavant, Simon et lui avaient décidé de donner un nom à cette interaction mystère. Simon avait choisi avec un ton un peu cérémonial :

—Je propose de l'appeler l'interaction D, D pour Dark. Ce serait donc cette cinquième interaction de la matière, celle qui expliquerait le Big Bang et qui bouleverserait à tout jamais notre regard sur l'Univers…

Le niveau d'excitation était monté d'un cran. Le Vieux surtout ne tenait pas en place, et demanda à Simon de venir le chercher encore plus tôt le matin, comme si passer la nuit loin du laboratoire était déjà trop de temps perdu.

Le lendemain de ce baptême, alors que Simon déjeunait dans son bureau du deuxième étage, Will était venu le chercher en courant, la voix presque chevrotante sous le coup de l'émotion :

—Je crois que le professeur Arès a trouvé ! C'est extraordinaire, c'est extraordinaire ! Venez vite ! Il avait vu juste !

Et sans attendre, il était reparti dans l'autre sens, courant toujours.

—La clef est bien le seaborgium qui réagit à l'interaction D dans un champ électromagnétique adapté, avait dit le Vieux quand Simon était arrivé, haletant.

—Comment ça ?

— On a vu que les éléments ont besoin de champs électromagnétiques, d'amplitude et de fréquence d'oscillation très précis. Pour utiliser l'interaction D, il faut porter l'élément dans un certain champ.

— Lequel ? Vous avez déjà un résultat ?

— Selon mes premiers calculs, voici la fréquence qui fonctionne avec cet élément, dit-il à Simon en lui montrant ses calculs.

Simon fit aux côtés du Vieux de nouvelles tentatives. Tout semblait en effet se dérouler comme il l'avait expliqué. Simon s'en serait giflé. Comment avait-il pu ne pas penser à quelque chose d'aussi basique ? Et dire qu'il avait été sur le point de rejeter son idée, ne comprenant pas l'acharnement du Vieux à l'imposer. Et ce n'est pas comme si son ancien mentor profitait d'une révolution de la physique, ou créait quelque chose : tout s'appuyait sur des fondamentaux qui dataient des années 2000. Le Vieux lui sourit, semblant lire dans ses pensées :

— Tu as bien fait de venir me chercher, c'était un travail de chimiste… Le seaborgium est un des éléments qu'on maîtrise encore très mal, seuls quelques atomes avaient jusque-là été créés. Ça n'a pas été facile de réussir à en fabriquer suffisamment pour qu'ils soient exploitables. Mais voilà…

Cette idée était brillante, et elle était clairement une clef cruciale vers l'aboutissement de son projet fou. Au plaisir intellectuel d'une théorie nouvelle et prometteuse se rajoutait le soulagement irrépressible de pouvoir justifier le sauvetage traumatisant du dernier membre de son équipe.

Grâce à cette découverte, il savait maintenant ce qu'il fallait faire pour créer cette interaction D. Il ne leur restait plus qu'à trouver le bon moyen d'en extraire l'énergie.

À présent que cet obstacle avait été levé, Simon était certain qu'il allait pouvoir y arriver, que son utopie allait devenir réalité, et il savourait cette impression de toute puissance. C'était comme si quelque chose s'était aussi débloqué en lui, et il sentait sans vouloir le formuler qu'il serait dorénavant capable d'affronter toutes les dernières difficultés. Il était invincible, il était un génie, il y arriverait.

Il avait demandé à son équipe de ne rien révéler de cette avancée : une manière de pouvoir plus tard « acheter » du temps, s'ils se retrouvaient à nouveau bloqués et qu'on exigeait d'eux des résultats.

En réalité, même si les récentes histoires politiques au sein de l'entreprise l'avaient vraiment rendu méfiant et un peu plus calculateur, il éprouvait surtout une sorte de malaise à l'idée d'étaler ses résultats. Un mauvais pressentiment lui faisait craindre la manière dont ils seraient accueillis, ce que les autres pourraient essayer de faire. Tant qu'eux ne savaient rien, il avait les coudées franches pour continuer à avancer à sa guise et dans la direction qui l'intéressait vraiment.

Il entraina le Vieux à part pour lui expliquer un peu plus en détail ses raisons, lui demandant de garder le silence lui aussi, auprès de tous en général et de Korstein en particulier. Le Vieux ne répondit pas, comme si ces tracasseries politiques n'avaient aucune prise sur lui.

Après que le Vieux fut retourné dans l'aile droite où se déroulaient les études électromagnétiques du laboratoire, Simon se pencha sur les ouvrages que Will lui avait apportés. Il les feuilleta, parcourant du regard les tables des matières pour repérer les passages qui l'intéressaient vraiment. Il s'interrompit, le front plissé, tracassé en repensant à ce livre dont le titre lui échappait. Il se rappelait très bien la couverture, et il avait le vague souvenir d'y avoir lu quelque chose d'intéressant. Mais il avait eu beau fouiller sur Internet, il n'avait pas retrouvé la trace de l'ouvrage. Il reforma la pile des livres, les gardant pour sa soirée, et se remit au travail, tout de suite happé par les possibles qui s'ouvraient devant lui.

Avant de rentrer chez lui, il passa à l'hôpital. Depuis quelques jours, l'état d'Alice était redevenu stationnaire. Comme si le fait de se rapprocher de la découverte finale avait un lien direct avec sa santé. Pourtant, Simon savait très bien qu'il était encore loin d'avoir trouvé le moyen de la guérir, malgré la sérieuse avancée qui venait d'être réalisée. Mais il se força à chasser ses doutes, lissant les rides qui s'étaient formées sur son front par un léger effort de volonté. Il parcourait les couloirs de l'hôpital à grandes enjambées, saluant les visages connus du personnel d'un sourire bref et hâtant le pas à mesure qu'il se rapprochait de la chambre. Alice dormait comme souvent, et il s'arrêta sur le seuil de la porte pour la contempler. Le bonheur qu'il ressentait quand il la voyait, lui causait parfois comme un choc dans la poitrine.

Il s'assit à côté d'elle, ne la quittant pas une seconde des yeux. Elle était si belle, il la sauverait, il ne pouvait en être autrement. Il fallut qu'une infirmière passe la tête par la porte en le regardant d'un air interdit pour qu'il songe à s'arracher à sa contemplation.

En longeant le hall de l'hôpital, il fut surpris d'entendre derrière lui des pas rapides qui se rapprochaient. Il se retourna. C'était Claire, une des infirmières de garde d'Alice. Elle lui fit un signe de la main pour qu'il s'arrête, et le rejoignit. Quelque chose semblait la contrarier, sans qu'elle sache comment s'y prendre.

—Je... je vous croise souvent ici. Je voulais savoir si vous étiez content des soins de l'hôpital.

— Euh... oui, très. Pourquoi cette question ?

—Je me posais la question, car j'ai vu des gens qui n'appartiennent pas à notre service lui rendre visite dernièrement. Je voulais juste savoir si vous aviez demandé à d'autres médecins de faire une contre-expertise, ou si vous pensiez à la transférer ailleurs...

—Je ne sais pas du tout de quoi vous voulez parler ! Vous devez vous tromper. Je fais totalement confiance au docteur Beynac, et si des médecins viennent l'examiner, c'est sur sa demande.

—Ah je ne savais pas ! Mais aussi, sa maladie se comporte bizarrement... Je m'inquiète pour elle...

Simon serra les dents, soudain plein de colère :

—Je le sais bien, et c'est pour ça qu'elle est ici ! Et c'est votre métier de faire en sorte qu'elle guérisse !

Claire se recula légèrement :

— Oui, oui, vous avez raison, je suis désolée, je ne voulais pas vous contrarier. On a bien entendu tous à cœur qu'elle guérisse au plus vite.

Et sur un sourire mécanique, elle tourna les talons et

repartit. Simon secoua la tête pour chasser de son esprit cette étrange conversation et reprit son mouvement vers la sortie. Il s'en voulait d'avoir réagi avec agressivité envers cette infirmière qui était si dévouée, et hésita à rebrousser chemin pour lui présenter ses excuses. Mais il nota surtout dans un coin de sa tête d'interroger David sur ces visites dont il n'avait jamais été informé. Alice elle-même ne lui avait rien dit. Il savait qu'il avait tendance à un peu perdre les pédales quand il avait l'impression qu'une situation échappait à son contrôle, mais ce n'était pas une excuse pour avoir été aussi désagréable.

En arrivant chez lui, il se souvint que son père débarquait le vendredi même à Paris pour son fameux colloque, et voulait en profiter pour le voir, comme il le lui avait rappelé au téléphone le week-end précédent. Dans l'élan de cette journée, Simon rechercha rapidement les coordonnées d'un petit restaurant de Saint Germain dont son père avait parlé quelquefois, souvenir de sa jeunesse.

— Cela lui fera plaisir, peut-être même qu'il m'en sera reconnaissant, se dit-il.

Il appela et fit une réservation à son nom pour le vendredi soir, obtenant sans problème une table pour deux.

La semaine se poursuivit dans la même fébrilité qui

les agitait depuis la découverte du Vieux. Le vendredi, il partit suffisamment tôt pour retrouver son père directement à la Gare du Nord avant d'aller dîner. Ce dernier, comme d'habitude, n'avait pas souhaité aller dormir chez son fils, préférant un petit hôtel situé rue de Savoie, dans le 6e arrondissement, quartier germanopratin qu'il affectionnait particulièrement, séduit sans doute par cette fausse atmosphère de village qui devait le faire se sentir comme à Hampstead, où se trouvait la maison dans laquelle Simon avait passé ses années anglaises, et où ses parents vivaient toujours.

À 18h35 précises, posté à l'extrémité du quai, il vit arriver son père, facile à reconnaître de loin même au milieu d'une foule compacte. Le port altier, le visage fermé, mais énergique, un grand manteau bleu marine trois quarts parfaitement coupé dessinant ses épaules larges, tout cela le distinguait de la masse grouillante des passagers du week-end. Son père l'aperçut au même instant, avant que Simon n'eût esquissé un geste pour attirer son attention.

Ils se retrouvèrent sans effusion, comme d'habitude, son père se contenta de lui tapoter avec vigueur l'épaule gauche tout en souriant dans le vide « Salut Simon ».

Ils se dirigèrent vers la file d'attente pour les taxis. Simon enchaîna :

— J'ai réservé une table ce soir au café de Nesle...

Son père le regarda, un sentiment difficile à déchiffrer agitant brièvement son visage.

— Non pas là-bas, j'ai appelé un autre restaurant, allons-y directement.

La queue avait avancé, et il jeta au chauffeur :

— La Petite Cour, 8 rue Mabillon.

Simon se glissa sur la banquette sans un mot. Il ne savait pas ce qui le surprenait le plus : le visage de son père quand il lui avait proposé le café de Nesle, ou le fait que son père se soit occupé de réserver un restaurant, ce qui était une première... Le monde devenait de plus en plus bizarre autour de lui. Parfois il aurait voulu demander à des gens de son entourage s'il était le seul à trouver qu'il y avait tant d'incohérences. Mais à qui aurait-il pu poser cette question ? Et il craignait la réponse.

Son père se mit à parler de ses dernières recherches en littérature, qui lui valaient sa présence à Paris. Le colloque commençait le lendemain. Simon se laissa emporter par la conversation, ne prêtant pas beaucoup d'attention aux rues qui défilaient par la fenêtre. Il repensait à ses souvenirs revenus, sachant pertinemment qu'il serait incapable d'en parler avec son père adoptif. En tout cas ce soir.

Ils arrivèrent rue Mabillon, le taxi les déposa devant une passerelle qu'ils empruntèrent avant de descendre quelques marches les conduisant à un de ces vieux immeubles à la façade lisse d'un ocre doux. L'intérieur du restaurant chatoyait d'un jaune provençal, et un serveur les mena sans tarder dans la cour pavée, terminée par un mur de vieilles pierres aux jointures noircies par le temps et la mousse. Des glaïeuls en pots s'y balançaient, faisant le pendant aux grandes vasques de géranium qui séparaient les tables. Dans un renfoncement, une petite fontaine gazouillait au pied d'un angelot de roche sombre. Un léger bruit de conversation et de couverts heurtés flottait, il faisait calme et bon, le soleil dardait ses derniers rayons avant d'entamer sa descente, baignant la scène d'un souffle doré.

Ils prirent place sans attendre à une petite table à la nappe ivoire et aux sièges d'un osier sombre.

Simon regardait autour de lui, agréablement surpris du contretemps qui les avait menés ici, dans ce havre de paix dont il ne soupçonnait pas l'existence. La carte qu'on leur tendit fleurait bon la France et la gastronomie, et ils passèrent un moment à hésiter entre les différents plats. La commande faite, leur conversation s'engagea avec légèreté sur des sujets divers.

Une serveuse leur apporta des ravioles d'artichaut, au fumet délicat.

Monsieur d'Almat, rapidement, se retrouva à parler avec animation du dernier article qu'il avait publié et qui lui avait valu d'intervenir dans cette conférence. Il avait travaillé à déchiffrer le Disque de Phaistos, un disque de pierre soigneusement gravé d'idéogrammes, exhumé en Crète au début du XXe siècle. Ces hiéroglyphes étaient restés une énigme. Ils se rapprochaient d'écrits, découverts de l'autre côté de la Crète, plus ou moins déchiffrés grâce à la maîtrise du grec ancien. Il avait proposé une thèse audacieuse, en s'appuyant sur les publications d'Anthony Svoronos, un mathématicien de l'île. Il en parla un moment. Simon avait commencé à prêter plus attentivement l'oreille en entendant le mot « mathématicien ». Son père lui promit de lui envoyer une copie de sa thèse, qui contenait des schémas précis.

Un tintement retentit : son père venait de recevoir un message. À la grande surprise de son fils, il sortit son téléphone pour en prendre connaissance. Ses sourcils se froncèrent brièvement, mais il se reprit en voyant la mine interloquée de Simon qui le fixait :

— Désolé, pour une fois, j'enfreins les règles les plus élémentaires de la politesse à table.

Il relança la conversation, mais avec un peu moins de

conviction, l'esprit visiblement ailleurs. Leur plat était arrivé et cela fournit une diversion, un bref silence s'installant pendant qu'ils savouraient les premières bouchées. Puis il leva la tête et regarda Simon d'un air songeur :

— Dis-m'en plus sur tes recherches ?

C'était la première fois que son père l'interrogeait ainsi sur son travail, depuis qu'il était chez K.B.. À ses réponses vagues, son père continua d'opposer d'autres demandes, de plus en plus précises.

— Mais sur quoi tu travailles exactement ?

Sous le feu roulant des questions, Simon commença à ressentir des sortes de bouffées de chaleur. S'excusant, il sortit de table et alla jusqu'aux toilettes. Il fit couler de l'eau froide sur ses poignets pour se rafraîchir, tout en se regardant dans le miroir. Quelques minutes suffirent pour qu'il reprenne son sang-froid. Il ne comprenait pas ce qui lui était arrivé, ce n'était pas son genre de perdre pied ainsi.

Il retourna s'asseoir, et aiguilla la conversation sur le travail de chercheur en général. Comme il s'en doutait, son père s'engouffra dans le sujet. Monsieur d'Almat s'animait de plus en plus, célébrant le plaisir de la quête, de continuer sans relâche, de ne jamais se laisser décourager trop longtemps. Il lui confia combien, à certaines périodes de sa vie, il avait été prêt à tout mettre entre parenthèses : vie privée, famille, amis, juste parce qu'il sentait qu'il était en train d'accomplir quelque chose d'important. Jamais encore Simon n'avait eu l'impression qu'ils se ressemblaient tant, finalement.

À chaque blanc, Simon craignait que son père ne revienne à des questions qui provoqueraient à nouveau chez lui une poussée de stress, et il assumait pour une fois une bonne partie de la conversation. Il fut même sur le point d'évoquer ce souvenir traumatisant dont il n'avait pas pris le temps de vérifier la véracité absolue, le massacre de son grand-père et de sa petite sœur. Mais il se retint.

À la fin du dîner, Monsieur d'Almat revint pourtant sur le projet de Simon. Celui-ci se crispa instantanément, jusqu'au moment où il comprit que son père ne se préoccupait en fait pas tant de ses recherches, mais plutôt de sa volonté de travailler dessus. Ses muscles se relâchèrent, et il put continuer à converser avec un enthousiasme non feint. Ce n'était pas vraiment le genre de son père de lui donner des conseils, mais ceux-là avaient une résonance particulière en lui.

La nuit était tombée avec douceur. Au moment de se dire au revoir, son père retint la main de Simon dans la sienne, semblant sur le point d'ajouter quelque chose, mais il détourna les yeux avec un air de culpabilité étrange et prit rapidement congé.

Simon le regarda partir, le dos droit, sans tourner la tête. Un sentiment de malaise indéfinissable le saisit à nouveau. Avoir pensé à ce cauchemar de son enfance n'était pas une bonne idée, il avait l'impression d'avoir revécu cette scène, sauf que cette fois-ci personne ne l'emmenait loin après le massacre. Au contraire, M. d'Almat lui tournait le dos, le laissant à la merci d'un ennemi invisible et hostile. Le choc fut soudain, il frissonna, sentant monter en lui les prémices d'une de ces crises qu'il ne pouvait maîtriser.

Le trajet vers chez lui se passa dans un trouble profond. Le sang battait dans ses tempes, sa vision était comme brouillée par cette poussée de stress qui ne diminuait pas. En arrivant devant sa porte, alors qu'il essayait vainement de contrôler sa respiration saccadée, il crut entendre un bruit de pas à l'intérieur. Il ouvrit brusquement, mais l'appartement était vide. Il s'appuya sur le mur, chancelant. Il faut que je me calme, il faut que je me calme. J'ai passé une bonne soirée… une soirée normale. Et il se rappelait les moments de bien-être du dîner, ces moments où il s'était senti proche de son père comme jamais, le plaisir d'un bon repas partagé, pour chasser de son esprit les noires pensées de sa paranoïa. Il se fit une tasse de décaféiné et fila se coucher.

— Rien n'a changé de place. Personne ne fouille mon appartement. Personne ne m'observe. Personne ne me veut de mal, dit-il à haute voix pour se rassurer.

Il ne put s'empêcher de vérifier si le carnet rouge où il notait ses pensées — comme le lui avait recommandé sa psy — était toujours à sa place dans le tiroir de sa table de nuit en bois blanc. Le carnet était bien sûr là. Simon griffonna rapidement quelques lignes, puis en feuilleta distraitement les pages, son esprit se fixant peu à peu sur des fragments de ses écrits. Il finit par s'endormir, l'image d'Alice lui revenant encore et toujours : «Je ne peux pas la perdre, je ne pourrais pas y survivre.»

Il savait à quel point il avait besoin de cette structure qu'il s'était imposée pour ne pas basculer.

Chapitre 19

Au laboratoire, la fièvre n'avait toujours pas diminué. Une atmosphère toute particulière régnait maintenant. Même dans les moments de concentration les plus intenses, les différents membres de l'équipe ne pouvaient s'empêcher de relever la tête pour se regarder les uns les autres avec un sourire irrépressible, replongeant aussitôt dans leurs calculs avec un regain nouveau. En travaillant avec le Vieux, Simon avait eu une autre illumination et un barrage supplémentaire avait sauté.

Une fois de plus, le Vieux et Simon s'étaient mis à l'écart pour faire le point sur un coin de bureau. Les documents s'amoncelaient devant leurs yeux, et leurs mains jouaient machinalement avec les schémas et les colonnes de chiffres qu'ils connaissaient déjà par cœur l'un comme l'autre.

— On a réussi à créer une nouvelle fois ce matin la force répulsive et à produire de l'énergie électrique. Will s'est replongé dans ses cours d'électrotechnique afin d'optimiser le transformateur. Mais on ne fabrique toujours pas plus d'énergie qu'on en consomme. On a franchi une étape… On va y arriver ! Le problème est que l'interaction D n'est pas encore optimale. Ça commence à y ressembler, mais la puissance qui s'en dégage est extrêmement faible par rapport à ce qu'on devrait pouvoir être en mesure de produire.

— Je ne sais pas ce qu'on aurait fait sans ton aide, dit Simon d'une voix dépourvue d'ironie.

— J'ai fait tout ce que j'ai pu, Simon, je pense que tu as tiré tout ce que tu pouvais tirer d'une vieille carcasse comme la mienne… Maintenant ça va être à toi d'avancer seul pour les prochaines étapes, j'en ai bien peur. Tout cela m'a épuisé…

Le Vieux parlait d'une voix calme, un peu mélancolique, et il conclut plus doucement, comme à lui-même :

— La boucle est bouclée…

Et il tourna les talons, quittant la conversation comme s'il n'y avait plus rien à ajouter, que tout avait été dit.

Simon ne comprenait pas trop sa réaction et hésitait à le suivre pour le questionner sur cette boucle et son intention de partir, quand son téléphone vibra dans la poche intérieure de sa veste.

—Je tenais à vous en informer au plus vite, Mademoiselle Alice Merrieux a eu une grave crise il y a 45 minutes. Elle est en salle de réanimation. Pour le moment il n'y a rien à faire, je vous tiendrai au courant...

Sans même laisser le temps à son interlocuteur de finir sa phrase, Simon courut immédiatement à l'hôpital. Un taxi venait justement de déposer quelqu'un devant le siège, il en profita pour s'y engouffrer, entrant d'un doigt tremblant l'adresse. Il s'enfonça les ongles dans la paume des mains pendant tout le trajet, à tel point qu'il eut du mal à les desserrer quand il arriva, la peau presque fendue jusqu'au sang.

Il courut le long des couloirs de l'hôpital, manquant heurter plusieurs personnes dont il n'entendit même pas les exclamations. Dans la chambre d'Alice, il trouva le lit vide, les draps encore défaits et un livre tombé sur le sol. Il reprit sa course, vers l'entrée cette fois. Par chance, il croisa une infirmière qu'il connaissait, et ce fut elle qui le força à s'asseoir tout en lui expliquant d'une voix triste ce qui s'était passé. Sans aucun signe précurseur, les globules blancs d'Alice avaient entamé une plongée vertigineuse. Ils avaient dû la perfuser d'urgence et la mettre en observation, dans une salle qui n'était pas accessible au public. Elle lui promit qu'à la moindre nouvelle, elle se débrouillerait pour qu'il en soit immédiatement informé.

Pleine de pitié, elle s'arrangea pour lui envoyer les médecins qui ne purent que répéter ce qu'elle avait dit, incapables de se prononcer, que ce soit sur les causes ou sur les issues. Il fallait attendre. Juste attendre. Il se mit à faire les cent pas dans le couloir, ne pouvant rester en place. Vers minuit, une autre infirmière qu'il connaissait vint le trouver, lui enjoignant de rentrer chez lui prendre un peu de repos. Il partit, le cœur lourd et le regard absent.

Alors que son taxi arrivait, son œil fut attiré par la silhouette d'un homme s'engouffrant dans un véhicule au coin de la rue, silhouette qui lui semblait familière. Il vit les phares de la voiture s'allumer au moment où il prenait place dans la sienne, et il sentit un frisson paranoïaque courir le long de sa colonne vertébrale.

— Oh non, pas ça, se dit-il dans le taxi, ce n'est vraiment pas le moment de perdre la tête... Oh, Alice...

Les jours qui suivirent se traînèrent dans le même désespoir morne. La santé d'Alice ne présentait aucune amélioration. Son organisme continuait à subir une dégénérescence accélérée. Les médecins étaient totalement impuissants. Ils la maintenaient en vie, incapables de faire plus. Ils ne s'expliquaient absolument pas cette soudaine recrudescence de la maladie, alors qu'elle avait dernièrement semblé être en rémission, voire sur la voie de la guérison. Ils se succédaient à son chevet, le regard sombre, renvoyés au mystère de la vie et de la mort, confrontés à la fragilité de leur science qui restait si incomplète.

Dans ce flou douloureux dans lequel évoluait Simon, et qui affectait ses capacités à se concentrer, des éclairs de stress le poignardaient soudain. C'est comme si son univers péniblement reconstruit, s'effritait, l'oppressait, devenait hostile. De plus en plus hostile. Il cauchemardait plus que jamais, se réveillant toutes les nuits maintenant, le cœur battant à tout rompre, paralysé par la sensation d'un regard qui le suivait en permanence, attendant qu'il faiblisse pour l'attaquer. Il luttait, apeuré à l'idée de reprendre son traitement, tiraillé entre l'envie de s'en sortir seul cette fois-ci, de chasser par sa volonté et son intelligence ses mauvais démons. Retomber dans une dépendance médicamenteuse lui paraissait une preuve de faiblesse, une manière d'accepter qu'il n'était toujours pas guéri, et qu'il ne le serait peut-être jamais.

Chaque jour, en quittant son appartement, il se sentait obligé de remonter les escaliers plusieurs fois pour vérifier que sa porte était bien fermée. Les rares occasions où il avait réussi à s'en empêcher, il avait passé un long moment le soir à inspecter son appartement, incapable de lutter contre l'impression que des gens s'y étaient introduit pendant son absence, cherchant désespérément à trouver un indice, n'importe quoi qui aurait bougé ou semblerait différent, pour étayer ses soupçons. Il finit par se laisser aller à vérifier la serrure autant de fois que ses pulsions le lui ordonnaient chaque matin, cela lui permettait au moins de passer des journées plus tranquilles.

Quand il marchait dans la rue, il se retournait régulièrement. Cela lui rappelait son adolescence, quand il avait eu ses premières crises, mais ça s'était finalement résolu. Il avait repris cette habitude après son démêlé avec les voyous, mais c'était alors justifié. Maintenant, s'il y réfléchissait, il savait qu'il n'avait plus rien à craindre, mais c'était plus fort que lui. C'était peut-être ce déchaînement d'une violence qu'il avait appris à maîtriser auparavant, qui avait fait sauter un barrage dans son esprit. Le sentiment d'oppression devenait constant. Tout piéton lui était suspect. Une voiture qui démarrait sur son passage, quelqu'un examinant une devanture lorsqu'il se retournait, un lecteur de journaux sur une terrasse :

tout lui semblait être le signe d'un complot monté contre lui.

Les poings serrés, il cherchait à se raisonner, mort de peur en sentant que son esprit vacillait de plus en plus. Que se passerait-il si son entourage en prenait conscience ? Le retirer du projet, c'était condamner Alice définitivement, et le condamner aussi à brève échéance, car le laboratoire restait la seule activité qui lui permettait de se focaliser sur autre chose que son malaise presque permanent. Et même là-bas... Il avait plusieurs fois surpris les regards intrigués des uns ou des autres sur lui quand il relevait la tête, incapable de savoir ce qu'il avait bien pu faire pour mériter cela, et d'autant plus inquiet de réaliser qu'il perdait de plus en plus le contrôle de lui-même. Will surtout semblait redoubler d'attention à son égard, toujours à proximité comme s'il sentait qu'il pourrait être utile pour prévenir une catastrophe. Et Simon ne pouvait répondre aux questions muettes qu'il devinait dans son attitude, ayant trop peur d'ouvrir ne serait-ce qu'un peu les vannes de son angoisse.

Un soir, il vit quelqu'un s'enfuir lorsqu'il traversait le parking devant le laboratoire. Il courut derrière lui, mais ses chaussures de ville le gênaient dans son élan et il finit par se tordre la cheville, ce qui l'arrêta net, à la lisière de la route. Quand il reprit son équilibre, l'individu avait disparu dans les ténèbres de la campagne qui s'étendaient aux alentours du laboratoire.

Le lendemain, après une nuit blanche où il avait pourtant décidé de n'en parler à personne, il alla voir le chef de la sécurité, Philippe Stabile, un grand blond qu'il connaissait de vue. Celui-ci l'entraîna tout de suite dans une petite salle à part, et envoya un vigile chercher les vidéos correspondants à l'heure de l'incident. Ils en scrutèrent plusieurs. On apercevait bien Simon courir, mais nulle part n'apparaissait l'homme à la poursuite duquel il s'était lancé. Simon se mit à transpirer brutalement. Comment aurait-il pu rêver cette silhouette derrière laquelle il s'était précipité ? Il posa ses mains sur les cuisses, crispant les doigts pour masquer leur tremblement, et regarda Stabile en silence, incapable d'essayer de se justifier.

Mais ce dernier ne semblait pas s'étonner de ne voir sur l'écran que la moitié de l'histoire et gardait un air préoccupé. Il projeta sur le mur un plan 3D et invita Simon à le regarder attentivement.

— Ici, vous voyez, c'est le parking. Où se tenait l'homme que vous avez vu s'enfuir ?

Avalant sa salive nerveusement, Simon se concentra, faisant appel à ses souvenirs pour montrer du doigt le chemin que l'ombre avait suivi, et la direction qu'il pensait l'avoir vu emprunter au moment de sa chute, quand il l'avait perdu. Stabile étudia le trajet proposé, l'air absorbé.

— Oui, oui, je vois… S'il était bien là où vous le dites, c'est normal qu'il ne soit pas sur la vidéo, il est resté dans l'angle mort, juste à côté d'un des murs originels.

— Les murs originels ?

— Ah vous ne saviez pas. Il y avait déjà des bâtiments ici, tout a été remodelé et rénové il y a 40 ans. Il y avait d'autres issues qui permettaient de sortir des sous-sols à l'époque, mais tout a été condamné pour des raisons de sécurité. Donc il n'aurait pas pu passer par là, quel qu'il soit.

— Mais qui cela pouvait-il être ? Vous avez déjà eu des cas comme ça ?

L'homme hocha la tête, et prit un air patient :

— Non non, mais vous savez, c'est mon métier, la sécurité. Alors plus rien ne m'étonne. Je vais dire à mes gars de faire des rondes plus fréquentes dans le parking, ne vous inquiétez pas, vous n'avez rien à craindre.

Son regard gris inspecta Simon :

— Dans quel département travaillez-vous exactement ?

Simon bredouilla une réponse hâtive et repartit avec des sentiments mélangés. Il ne comprenait pas pourquoi la vidéo ne montrait rien, mais il était soulagé que son témoignage ne soit pas remis en doute. Il fit taire de force la voix dans sa tête qui lui disait qu'il y avait quelque chose de bizarre dans l'absence de l'homme sur les vidéos, malgré l'explication qu'on lui avait donnée. Un angle mort, c'était crédible.

Simon retourna dans son bureau et tenta de se détendre. Ces crises d'angoisse récurrentes lui pesaient, obscurcissant son cerveau d'un nuage sombre. Il se souvenait du sentiment d'oppression qu'il avait ressenti en regardant il y a quelques années déjà un vieux film en 2D « The Aviator », sur un milliardaire américain génial et psychotique. Cette longue descente en spirale dans la folie l'avait traumatisé, le confrontant à la question existentielle « Et si ça m'arrivait… et si un jour moi aussi mon esprit, ma raison s'effritaient. »

Il n'avait pas pu le regarder jusqu'au bout. Parfois il se demandait à quel point on était capable de faire la différence entre la réalité et les images qu'on avait dans sa tête. Il chercha à rester dans le contrôle, il lui fallait être concentré, efficace, ce n'était pas le moment de se laisser arrêter par des questions métaphysiques ou des angoisses, justifiées ou non.

Constatant que son attention peinait à être entière, il décida d'aller voir Alice en fin d'après-midi. Les instants qu'il lui consacrait étaient les seuls qu'il s'accordait sans se sentir coupable de n'être pas en train de travailler.

Il prit le métro, mais sortit à la station Malakoff Plateau de Vanves pour marcher un peu. Il regretta son geste : la grisaille du ciel se reflétait trop bien sur les immeubles cubes aux façades bétonnées. L'uniformité sans âme pesait sur lui et il frissonna en accélérant le pas. Malgré cela il était toujours dans une sorte de flou cotonneux quand il arriva à l'hôpital. Comme si les gens autour de lui évoluaient dans un univers différent, qu'il les voyait à travers un voile et qu'il aurait été incapable d'entrer en contact avec eux. Il fit une pause sur le seuil de la chambre d'Alice : le visage de cire, elle reposait, les paupières bleutées. Il s'approcha sur la pointe des pieds et s'assit un instant à son chevet.

« Alice, pensait-il, tout ce que je fais, c'est pour toi. Si j'arrive à construire une machine qui produit suffisamment d'électricité, tu es sauvée. C'est un projet fou, mais je veux y croire… »

Il se pencha pour lui prendre la main, mais elle était tellement glacée qu'il sursauta. Des lumières dansaient dans ses yeux, il ne la voyait plus correctement, mais juste en flash. Il se leva en bousculant sa chaise et partit en courant, traversant un hôpital tout aussi fantomatique. Il rentra chez lui le corps gelé. Il se réfugia sous sa couette et dormit près de quatorze heures d'affilée. Le lendemain, il se sentait mieux et chassa de sa mémoire les impressions étranges de la veille, qui lui semblaient appartenir à un mauvais rêve plus qu'à la réalité. Il réussit ainsi à poursuivre sa semaine de manière plus satisfaisante, son esprit ayant retrouvé une nouvelle capacité de concentration.

Le samedi suivant, il faisait des courses quand une voiture freina brutalement à côté de lui. Il n'eut pas le temps de tourner la tête : des mains s'abattirent sur lui en l'entraînant, et un sac lui bloqua la vue. Il perdit conscience...

Il reprit connaissance en sentant qu'on le secouait :

— Monsieur, MONSIEUR !

Il ouvrit les yeux dans un sursaut angoisse. Il était allongé sur le trottoir, des passants étaient penchés sur lui, l'air inquiet.

— Que s'est-il passé ? croassa-t-il d'une voix hachée.

— Vous avez fait un malaise, restez tranquille, on a appelé les pompiers.

Simon s'assit malgré les mains qui cherchaient à le

maintenir immobile. Une douleur lancinante martelait l'arrière de son crâne.

— Il y avait des hommes, ils ont essayé de m'enlever !

Il croisa le regard de deux passants.

— Il s'est cogné la tête en tombant ?

Il se débattit.

— Mais voyons, vous avez bien vu ! Je les ai sentis, j'ai SENTI LEURS MAINS SUR MOI !

Il criait maintenant. Sans qu'il s'en rende compte, son corps s'était mis à trembler de plus en plus. Les passants le regardaient comme s'il était fou... fou... Un voile sombre descendit sur ses yeux. Au moment où il les rouvrit, il était en train de tambouriner à la porte du bureau du docteur Blanchet en hurlant. Il ne savait pas comment il était arrivé là. La porte s'ouvrit, il s'abattit sur le sol. Quand il reprit conscience, il était allongé sur le divan, et la psychiatre était penchée sur lui, le visage consterné. Il s'accrocha à son regard. Les frissons avaient repris, violemment. Ses poings s'ouvraient et se fermaient convulsivement. Il mit un moment à comprendre que le bruit lancinant, presque animal, qui bourdonnait dans sa tête venait de lui. La médecin disparut de son champ de vision. Quand elle revint, il ressentit une brève brûlure au niveau de son bras. Puis lentement, le voile noir s'installa à nouveau, mais comme une vague apaisante.

À son réveil, il se sentait entouré d'une atmosphère plus dense que l'air, douce et tiède. Il ouvrit mollement un œil. Sa vision brouillée se précisa peu à peu sur le visage de la praticienne. Les sourcils froncés, elle le contemplait avec intensité. Il sourit vaguement, le temps de laisser son esprit retracer ce qui l'avait conduit là. Les battements de son cœur s'accélérèrent très légèrement alors qu'il revivait sa crise de panique, mais la piqûre que le médecin lui avait faite annihilait la montée du stress. Il essaya de se redresser, mais ses bras étaient tout mous et il renonça rapidement, s'étonnant presque d'avoir voulu bouger alors qu'il se sentait si bien. Il lui fallut plusieurs tentatives pour ouvrir la bouche et produire un son. Une petite partie de son cerveau, loin, très loin, s'interrogeait sur la dose massive de calmants qu'on avait dû lui administrer pour qu'il soit dans cet état. Le regard du docteur Blanchet n'avait pas dévié. Alors il raconta, la voix presque monocorde à force d'être apaisée. Comme s'il parlait de quelqu'un d'autre, il retraça sa panique grandissante, le retour de ses obsessions, la paralysie progressive qui envahissait sa capacité à réfléchir, raisonner, prendre de la distance. Et puis il raconta ce qui venait de lui arriver, comment il s'était senti kidnappé pour finalement reprendre conscience allongé sur le trottoir. L'évoquer à voix haute semblait tellement ridicule. Mais le docteur ne riait pas du tout, et continua à parler, parler, jusqu'à ce qu'il n'y ait plus rien à dire. Il constata que son corps était sorti de son engourdissement, et il s'assit. Des étoiles dansèrent devant ses yeux un bref instant, mais il ne perdit pas l'équilibre. Il eut un petit rire, un peu amer :

— Et maintenant, on fait quoi ?

Le docteur Blanchet se leva et commença à faire les cent pas. Il sentait qu'elle cherchait la réponse adéquate, hésitante.

Elle retourna s'asseoir en face de lui et lui prit la main.

Quand il repartit de son bureau, il vacillait encore légèrement, mais était toujours calme, comme détaché. Il refit en sens inverse le trajet qu'il ne se souvenait plus avoir fait. Il alla se mettre sur son canapé. Au bout d'un moment qui lui sembla très court, il se rendit compte qu'il faisait nuit et il gagna sa chambre, s'allongeant sur son lit sans même se déshabiller. Le sommeil lui tomba dessus comme un coma. Son réveil ressembla à ce sentiment qu'on peut avoir quand on plonge trop profondément sous l'eau, et que crever la surface se fait presque trop tard, au moment où on commençait à se dire qu'on n'aurait jamais assez d'air pour y parvenir. Il s'assit dans un mouvement convulsif. Dans sa poche, son téléphone vibrait à n'en plus pouvoir. Il l'en sortit : son écran était trop petit pour contenir le nombre impressionnant d'appels manqués et textos de Jason. Il composa son numéro sans écouter son répondeur. Jason ne lui laissa même pas le temps de parler :

— Simon, enfin ! Il y a eu une explosion dans le building. Je voulais être sûr que tu allais bien.

Simon resta un moment silencieux, avant de balbutier quelque chose d'une voix rauque.

— Désolé, tu te réveilles tout juste ! Écoute, on est en train de constater les dégâts. Par chance ton laboratoire à toi n'a pas été touché, mais je pense bien qu'il était la cible. Ne t'inquiète pas, on a pris des mesures de sécurité exceptionnelles, ça ne pourra pas se reproduire.

Simon laissait les informations s'inscrire dans sa tête.

— Une explosion… ?

— Oui, tôt ce matin. Je voulais t'en parler. Je sais que tu as craint pour ta sécurité dernièrement…

— Tu as parlé avec le docteur Blanchet ?!

— Le docteur Blanchet ? Euh... non... Avec Philippe

Stabile. Il m'a dit que tu avais cru voir quelqu'un sur le parking la semaine dernière. Je ne voulais pas t'inquiéter, mais on avait déjà commencé à prendre des mesures spéciales. C'est ce qui a permis que ton laboratoire ne soit pas abîmé d'ailleurs. En revanche, je préférerais que ça reste entre nous et qu'on ne prévienne pas les gens de ton équipe.

— …

— On a pour le moment évité que la presse s'en mêle. Pas besoin de créer une vague de panique. Je sors d'une conf call avec Monsieur Korstein, on va faire signe à une équipe de sécurité. Je ne pense pas que vous soyez en danger, mais, au cas où, ils garderont un œil sur vous pour être sûr que rien ne puisse vous arriver.

Après avoir balbutié quelques phrases pour montrer que le message était passé, Simon laissa son téléphone glisser. Les dernières brumes de sommeil s'étaient évaporées, son organisme semblait avoir évacué tous les médicaments qu'il avait reçus la veille. Sa poitrine était juste oppressée par un trop plein de sentiments qu'il ne voulait pas encore analyser, effrayé d'y penser. Ce n'est que sous sa douche qu'un rire irrépressible le gagna. Son corps tout entier se relaxait. Il n'avait pas pris conscience de l'ampleur de la tension permanente qui l'habitait. Ainsi il n'était pas fou ! Il y avait vraiment des gens qui les prenaient pour cible, qui devaient les avoir observés depuis un moment déjà. C'était un tel réconfort qu'il serra sa serviette dans ses bras comme s'il s'agissait d'une personne. Il se sentait comme ivre, ivre de soulagement. Il retourna s'asseoir sur son lit, à bout de souffle. Ces ascenseurs émotionnels des derniers jours l'avaient vidé, il se sentait léger, léger. Il remit à plus tard l'étude des dangers qu'il courait donc peut-être. Tout ça, c'était des choses réelles, il pourrait y repenser plus tard, à tête reposée.

Le soir venu, il dormit d'une traite pour la première fois depuis une éternité. Il rêva, il était dans une forêt d'arbres flamboyants. Quand il regarda de plus près, il se rendait compte que les feuilles étaient des carnets à la couverture rouge. Ils jonchaient également le sol. Sans se laisser déboussoler, il se mettait à marcher devant lui. Il savait qu'il avait un but à atteindre, sans être complètement conscient de ce dont il s'agissait, mais il en sentait l'importance et progressait calmement dans ce qu'il pressentait être la bonne direction. Il était tout de même un peu surpris quand il se réveilla, bien que le sentiment diffusé par le rêve soit plutôt agréable. « Des carnets rouges. Encore eux. Il faudra que j'en parle au docteur Blanchet tiens, ça veut peut-être dire quelque chose. » Il griffonna rapidement « carnets rouges » sur son calepin, pour être sûr de ne pas oublier, et il avait raison, car quelques secondes après son esprit était entièrement occupé par les nouvelles de la veille.

Quand il partit de chez lui, il ne put s'empêcher de regarder autour de lui d'un air faussement dégagé, cherchant cette surveillance dont Jason lui avait parlé. Ce n'est qu'à la moitié de son trajet qu'il prit conscience qu'il n'était pas remonté pour vérifier que sa porte était bien fermée. Au bureau, il surprit quelques regards curieux que lui portaient ses collègues et il essaya de masquer un peu plus le sentiment de soulagement qu'il éprouvait. S'ils savaient que c'était un attentat qui le mettait dans cet état, ils finiraient par se poser des questions sur sa santé mentale. Mais, au contraire, il n'avait jamais été aussi lucide. Ce qui lui semblait impossible à résoudre la semaine précédente lui apparaissait maintenant d'une simplicité enfantine. C'est un peu comme s'il avait passé des mois le nez collé face au vide, et qu'il était soudain capable de prendre du recul et voir l'ensemble d'un puzzle, la forme exacte des quelques éléments manquants. Malgré cela, à l'heure du déjeuner, il prétexta vouloir aller à la salle d'archive pour parcourir le laboratoire. Au détour d'un couloir, il tressaillit : une barrière bloquait l'entrée d'une des ailes. Il ralentit le pas, essayant d'apercevoir les traces d'une explosion, mais rien n'était visible. Il aurait pourtant souhaité être capable d'évaluer l'importance des dégâts, et ainsi l'ampleur de cette menace. Ne pas être fou était une excellente chose, il voulait s'assurer qu'il ne risquait pas non plus sa vie dans cette histoire. De retour au sous-sol, il évoqua la barrière.

— Ah oui, dit Will, j'avais entendu dire qu'ils comptaient faire des travaux dans cette partie des laboratoires.

Simon lui jeta un regard aigu :

— C'était prévu ? Tu en avais entendu parler ?

Will sembla se décomposer sous cet interrogatoire brusque, et il bredouilla quelque chose avant de se replonger dans ses notes, l'air affairé. Simon s'ébroua et suivit son exemple, retrouvant avec bonheur cette omniscience soudaine qui lui avait manqué et qui lui rappelait les débuts de ses recherches. À ce rythme, la solution était proche, il y croyait plus que jamais.

En revanche, l'état d'Alice ne connaissait pas la moindre amélioration et les médecins n'osaient plus formuler de pronostics optimistes. Un soir, lors de son passage à l'hôpital, l'un d'entre eux lui demanda même si Alice était croyante et si elle aurait souhaité être accompagnée par quelqu'un en particulier. Simon répondit que oui, elle était catholique.

Curieusement, cette nouvelle préoccupation des médecins, au lieu de l'abattre, semblait aiguiser sa capacité de réflexion et sa volonté de venir au bout de ses recherches. C'est comme si le déclin de la femme qu'il aimait devenait juste un élément supplémentaire dans l'équation de ses découvertes.

En sortant de l'hôpital, il se rappela que le docteur Blanchet avait tenté plus tôt de le joindre. Il était tard, mais il l'appela, laissant un message sur son répondeur. Le lendemain soir, en rentrant chez lui, il s'étonna soudain de ne toujours pas avoir eu de ses nouvelles. Après la crise qu'il lui avait infligée, il était surprenant qu'elle n'ait pas du tout cherché à le joindre au cours de la journée. Tombant à nouveau sur son répondeur, il regarda l'heure : il avait encore de fortes chances de la trouver à son bureau. Avant de partir, il passa prendre une veste dans sa chambre et son œil fut attiré par ces mot écrit à la main « carnets rouges » sur sa table de nuit. « Ah oui, il faudra que je lui en parle aussi. » se dit-il.

Arrivé devant la porte de son immeuble, il flasha son SmartBand pour qu'elle s'ouvre, mais rien ne se passa. Heureusement, quelqu'un sortit à ce moment et il put s'engouffrer dans le hall d'entrée. Il monta au premier étage d'où provenaient des éclats de voix.

Devant la porte, des hommes en bleus de la FIMAC s'activaient et un cordon de sécurité bloquait l'accès au cabinet.

— Mais que se passe-t-il ? demanda Simon à un agent qui se dressa devant lui, le regard froid.

— Il n'y a rien à voir, monsieur. Passez votre chemin.

— Je suis un patient du docteur Blanchet... je dois lui parler de toute urgence.

— Je crains que cela ne soit pas possible monsieur... Elle vient de se suicider, ajouta-t-il.

Chapitre 20

Titubant un peu, Simon partit à pied à travers les rues de Paris. Il se retrouva à traverser le Sentier. Le soir tombait. Les trottoirs étaient bondés, mais il n'y prêtait aucune attention, se laissant bousculer par les plus pressés sans réagir. Ses pieds sonnaient avec une régularité d'automate sur les pavés des ruelles formant le charmant dédale du quartier. Les façades au crépi vieilli résonnaient dans son regard vide, faisant écho à la fissure de son univers. Les terrasses des cafés, minuscules, remplissaient les trottoirs étroits, et il finit par marcher dans le caniveau, sans réagir aux sonnettes de vélos des bobos.

Il trébuchait parfois, le cerveau plein de larmes et de colère. Comment les gens pouvaient-ils être si lâches, arrêter de lutter et choisir le suicide, plutôt que d'essayer encore et encore, jusqu'au bout ? À lui seul, l'exemple d'Alice lui aurait suffi pour nier le suicide comme une solution. Elle se battait, elle, elle n'avait jamais baissé les bras même dans les pires moments. Il savait bien que son esprit, quoiqu'actuellement inconscient, continuait de s'attacher à la vie, refusant l'anéantissement. Qu'est-ce qui avait bien pu pousser le docteur Blanchet à un acte aussi définitif? Comment avait-elle pu l'abandonner, frissonnait-il, dans un mouvement d'égoïsme qu'il ne pouvait regretter. Avec surprise, il se rendait compte que cette femme qui le connaissait mieux que son entourage entier réuni, lui était une énigme. Les quelques informations qu'elle avait pu lui donner par bribes, au hasard de leurs séances, dressaient un puzzle triste, dont la plupart des pièces étaient absentes. Rien ne pouvait, un tant soit peu, expliquer son suicide. Aucun signe avant-coureur. Rien dans son attitude quand il était avec elle, rien dans ce qu'il connaissait de sa vie privée ou publique. Rien, rien, rien.

Que se passait-il pendant tout le reste de son temps, dont il ne faisait pas partie, qui aurait pu la conduire à cette mort, d'une façon ou d'une autre ?

Ces questions, tournant dans sa tête en une spirale dangereuse, finirent par le mettre dans un état étrange. Il ne ressentait même plus de tristesse, mais plutôt un recroquevillement sur lui-même, comme une régression vers le passé, dans une négation du présent et du futur. Des souvenirs d'enfance peu à peu envahissaient son esprit, le ouatant d'une lumière sépia.

Il continua son chemin, ses pas prenant seuls une direction inconnue pour lui permettre de se laisser bercer par ce rythme régulier.

Le glissement de ses pensées avait été sans surprise. Le saisissait à nouveau cette peur de la mort qu'il éprouvait enfant. Ces angoisses dans sa chambre mansardée, au deuxième étage de cette maison londonienne qu'il n'aimait pas au début : son austérité victorienne contrastait trop vivement avec les bâtiments de lumière qui l'avaient vu naître.

Ses cauchemars de l'époque lui revenaient.

L'un d'entre eux notamment l'avait marqué par sa récurrence : il était à Londres, la maison était silencieuse, et il était étendu sur son lit, les yeux grand ouverts. Il entendait comme un frémissement passer par sa fenêtre entrouverte, le bruit de quelque chose qui glissait le long du lierre, se rapprochait. Il ne pouvait pas bouger : ses draps le ligotaient étroitement à son matelas. Il ne pouvait même pas vraiment tourner la tête. Il jetait des regards de plus en plus affolés vers cette fenêtre qu'il aurait espéré pouvoir aller fermer d'un bond. Sa peur devenait panique. Il voulait crier à l'aide, mais sa voix était comme étranglée et personne ne répondait. Les bruits venaient de tout près maintenant, et il apercevait des formes noires surgissant derrière sa fenêtre. Peu à peu, de ce grouillement se détachaient de grosses araignées dont les yeux rouges luisaient et qui, en un mouvement de vague immonde, pénétraient dans sa chambre. Cela faisait comme un bruissement sur le parquet et les murs, mâtiné de légers sifflements qui résonnaient comme un langage glaçant. Elles se rapprochaient et il était tétanisé par la peur, il n'essayait même plus de crier. Dans un sursaut final de rejet, il fermait les yeux, plissant les paupières à s'en faire mal. Et d'un seul coup, tous les bruits s'arrêtaient. Il gardait les yeux fermés. Il était plongé dans une obscurité profonde, comme s'il était déjà mort. Aucun des flashs de lumière ou formes vagues qui traversent le regard quand on clôt ses paupières. Entouré par le néant, il attendait, retenant son souffle dans l'attente du bruit cauchemardesque. À bout de résistance nerveuse, il finissait par ouvrir les yeux tout doucement et là, dans un choc de tout son corps, il voyait des dizaines de petites billes rouges l'environner, l'observant en silence. Il hurlait.

Et c'était toujours à ce moment-là qu'il se réveillait. En sueur et tremblant de tous ses membres, le hurlement devenu réel. Comme s'il revenait des enfers. Son envoûtement africain et les souvenirs qu'il avait fait remonter dans sa conscience expliquaient mieux cette période. Il comprenait pourquoi il n'avait jamais eu, comme la plupart des enfants adoptés, la curiosité de son origine. Jamais il n'avait cherché à savoir d'où il venait, pourquoi il avait dû recommencer sa vie si jeune dans une nouvelle famille, sur un nouveau continent. Son cerveau — pour le protéger de l'horreur de cette scène — avait créé un blocage, mais son inconscient l'avait torturé longuement par tous les moyens qu'il lui restait. Quand Monsieur d'Almat lui avait fait quitter en toute urgence des lieux trop pleins de souvenirs, une partie de sa capacité à ressentir des émotions était morte. Son nouveau foyer n'avait jamais pu remplacer cette tendre enfance, ce bonheur complet et idéalisé à jamais perdu. Il n'était pas reparti de zéro, il avait dû recommencer du fond d'un gouffre, ne sachant même plus ce qui l'y avait précipité.

Son arrivée au sein de la famille d'Almat avait été très difficile. Il n'avait pas parlé pendant près de trois mois. En fermant la porte de ses souvenirs, son esprit lui avait rendu toute communication impossible.

Le premier choc avait été thermique, puis social. Monsieur d'Almat essayait de le rassurer.

— Il ne t'arrivera plus rien avec nous. Tu es en sécurité maintenant. Sois un gentil garçon. Nous sommes tout ce que tu as. Travaille bien à l'école, et tout se passera bien.

Ces mots ne s'enregistraient pas, il ne comprenait pas ce qu'on lui voulait.

Sa mère d'adoption, Madame d'Almat, était une femme pleine de vie, mais plus mondaine que maternelle. Elle aimait ses enfants, mais elle aimait surtout son reflet en eux. Malgré ses efforts, en partie liés au regard des autres et au poids des conventions, elle ne retrouvait rien d'elle dans ce fils adoptif. Il se demanda après coup à quel point elle avait eu son mot à dire dans cette histoire.

Il se sentait trop étranger dans cet endroit inconnu, et de vagues idées de disparaître à tout jamais germaient dans sa cervelle. L'envie que tout s'arrête : la souffrance, le froid intérieur et extérieur qui glaçaient son univers, la tristesse si lourde qu'il en avait perdu le goût de parler, tout.

Au début, on l'avait laissé tranquille. Il comprenait qu'il dérangeait, car il entendait Monsieur et Madame d'Almat chuchoter à leurs enfants d'être sages et de ne pas faire de réflexions, en particulier à table, face à son mutisme.

Il se trouvait que la famille avait déménagé à Londres juste avant son arrivée parmi eux, en plein milieu d'année scolaire. Les parents d'Almat avaient choisi de prendre deux professeurs particuliers, Sciences et Littérature anglaise, chargés de remettre à niveau tous les enfants suivant leur âge.

Les leçons avaient lieu dans le salon. Simon était censé y participer. Au début, il écouta. Il se souvenait du professeur de sciences, un vieil anglais un peu dur d'oreille qui leur donnait beaucoup de travail, l'air pincé, les trouvant nuls. Comme un automate, Simon s'asseyait, et se relevait quand les autres sortaient. Enfermé dans son monde, il perdait de plus en plus contact avec la réalité, et vint le moment où le monde extérieur commença à perdre définitivement tout intérêt pour lui. Il n'avait même plus faim.

Souvent l'après-midi, les enfants allaient courir dans la campagne environnante. Ils avaient créé des jeux aux règles compliquées et construit des cabanes auxquelles on ne pouvait parvenir qu'après avoir participé à des rites d'initiation secrets. Simon en était exclu, sans même en avoir complètement conscience. Parfois il les suivait de loin, poussé par ses parents adoptifs. Le point central de leurs jeux était un grand arbre qui surplombait une rivière. Les branches solides et entrelacées avaient permis aux enfants d'y construire leur cabane préférée. Simon s'asseyait au pied du tronc et y demeurait, immobile et silencieux, jusqu'à ce que les autres repartent et l'entraînent. Il les suivait alors de loin. De plus en plus loin.

Un après-midi, sans qu'il se souvienne exactement comment la situation s'était présentée, il s'était retrouvé là-bas, accompagné seulement de Zoé. Il s'était assis comme d'habitude au pied de l'arbre, tandis que Zoé se réfugiait dans sa cabane, escaladant les branches avec aisance. Lorsqu'il avait entendu le long craquement du bois, le cri de la fillette, un grand bruit d'éclaboussures, tous ses instincts de frère s'étaient réveillés d'un coup. Il s'était précipité vers l'eau. Zoé, toujours accrochée à la branche qui avait cédé, était prête à couler. Se suspendant d'un bras à l'arbre, il avait réussi à en saisir l'extrémité qui n'avait pas encore eu le temps de dévier ou de trop s'enfoncer dans l'eau. Il avait essayé de tirer, mais sans en avoir la force : à cause du courant, toute son énergie suffisait à peine pour ne pas lâcher. Sentant ses deux mains glisser irrésistiblement, il avait croisé le regard déjà presque noyé de Zoé. L'espace d'un instant, avec l'eau qui brouillait ses traits, il avait cru voir quelqu'un d'autre, un visage familier et aimé de petite fille. Il avait alors ouvert la bouche et s'était mis à crier, crier. Et soudain, Monsieur d'Almat avait été là, tirant la branche jusqu'à la rive, sortant Zoé de l'eau et les serrant tous les deux dans une longue étreinte. Zoé aussi s'était accrochée à lui. Simon s'était rendu compte qu'il pleurait. Elle était sauvée !

Il comprenait mieux aujourd'hui les significations plus profondes, complètement enfouies déjà à l'époque, que cela représentait pour lui de protéger sa sœur.

Après cette histoire, les choses furent différentes. Zoé passait maintenant souvent du temps avec lui et ce fut à elle qu'il se remit à parler naturellement, en français. Avec un tact d'adulte, elle ne fit aucun commentaire lorsqu'il ouvrit la bouche pour la première fois et elle lui répondit comme si c'était parfaitement normal. Les premiers mots étaient les plus difficiles. Très bientôt, il conversait avec tout le monde.

Il garda longtemps une place un peu spéciale dans la famille. Il était à part, mais on l'acceptait. Le fait de se remettre à parler fit disparaître pendant un moment une bonne partie de ses cauchemars.

Les jumeaux, Alexandre et Alezzia, étaient ses contemporains. Bientôt ils l'emmenèrent de temps en temps dans leurs vagabondages à travers le quartier. Simon savait bien qu'ils lui faisaient signe quand ils avaient besoin de lui pour transporter des affaires, jouer avec d'autres enfants du voisinage, ou se déguiser dans des rôles qu'ils ne voulaient pas eux-mêmes endosser. Mais il se contentait bien de ces brusques moments de camaraderie lui laissant croire qu'il faisait partie d'une famille.

À la rentrée suivante, il alla à l'école avec ses frères et sœurs, se retrouvant donc dans la classe des jumeaux, ses contemporains. Les débuts furent difficiles, car il ne parlait pas encore très bien anglais. Mais il avait heureusement des facilités dans le domaine des langues et, au bout de six mois, il était trilingue.

Les jumeaux, soigneux de leur image et pleins de confiance en eux, furent rapidement très populaires. Entraînés dans un tourbillon de nouveaux amis, ils ne faisaient généralement pas trop attention à Simon au sein de l'école. Cependant, ils devinrent cruels quand Simon commença à avoir de meilleures notes qu'eux en sciences. Il s'était très vite révélé comme extrêmement brillant, largement au-dessus de la moyenne, et même des meilleurs élèves. Au point que Monsieur d'Almat citait parfois à table les compliments dithyrambiques du professeur de chimie et biologie, qui en parlait comme d'un génie. Simon retrouvait ce sentiment de fierté personnelle qu'il avait oublié, se reprenant à aimer quelque chose. Mais la jalousie des jumeaux à son égard le mit vite au pas.

Il n'était encore qu'un enfant et avait besoin d'être accepté. Alors même qu'il connaissait ses cours sur le bout des doigts, il s'attacha à ne pas toujours répondre correctement aux questions des contrôles. Les compliments cessèrent, ainsi que les brimades des jumeaux. Ils parurent ne même pas se rendre compte de l'évolution de leur comportement. Quand ils restaient au centre de l'attention, ils étaient heureux et parfois pleins de bienveillance envers les autres. En cas contraire, ils sortaient leurs griffes.

Simon marchait rue Duhesme, regardant d'un œil complètement absent les étalages de fruits et légumes, quand une main l'agrippa d'une étreinte maladroite.

Simon se raidit sous ce choc inattendu et se tourna brusquement, les muscles tendus, prêts à frapper. Il s'arrêta dans son élan quand il croisa le regard effrayé, mais doux d'un jeune garçon. Il stoppa net, un peu stupide, partagé entre la pitié et l'envie de s'échapper.

Il avait reconnu le jeune garçon handicapé, habillé aujourd'hui d'un jean délavé un peu trop large et mal coupé, et d'un chandail bleu distendu. Une malformation lui avait tordu le corps, son visage était très sec, ses cheveux noirs et courts. Mais il tenait le bras de Simon avec une énergie étonnante. Il était essoufflé, il avait dû le suivre sur quelques dizaines de mètres en s'activant autant que possible, car Simon marchait vite. Mais ses doigts en pince semblaient ne pas vouloir le lâcher.

Ce dernier reprit péniblement son souffle et lui dit avec difficulté, un peu de bave coulant de sa lèvre inférieure :

— Monsieur, Monsieur, attention, les mé... les méchants, ils sont là.

Simon le regarda, perplexe. Il sentait chez lui le désir de l'aider, mais ce n'était qu'un enfant, plus fragile que les autres, et qui devait encore être sous le choc de sa récente agression. Il répondit avec douceur :

— Merci. C'est gentil. Ne t'inquiète pas pour moi. Personne ne nous veut de mal. Nous sommes tous en sécurité maintenant.

Il avait pris une voix qu'il souhaitait rassurante, et lui donna une petite tape qu'il espérait paternelle sur l'épaule.

— Ta sœur n'est pas avec toi ?

— Partie, elle est p'us là… Mais.. mais.. mais.. c'est pas eux. Les autres. Ceux qui regardent… ceux qui regardent…

Simon le fixa sans comprendre, mais quand il voulut lui poser une question, l'adolescent prit la fuite aussi rapidement qu'il le pouvait, et Simon renonça à le stopper. Il n'aurait probablement pas réussi à lui expliquer qu'il était suivi pour sa protection. Sa sœur, disparue ? Cela avait-il un lien avec son comportement méfiant à son égard ? Il haussa les épaules, il n'avait surtout pas envie de s'en mêler encore. En revanche, devait-il avertir l'équipe sécurité qu'ils devraient être plus discrets ?

Il hésita à poursuivre malgré tout le jeune garçon, mais il s'était comme volatilisé. Il reprit son chemin, oubliant déjà sa mise en garde.

S'il avait su…

Chapitre 21

Le lendemain même, Simon était penché sur un cadran, le sourcil froncé. Avec l'aide de Will, il avait lancé simultanément toutes les machines, afin de réessayer de capter la force répulsive. Mais rien ne se passait. Il eut un mouvement brusque, arrêtant son bras juste avant qu'il ne frappe l'outillage précieux qui s'étalait devant lui. Il manquait toujours quelque chose pour que cela fonctionne.

Ces derniers jours avaient été usants émotionnellement. Le Vieux avait cessé de venir travailler avec eux après sa conversation avec Simon, comme il l'avait annoncé. Ils avaient malgré tout réussi à amplifier de l'énergie, mais étaient encore loin du résultat visé par Simon.

Ils amélioraient sans cesse la machine. Celle-ci avait maintenant la taille d'un cube d'un mètre carré. Par moment, elle ne fonctionnait pas et il fallait se remettre au travail pour optimiser des conditions très précises. Une tablette servait justement à compiler toutes les données indispensables au bon fonctionnement de la machine. C'est Will qui avait construit le programme afin de réduire la marge d'erreur au fur et à mesure des expériences. Simon n'avait pas trouvé cela très judicieux au début, mais ce programme se révélait extrêmement utile : il permettait de garder en mémoire tous les tests déjà effectués, et les dernières avancées faites dans la configuration des données. Un transformateur était branché, prêt à convertir en électricité les résultats de l'expérience dès qu'elle serait vraiment fonctionnelle. Le zéro qu'elle indiquait en ce moment semblait narguer Simon.

Soupirant bruyamment, il retourna vers ses notes, se saisissant machinalement d'un stylo pour souligner quelques-unes des formules que l'équipe avaient appliquées et qui avaient données des résultats. Rapidement calmé par ses calculs, il se replongea profondément dans l'étude minutieuse des différents schémas qu'il avait tracés ces derniers jours, en triturant les chiffres pour essayer de trouver la solution.

Quelques jours passèrent ainsi. Un jour, alors qu'il mâchouillait d'un air absent un sandwich, il repensa aux livres que Will était allé lui chercher et qu'il avait depuis laissés sur un bord de son bureau. Il remonta les étages pour les consulter, se plongeant avec un intérêt croissant dans les recoins du monde stellaire. À plusieurs reprises, en parcourant des paragraphes consacrés à divers phénomènes observés par des savants de toutes les époques, il stoppa sa lecture, s'emparant d'un carnet pour noter fébrilement des pistes de réflexion. Mais après quelques instants, alors qu'il relisait avec attention ce qu'il avait extrait de son étude, il se renversa dans son fauteuil, découragé. Ce n'était pas ça. Il empila avec lassitude les livres qu'il avait éparpillés autour de lui, quand il repensa à la liste incomplète. En l'écrivant, il avait quelque chose en particulier en tête, mais il ne pouvait plus mettre le doigt dessus. Il redescendit au laboratoire.

—Je t'assure Simon, tu m'avais rien dit de plus que de trouver les livres sur cette liste, je ne sais pas ce que tes notes à la fin peuvent vouloir dire.

Simon repartit vers son bureau dans un geste impatient. Sans se sentir très rationnel, il avait soudainement très envie de se souvenir de cette vague intuition mal écrite. Une petite voix lui soufflait que s'il ne retrouvait pas cette piste, cela lui porterait malheur et qu'il n'arriverait jamais à résoudre l'équation à temps. Peu superstitieux habituellement, il ressortit de sous sa chemise le talisman africain qu'il portait à nouveau depuis quelques jours et le serra dans son poing, tout en se concentrant pour retrouver le fil de ses pensées. Quel avait été le détonateur de ses idées ? Un lieu, une personne ? Il ne le savait même plus…

La nuit même, un rêve curieux l'agita. Un homme qui lui ressemblait étrangement était enfoncé dans la terre jusqu'à la poitrine, avec une expression pourtant apaisée. Simon le contemplait longuement, le sourire aux lèvres, gagné par une joie farfelue. Mais l'homme regarda soudain d'un air inquiet ses mains, tourna la tête dans sa direction, et son visage se décomposa. Il semblait la proie d'une peur panique et se mit à crier à pleins poumons un nom, le même nom, encore et encore, tout en tentant de se dégager. Ses efforts restaient inutiles et Simon le regardait, incapable d'esquisser un geste ou de prononcer une parole malgré son désir douloureux de le rassurer et de lui venir en aide. Ce qui était visible du corps de l'inconnu semblait alors se décharner à vitesse accélérée sous le regard de Simon. Celui-ci aussi cherchait à bouger, de plus en plus mal à l'aise, essayant au moins de détourner son visage pour ne plus voir cet affreux spectacle. Les efforts qu'il fournissait dans son rêve étant réels, il se réveilla brutalement lorsque, dans un grand mouvement, son bras finit par s'écraser sur sa table de nuit. La voix angoissée de l'homme de son cauchemar résonnait encore dans son esprit. Il saisit un crayon et nota quelque chose sur le carnet rouge qui se trouvait à sa portée, puis se rendormit, sa main laissant mollement tomber le stylo au pied de son lit.

Au matin, il se redressa d'un coup, s'empara du calepin et l'examina : on y voyait un simple gribouillis. Il le tourna et le retourna, désespéré. Il avait eu une vraie intuition cette nuit, il le savait. Il reprit le dessin, essayant de retrouver des bribes de son rêve. Peu à peu, la voix déchirante de l'homme se remit à résonner dans ses oreilles. Le dessin dansait devant ses yeux, ressemblant peut-être à une sorte de palmier, ou à un arbre. Un arbre... Son cœur se mit à battre la chamade. Dans sa tête se mélangeaient les scènes du rêve, les cris de sa petite sœur, l'odeur de l'amandier, la voix du docteur Blanchet. Une autre scène lui revenait : cette odeur d'amandier, il l'avait sentie une fois dans son cabinet, en plein hiver. Il se souvint de sa réponse : « C'est possible, Simon. L'amandier est le seul arbre fruitier à pouvoir résister à un grand froid de -30 ° C. Certains botanistes disent que si c'est temporaire, cela augmenterait même son espérance de vie. »

Il éprouvait un vertige qui le faisait s'accrocher au dessin si fort qu'il en déchira la page. À ce moment, comme un voile qui tombait, lui revint le nom de Wien. Wilhelm Wien ! C'était ce physicien allemand qui avait reçu un prix Nobel au début du XXe siècle pour ses travaux sur le rayonnement électromagnétique. Ses recherches avaient ensuite inspiré Max Planck, afin de poser ce qui allait devenir la base de la physique quantique. Et il avait justement étudié l'impact de la température du matériau sur leur réaction à la force D.

— La dernière clef serait-elle aussi simple ? se demanda Simon éberlué. La température. Juste la température…

Il prit son petit déjeuner en bas au soleil, sur la terrasse du café « Chez Louis ». Il était soudainement joyeux et fébrile, malgré le rêve dont quelques lambeaux le poursuivaient. Il fila à l'Académie des Sciences et se retrouva devant les portes du quai de Conti, bien avant l'ouverture de la salle des archives. Il resta à faire les cent pas sur la petite place en demi-lune pavée, les yeux levés vers le dôme ardoise qui se découpait avec force sur le ciel aux nuages blancs et épars. Ses pieds se prirent à plusieurs reprises dans les pierres dissemblables et usées du sol, il finit par s'asseoir au pied d'un petit monument, tapant machinalement sur ses cuisses en rythme, l'esprit ailleurs.

À 9h30 précises, il était devant la porte qui s'ouvrit enfin devant lui. Sans tarder, il s'engouffra dans le bâtiment, tournant à gauche pour trouver la bibliothèque. L'odeur le saisit, comme dans une église. Vieux papiers, bois verni patiné, fraîcheur sombre. Ses pas ralentirent automatiquement, dans un réflexe induit par la résonance de l'endroit.

Étant le premier, il put sans attendre s'installer devant un ordinateur poussif qui mit quelques minutes à se lancer, lui proposant enfin un catalogue sans fioritures, mais suffisant pour son dessein.

Grâce aux indications, il trouva sans mal un livre consacré aux travaux du physicien, rangé où il devait l'être, brillant de poussière absente. Il commença à le feuilleter, encore debout, vaguement appuyé sur le rebord de la mezzanine qui formait le deuxième étage de cette pièce toute en hauteur. Les pages tournaient presque d'elles-mêmes sous ses doigts, il lisait au hasard, s'arrêtant sur un dessin, un schéma. Soudain, il se mit à frissonner : ce dessin justement... Il regarda le commentaire qui l'accompagnait. Ses mains se mirent à trembler et le livre tomba tandis qu'il chancelait, la tête prête à exploser devant la solution qui s'offrait à lui, d'une simplicité enfantine maintenant qu'il avait mis le doigt dessus. « À la naissance de l'Univers, les conditions étaient si extrêmes qu'il n'est pas possible de recréer les tout premiers instants, mais on peut remonter jusqu'à 10 puissance moins 44 secondes. À ce moment, la température et la densité étaient telles qu'il semble probable que toutes les interactions ne formaient plus qu'une. »

La température de la matière ! Si évident...

Simon se mit à réfléchir sur un bout de papier en posant ses hypothèses.

La formule se complétait dans son cerveau, ouvrant de nouvelles ramifications, offrant la perfection d'une solution trouvée, limpide. Il se prit la tête entre les mains. Son cœur battait trop vite, il perdait le souffle, le sang semblait vouloir sortir de ses tempes. Il était dans un état second, et l'espace d'un instant, il se crut à nouveau en Afrique, avec dans les oreilles le battement sourd des tambours.

Il passa encore un peu de temps à la bibliothèque, sans vraie nécessité. Le livre ouvert à côté de lui, il notait brièvement l'ébauche de la formule finale, le souffle maintenant régulier, entièrement repris par son obsession de recherche, vérifiant si tout s'articulait comme il l'avait vu en une vision brutale. En début d'après-midi, il fila au laboratoire, la tablette précieusement rangée dans la poche intérieure de sa veste et le regard triomphant.

Il réunit l'équipe dès son arrivée, sa voix laissant perler son excitation, et leur expliqua en quelques mots son intuition finale. Il croisa des visages perplexes.

Pour lui, c'était pourtant si évident.

Il entra dans la salle de la machine en disant à tout le monde de le laisser tranquille. Sans se soucier du flou qu'avait créé son manque d'explications claires, il demanda juste à Will de lui apporter les différents éléments dont il avait besoin.

— Mais que se passe-t-il Simon ?

— Je pense que j'ai trouvé la solution, dit-il d'une voix étonnamment calme.

Will le regarda sans rien dire, figé sur le pas de la porte. Il finit par s'éloigner. Simon aperçut son reflet dans l'acier d'une machine : il avait le visage d'un fou. Mais il haussa les épaules et se mit au travail. Il ne prit pas une minute de repos, s'interrompant juste pour appeler l'hôpital. L'état d'Alice continuait à se dégrader. Elle était sous respirateur, ses globules blancs avaient encore chuté. Le ton de plus en plus impersonnel des médecins faisait comprendre à Simon qu'ils avaient définitivement perdu tout espoir. Ce fut comme un nouveau coup de fouet et il s'acharna de plus belle. Il était en transe, drogué par le travail et les multiples cafés. À nouveau, les battements de son sang échauffé faisaient rouler les tambours. Will venait de temps en temps s'enquérir de ses besoins.

À l'un de ses passages, alors qu'il s'apprêtait à repartir sur la pointe des pieds après avoir trouvé Simon comme figé, la voix de ce dernier s'éleva lentement :

—Je crois que c'est bon. J'avais essayé de pousser le seuil de température des éléments, mais au contraire il faut refroidir le seaborgium de l'ordre de 0,14 degré Kelvin, soit approximativement -273 degrés Celsius. Et reconfigurer en conséquence les données du Cube.

Will se rapprocha et sans dire un mot changea les paramètres sur la tablette USB qui était reliée à la machine et lui dictait ses moindres actions.

La nuit était maintenant tombée, Lina et Will étaient restés. Will avait essayé de convaincre Simon de rentrer chez lui, et puis il avait abandonné. Les paupières lourdes, il regardait d'un œil de plus en plus trouble Simon s'agiter dans ce qui lui semblait un sabbat infernal. Mais soudain, ses yeux s'écarquillèrent.

Après avoir tapé un ultime code sur la clef de commande, Simon s'était reculé lentement de la table sur laquelle il menait ses expériences. L'appareil de mesure s'était affolé : de l'électricité était produite en quantité phénoménale. 10 mégawatts… 100 mW… 500 mW… 2000 mW… Déjà le double d'une centrale nucléaire. La scène était hallucinante. Et les chiffres continuaient à grimper allègrement.

Will en eut les larmes aux yeux. Simon ne savait plus quoi dire. Immobile, un peu hagard, il regardait l'écran, stupéfait lui-même par le prodige qu'il venait d'accomplir. À côté de lui, Will riait et pleurait à la fois, balbutiant des mots sans suite. Lina, elle, n'arrivait plus à parler. Dans un mouvement irrésistible, ils s'étreignirent avec force, toute fatigue envolée.

— On a réussi... On a RÉUSSI !!! Après tout ce temps, après toutes ces difficultés. Je n'en reviens pas. Je n'y croyais pas…

Will se tourna à nouveau vers l'écran, fasciné par cette puissance qui ne faiblissait pas. Sa voix tremblait un peu.

— Non, mais, tu imagines... ? Tu imagines ce que ça signifie vraiment, tout ça ? L'énergie libre, c'est le monde entier qui va être transformé. Imagine ! L'homme n'aura plus besoin d'exploiter les ressources de la planète, de l'appauvrir et de l'abîmer en creusant son sol, en vidant ses nappes de pétrole, en polluant son air avec des nuages de charbon. Et tant de guerres cesseront. L'économie de la planète va en être bouleversée. Partout, on pourra amener le progrès, la lumière de la connaissance. Toute cette énergie, on va pouvoir en faire quelque chose de tellement beau, de tellement grand !

Ses gestes s'élargissaient, on avait l'impression qu'il saisissait le monde entier dans ses bras, prêt à lui insuffler cette énergie libre. Simon le regarda avec un peu de surprise : il ne s'attendait pas à un discours d'une telle maturité chez son jeune assistant, d'une vision à si long terme. Lui-même, il devait se l'avouer, n'avait qu'une chose vraiment en tête : Alice.

Et c'était une question de jours, d'heures, peut-être même était-il déjà trop tard.

Il regarda ses collègues :

—J'ai quelque chose à vous demander : accordez-moi vingt-quatre heures. La vie d'une jeune femme est en jeu. Ensuite, on prévient l'équipe et on annonce la nouvelle à ceux d'en haut.

Chapitre 22

L'horloge indiquait six heures du matin.

Lina, Will et Simon, encore sous le coup de l'excitation de leur découverte, ne sentaient pas la fatigue.

Lina se leva de son tabouret :

— Pas de problème pour moi. Mais j'ai une requête immédiate : du champagne ! Il nous faut du champagne pour fêter ça !

Simon sourit :

— Il y en a une bouteille dans mon bureau, héritage du cocktail de Noël dernier... Si vous êtes partants pour du champagne tiède, elle est à vous.

Lina disparut vers l'ascenseur d'un pas dansant.

Penchés à nouveau sur leurs notes, Will et Simon établissaient d'ultimes calculs. Simon était pressé, il ressentait maintenant un sentiment ˋd'urgence venu d'il ne savait où, mais ses instincts de bon chercheur prenaient le pas sur sa fébrilité et il voulait s'assurer qu'il n'y aurait pas la moindre erreur dans le fonctionnement de l'algorithme.

Soudain, une vibration incongrue les fit sursauter. C'était Linda qui l'appelait sur son portable :

— Quel est le code de ton bureau ? Attends, reste en ligne le temps que je trouve la bouteille…

Simon posa son téléphone en mode haut-parleur sur le bord du bureau et regarda la formule qui défilait sur son écran.

— Je pense que c'est bon. Will, prête-moi ton téléphone, j'ai un rapide coup de fil à passer.

Celui-ci hésita quelques secondes avant de lui tendre le portable qu'il tenait à la main. Simon composa de mémoire le numéro de David. Par chance, celui-ci devait être de garde, car il décrocha à la seconde sonnerie :

— David, c'est Simon. Tu ne vas pas me croire, mais j'ai réussi ! Oui, on a construit cette machine qui permettra de créer la cure pour Alice, enfin. La puissance est absolument phénoménale… bien plus que ce dont on avait besoin ! Oui c'est extraordinaire ! Il faut que je te montre tout ça. Oui, je me dépêche. Tiens-toi prêt ! Je devrais être là d'ici une petite heure. À tout de suite !

Simon était en pleine euphorie. Toutes ses craintes, ses angoisses lui semblaient désormais appartenir au passé. Il en était convaincu, Alice allait être sauvée !

Pendant ce temps, dans le haut-parleur du téléphone de Simon, on continuait d'entendre le bruit des talons de Lina qui cliquetaient. Elle venait de les avertir :

— C'est bon, j'ai la bouteille, j'ai pris des gobelets dans le hall, j'arrive…

Soudain, sa voix parut arriver de plus loin :

— Que faites-vous ici, que se passe-t-il ?

Un claquement sec retentit, un cri déchirant de Lina, le bruit sourd de quelque chose de lourd tombant sur le sol…

— Lina, Lina ! Que se passe-t-il ? LINA !

Dans le téléphone, des bruits de pas et une voix sèche :

— Dépêchez-vous, ils vont partir !

Simon et Will se regardèrent, pétrifiés. Pendant quelques secondes, l'incompréhension fut le seul sentiment reflété par leurs visages, avant que l'horreur y prenne peu à peu place aussi.

Mais soudain, Will se mit à paniquer :

— Non, non, non ! Ce n'était pas du tout ce qui était prévu ! Mon Dieu non, non, NON !

Simon le fixa, interloqué au milieu de son choc :

— Comment ça « prévu » ? De quoi parles-tu ? RÉPONDS !

— Je… je suis désolé Simon. Ils voulaient ton invention, je ne savais pas, je ne savais pas que... qu'ils…

Simon se surprit lui-même par son calme :

— Il faut qu'on parte. Calme-toi, aide-moi à tout prendre.

— Ils sont déjà là. Ils attendaient… Ils voient tout sur des caméras. Ils doivent être déjà en chemin.

Simon débrancha le module de commande de la machine, brisant d'un coup de coude le cadran tout en vérifiant fébrilement que toutes les dernières mises à jour se trouvaient bien sur sa tablette, et se précipita à la suite de son assistant vers la sortie. Le sas ne lui avait jamais paru aussi long à s'ouvrir. Ils arrivèrent devant les ascenseurs et échangèrent un regard : tous étaient en marche et descendaient vers eux.

— Vite, les escaliers !

Ils étaient à un demi-étage du rez-de-chaussée quand ils entendirent des bruits de discussion provenant de derrière la porte.

— Finissez de liquider l'équipe Er.2 et dites-moi quand vous êtes dans le labo.

Une voix demanda :

— Que fait-on du corps ?

— Ne t'inquiète pas, la FIMAC est déjà en route. Ils vont s'en occuper.

Se bousculant au risque de tomber, Simon et Will firent marche arrière en toute hâte et s'arrêtèrent à l'étage en dessous.

— Ils nous bloquent la sortie et ils vont bientôt voir que nous ne sommes plus dans le labo, s'exclama Simon dans un chuchotement précipité.

Will l'agrippa par le bras :

— On est au -1. Je sais ! Viens, vite, suis-moi. On va tenter le labo condamné.

— Le quoi ? demande Simon.

— J'ai passé pas mal de temps à fouiner ici. Il y a des pièces quelque part au niveau -1 qui font partie d'un ancien bâtiment qui n'a encore jamais été rénové. Notre seule chance est de trouver un moyen de sortir par là... Viens ! dit Will, à nouveau affolé, le tirant par le bras.

Simon se laissa entraîner. Avait-il le choix ?

Ils coururent à travers les couloirs. Les mains tremblantes, ils déverrouillèrent la porte d'un premier bureau.

— Non, ce n'est pas celui-là ! Là-bas, va voir !

De plus en plus fébriles, ils ouvrirent plusieurs portes. Simon regarda Will : il était blafard. Finalement, essayant une nouvelle porte, Will s'exclama :

— Au fond, après la remise !

Il courut vers les caisses qui s'entassaient au fond de la pièce attenante.

Il était temps : des éclats de voix venaient de leur indiquer que leurs poursuivants avaient étendu leurs recherches et étaient sur leurs traces.

Derrière les cartons, une porte sécurisée. Will sortit un badge de son portefeuille, le voyant devint vert et ils se précipitèrent, tirant derrière eux quelques boites afin de retarder au maximum la découverte de ce passage. Leurs premiers pas résonnèrent curieusement dans le noir. Activant la fonction lampe de poche de leurs téléphones, ils s'avancèrent avec autant de prudence silencieuse et de rapidité que possible, regardant autour d'eux. Ils se trouvaient dans un ancien laboratoire. Les lieux avaient été ravagés non seulement par le temps, mais aussi par ce qui pouvait s'apparenter à un incendie ou une explosion. Tout était recouvert d'une épaisse couche de suie et de poussière. Les araignées s'étaient taillé la part belle, reliant de leurs arabesques poisseuses les murs et le plafond. Le sol était parsemé de petits débris, accumulés au cours de ce qui semblait être des décennies d'abandon. Il craquait curieusement comme si des morceaux de verre y étaient mêlés. Faisant passer le faisceau de lumière de son téléphone autour de lui, Simon entraperçut sur les murs des formules étranges qui ressortaient à certains endroits plus épargnés. Un étourdissement curieux le prit et il dut faire un effort pour continuer à suivre Will qui progressait à pas prudents, tous deux retenant leur souffle.

Que faisait ce laboratoire apocalyptique dans les sous-sols d'un bâtiment si récent ? Pourquoi n'avait-il pas été détruit ou remis à neuf lors de la construction des locaux ultras luxueux de K.B. ? Au fond de la pièce principale, ils se précipitèrent sur la première porte : c'était un placard. La deuxième était fermée. D'un coup d'épaule, Simon fit sauter la serrure rouillée, et ils débouchèrent avec une exclamation de joie étouffée sur un escalier. Ils s'y engagèrent précautionneusement. Après quelques volées de marches qui les menèrent au niveau du sol, une paroi leur barra la route. Au son que rendaient leurs poings, elle semblait infranchissable. Simon saisit Will par l'épaule :

— Redescendons !

À l'entresol, il avait repéré une porte en métal, à fleur de mur. Ils l'ouvrirent sans peine, débouchant avec surprise sur des égouts. L'atmosphère y était irréelle. Des vapeurs étranges flottaient, l'écho amplifiait le bruit de leurs pas, un murmure sourd renforçait le sentiment d'étrangeté angoissante de l'endroit. Les murs suintaient d'humidité. Ils marchèrent quelques minutes avant de tomber sur une échelle en métal glissant qui menait à une plateforme. Une porte verrouillée ne leur résista pas longtemps et ils se retrouvèrent à l'air libre. Inquiets, ils restèrent un instant à inspecter les environs avant de se faufiler dehors. Le laboratoire se tenait, menaçant, à quelques dizaines de mètres, mais il demeurait muet. Ils se hâtèrent vers la route, prenant la direction de la station de RER tout en jetant fréquemment des regards vers l'arrière.

Simon se tourna vers Will :

— Appelle Marc.

Will fouilla ses poches :

— Mon téléphone est toujours au labo !

Simon lui tendit le sien, il mit le haut-parleur :

— Police nationale, restez en ligne…

Will raccrocha, blême. Fébrilement, il essaya d'appeler Vincent. Personne ne répondit, le numéro n'était plus attribué.

Ils se regardèrent, n'osant pas tenter un autre numéro...

Simon déglutit péniblement. Sans tout comprendre de ce qui se passait autour de lui, il avait réalisé le principal : quelqu'un voulait les résultats de son projet et ne reculerait devant rien pour l'obtenir.

La station était toute proche. Simon se tourna vers

Will d'un air dur et lui attrapa le bras en y enfonçant cruellement ses doigts.

— Maintenant tu vas me dire de quoi il s'agit !

Will le regarda, le regard noyé :

— Simon, je… Je me sens tellement mal, tellement coupable. Je suis prêt à te dire tout ce que je sais, même si ce n'est pas grand-chose.

Simon l'entraîna par le bras à l'abri derrière une pancarte, gardant un œil sur la route.

— Sois rapide, ils vont se rendre compte qu'on a disparu du bâtiment, même si on était en dehors du champ des caméras de surveillance normalement. Que sais-tu ?

Will expliqua qu'il avait été chargé de faire des rapports quotidiens sur Simon depuis qu'il avait été engagé. Cela avait même été le critère décisif de son recrutement. Il baissa les yeux :

— On m'avait dit que tu avais des problèmes… mentaux, que tu avais fait des séjours dans un hôpital psychiatrique, et qu'il fallait donc veiller à ce que tu gardes la tête sur les épaules. Tous les jours, je remplissais un questionnaire sur toi. J'avais des doutes, mais en même temps, tu avais parfois un comportement… euh… étrange. Quand tu es parti plus d'une semaine, j'avoue que j'ai vraiment cru que tu avais été interné. Tu étais tellement sur les nerfs en revenant, et puis il y avait le professeur Arès qui semblait être un peu plus qu'un simple chercheur et qui paraissait te tenir à l'œil constamment quand tu ne faisais pas attention, un peu comme un médecin regarde un patient.

Simon le coupa, mal à l'aise et impatient à la fois :

— Non, je n'étais pas interné ! À qui faisais-tu ton rapport ?

— Je le faisais en ligne. Quelqu'un des RH, que je n'ai pas revu ensuite, m'avait briefé. Tous les soirs j'étais censé le remplir avant minuit. Parfois il y avait des questions supplémentaires, liées à ce qui avait pu se passer en particulier dans la journée, ce qui fait que j'ai rapidement compris, qu'on était sous surveillance. Je ne sais pas à qui ça allait ensuite. Et puis il y a quelques jours, c'est Jason lui-même qui m'a convoqué. Il m'a dit qu'il fallait que je reste tout le temps avec toi parce qu'ils avaient vraiment peur de la manière dont tu allais réagir à la découverte, qu'ils sentaient proche. Et qu'ils allaient surveiller tout ça, avec une équipe médicale prête à intervenir. Il m'a expliqué qu'il y avait un très gros risque que la réalisation de ton projet déclenche quelque chose de destructeur chez toi, et qu'il était imprudent de le laisser entre tes mains… Ils comptaient te renvoyer dans un hôpital psychiatrique. Enfin t'envoyer... Ton psy, il les avait contactés pour leur dire de se méfier.

— Mon psy ? C'était une femme et elle est morte... Mais donc, c'est Jason qui serait derrière tout ça ! Tu en es sûr ?

— Je ne sais pas. Tu sais, je voulais t'en parler. Plus le temps passait, plus j'avais l'impression que quelque chose sonnait faux... Et puis j'ai réfléchi : si ton invention tombait entre de mauvaises mains, ces personnes se retrouveraient avec un pouvoir gigantesque... Hier, j'ai essayé de trouver un moment pour te prévenir. Mais on était sur écoute en permanence. Je ne voulais pas qu'ils s'en rendent compte. Je voulais attendre qu'on quitte le bureau ensemble pour te le dire.

Il baissa les yeux, le visage rouge :

— Et pourtant, je t'ai trahi jusqu'au bout. Juste avant que Lina... il n'osa finir. Ils m'ont envoyé un message me demandant de valider qu'on avait réussi, et j'ai dit oui.

Sa voix se brisa sur ces derniers mots.

— Alors que tu as entendu ce qu'ils ont dit... Il ne s'agissait pas de t'interner, il s'agissait de nous supprimer tous ! Je... j'ai peur. Qu'est-ce qu'on fait ?

— Nous… ?

— Mais, ils en ont après moi aussi ! Je veux t'aider, laisse-moi me rattraper, je t'en supplie !

— Écoute, pour l'instant, mieux vaut qu'on se sépare. J'ai des choses à régler de mon côté.

Mais Simon savait qu'il ne pouvait pas se permettre de refuser un soutien qu'il sentait sincère, et qui pourrait se révéler utile.

— Mais retrouvons-nous plus tard. As-tu un endroit sûr où tu pourrais aller en attendant ?

Wil prit quelques secondes pour réfléchir :

— Oui, j'ai une amie qui m'hébergera dans le 10ème.

— OK, très bien. On se retrouve à quinze heures devant le Jardin du Luxembourg, entrée nord. D'ici là, sois prudent et ne dis rien à personne, ni même à cette amie.

Will obtempéra et Simon le regarda partir, le dos voûté. Il resta un instant à le fixer, empli d'un mauvais pressentiment. Mais personne ne semblait faire attention à lui alors qu'il approchait des abords de la station, et il le vit disparaître sous terre.

Simon héla une voiture à logo qui passait et donna

l'adresse de l'hôpital à son chauffeur. Comme souvent, celui-ci était totalement accommodant sur le trajet, proposant des services semblables à ceux d'un taxi, mais avec un paiement possible en cash et l'opportunité de se déplacer en toute discrétion. À l'ère de l'hyper partage numérique, des voies détournées avaient évidemment été créées.

Il réfléchissait. Tout s'embrouillait dans sa tête. Il avait l'impression d'être au milieu d'un atroce cauchemar.

Qui pourrait l'aider ? Il listait mentalement ses collègues et connaissances, mais son cœur se serra. S'il ne pouvait plus compter sur son équipe, si Will lui-même avait passé des mois à le surveiller, en qui pouvait-il avoir confiance ? Repensant au discours qu'avait prononcé son assistant émerveillé devant la découverte qu'il venait de faire, il en réalisa d'un seul coup les implications considérables. Il avait été comme aveugle pendant ses recherches. Peut-être n'avait-il même pas vraiment cru qu'un jour il réussirait. Et voilà que d'énormes puissances allaient se mettre en branle, et il comprenait à quel point il pouvait attiser les convoitises. Une question le taraudait : comment avaient-ils pu savoir avec autant de certitudes que ses recherches allaient aboutir cette nuit même ? L'omniscience de Jason — si c'était bien lui le responsable — le glaça.

L'urgence du moment était de s'occuper d'Alice et de finaliser le traitement dans le laboratoire de David.

Il atteignait les environs de Paris et tapotait nerveusement la portière du taxi quand son téléphone vibra d'un appel entrant. Un numéro inconnu. Après avoir hésité, il décrocha :

— Simon c'est Will. Ils m'attendaient chez elle ! Ils m'attendaient !

— Comment ça ? Qui ?

— Des hommes en noir, genre commando. Heureusement j'avais tellement peur que je n'avais pas pris le chemin habituel, et je les ai vus près de la porte d'entrée ! Les rideaux bougeaient... il y en avait aussi à l'intérieur ! Mon Dieu, j'espère qu'ils n'ont pas fait de mal à Maud. Qu'est-ce que j'ai donc fait ? Qui sont ces gens ? Ah, si j'avais su ! Je suis vraiment...

Simon le coupa brusquement :

— Qu'as-tu fait juste après ?

Je me suis sauvé en courant, je crois qu'ils ne m'ont pas vu, je t'appelle d'un bar où on m'a prêté un téléphone.

Cette dernière constatation sembla être la goutte d'eau et il se mit à sangloter nerveusement.

Simon en eut la nausée. Il déglutit péniblement. La menace était bien pire qu'il ne l'avait soupçonnée.

— Écoute, trouve un endroit où ils ne penseraient pas à te chercher. On maintient notre rendez-vous de cet après-midi et s'il y a un empêchement, envoie-moi un Encrypto sur ma boîte mail. Il ne faut plus qu'on s'appelle, c'est trop risqué. D'ailleurs, as-tu eu le temps de bien les voir ? Tu as reconnu des gens du laboratoire ou pas ? Jason était là ?

Will répondit par la négative et le téléphone coupa. Plus de crédit ? Simon espérait que c'en était la raison.

Il se rejeta au fond de son siège, le visage entre les mains. Et puis il frissonna : s'ils savaient où Will habitait, ils devaient aussi connaître son appartement. Et l'hôpital… Il repensa aux derniers moments dans le labo, avant que tout bascule : il avait passé un coup de fil à David. Le téléphone de Will était resté là-bas. Entre le numéro affiché et les micros dont la pièce était apparemment truffée, ils ne pouvaient pas ignorer où il se rendait. Y aller, cela équivalait à se jeter dans la gueule du loup. Il était impossible qu'ils ne soient pas au courant, c'est là qu'ils viendraient le chercher. Il commença à échafauder des plans compliqués pour pouvoir s'introduire dans le laboratoire de l'hôpital et s'apprêtait à contacter David avec un Encrypto. Cette application qui permettait d'envoyer des messages codés d'Internet sans qu'on puisse en connaître la provenance. Mais avant même que la page soit chargée, son téléphone s'éteignit. Plus de batterie. Simon jura silencieusement. Sans complice, il n'était pas envisageable de réussir à se glisser inaperçu jusqu'au laboratoire… Sentant son cœur se serrer à l'approche d'une crise d'angoisse, il se força au calme, comptant ses inspirations et expirations. Il prolongea cet exercice jusqu'à atteindre une quiétude presque clinique. 1, 2, 3, 4 et 5. Son souffle coulait doucement. 1, 2, 3, 4 et 5. Ses poumons se remplissaient paisiblement.

Alors il repensa à cette femme qu'il avait rencontrée quand il commençait les recherches avec David. Il fouilla dans sa mémoire : Haze, Charlotte Haze ! Un léger fourmillement courut le long de ses doigts, avec le sentiment de reprendre le contrôle.

Simon demanda au chauffeur de l'arrêter à quelque distance de l'hôpital. Ce serait tout de même tellement plus simple s'il pouvait s'y rendre directement. Il sortit de la voiture, priant qu'on l'attende, et se risqua jusqu'au croisement lui permettant d'observer de loin les environs de la porte d'entrée. David était là, le téléphone à l'oreille, allant et venant devant l'entrée. Simon hésitait sur la conduite à adopter, scrutant les lieux pour voir si une menace pesait sur lui, quand l'arrivée d'un taxi qui ralentissait devant l'hôpital fit sursauter le médecin. Celui-ci abaissa précipitamment son bras tenant le téléphone. Simon remarqua au même moment une grosse berline stationnée sur la bande d'arrêt d'urgence. Une des portières s'entrouvrit, puis se referma doucement quand le taxi continua sa route. Simon se rejeta en arrière, le cœur battant. Il courut jusqu'à sa voiture et s'enfonça sur le siège, ordonnant au chauffeur de démarrer sans attendre. Il ne savait que penser de ce qu'il avait vu. Il était loin, mais…

Au bout de quelques minutes, il demanda à s'arrêter devant un multiplexe.

— Oui, ici, très bien, dit Simon, en se félicitant d'avoir gardé l'habitude de toujours avoir du cash sur lui.

Au moment de sortir de la voiture, il regarda son téléphone qu'il avait à la main. Quel imbécile il faisait : se promener avec un appareil dont une des fonctions clefs était la géolocalisation ! Il le glissa dans le pli de la banquette, l'enfonçant profondément, et claqua la portière.

Les multiplexes étaient la réunion dans un même endroit de tous les petits commerces de proximité qui n'arrivaient plus à survivre seuls face à la dématérialisation de tous les services. Classiquement, dans celui-là se trouvaient un serrurier, un cordonnier, un bureau de poste, des relais bancaires, des imprimantes, des ordinateurs, un distributeur de produits pharmaceutiques, de l'électronique de première utilité, etc. Ils se raréfiaient déjà, mais ils avaient l'avantage de fonctionner vingt-quatre heures sur vingt-quatre. À l'intérieur, quelques individus attendaient devant un distributeur.

Son tour arriva rapidement et il glissa un billet dans la machine pour acheter un peu de crédit Internet. Il alla ensuite s'asseoir devant un des trois ordinateurs situés dans une petite salle semi-close.

Sur l'écran usé, Simon entra le nom de la professeur. Professeur Haze… Ah la voilà ! Une page lui était consacrée sur le site de l'École Normale Supérieure et y était affiché son calendrier du semestre. Elle animait cette semaine un séminaire sur les mutations de l'ADN nucléaire, et assurait une permanence tous les matins de neuf à onze, sur rendez-vous. Parfait, je la trouverai là-bas, se dit Simon. Filons, je n'ai pas une minute à perdre.

Il hésita à consulter ses emails, mais craignit que cela le fasse repérer. Il éteignit l'ordinateur et passa un coup de revers de veste sur le clavier pour effacer toute trace de son passage. Il se doutait bien que c'était parfaitement inutile, mais à tout hasard… S'engouffrant dans le métro, il se dirigea vers la place

Monge. Le marché était déjà installé et il se glissa entre les étals sans lever la tête, dans la direction de la rue d'Ulm.

Il traversa la rue à pas rapides pour entrer dans les bâtiments. Il était tout juste huit heures, et les couloirs étaient vides et pleins d'échos. La porte du bureau du Professeur Haze était encore close. Nerveux, Simon se mit à faire les cent pas, mais le bruit l'effraya et il s'assit sur des marches à proximité, appuyant son épaule contre le mur, dans un mouvement instinctif pour se rendre moins visible. L'adrénaline montait, des bouffées de chaleur coloraient ses joues. Il essayait de comprendre. Depuis combien de temps était-il ainsi sous surveillance ? Qui d'autre que Will avait été chargé de l'espionner dans l'équipe ? David était-il lui aussi impliqué ? Ces impressions désagréables, ce sentiment d'être observé, cela venait-il tout simplement de ces derniers mois de travail ? Il ne parvenait plus à rationaliser ce qui lui arrivait. L'image du laboratoire saccagé qui leur avait permis de s'échapper lui revint : cet endroit était un cliché tellement représentatif de sa vie. Il frissonna en repensant aux étranges inscriptions qu'il avait aperçues là-bas, saisi à nouveau d'un pressentiment bizarre. Des bruits de pas commençaient à retentir le long des couloirs. Le cœur battant, il se réfugia dans les toilettes, laissant la porte entrouverte pour surveiller les arrivants. À chaque nouvelle silhouette, il craignait d'identifier les fameux hommes en noir. Il poussa un soupir de soulagement quand celle de Madame Haze se profila. Il se précipita vers elle :

— Madame, je ne sais pas si vous me reconnaissez, nous nous sommes rencontrés il y a plus d'un an. J'ai besoin de votre aide.

Elle lui jeta le regard un peu vide qu'on offre avec politesse à un individu qu'on ne situe pas. Simon se sentit soulagé : si elle l'avait reconnu, il aurait trouvé ça suspect. Bien sûr, elle pouvait feindre, mais il choisit de faire confiance à son intuition. Et puis, elle avait un visage trop mobile pour être capable de masquer totalement une émotion.

— J'étais venu vous voir pour une amie atteinte d'une maladie mitochondriale. Nous avions parlé de différentes solutions possibles. Je pense avoir trouvé le moyen de mettre en œuvre l'une d'entre elles, poursuivit-il.

Un peu prise de court, mais intéressée par cette introduction, elle lui fit un signe de la main :

— Entrons dans mon bureau, vous allez me raconter tout ça.

Chapitre 23

Quand Simon se tut enfin, Madame Haze resta un long moment silencieuse, le regard perdu dans le vide. Sans rentrer dans les détails ni s'appesantir sur les risques que son invention lui faisait courir, il lui en avait dépeint les grandes lignes. Puis elle le dévisagea avec incrédulité :

— Vous dites que vous avez réussi à trouver comment produire suffisamment d'énergie pour effectuer le traitement !

Elle ne s'était pas attendue à une histoire aussi délirante en se levant ce matin-là. Elle aurait pu croire à une farce s'il n'y avait eu la nervosité de Simon, les documents étalés sur son bureau, et cette tablette dans son poing qu'il avait entrouvert avec effort tant il s'y cramponnait. Cela pouvait-il donc être vrai ? Il y a plusieurs décennies, une rumeur avait couru comme quoi des chercheurs avaient réussi à percer ces mêmes mystères, mais la légende s'était essoufflée : jamais la moindre publication scientifique n'était venue étayer cette thèse. C'était resté une de ces idées nées on ne sait comment, comme le mythe qu'on peut voir la Muraille de Chine depuis l'espace.

Se secouant, elle lui fit signe :

— Partons d'ici, allons chez moi, nous y serons plus tranquilles, et probablement plus en sécurité. Et puis nous allons avoir besoin de mon laboratoire de toute manière.

Elle passa voir sa secrétaire, lui disant de reporter son rendez-vous de dix heures.

Ils se mirent en route. Pendant le trajet, la professeur garda le silence. Simon lui jetait parfois des regards à la dérobée, mais sa vision se brouillait sous le coup de la fatigue. Ils arrivèrent sur les bords du canal Saint-Martin. À sa grande surprise, il se retrouva quelques minutes plus tard sur une péniche arrimée au quai.

C'était un vieux bateau en bois sombre. Le pont était encombré d'une véritable forêt de diverses plantes en pots. Madame Haze ouvrit la porte et descendit les quelques marches qui menaient à une salle tout en longueur de bois verni. Peu de meubles. Une banquette accoudée à l'une des cloisons et marquée par les ronds de lumière des hublots, l'autre mur intégralement recouvert par une bibliothèque débordante de livres. Le milieu de la pièce était occupé par une grande table jonchée d'instruments divers. Des tapis s'étalaient sur le sol, ouatant l'atmosphère. Au fond, une porte entrouverte donnait sur une petite cuisine qui luisait sous le frais soleil du matin. Seule pointe de modernité : un énorme déshumidificateur qui ronronnait paisiblement.

Elle regarda Simon en souriant :

— C'est inattendu, je sais. Mais c'est un rêve d'enfant que j'ai pu réaliser il y a quelques années déjà. J'y suis bien, j'ai appris à mener les expériences les plus minutieuses sans me préoccuper du roulis. Ne vous inquiétez pas, d'ici quelques minutes vous ne vous en rendrez même plus compte. Asseyez-vous un instant, le temps de vous accoutumer.

Son visage était calme, mais son regard le fixait, plein d'espoir devant la possibilité que sa vie de recherche lui apporte ce résultat qu'elle n'attendait plus.

Simon sortit sa tablette et la connecta précautionneusement à l'ordinateur posé sur le bureau. Après avoir rallumé le serveur, il ouvrit sur le terminal le programme contenant le code source bas-niveau de la machine, les paramètres, et les résultats de toutes les expérimentations menées jusqu'à présent.

— Voici les derniers tests, avec l'indicateur de la puissance électrique que nous avons pu produire, dit-il, en montrant de son doigt l'écran qui défilait rapidement.

Il reprit plus lentement son exposé, détaillant certaines formules, s'animant peu à peu, expliquant les dernières expériences réalisées par David et la thérapie qu'il semblait en mesure de proposer. La professeur Haze enchaînait les questions, fascinée par le procédé de l'énergie sombre. Ses sourcils restaient froncés malgré tout : être capable d'accepter cette révolution scientifique ne pouvait pas se faire en quelques minutes.

En retournant sur l'écran d'accueil, la photo d'Alice apparut. La chercheuse se figea en la regardant, son attitude tout entière était une question.

— Oui, c'est elle.

— De quand date cette photo ?

— 3 ou 4 ans. C'était avant que la maladie ne se déclare. Pourquoi ?

— Je... non, c'est curieux. Un moment, je l'ai prise pour quelqu'un d'autre, mais c'est impossible.

Secouant la tête comme pour se débarrasser d'une pensée inopportune, elle lui fit signe de continuer, rapidement happée à nouveau par les étapes de son raisonnement.

Une fois qu'il eut fini ses explications, Simon eut comme un étourdissement et se rattrapa à la table pour ne pas tomber. Haze le soutint par le bras :

— Allez vous allonger un peu. Vous m'avez donné suffisamment matière à réfléchir, j'ai quelques pistes à explorer.

Simon s'endormit presque instantanément sur le grand sofa, vaincu par la fatigue.

Il se réveilla quelques heures plus tard. Embrumé, ne sachant plus où il était, il regarda autour de lui. La professeur était en train de travailler, tellement concentrée qu'elle fit à peine attention à lui.

Il se dirigea vers la cuisine et se prépara un café noir comme de l'encre qu'il commença à boire sans attendre, se brûlant légèrement le palais. L'amertume le réveilla en coup de fouet.

Son cerveau se remit en marche aussi, et les questions se bousculèrent à nouveau dans son crâne. « Comment allait-il s'en sortir ? Comment sauver Alice ? Pouvait-il faire confiance à Will, qui l'avait trahi pendant ces longs mois ? »

Bizarrement, le garçon lui avait semblé finalement honnête. Il croyait à son histoire et à ses explications. Et puis c'était un peu plus qu'une question d'intuition ; étant lui aussi une cible, il semblait logique que Will veuille s'impliquer. De toutes façons, il n'avait pas le choix, il avait besoin d'un allié pour l'aider à sauver Alice, tout seul il ne pouvait pas y arriver.

Il espérait qu'il avait réussi à rester en sécurité. Il regarda sa montre. Si Will avait eu un empêchement et qu'il était toujours libre de ses mouvements, il lui aurait envoyé un message.

Avisant une tablette qui traînait sur le comptoir, il en profita pour se connecter à sa boîte email en veillant bien à utiliser un proxy puissant pour empêcher d'être éventuellement localisé. Au bout de quelques dizaines de secondes, il était sur sa messagerie. Aucun email de Will mais surprise, un de son père. Étonné, il ouvrit le message vocal. Sa voix était si nerveuse qu'il crut un instant entendre quelqu'un d'autre :

— Simon, il faut qu'on se voie. J'ai essayé de t'appeler toute la matinée. On ne peut pas se parler au téléphone, pas la peine de me rappeler. Il y a des choses importantes que tu dois savoir. Des gens qui nous surveillent, nous et tous ceux de ton entreprise.

Ils sont très puissants et ils sont partout. Retrouve-moi demain à l'endroit qu'on avait visité ensemble pour tes vingt-sept ans, à onze heures du matin.

Un clic : le message n'en disait pas plus. Simon l'écouta une seconde fois. Quelle était cette histoire ? Que voulait donc lui dire son père ? Cela pouvait-il être lié aux événements du jour ? La coïncidence était trop grande.

Une exclamation étouffée venant de la pièce à côté changea le cours de ses pensées.

Il retourna dans la salle principale, sa tasse à la main.

La chercheuse était comme en transe, tournant autour de la table en un ballet fou.

Levant à peine la tête, elle évoqua avec Simon toutes les avancées scientifiques que cette découverte lui permettait déjà d'envisager, et notamment une solution pour provoquer un choc salvateur sur des cellules malades. Elle avait eu le temps de faire quelques calculs et le résultat était prodigieux.

— Simon, c'est extraordinaire, c'est absolument extraordinaire ! Grâce à votre invention, on est capable de recréer correctement l'enzyme responsable de la synthèse de l'ATP avec cette électrolyse qui jusqu'alors était impossible. Vous n'imaginez même pas toutes les possibilités que cela ouvre. Pendant que vous dormiez, j'ai étudié l'ensemble des tests qu'il y avait sur la tablette. Votre machine permet de produire encore plus d'énergie que nous n'en avions besoin, c'est prodigieux. Rien qu'au niveau chimique, ça va être miraculeux. Encore mieux que ce que vous imaginiez. Être capable d'influer sur les cellules va permettre de guérir un nombre incroyable de maladies, et même de lutter contre le vieillissement des cellules. De quoi rendre vraie la légende de la fontaine de Jouvence. Et tout cela sans manipulation génétique : c'est le corps qui se régénérera par lui-même.

— Et concrètement, comment faire ? demanda Simon.

— Il va falloir mettre en place ce traitement. Il peut être réalisé en quelques jours, car nous avons déjà tout ce qu'il faut. Il faudra ensuite injecter le traitement à intervalles réguliers. Mais en quelque mois, votre amie pourrait être complètement guérie.

Simon s'installa aux côtés du professeur pour étudier plus en détail le procédé qu'elle proposait.

Ils firent diverses simulations grâce à un programme informatique, les tests aboutissaient invariablement à un résultat positif. Pendant que Simon, exalté, regardait les résultats défiler devant ses yeux, la chercheuse affermit sa voix en lui tendant un morceau de papier où elle avait noté une adresse et un numéro de téléphone :

— Il s'agit d'un laboratoire avec lequel je travaille : pensez-vous qu'il serait possible d'y emmener cette jeune femme ? Appelez-les de ma part, ils ont tous les équipements dont vous aurez besoin pour son traitement. Je dois vous avouer qu'il va falloir faire attention en le lui administrant. Nous ne savons pas exactement comment elle réagira, il faudrait pouvoir faire des tests sur des cobayes avant de se lancer sur une personne vivante…

— Nous n'avons malheureusement pas le temps d'attendre si nous voulons pouvoir encore la considérer comme une « personne vivante ». Je serai à ses côtés, ne vous inquiétez pas. D'ailleurs, vous devriez venir avec moi si vous le pouvez ! Vous semblez aussi passionnée que moi par l'issue de ce projet.

— J'aimerais vraiment, mais il m'est impossible de me libérer comme cela, tout de suite. Et puis il vaut mieux ne pas trop attirer l'attention sur cette expérience. Tout traitement sur un être humain doit être validé avant d'être autorisé, ça peut prendre des mois, des années. Là-bas, c'est une sorte de zone… grise. On a une marge de manœuvre plus grande, moins de contrôles, je pense que c'est le seul endroit où vous aurez la possibilité de la traiter ainsi sans délai.

Simon regarda l'adresse : c'était dans l'ancien « Polygone scientifique », un quartier au nord de Grenoble, connu autrefois pour ses centres de recherche scientifique. Simon leva un sourcil :

— Je croyais qu'ils avaient remodelé ce quartier il y a longtemps déjà pour en faire une zone résidentielle et une université.

Madame Haze eut un fin sourire :

— Certains déménagent, d'autres se contentent de changer leur façade…

Des cris se firent entendre au loin, un homme qui hurlait sur une autre péniche, appelant au secours. Ces cris étaient si déchirants que Simon et le professeur se précipitèrent d'un seul mouvement vers la porte pour voir ce qui se passait. Des hommes armés. Un bruit de corps qui tombait à l'eau. Ils se regardèrent.

— Filez Simon, vous avez tout ce dont vous avez besoin. Ne vous en faites pas pour moi, je vais me cacher, et ce n'est pas moi qui les intéresse…

Simon retourna fébrilement à l'intérieur, s'emparant une nouvelle fois de la tablette et des documents épars, et traversa la cuisine en courant, s'éloignant du danger en passant d'une péniche à l'autre, jusqu'à ce que la jetée fasse un coude et qu'il saute sur le quai.

Pendant qu'il prenait la fuite, les hommes arrivèrent sur la péniche qui était l'objet de leurs recherches. La lutte fut de courte durée contre la vieille femme qui tenta de se protéger en vain. Un couteau profondément planté dans le ventre, elle s'écroula sur le pont, se vidant rapidement de son sang.

Simon entendit le bruit des motos qui le prenaient en chasse, se rapprochant à grands coups de klaxons pour éloigner les passants qui déambulaient tranquillement. Heureusement, il atteignit une passerelle en fer qui surplombait le canal, et il en grimpa les marches à toute allure, laissant ses poursuivants incapables de le suivre sans abandonner leurs engins.

Après avoir couru un moment, il put se persuader qu'il avait une nouvelle fois réussi à les semer. Mais pour combien de temps... ? Son taux d'adrénaline était au plus haut. A sa peur se mêlait un sentiment de toute-puissance. Après toutes ces années à combattre ses propres démons, il se retrouvait cette fois face à un ennemi extérieur et bien identifié.

Il gardait l'impression d'être suivi, observé, mais il savait que ce n'était pas le simple fruit de son imagination. Il fit de multiples détours, se rappelant ses anciennes techniques pour semer la police. Il était 14h45, il se dirigea d'un pas rapide vers le jardin du Luxembourg afin d'y retrouver Will.

Avec méfiance, il commença par monter dans un bus et passa devant le lieu du rendez-vous, profitant d'un feu rouge pour étudier avec attention les alentours et débusquer d'éventuelles menaces.

Simon essayait de faire le lien entre tous les événements des dernières heures. La peur, le stress, l'incompréhension se mélangeaient dans sa tête, faisant battre la chamade à son cœur.

Il regarda de nouveau autour de lui. Mais son intuition lui soufflait qu'il était brièvement en sécurité. Il aperçut Will qui l'attendait déjà, appuyé contre un lampadaire, essayant sans y parvenir de paraître désinvolte, le col de son pardessus remonté haut sur le visage.

Il sortit du bus devant la rue Auguste Comte et rebroussa chemin pour retrouver son jeune assistant.

Celui-ci sursauta quand il lui posa la main sur l'épaule, mais le soulagement s'étala sur son visage quand il le reconnut.

— Content que tu sois là, Will. Je vais vraiment avoir

besoin de toi.

— On fait quoi maintenant ? lui répondit celui-ci en tentant d'affermir sa voix.

— On file à l'hôpital Saint Joseph !

Chapitre 24

Par chance, Will était venu en scooter électrique. Simon ne pouvait repasser par chez lui : il y aurait au moins une personne en faction dans les environs. Il raconta brièvement à son assistant ce qui s'était passé depuis qu'ils s'étaient séparés le matin même, et finit en lui parlant d'Alice. Il passa sous silence la mort probable de Madame Haze, sentant le jeune homme déjà suffisamment bousculé par les récents événements. Mais il ne lui cacha rien du danger qui les attendait.

— Que je sois avec ou sans toi, j'ai l'impression que ma vie sera menacée, donc autant que je t'aide si je le peux.

— Malheureusement, je pense que tu seras d'autant plus une cible en restant avec moi. Mais j'ai besoin de ton aide.

Il leur fallait maintenant trouver un moyen de sortir Alice de l'hôpital et la conduire jusqu'au laboratoire de Grenoble.

Il se raidit sur la selle en pensant à tous les morts qu'il avait déjà semés sur sa route. Pourvu qu'ils n'arrivent pas trop tard. Que tous ces sacrifices mènent enfin à quelque chose de bien.

Il serra à travers sa veste la poche contenant la tablette et la précieuse adresse, l'esprit occupé. « La thérapie censée relancer le système énergétique d'Alice serait-elle efficace ? Arriverait-il à temps ? Et si cela fonctionnait, les conséquences sur son organisme seraient-elles toutes positives ? »

Simon fit signe à Will de s'arrêter à quelques rues de l'hôpital pour ne pas se faire remarquer. Ils garèrent le deux-roues et prirent la direction de l'établissement.

Il faisait chaud. Privés de l'air procuré par le scooter, ils sentaient leurs corps perler de sueur. La pression montait. Ils prenaient conscience du danger, si proches d'un endroit qui ne pouvait qu'être surveillé, et ce par des hommes qui voulaient apparemment leur mort.

Malgré sa sieste de la matinée, Simon était exténué par ces derniers jours de travail acharné et encore sous le choc des révélations qui venaient de lui tomber dessus. Pourtant, sa détermination était à son paroxysme. Il avait pour l'instant du mal à appréhender tout ce qui était en train de lui arriver et repoussait le moment de le faire. Sa seule obsession était de sauver Alice.

Ils s'approchèrent prudemment afin d'être à proximité de l'hôpital tout en veillant à demeurer invisibles, et restèrent postés de longues minutes à observer les environs. Chaque piéton immobile plus de quelques secondes, chaque voiture à l'arrêt, ils passèrent tout au crible. La Berline de ce matin n'était plus en vue, mais ils remarquèrent deux hommes dans une C5 noire. En l'apercevant, Simon se sentit soulagé. Alice servait d'appât et donc était toujours en vie. Les hautes baies vitrées de l'hôpital scintillaient comme un mirage, inaccessible. La voiture s'y reflétait également, avec ses passagers inquiétants qui ne relâchaient pas leur attention.

Il fallait trouver un moyen pour les neutraliser et mettre Alice à l'abri, hors de portée. Près de lui, Will faisait une tête bizarre. Simon lui jeta un regard inquisiteur :

— Que se passe-t-il ?

—Je… cette femme, enfin ton amie… elle est vraiment là ?

— Pourquoi ? lui demanda Simon interloqué.

— Tu as parlé d'elle une seule fois depuis qu'on travaille ensemble, et j'ai reçu une note, me disant qu'il s'agissait de quelqu'un qui était mort et dont tu n'arrivais pas à faire le deuil.

— Si elle n'existait que dans ma tête, l'hôpital ne serait pas surveillé, finit par répondre Simon.

— Euh oui bien sûr. OK, trouvons un moyen d'entrer, ajouta rapidement Will. Pour lui, il n'était pas contradictoire qu'elle soit morte, mais que leurs poursuivants sachent que Simon viendrait ici... Il balaya cette idée et reporta son attention sur le bâtiment.

Ils restèrent un long moment à échanger à voix basse pour évaluer les différentes possibilités qui s'offraient à eux. Comment entrer sans se faire remarquer ? Ils en arrivèrent à la conclusion que leur plus grande chance résidait dans l'éventualité que les hommes en faction n'aient pas eu la description de Will. Pour en avoir le cœur net, celui-ci se proposa de traverser la rue afin de vérifier si les gardes auraient une réaction particulière à sa vue. Les jambes un peu tremblantes, il s'avança sur le trottoir, les yeux rivés sur un écran imaginaire. De sa cachette, Simon observait la scène : l'un des hommes jeta un coup d'œil en direction de Will, mais se détourna ensuite sans réagir. C'était déjà ça...

— Il y a ces hommes devant, mais il y en a peut-être d'autres près de la chambre d'Alice. Je pense qu'il faudrait créer un gros bordel dans l'hôpital... Tu pourrais alors entrer sans attirer l'attention et en profiter pour faire sortir Alice sur un brancard. À moi de trouver un moyen de transport pour qu'on l'emmène.

— Oui, mais... Je ne suis pas sûr qu'on me laisse partir de l'hôpital avec une malade...

Le regard de Simon s'arrêta sur une voiture des pompes funèbres, stationnée à proximité. Un peu plus loin se trouvait un magasin de quartier de vêtements pour hommes. Simon donna l'argent qu'il avait sur lui à Will.

— Vas-y et achète un costume noir. Je vais garer la camionnette derrière, puis j'irai mettre un peu d'animation. Pendant ce temps, file à la chambre 203 et dès que tu entendras l'alarme, mets Alice sur un brancard, cache-là sous un drap, et amène-la derrière.

Il ajouta :

— Avant, tu passeras voir l'infirmière de garde et tu lui remettras ce message, elle s'appelle Claire.

Après avoir griffonné un mot sur un morceau de

papier, Simon ouvrit le véhicule sans difficulté. Il n'avait pas perdu son doigté. Puis, enfonçant profondément sur son crâne un chapeau noir posé sur le siège côté passager, il fit le tour du pâté de maisons pour se garer près de la sortie du parking, à l'arrière de l'hôpital. Personne ne semblait être en vue. Il se coula hors du véhicule et se dirigea vers l'entrepôt attenant, où étaient notamment stockées les bonbonnes d'oxygène. Il connaissait cette petite annexe, y ayant accompagné un jour le médecin-chef qui voulait lui montrer de nouveaux flacons en provenance d'Allemagne, contenant un traitement expérimental pour Alice. « Encore une chose qui n'avait pas fonctionné… », se dit-il.

Heureusement pour lui, les lieux étaient déserts. Il brisa un carreau, ouvrit la fenêtre et se glissa dans l'entrepôt.

Une première alarme se mit automatiquement en route. Sans se laisser effrayer par le bruit, Simon se dirigea sans hésitation vers l'armoire métallique sur laquelle étaient peints un signe de danger et le sigle de l'oxygène. Il piocha dans les produits chimiques qui s'y trouvaient, les mélangea d'une main sûre, y trempa un chiffon hâtivement déchiré en lanières grossières, et y mit le feu. Cela lui avait pris moins de deux minutes.

Sans s'attarder une seconde, il s'élança vers la fenêtre

qu'il franchit d'un bond. Il sentit plus qu'il ne vit la longue flamme fuser, violente et soudaine. Puis une première explosion retentit. Il se hâta de s'éloigner du trottoir et remonta dans le corbillard. D'autres déflagrations de plus en plus violentes retentissaient, au fur et à mesure que toutes les bonbonnes et les divers produits contenus dans la pièce s'enflammaient à leur tour ou explosaient sous l'effet de la chaleur.

Les premiers cris résonnèrent dans l'hôpital et les environs. Une fumée s'élevait déjà haut dans le ciel. L'alarme de l'entrepôt n'avait pas résisté longtemps. Elle s'était tue, mais d'autres avaient pris le relais.

Comme une traînée de poudre, la panique se répandait au rez-de-chaussée, aux premières loges de l'accident.

Will, revêtu d'un costume noir un peu court, eut tout juste le temps de sortir du magasin et de se précipiter vers l'hôpital quand le premier mouvement de foule se fit sentir. Il monta les escaliers jusqu'au deuxième étage et s'empara d'un brancard rangé le long d'un mur. Demandant son chemin à une infirmière qui passait en courant, celle-ci lui indiqua d'un geste de la main le poste où se trouvait Claire, l'infirmière de garde. Il lui tendit le papier griffonné par Simon : « Claire. Faites confiance à ce garçon. Alice est en danger, vous aviez raison. Endormez-la et laissez-le l'emmener. Simon. »

Claire regarda Will pendant un bref instant, de ses prunelles d'un bleu gris assombris. Son visage pur n'indiquait le passage du temps que par de très légères rides au coin des yeux, dans la finesse d'une peau pâle. Elle n'avait rien dit, avait juste souri d'une manière qui avait instantanément redonné confiance à Will, et sur une inclinaison de tête qui semblait dire « Restez là, je m'en occupe », elle s'était éloignée d'un pas lisse.

L'explosion finale faisait encore vibrer les murs de l'hôpital quand Will la vit revenir poussant le brancard sur lequel reposait une jeune fille au visage d'ivoire.

— Bon courage !

L'infirmière jeta un dernier regard à cette malade qu'elle avait tant couvée.

— Que Dieu vous protège.

Puis elle s'éloigna rapidement, rejoignant la cohorte des patients et du personnel qui courraient dans tous les sens, tâchant d'y mettre de l'ordre.

Will considéra Alice dont le corps amaigri soulevait si peu le drap qui la couvrait. Ses cheveux semblaient être le dernier endroit où sa vie s'était réfugiée, ils s'étalaient avec un éclat presque indécent sur l'oreiller. Son souffle était imperceptible, ses yeux cernés d'une ombre violette. Elle existait donc vraiment...

Elle dormait déjà. D'un geste rapide, il rabattit le drap sur son visage et se mit à la pousser à travers les couloirs, évitant la foule qui se lançait avec effroi dans toutes les directions, marchant à contresens.

Les ascenseurs avaient été pris d'assaut, et certains étaient déjà hors d'usage. Voulant échapper à la cohue, il se dirigea vers l'escalier de service. Il croisa un homme en qui il crut reconnaître un des guetteurs. Même si une fois encore il passa inaperçu, il ne put s'empêcher de crisper ses mains sur le bord du brancard. Arrivé devant l'escalier, sans perdre une minute, il prit maladroitement Alice dans ses bras, toujours enveloppée de son drap. Comme il l'avait espéré, elle ne pesait vraiment pas lourd. Du pied, il poussa le brancard qui descendit les escaliers dans un vacarme stressant. Progressant à pas lourds et n'osant regarder derrière lui, il parvint ainsi jusqu'au niveau du parking. Alice n'avait pas esquissé un murmure. Le front en sueur, il la reposa le plus délicatement possible sur le brancard, réarrangeant le drap sur elle pour qu'il la couvre à nouveau comme un linceul.

Un appel de phare le fit se retourner : le corbillard était à quelques mètres, moteur en marche, tourné vers la sortie. Simon bondit de la voiture et courut vers eux, l'aidant à pousser le brancard jusqu'à l'ombre protectrice du véhicule. Il releva le drap et eut un soupir de soulagement en constatant qu'Alice était toujours en vie. Il lui caressa le front d'une main tendre. Se tournant vers Will, il serra les dents :

— Emmène-la maintenant. Et vite !

Will le regarda d'un air éperdu :

— Tu ne viens pas avec nous ?

— Non, j'ai malheureusement un rendez-vous que je ne peux pas louper demain. Un rendez-vous qui pourrait expliquer beaucoup de choses... Mais je vous rejoins ensuite au plus vite ! Tu pourras commencer à programmer la machine, je serai là pour les derniers réglages.

Ouvrant le coffre arrière du corbillard, il tira à lui le cercueil générique qui s'y trouvait. Il allongea Alice à l'intérieur, vérifia que le couvercle ne fermait pas de manière totalement hermétique, et le laissa doucement retomber sur son visage pâli.

— Dès que tu peux, tu la sors, dit Simon, mal à l'aise.

Il enchaîna :

— Va jusqu'à Grenoble, à cette adresse. C'est un laboratoire qui sera en mesure de nous aider à la soigner, sans danger.

Il lui tendit le morceau de papier que le professeur lui avait donné. Il n'y a pas de raison qu'on puisse savoir où tu te diriges, mais sois prudent. Et rapide.

— Tu peux compter sur moi. Il faut que je parte vite, j'ai peur que les hommes en noir nous retrouvent. Je pense en avoir vu un dans les couloirs, tout à l'heure, qui cherchait Alice. Quand je serai arrivé, comment fait-on pour se contacter ? Je rachète un téléphone portable et je te fais passer le numéro par mail ?

— Non, pas besoin. Et trop dangereux. Je serai là dans vingt-quatre heures au plus tard.

Will s'installa au volant et démarra avec nervosité. Simon lui adressa discrètement un signe, pouce levé. Il ne fallait surtout pas qu'il attire l'attention. Il suivit la voiture jusqu'à la sortie et, tout en restant caché dans l'ombre, observa leur départ.

Comme il le pensait, des hommes étaient postés dans la rue et inspectaient les gens qui sortaient de l'hôpital et les voitures qui passaient. Will sembla dans un premier temps échapper à toute suspicion. Mais un homme de la clinique, portant un brassard de sécurité, leva le bras pour faire signe au corbillard de s'arrêter. Simon se sentit blêmir. Lui aussi était-il dans le coup ? Ou n'était-ce qu'une coïncidence ? Il ne croyait plus aux coïncidences…

L'homme contourna la voiture et s'approcha du coffre. Il entrouvrit le cercueil : la vue du drap blanc recouvrant un corps immobile le fit sursauter légèrement et il se recula en se signant machinalement. Will put repartir. Simon le vit tourner à l'angle du pâté de maisons, conduisant avec prudence.

De son côté, Simon refit le tour de l'hôpital et s'enfuit rapidement. De plus en plus éloigné, lui parvenait le bruit des sirènes de la police et des pompiers qui remplissait l'espace sonore du quartier.

L'adrénaline redescendait peu à peu, le laissant seul avec des questions qui tourbillonnaient dans son crâne. Il avait repris le scooter de Will et filait vers le sud. Une fois qu'il se sentit suffisamment loin, il se gara devant le premier bistrot sans prétention venu. Il réalisait qu'il mourait de faim.

Évitant la terrasse en plein soleil, il s'engouffra à l'intérieur et s'assit à une des petites tables du fond. Les serveurs débarrassaient nonchalamment les tables, posant ensuite à chaque place d'un geste précis des sets en papier brun. Les lumières avaient été éteintes et une fraîche pénombre régnait. Il faisait beau, mais l'air était plus vif que la veille, le vent s'engouffrait par les portes largement ouvertes.

Simon s'enfonça dans la banquette. Machinalement, il porta la main à la tablette afin de vérifier sa présence. Rassuré, il commanda rapidement de quoi se restaurer.

Une fois rassasié et abreuvé de café, il se sentit redevenu lui-même. La situation commençait à se présenter à lui sous la forme d'un puzzle dont chaque pièce devait être examinée pour qu'il comprenne vraiment les événements fous de ces dernières heures. Il pensa à Will et Alice en route vers ce laboratoire dont il ne connaissait pas l'existence quelques heures auparavant, et qu'il ne savait même pas comment joindre maintenant que Madame Haze n'était plus là pour faire le relais. Il s'interdit de penser à elle, et se concentra sur Alice. Il avait peur pour elle, mais elle était normalement toujours en vie. Un léger frisson le parcourut : comment pourrait-il savoir s'ils étaient bien arrivés ? Si le traitement était possible et s'ils avaient pu faire les premières configurations de la machine ? Pendant un moment, il se fustigea de n'avoir pas pensé à trouver un moyen pour que Will puisse le contacter et le rassurer. Mais il était probablement préférable qu'ils soient seuls, sans lui, pour ne pas hériter de son statut de cible. Il avait hésité à leur confier la tablette. Un sentiment de méfiance l'avait arrêté, dans lequel plusieurs craintes se mêlaient. Que ce soient les savants de Grenoble, ou même Will : il ne comptait plus sur personne et il préférait garder avec lui cet objet si convoité qui pourrait, en cas extrême, lui servir de monnaie d'échange si Alice tombait entre de mauvaises mains.

Sur cette pensée, réfrénant son envie de partir tout de suite à Grenoble, il décida de poursuivre sans tarder son analyse du puzzle. Se levant, il régla sa note et fila vers les environs de la Sorbonne : il avait à nouveau besoin d'un accès à Internet pour mener quelques recherches. Il devait essayer de comprendre.

Il commença par lister ses questions.

— Jason était-il vraiment impliqué ?

— Quels étaient ces gens puissants qui en avaient après lui ?

— Comment son père se trouvait-il mêlé à tout ça ?

— Comment avait-il été pisté jusqu'à la péniche ?

Mais chaque interrogation en amenait d'autres.

La réponse à la dernière question semblait la plus simple, mais il ne comprenait pas, il n'avait plus de téléphone, donc comment avaient-ils pu le géolocaliser ? Il vérifia nerveusement le contenu de ses poches : il n'avait plus rien d'électronique sur lui maintenant. Mise à part sa tablette, qui était intraçable. Il se félicita encore d'avoir eu l'idée d'enregistrer toutes les informations sur son propre appareil, qui ne pouvait le trahir.

Cela le renvoyait à la question de la surveillance établie de manière si systématique sur lui... Qui était derrière tout ça ? Comment expliquer surtout l'attaque minutieusement orchestrée à l'instant même où il faisait sa découverte ? Comment avaient-ils pu savoir aussi précisément le moment où il deviendrait « inutile », et être prêts à intervenir ?

Il repensa aux derniers mots de Lina : elle s'était étonnée de la présence de ceux qui l'avaient tuée, mais n'avait pas posé de question sur leur identité. Donc cela voulait dire qu'elle les connaissait, ou qu'ils présentaient au moins le profil des employés de K.B.. Cela accréditait la thèse selon laquelle Jason serait impliqué, ou que quelqu'un de l'intérieur soit mêlé à cette histoire et ait pu mettre en place la surveillance humaine et électronique de ses travaux.

Mais si Jason était compromis, quel était son rôle ? Il avait beau avoir un poste à responsabilités, il ne pouvait pas avoir agi seul, ça ne collait pas. Et pourquoi avait-il œuvré à faire stopper son projet précédemment ? Peut-être travaillait-il alors pour le compte de ces gens que son père avait évoqués ? Mais ceux-ci, d'après le bref message de son père, les visaient lui et K.B.. Donc l'idée serait-elle que ce projet ne voie jamais le jour ? Si c'était le cas, pourquoi ne pas l'avoir supprimé plus tôt ? Il était si facile de faire disparaître quelqu'un, de manière plus ou moins accidentelle.

Avec un frisson, il se souvint que même la FIMAC était impliquée, prête à intervenir avant même que l'attaque contre lui ait été lancée… Pour établir une fausse scène de crime ?

À envisager toutes ces possibilités et les ramifications d'idées où elles l'entraînaient, la tête lui tournait...

Ouvrant une page Internet, il scruta les différents dossiers consacrés au laboratoire K.B. et aux personnes qui y travaillaient, à la recherche de toutes les informations susceptibles de l'éclairer. Les articles étaient nombreux, mais Simon s'attacha à lire chacun d'entre eux. Il avait si peu de pistes. Les investigations sur Jason ne donnèrent rien, malgré ses espoirs.

Il repensa à l'attentat dont le laboratoire avait été la cible quelques jours auparavant. Cela pouvait-il lui fournir un indice ? Il précisa ses mots clefs, espérant que quelque chose avait filtré.

Comme il le craignait, aucune mention n'en avait été faite dans la presse, mais un vieil article troubla Simon. Écrit par un journaliste local du Val de Marne parisien, il mettait en relation un vol ayant eu lieu dans les laboratoires bien avant qu'il n'y commence son boulot avec un incident survenu quelque quarante années auparavant… «*Nous nous souvenons tous de l'explosion qui a eu lieu en 2001 dans le tout nouveau centre, ravageant une partie du bâtiment droit. Des témoins affirmaient avoir vu des corps et entendu des coups de feu, mais le laboratoire avait démenti toute victime mortelle et n'avait évoqué que des blessés légers et des pertes matérielles. Personne n'avait revendiqué cet accident. L'enquête avait conclu à une expérience ayant mal tournée et on avait classé l'affaire.* »

Cet étrange laboratoire, providentiel lors de sa fuite, abritait donc probablement les vestiges de cette ancienne explosion. Un sentiment de malaise le prit en repensant à cet endroit, et il ferma la page.

Il poursuivit sa lecture pendant un moment, mais ses questions le menaient d'impasse en impasse. Le soir tomba sans qu'il y prît garde. Quelqu'un en passant heurta sa chaise, il regarda l'heure et décida de s'arrêter là. Il s'étira en faisant craquer son dos.

Il ne savait pas où aller, il fallait pourtant qu'il trouve un endroit où passer la nuit. Il lui restait encore un peu d'argent, mais pas suffisamment pour un hôtel. On lui aurait demandé de toute façon une pièce d'identité et il ne voulait pas prendre ce risque. On le croyait probablement parti quelque part avec Alice, autant ne pas les détromper. Il se posa dans le fond d'un petit bar de quartier et attendit que la nuit soit complète, afin de se déplacer plus discrètement. Et là lui revint à la mémoire sa chambre d'étudiant, une chambre de bonne sous les toits, près du jardin du Luxembourg. Il s'y rendit alors que tous les réverbères étaient allumés depuis déjà un bon moment. Après avoir attendu de longues minutes sans entendre le moindre bruit, il commença par frapper à la porte et fut rassuré quand personne ne lui répondit. L'autre chambre de l'étage semblait tout aussi désertée. Il força silencieusement la serrure qui finit par céder. La pièce était presque vide de tout meuble. Quelques pots de peinture séchaient dans un coin, une odeur douceâtre un peu chimique flottait dans l'air.

— Parfait, en travaux. J'ai de la chance...

Le sommier du lit était poussé contre un mur. Sans se préoccuper de l'absence de matelas, Simon s'y étendit avec un grognement de satisfaction, forçant ses muscles à se décontracter les uns après les autres.

— Je suis tellement crevé...

Il ferma les yeux. Il savait que le temps était compté, mais il ne voulait plus penser à ce qui lui était arrivé ces derniers jours. Se mettant instinctivement en position fœtale, il s'endormit d'un seul coup.

Une partie de lui devait deviner qu'il aurait besoin de toute l'énergie du monde pour affronter ce qui l'attendait dans les prochaines vingt-quatre heures.

Chapitre 25

Il faisait plein jour quand il reprit conscience. Des bruits résonnaient dans le couloir, voilà ce qui l'avait réveillé. L'occupant de la chambre d'à côté avait dû rentrer au cours de la nuit sans qu'il s'en rende compte. Il l'entendit parler au téléphone d'une voix éraillée, dont le son disparut graduellement dans l'escalier.

Simon s'étira. Il était encore plongé dans un demi-sommeil. Au loin sonnaient les cloches de l'Église Saint Sulpice. Il consulta sa montre dans un soudain instant de stress : le rendez-vous ! Il n'était que sept heures, un soupir de soulagement lui remplit la poitrine, il avait eu l'impression de dormir mille ans. Il s'était couché habillé et sa chemise était toute fripée. Voyant son blouson roulé en boule sur le sol, il eut un nouvel accès de peur irraisonnée et tâta avec frénésie les poches intérieures. La petite tablette était toujours là, protégée par son étui. Ouf! Il s'aspergea le visage d'eau dans l'évier fixé près de la porte. Ses joues et son menton, couverts d'une barbe de plusieurs jours, crissaient sous ses doigts. Son reflet dans le miroir poussiéreux était inquiétant.

Il avisa une casquette d'ouvrier tachée d'éclaboussures de peinture. S'en emparant, il la vissa profondément sur son crâne.

Considérant l'heure, il décida d'aller directement à la gare pour attendre son père, il se sentait trop fébrile pour rester en place. Sachant que le premier train arrivait à 9h17, il s'étonna que celui-ci ne lui ait pas donné rendez-vous plus tôt. Peut-être avait-il quelque chose à faire avant de le rejoindre ? Peut-être était-ce en rapport avec les fameuses révélations qu'il lui avait promises ? Quoi qu'il en soit, il n'avait pas envie de rester là plus longtemps, et, sans téléphone, le plus simple était de le cueillir sur le quai.

Il enfourcha le scooter de Will dont il se félicitait d'avoir gardé les clefs. Se faufilant entre les voitures, il remonta jusqu'à la gare du Nord.

Par prudence, il se gara à quelques centaines de mètres de la gare, enfonça encore un peu la casquette sur son crâne et inspecta les environs avec attention. Le parvis de dalles grises, déchiré par quelques arbres bien taillés, menait à la haute façade qu'il connaissait bien. Les gens s'affairaient, traversant d'un pas rapide l'espace ouvert. Les voitures roulaient au ralenti.

Mais rien ne semblait bizarre, aucun véhicule suspect en vue cette fois-ci. C'était une excellente nouvelle : son père échappait donc peut-être à leur surveillance. Cela le rendait beaucoup plus serein, il n'aurait pu supporter de mettre quelqu'un d'autre en danger, et il profiterait lui aussi de cette accalmie.

À 9h25, il aperçut son père sortir de la gare, portant à la main une vieille mallette usée en cuir noir, à la fois familière et étrangère. Il s'apprêtait à s'avancer vers lui quand il entendit un klaxon et suivit le regard de son père se tournant vers la voiture responsable du bruit. Il tressaillit : c'était le même modèle que celle en faction la veille devant l'hôpital. Une berline Tesla Model 9 noire avec vitres teintées qui s'approchait doucement, comme si elle avait été stationnée hors de sa vue et s'était matérialisée au moment précis où Monsieur d'Almat était sorti de la gare. Simon regarda autour de lui, cherchant frénétiquement une aide quelconque. Les hommes en noir, ça devait être eux ! Et ils guettaient son père. Il s'apprêtait à s'élancer, sans réfléchir, incapable de rester prudent.

À cet instant, Simon manqua de s'étouffer : son père avait levé la main en signe de reconnaissance et se dirigeait vers la voiture ! Il n'en croyait pas ses yeux. Pétrifié, il demeura là, les bras ballants, tandis que son père posait sa mallette dans le coffre et prenait place côté passager. Côté passager… Ce n'était donc pas un taxi, mais bien une voiture conduite par quelqu'un qu'il connaissait. Il devait s'agir d'une coïncidence !

Simon eut cependant la lucidité de courir vers son deux-roues pour pouvoir les suivre. Les rues étaient peu encombrées et le trajet qu'ils firent plein ouest leur prit moins de dix minutes.

La voiture s'arrêta dans une petite rue déserte du 17e arrondissement, près du parc Monceau, devant un hôtel particulier.

Un homme sortit d'une porte cochère équipée d'un système de surveillance dernier cri, ouvrit la portière avant côté passager, et d'un geste impératif, fit signe à Monsieur d'Almat de le suivre. Enfin, c'est ce qu'il sembla à Simon qui, resté à une distance prudente de la voiture, n'aurait pu certifier la manière dont la scène s'était exactement déroulée.

Simon contempla un instant la haute bâtisse dans laquelle son père avait disparu. Indécis, il se demandait ce qu'il devait faire quand son regard balaya le coffre. Il repensa à la mallette. Il la connaissait, cette mallette, mais ce n'est pas son père qui la portait habituellement. Une envie irrésistible le prit de s'en emparer, de savoir.

Le conducteur sortit à cet instant de la voiture, laissant la berline en « warning » le temps d'entrer dans la maison et d'ouvrir la porte du garage pour y ranger le véhicule.

Simon ne disposait que de quelques secondes. Abandonnant précipitamment le scooter électrique sur sa béquille, il courut vers la voiture, le regard fixé vers la porte de la maison dans la crainte d'en voir surgir quelqu'un. D'un mouvement machinal, il descendit sa casquette plus bas sur son visage. « S'il y a quelqu'un derrière la caméra... » Le coffre était évidemment verrouillé. Sans perdre son élan, il passa à l'avant, ouvrit la portière et appuya sur le bouton de déverrouillage du coffre, puis se précipita à nouveau vers lui. La mallette reposait au fond, il fit jouer les fermoirs. À l'intérieur, des dizaines de carnets rouges s'alignaient, bien rangés.

Un léger vrombissement se fit entendre : la porte du garage commençait à s'ouvrir. Simon se pencha et prit cinq ou six carnets au hasard, rabattit le couvercle, ferma le coffre d'une main puissante et se mit à courir alors que la porte finissait lentement de se soulever. Il glissa les carnets dans sa veste, contre son torse, tout en continuant sa course.

Il tremblait d'émotion, comme si ce vol dépassait en intensité tout ce qu'il avait pu vivre dernièrement, et les carnets lui semblaient le brûler comme un fer rouge. Il ne se sentit mieux que lorsqu'il se trouva à nouveau sur son scooter et qu'il aperçut dans son rétroviseur le chauffeur prendre place d'un air indifférent dans la voiture pour la ranger.

Vérifiant que les carnets ne glisseraient pas, il décida de ne pas rester plus longtemps dans les parages et emprunta les quais via l'île de la Cité pour se diriger vers la rue Cuvier.

La rue à sens unique s'étirait, étroite, toute droite. Au loin, on apercevait le drapeau français planté à l'entrée du Jardin des Plantes. Un portail permettait l'accès à une vaste cour pavée qui s'élargissait devant un bâtiment splendide à la façade de pierres tendres aux formes régulières. Un toit d'ardoises le coiffait, flanqué de chaque côté d'un petit clocher. Derrière s'étendait le jardin. Vu l'heure et le jour, le lieu était encore très calme.

Simon entra et passa à la billetterie. Sans s'attarder dans le Jardin botanique, il alla se réfugier dans une alcôve du premier étage, qui donnait sur la grande galerie de l'évolution. La mezzanine était truffée d'animaux empaillés immobilisés dans des postures visant à reproduire le naturel.

Seul, un homme en fauteuil roulant était assis un peu plus loin, en train de lire. Il ne leva même pas la tête vers Simon.

De son coin, celui-ci pouvait voir toute la galerie ainsi que l'entrée, un étage plus bas. À partir de onze heures, il se mettrait à guetter son père. Il ne pourrait pas le rater. Et il faudrait qu'il lui explique. Tout.

Il regarda l'horloge. 9h50. Il avait plus d'une heure devant lui. Il ouvrit sa veste et en retira les carnets qu'il avait subtilisés.

Chapitre 26

Pour vaincre son sentiment d'impatience et laisser se ralentir son rythme cardiaque, il prit d'abord le temps d'observer soigneusement la couverture des carnets. Ils n'étaient pas tous identiques. Bien que provenant de la même « Papeterie Naël », les éditions avaient dû évoluer et les carnets être achetés à des époques différentes.

Troublé, il les regardait avec inquiétude. Cette couverture d'un rouge sombre, elle ne lui était pas inconnue, mais il n'aurait su dire d'où lui venait cette impression. La seule chose dont il était sûr c'était du sentiment désagréable qui s'y rattachait.

Il saisit l'exemplaire qui semblait le plus ancien et l'ouvrit à la première page. L'écriture d'un enfant étalait ses lettres rondes un peu maladroites. Sur la première ligne, une date : c'était apparemment un journal intime. L'écriture lui paraissait vaguement familière. Il lut les premières phrases :

« Aujourd'hui il pleut. Je ne veux pas aller à l'école. Je n'ai pas fait tous mes devoirs. Je devais apprendre un texte. Et puis, la maîtresse nous demande de le copier dans notre cahier. Je ne le connais pas bien. Je vais faire semblant de chercher mon crayon et je regarde le texte dans mon cartable. Je sais que c'est mal, mais je n'aime pas faire mes devoirs. Je suis fatigué. J'aime pas quand il pleut. Je devais ranger ma chambre hier. J'aime pas ranger ma chambre. J'ai tout mis dans le placard par terre et j'ai fermé la porte. Demain c'est vendredi. Après c'est samedi. J'aime bien le samedi si je peux aller jouer dehors. Quand je reste trop longtemps dans la maison, j'ai peur. J'ai peur des messieurs qui veulent me faire du mal. J'ai peur que la maison brûle. J'ai peur de devoir courir, et qu'il y ait quelqu'un avec un couteau. Parfois la nuit je me lève et je regarde si toutes les portes sont bien fermées. Plusieurs fois. Après je dors un peu mieux. »

Il passa en revue les pages de plus en plus vite, s'attardant sur un détail ou un autre, mais sans comprendre.

Refermant le premier carnet, il en ouvrit un plus récent.

« Les vieux ont essayé de m'appeler, j'ai dit que je ne voulais pas leur parler. Quels cons, je ne veux même pas rentrer pour les vacances. Ici c'est pourri aussi, mais au moins je suis loin d'eux et je n'ai pas à leur parler. Je sais même pas pourquoi ils

continuent à appeler parfois, c'est pas comme si c'était mes vrais parents. Je sais qu'ils le font juste parce qu'ils se sentent obligés. Quels cons !

Ce matin, à l'étude, je me suis encore une fois endormi. Le pion m'a menacé de me coller, c'était Julien, le nain chauve. Il déteste tous les mecs plus grands que lui. Mais il a peur de nous aussi. Je me suis levé, il a bredouillé un truc et il est retourné se planquer derrière son bureau. Ça m'a fait marrer. »

Il tourna les dernières pages du carnet.

« Notre dernière virée a bien marché, on a tout vendu. La prochaine fois, il faut qu'on en demande plus, je suis sûr qu'on peut tout écouler. »

« Il va falloir faire la peau à cette bande de Font-Vert, ils sont encore venus sur notre territoire refiler leur came. J'ai envie qu'on y aille nous-mêmes, mais les autres veulent qu'on prévienne le boss… »

« Gueule de bois, on a encore abusé hier, me souviens pas de la moitié de la soirée, il faut que je me calme si je veux pouvoir produire quelque chose de bon cette semaine. L'autre en attend beaucoup de moi, mais je kiffe cette pression. »

Le front couvert de sueur, Simon ouvrit le plus récent des carnets. Il y était question de Sciences, de formules, et d'une jeune fille qui allait mourir.

Dans un soupir angoissé, il se rejeta en arrière sur son

banc, la tête posée contre le mur, les yeux fermés. Le calme régnait toujours autour de lui, on n'entendait que les pas du gardien, en bas, et les bruits du système d'aération.

Cette écriture, c'était la sienne. Ces histoires aussi. C'était son journal à lui. Mais il n'avait aucun souvenir de l'avoir écrit ! Le dernier relatait pourtant des événements qui dataient seulement de quelques mois ! Comment cela pouvait-il être possible ?

Le docteur Blanchet ? L'aurait-elle fait écrire sans qu'il s'en rende compte pendant des séances d'hypnose ? Il eut le réflexe de se saisir de son téléphone pour l'appeler. Mais il n'avait pas de téléphone. Et elle était morte. Une goutte de sueur descendit désagréablement le long de sa tempe.

Comment son père pouvait-il être mêlé à tout cela ? Comment était-il en possession de ces carnets ? Il ne lui avait jamais dit connaître qui que ce soit au laboratoire K.B. ni sa psy. Était-il déjà piégé par les hommes qui le poursuivaient ? Que faisait-il dans cette voiture ?

Il reprit le dernier carnet pour relire un passage qu'il avait aperçu en le feuilletant. Il mit plusieurs minutes à le retrouver, les extrémités de ses doigts rendus moites par l'angoisse.

Il était daté du 12 juin, mais l'année n'était pas indiquée.

« *Je suis sûr d'être observé. Et le simple fait d'écrire cette phrase me fait peur, car j'ai l'impression de céder à la paranoïa. Mais aurais-je vraiment pu imaginer ces hommes qui me regardent quand je rentre chez moi ou quand j'arrive au bureau, ces personnes tapies dans l'ombre qui m'observent, ces hommes en noir qui sont là dès que je me retourne ? Que me veulent-ils ? Je deviens fou, je deviens fou !* »

Mais c'est impossible ! Simon serra ses tempes entre ses poings. « Comment pouvais-je déjà savoir qu'il s'agissait d'hommes en noir à ma poursuite ? Quand, et dans quel état de conscience avait-il écrit tout cela ? Pourquoi ces carnets étaient-ils en possession de son père ? Il jeta un regard halluciné autour de lui : rêvait-il ? Quelle était la réalité ? »

Un remue-ménage à l'étage en dessous l'alerta : il était 10h30, un groupe d'hommes arrivait. Il se souleva de son banc juste assez pour voir ce qui se passait, sans que sa tête ne soit visible. Ils étaient là, pas en noir, mais apparemment armés. Au milieu d'eux se trouvait son père. Et à côté de lui, Korstein !

De surprise, Simon en retomba sur son siège, heureusement sans bruit. Mais était-il vraiment étonné ?

Une partie de lui s'y attendait. Si Jason était impliqué, il ne pouvait l'être que sous les ordres de Korstein. Pour le moment, le grand patron avait juste évité de se salir les mains en faisant intervenir ses sous-fifres. L'hôtel particulier devait être son domicile. Personne n'avait jamais su où il habitait. De tous les mystères qui l'entouraient, c'était pourtant le dernier dont il se souciait. Si Korstein était derrière tout ça, compte tenu de sa puissance, de ses connexions et de son argent, comment pourrait-il lui échapper ? Il comprenait mieux comment la police pouvait être impliquée.

Il déglutit péniblement en essayant d'appréhender cette nouvelle donnée.

Il se redressa à nouveau, prudemment, incapable de résister à l'envie de revoir cette scène surréaliste. Son père... Que faisait-il donc là ?

Les hommes en noir — comme il continuait à les appeler — avaient dû recevoir l'ordre d'emmener son père chez Korstein, mais pourquoi ?

La position des hommes pouvait indiquer qu'ils le protégeaient... ou l'empêchaient de partir. Korstein et son père, sans leur prêter attention, avaient une conversation animée. Il voyait Monsieur d'Almat gesticuler, mais ils ne parlaient pas assez fort pour qu'il comprenne de quoi il s'agissait à cette distance.

Le visage de Korstein restait impassible tandis qu'il secouait la tête à chaque nouvel éclat de voix en signe de dénégation.

Simon se rejeta vivement en arrière. Au milieu de son observation, il avait senti un regard sur lui, un regard qui lui rappelait beaucoup de mauvais souvenirs. Un des hommes en noir ? Il vérifia rapidement autour de lui : personne ne semblait se dissimuler où que ce soit, seul l'homme dans le fauteuil roulant tourna vers lui un regard intrigué. Sans plus se soucier de lui, il reprit son espionnage avec des précautions renouvelées.

Il vit Korstein saisir avec brutalité le bras de son père et lui intimer de se taire. Se penchant vers lui, il se mit à parler rapidement à voix basse. Son père ne disait rien. La tête baissée, au bout d'un certain temps, il finit par opiner. Korstein fit un geste et les hommes de main disparurent en quelques secondes.

Il entendit juste les derniers mots que Korstein martela tout en lâchant finalement le bras de Monsieur d'Almat.

— Reprends-toi voyons ! Cela NE PEUT PAS finir autrement...

Il s'éloigna à son tour, après lui avoir jeté un ultime regard impérieux.

Simon ne prit pas le temps d'analyser ce tutoiement. Quels moyens Korstein avait-il donc pu utiliser pour persuader son père de lui tendre ce piège ? Retenait-il certains membres de sa famille en otage ? Le plus important était qu'il reste lui-même sain et sauf, et qu'il s'enfuît au plus vite de ce guet-apens. Ensuite, il trouverait un moyen pour joindre son père et obtenir de lui les informations dont il avait besoin pour compléter le puzzle. Il trouverait une solution. Il y avait toujours une solution.

Il longea la galerie avec précaution. Au fond, une petite porte menait à un escalier de service. Il commença à le descendre rapidement, mais s'arrêta brutalement en croyant entendre des pas qui le suivaient. Il comprima les battements de son cœur et attendit un moment. Rien.

En bas des marches, il atteignit une autre porte, heureusement non verrouillée, qu'il entrouvrit avec précaution. Il était sur le flanc ouest du bâtiment principal, et personne n'était en vue.

Il prit sa course dans le jardin. Il fallait qu'il rejoigne la sortie, récupère son scooter si possible, et file au plus loin de ce piège. Il arriva rapidement à côté du labyrinthe, qu'il longea, prêt à se jeter dans l'épaisseur verte si le moindre danger se montrait. Continuant vers le Sud, il se retrouva bientôt aux environs des grandes serres, quand un bruit de conversation un peu étouffé le mit sur ses gardes. Le dos collé à la serre des cactées de Rohault de Fleury, derrière laquelle il trouva instantanément refuge, il risqua un regard prudent sur sa droite, se penchant pour voir d'où venait le bruit.

Un craquement sur sa gauche le fit sursauter. Il se retourna brusquement. Un homme se dressait devant lui, l'œil mauvais. Il eut tout juste le temps de reconnaître l'homme au fauteuil roulant, le bras levé. Il voulut contrer son geste, mais il était trop tard, un choc violent sur sa tête et il sombra dans les ténèbres.

Chapitre 27

Quand Simon reprit connaissance, ses premières sensations furent le battement douloureux du sang dans son crâne et la cordelette qui sciait ses poignets liés dans son dos. L'air était lourd et il en aspira quelques bouffées avec effort.

Autour de lui s'étirait une pièce haute et large. Il n'avait qu'une vision partielle de l'endroit où il se trouvait, allongé sur le sol comme il l'était, la tête vers un des murs. Des hommes armés se tenaient aux coins, montant la garde, impassibles. Le lieu était sombre, silencieux et sentait le renfermé, seul un étrange cliquetis s'élevait parfois. Feindre une plus longue inconscience étant inutile, Simon décida de se redresser en s'aidant de ses poignets qui se tordirent tandis que la cordelette s'imprimait plus fortement dans sa chair.

La première personne qu'il vit fut son père qui se tenait à proximité, le regard fixé sur lui, le teint blême. Tout autour de lui, des squelettes d'animaux préhistoriques dardaient leurs têtes d'os, comme un troupeau immobilisé dans une course finale, leurs pattes se tendant encore dans une ultime griffure.

Simon tenta de se tourner pour avoir une vision globale de l'endroit, mais un coup assené dans son dos lui fit comprendre qu'il devait garder la tête baissée.

Obéissant, il en profita pour remettre un peu d'ordre dans son esprit, le sang battant toujours douloureusement dans son crâne.

Il entendit des pas s'approcher de lui dans un claquement de talons et deux souliers vernis s'arrêtèrent à la limite de son champ de vision. Il leva la tête : Korstein le regardait.

Sans dire un mot, il fit signe à un garde de le fouiller.

Celui-ci le palpa avec méthode et trouva en quelques instants la tablette rangée dans sa poche intérieure. Simon n'esquissa pas un geste de défense, il savait que c'était peine perdue.

Korstein s'en empara, avec un sourire heureux et comme émerveillé.

— Enfin…, exhala-t-il dans un profond soupir.

Il resta quelques instants ainsi, en silence. La main ouverte, il regardait la tablette. Il finit par se résoudre à la confier à un homme qui se tenait depuis un moment à côté de lui, et qui la déposa dans une mallette gris argenté dont il fit ensuite claquer les verrous. Simon reconnut Philippe Stabile, le chef de la sécurité du groupe K.B.

Korstein se tourna alors vers Simon, souriant d'un air cruel. Sa voix avait changé, pleine d'un mépris agressif :

— Enfin ! Enfin… Si tu savais le temps que j'ai attendu. J'ai rêvé de ce moment pendant des années. Et ça y est…

Simon le regardait sans rien dire.

— Toi, j'en suis sûr, tu aurais été partisan qu'on en fasse profiter le monde entier. Gratuitement. Quelle connerie ! C'est un instrument qui va changer la face de l'univers, et tu es incapable d'en tirer parti. Jusqu'à maintenant, le pouvoir était entre les mains des pays pétroliers, ces paresseux qui s'enrichissent depuis des décennies sans rien faire, sans rien tenter. Ils s'asseyent sur des monceaux d'argent et ça leur suffit. Ils vont pouvoir bientôt retourner élever des chèvres dans leurs déserts. Et c'est moi, à la tête de K.B., qui vais régner. Comme mon père avait lui-même rêvé de le faire. Le système économique mondial va être totalement perturbé. Imagine quelle anarchie ça pourrait enclencher, entre de mauvaises mains. L'énergie fait tout, l'énergie est partout, l'énergie c'est la politique, l'énergie c'est le pouvoir. Si tu avais été capable de le comprendre, Simon, tu ne serais pas là… Mais maintenant, l'énergie est à moi !

— Vous aviez tout prévu. Vous avez tué pour ça. Vous êtes fou !

— Moi, le fou ! Haha. Je suis au contraire l'homme le plus sensé du monde… Et le plus puissant. Et le monde me mangera dans la main. Si seulement, tu ne t'étais pas échappé du labo, je n'aurais pas eu à faire cette battue à travers la ville. Mais je ne pouvais pas risquer que tu diffuses la formule. Je dois tout de même avouer, c'est la première fois que tu réussis à me surprendre vraiment. Et j'ai détesté ça.

Monsieur d'Almat gardait la tête baissée. Simon lui jeta un regard en coin, mais il ne le vit pas.

Stabile était là aussi, avec la mallette. Il s'était légèrement reculé depuis que le monologue avait commencé. Korstein continuait à parler, la voix rendue fiévreuse par ce qui devait lui avoir trotté dans la tête depuis des années. Il replongea son regard dans celui de Simon et son sourire s'accentua.

— Que comptais-tu donc faire ? N'as-tu donc pas

compris que tout le monde travaillait pour moi, dans le seul but que ce moment arrive enfin. Ton équipe… ils étaient là pour te surveiller autant que pour t'aider. Marc par exemple. Tous les soirs, il m'envoyait un compte-rendu relatant l'avancée des travaux, avec le scan d'absolument tout ce que tu avais pu écrire ou griffonner dans la journée. Comment penses-tu que j'ai pu savoir exactement le moment où il fallait intervenir ?

Son sourire s'élargit encore.

— Et ta psy... Pourquoi avoir eu la patience de t'écouter toutes ces années ? De te conseiller encore et encore. De te calmer quand tu te sentais paranoïaque et observé.

Il étouffa un petit rire.

— C'était moi qui la payais pour te guider sur la bonne voie… Et en Afrique... Bon Dieu ce voyage en Afrique ! Crois-tu vraiment que tu aurais pu rentrer vivant si je n'avais pas été là pour veiller sur tout. L'avion qui vous a providentiellement emmenés là-bas, crois-tu vraiment que c'était un coup de chance ? Tu penses vraiment que des avions privés peuvent se rendre en Centrafrique le jour même où tu en as besoin ? Le guide, etc. Tout ça, c'était calculé. Même ton père…

Il rit à nouveau.

— Son petit passage à Paris il y a quelques semaines pour te remotiver, comme un père aimant... ah la la, quel naïf tu peux être en fait !

Simon vacilla, sa tête lui tournait et il fermait les yeux comme un homme ivre.

Korstein se baissa pour prendre les carnets que le garde avait posés à terre et les feuilleta machinalement.

— Tu les as lus ? Tu n'as rien compris, n'est-ce pas ?

Il enchaîna :

— Tu ne les aurais jamais vus si ces incapables t'avaient descendu plus tôt, au labo ou sur la péniche… Ou à l'hôpital... Bien joué d'ailleurs, même si Alice va se demander longtemps où tu es passé, si elle est encore en vie à l'heure qu'il est. Je te demanderais bien où tu l'as planquée, mais ça n'a plus d'importance, je fais confiance à Stabile pour la trouver, elle ou ce qu'il en reste, afin qu'il n'y ait plus de traces.

Il se tourna, remarqua que son homme de main s'était posté près d'une des portes d'entrée, la mallette à ses côtés et l'attendait patiemment.

— Désolé Simon. Je pourrais encore continuer longtemps à réduire à néant ce que tu as cru être ta vie. Mais cette fois-ci, ce sont de vrais adieux.

En partant, il fit un geste désinvolte de la main pour inviter à l'exécution de son prisonnier. Comme pour souligner cette fin tragique, le cri déchirant d'un paon retentit dans le lointain. Une première fois, une deuxième, puis une troisième. Les yeux fixés sur le dos de Korstein qui s'éloignait, Simon sursauta soudain. Ces oiseaux ne criaient que le soir, à la tombée de la nuit. Avant qu'un garde ne puisse intervenir, il se mit debout. À cet instant, une grande explosion de verre déchira l'atmosphère. Toute la paroi d'un mur se volatilisa dans un fracas épouvantable.

Chapitre 28

Simon s'était déjà jeté contre le mur en face. Il se tenait debout, vacillant, incertain quant à la signification de cette explosion.

Au milieu des nuages de poussière et de fumée apparut une cohorte d'hommes en noir, armés, le visage recouvert de cagoules à trois trous. Simon resta immobile, jusqu'à ce qu'il entende leurs cris dans une langue qui ressemblait à de l'espagnol. D'un mouvement instinctif, il se réfugia dans un renfoncement du mur sur lequel il s'appuyait, se blottissant dans l'obscurité, tout en essayant d'ouvrir la porte qui en formait le fond. Elle était fermée à clef. Cherchant à disparaître, il se laissa glisser sur le sol. Il ne comprenait plus rien, mais ce n'était pas le moment idéal pour se poser des questions.

Dans la salle, le combat avait commencé dès le

premier mouvement de surprise passé. Les balles volaient dans tous les sens. Les hommes de Korstein se battaient avec méthode, fauchant au fur et à mesure les hommes qui s'introduisaient par la brèche, mais d'autres continuaient à s'engouffrer dans la salle, bravant les balles comme si la mort ne leur était rien.

De l'endroit où il s'était réfugié, Simon aperçut de l'autre côté de la pièce Korstein, abrité derrière un gigantesque squelette de tyrannosaure, entouré de plusieurs de ses hommes. L'un d'entre eux venait de lui tendre la mallette, couverte du sang de Stabile qui avait été déchiqueté dans l'explosion du mur. Profitant de la confusion et se servant de leurs corps comme boucliers, Korstein réussit à atteindre une porte semblable à celle contre laquelle Simon se dissimulait, et disparut. Apparemment, il avait pu refermer à clef derrière lui, car Simon vit les hommes secouer la poignée en vain. Ils retournèrent rapidement derrière le dinosaure, se remettant à faire feu sur leurs assaillants. S'emparant d'un débris coupant qu'il avait senti sous ses doigts, Simon réussit en quelques secondes à libérer ses mains de leurs liens.

Il devenait difficile de comprendre ce qui se passait. Les adversaires s'empoignaient presque indistinctement, et la fumée noyait la scène dans un flou irréel. En revanche, la balle perdue qui se planta dans la porte juste au-dessus de la hanche de Simon n'était pas un rêve. Il observa à nouveau les alentours, cherchant frénétiquement un moyen de se sortir de là.

Il croisa le regard de son père. Allongé sur le sol, à quelques mètres de lui, celui-ci se tenait le cou dont avait déjà jailli une large flaque de sang qui s'étalait sous lui. Et il le fixait.

Sans plus se soucier du reste, Simon commença à ramper vers lui, longeant des corps étendus sans mouvement. Soudain une main s'agrippa à sa cheville. Il tourna la tête : un homme l'avait saisi et, malgré ses blessures, levait lentement son arme dans sa direction. Lui broyant les doigts avec son autre pied, Simon se libéra brutalement et s'emparant d'un morceau de fossile tombé d'une vitrine éventrée, il le lança de toutes ses forces sur le blessé. Puis il se jeta sur lui et lui arracha son arme, avec laquelle il le frappa violemment à la tête.

Le corps courbé, il s'élança jusqu'à son père qu'il traîna à l'abri, derrière le socle d'un squelette. La main n'arrivait même pas à couvrir complètement la plaie béante et il étouffa un juron : il était perdu, une partie du cou avait été arrachée par une balle, l'hémorragie aurait très bientôt raison de lui. Monsieur d'Almat gémit faiblement :

— Je ne voulais pas finir comme ça.

Il continua sans lui laisser le temps d'essayer de répondre :

— Ce que j'ai fait, ce que je t'ai fait, comment pourras-tu me le pardonner ? S'il te plaît, n'en dis rien à ta mère, je t'en supplie. Un monstre, je suis un monstre…

Simon lui serra le bras sans comprendre :

— Père, ce n'est rien, je sais que tu as agi sous la menace.

Monsieur d'Almat s'empara de son poignet, le serrant aussi fort qu'il le pouvait :

— Tu ne sais rien, tu ne comprends pas, je… j'ai...

Du sang apparut aux commissures de ses lèvres et la suite se perdit dans un murmure indistinct. Toujours cramponné, il continua à le contempler fixement, comme s'il cherchait à lui faire passer un message, jusqu'à ce que son regard s'éteigne dans un raidissement brusque de tout son corps.

Simon leva la tête. Malgré ses yeux humides, la scène qui se présentait à lui apparaissait clairement mauvaise : les hommes de Korstein avaient presque tous été tués, et leurs assaillants commençaient à prendre l'avantage. Libérant son poignet des doigts crispés de son père, il se glissa vers la porte qui lui avait servi de refuge au début de l'attaque, tout en étouffant le sentiment de culpabilité qui lui vrillait le cœur en apercevant dans l'angle de son champ de vision le cadavre de son père, étalé sur le sol. « Encore un corps que j'abandonne... Mais la survie d'abord, le deuil ensuite. »

Il arracha la cagoule d'un homme en noir qui était venu mourir là, et s'en recouvrit le visage.

Puis d'une rafale de son arme, il déchiqueta la serrure de la porte et l'ouvrit d'un coup d'épaule violent. Alors qu'il commençait à prendre la fuite, une voix rauque lui intima un ordre en espagnol. Se figeant, il se retourna lentement. Un vieil homme se tenait à quelques mètres de lui, l'arme dressée. D'un air de mépris devant celui qu'il prenait pour un lâche, il fit un geste vers son visage et Simon comprit :

— Enlève... enlève ta cagoule.

Simon leva son bras libre et la fit glisser de son visage. L'homme le regarda sans réagir d'abord, puis son visage sembla se déformer sous l'effet d'une peur extrême. Lâchant son arme, il tomba à genoux, balbutiant :

— El diablo ! El diablo ! El DIABLO !

Sans chercher à comprendre, Simon se mit à reculer

lentement, le fixant des yeux et de son arme. Au bout de quelques mètres, il tourna les talons et se mit à courir. Au loin, les sirènes de la police hurlaient, de plus en plus proches.

Il se débarrassa de sa mitraillette dans un buisson près de la porte de sortie. Remontant le col de sa veste et ramenant ses cheveux sur son front pour passer plus inaperçu, il se dirigea d'un pas rapide, mais qui, il l'espérait, ne le désignait pas comme coupable, vers son scooter qu'il enfourcha sans perdre une seconde.

Il fallait qu'il retrouve Korstein !

Chapitre 29

Une fois sur son scooter, Simon se laissa guider presque automatiquement par la partie de son cerveau qui lui rappelait la route à suivre. Pendant ce temps, son esprit essayait de mettre un peu d'ordre dans les nouvelles pièces du puzzle. Depuis le début, il avait donc été manipulé et surveillé. Des flashs de souvenirs, se présentant sous un jour nouveau, l'éblouissaient. Les séances chez le docteur Blanchet, où elle cherchait à le rassurer et lui faire croire que cette impression d'être suivi n'était produite que par son cerveau malade, et qu'il faisait juste une rechute dans la paranoïa. Il se durcit. Elle était morte, il ne pourrait pas lui demander des comptes, mais comment avait-elle pu le manipuler ainsi, toutes ces années, se servant de ses pathologies déjà existantes qu'elle connaissait bien pour masquer la mise en place du plan de Korstein ? C'était d'une cruauté inique. Comment ce dernier était-il ainsi parvenu à acheter son intégrité professionnelle ? De l'argent, des promesses, des menaces... ?

Et comment avait-il pu donc réussir à toucher même son père ? Son adoption avait peut-être été forcée par les événements, mais il avait vécu sous son toit pendant tant d'années. Après sa période d'errance, il s'était racheté et espérait avoir été un bon fils depuis. Comment avait-il pu accepter de le trahir ainsi ? Sous quelle menace, sous quelle promesse ? Et maintenant, il était mort lui aussi. Parviendrait-il à obtenir une vraie explication ? Il accéléra un peu.

Il lui restait tant de questions sans réponses : d'où venaient ces carnets ? Pourquoi n'avait-il pas le moindre souvenir d'en avoir écrit une ligne ? Depuis quand cette surveillance avait-elle été mise en place ? À quel point avait-il été manipulé ? Il prit mentalement note d'essayer à tout prix de reprendre contact avec le Vieux, peut-être savait-il quelque chose lui aussi.

Il revit le visage effrayé du chef de ces mystérieux hommes en noir, quand il s'était retrouvé face à lui. Au premier feu rouge, il jeta un coup d'œil dans son rétroviseur. Une grande trace de sang lui barrait une partie du visage. Crachant dans sa main, il s'empressa d'en faire disparaître la majeure partie. Heureusement ce sang n'était pas le sien.

Tout ça, c'était la faute de Korstein. Il se redressa sur son scooter, concentré sur sa route. Il représentait sa dernière chance de comprendre. Accélérant sans souci d'être arrêté par la police, il se mit à slalomer entre les voitures, les cheveux au vent, pris soudain de la frénésie d'atteindre au plus vite l'hôtel particulier où il espérait bien trouver son patron. Maintenant que celui-ci était en possession de la formule, il y avait fort à parier qu'il prendrait le large sans s'attarder.

Sans même couper le moteur de son deux-roues, Simon mit pied à terre dès qu'il arriva au niveau de la maison. La porte du garage était restée ouverte, ce qui régla le problème d'entrer dans une bâtisse qui devait être une forteresse en temps normal.

Quelques instants après, il se retrouvait donc à l'intérieur, au milieu d'un grand escalier qui reliait le rez-de-chaussée au premier étage. Sous ses yeux, la pièce qu'il pouvait voir était immense et froide. Des tableaux modernes lui semblant vaguement familiers décoraient les murs à intervalles réguliers. Le sol était d'un blanc cassé brillant, des sculptures noires ou blanches s'y reflétaient, quelques jarres anciennes, une grande table perdue dans un coin, des fauteuils et un canapé dans un autre. Cela transpirait l'argent et le décorateur d'intérieur avec budget illimité. D'un côté de la pièce, une succession de portes vitrées donnaient sur un grand jardin flanqué d'autres bâtiments. L'endroit était glacial et somptueux.

Il lui sembla entendre du bruit venant de l'étage. Marchant à pas feutrés, il gravit le reste de l'escalier et longea un couloir au sol recouvert d'un épais tapis. Par une porte entrouverte, il aperçut Korstein qui lui tournait le dos, les mains dans un coffre-fort. D'un même élan, il s'approcha de lui et saisit le premier bibelot qui lui tombait sous la main, un vase aux airs précieux. Il l'explosa sur la tête de Korstein qui n'eut pas le temps de comprendre ce qui lui arrivait. Il s'écroula instantanément, son crâne heurtant le mur dans un bruit sourd. Même inconscient, il gémit un peu. Du sang poissait sa veste, il avait dû être touché pendant l'assaut, avant de s'enfuir.

Sans perdre un instant, Simon le traîna sur le côté de la pièce. S'aidant d'une ceinture et de cravates trouvées dans le dressing attenant à la chambre, il le ligota à un radiateur. Il guetta à la porte un moment, mais la maison semblait vide, le seul bruit qu'il percevait venait des soupirs étouffés de Korstein, toujours inconscient.

Sans lui jeter un regard, il se mit en quête de la mallette. Elle n'était pas dans la chambre. Il tourna les yeux vers le dressing, largement ouvert quand il était arrivé. Des vêtements étaient empilés près d'une valise, Korstein n'avait pas eu le temps de se changer. En y entrant à nouveau, il remarqua que le mur opposé de cette petite pièce était en fait une porte pouvant coulisser d'un bloc, et que celle-ci était entrouverte. Il la poussa d'une main légère. Une vaste salle s'étendait devant ses yeux, qu'il n'aurait jamais soupçonnée. Des écrans occupaient une partie des murs, éteints pour le moment. De grandes armoires soutenaient des rayonnages entiers de classeurs remplis de documents. Un homme lui tournait le dos, fourrant des poignées de clef USB qu'il tirait d'un tiroir dans un sac de voyage, tout en consultant d'un geste nerveux des documents étalés devant lui. Jason !

Sans se retourner, celui-ci se mit à parler :

— J'ai presque fini... ensuite on part en vitesse... J'ai appelé Thomas : l'avion avec nos passeports diplomatiques sera prêt d'une minute à l'autre. Et un médecin sera là.

Simon banda ses muscles tout en s'approchant, mais n'eut pas le temps de renouveler la performance accomplie sur Korstein. Prévenu par un sixième sens, ou tout simplement mis en garde par le silence de son interlocuteur, Jason se retourna brusquement. Simon s'arrêta et eut un sourire glacial :

— Non, personne ne partira.

Simon se jeta sur lui, l'empoignant pour le faire tomber au sol. Ils roulèrent tous les deux, mais Simon fut le premier à se relever et lui envoya un coup de pied dans les côtes. Jason se releva à son tour et, tête baissée, se jeta sur lui. Les deux hommes se retrouvèrent à terre, cherchant à s'empoigner. Jason lui décocha un premier coup de poing au visage. Simon s'accrocha des deux mains à sa nuque, mais Jason le tenait à distance en lui écrasant le nez avec son coude. Ils roulèrent sur un côté, se donnant des coups au hasard. Jason fut cette fois-ci le premier à se relever et frappa Simon au ventre d'un coup de pied violent. Pendant que celui-ci haletait, il lui sauta sur le dos, lui serrant la gorge de son avant-bras pour l'étouffer et se laissant tomber en arrière. Simon commença à suffoquer. Il avait du sang plein la bouche, et des bulles d'air se formaient dans ce liquide rouge pendant qu'il luttait pour échapper à l'emprise d'acier de son assaillant. Il essaya de lui attraper les cheveux ou une oreille, ses mains tâtonnant pour trouver une prise. D'une traction brusque, Simon réussit à basculer, entraînant son adversaire avec lui. Agenouillé, Jason toujours dans son dos, Simon lui envoya un coup de coude violent dans les côtes, l'obligeant à desserrer sa prise autour de son cou. Sans prendre le temps de reprendre son souffle, il se dégagea vivement et se retourna, frappant son adversaire de toutes ses forces au menton.

Jason vacilla, mais, dans un élan désespéré, bondit sur lui, les poings en avant. Simon l'évita en se penchant en arrière, mais n'eut pas le temps de retrouver son équilibre et se remettre en garde. Jason ne perdit pas un instant pour lui faucher les jambes d'un coup de pied vicieux. Simon tomba et son assaillant en profita pour se jeter à nouveau sur lui. Simon rua désespérément, un voile sombre s'étendant sur ses yeux tandis qu'il suffoquait. Son genou s'inséra entre les jambes de Jason, le frappant là où ça faisait mal. Son emprise faiblit juste assez pour que Simon lui fauche un bras, envoyant son poing vers le visage de Jason dont le nez craqua dans un cri de douleur. Des gouttes de sang lui tombèrent sur la figure tandis qu'il agrippait la tête ennemie et lui mordait l'oreille. Un goût d'acier lui envahit la bouche. Jason essaya de se libérer, criant de plus belle et envoyant des coups au jugé. Son oreille céda. Il tenta de se soulever, mais Simon frappa sans pitié le côté de sa tête, au niveau du trou sanguinolent, et il perdit connaissance, écrasant Simon de tout son poids. Avec énergie, celui-ci repoussa le corps qui l'étouffait et se mit debout. D'un coup de talon précis, il lui broya la nuque. Le corps de son collègue eut un ultime sursaut, et bientôt seuls quelques nerfs l'agitèrent avant qu'il ne se raidisse définitivement.

Simon prit quelques secondes pour ralentir son rythme cardiaque et essuyer du revers de sa manche le sang qui coulait de son front et lui maculait la bouche, puis il examina la pièce autour de lui.

Allumant l'ordinateur, il trouva rapidement les commandes des écrans.

Les premiers lui envoyèrent des images de son appartement et du laboratoire. Cela ne l'étonnait pas. Mais les suivants montraient des vues de son quartier, et même de la maison de Londres. Il aperçut sa mère dans son atelier, et sa gorge se serra en pensant qu'il faudrait lui apprendre la mort de son mari. Repoussant loin de lui tout sentimentalisme, il inspecta brièvement les différents dossiers rangés sur la page d'accueil. L'un d'entre eux, intitulé « Carnets », était rempli de scans numérotés, des pages et des pages recouvertes de son écriture.

Il retourna voir Korstein. Celui-ci avait repris conscience. Recroquevillé contre le radiateur, il leva vers lui un regard blême. Il avait dû entendre la fin de la lutte, il savait que c'était fini pour lui aussi. Il se tassa encore plus en apercevant le visage ensanglanté du jeune homme.

Simon s'installa en tailleur devant lui sans dire un mot, et le contempla longuement. Korstein frémit, terrifié par ce silence et par le regard froid dont il était enveloppé. Simon finit par ouvrir la bouche :

— Parle. PARLE !

Essayant de gagner du temps, le prisonnier

commença par réclamer de l'eau. Simon se saisit d'une bouteille qui traînait et lui en aspergea le visage. Puis, avançant lentement sa main, il souleva la chemise de Korstein pour dégager la blessure qu'il avait sur le côté.

— Dis-moi tout. Pour commencer : d'où viennent ces carnets ?

Devant son mutisme, il reprit, sur un ton glacial :

— Korstein... vu le sang qui coule, tu vas mourir si je te laisse ici sans soins, donc dépêche-toi de tout me dire ou je reste là à te regarder te vider de ton sang... Si tu continues à te taire, ou si tu me mens, tu vas juste y laisser la peau. Et tu tiens à la vie, connard.

Korstein gémit. Il savait qu'il disait vrai. Il connaissait si bien Simon... Il commença à parler, la voix faible.

— Ces carnets, ce n'est pas toi qui les as écrits...

Il garda le silence un moment.

— Si ce n'est pas moi, qui est-ce ?

— Ils l'ont été par un certain Simon Bensammi.

— Qui est-ce ?

— As-tu déjà entendu parler de cette rumeur comme

501

quoi un scientifique avait déjà réussi à trouver la clef de l'énergie libre ? Je crois que, malgré mes efforts, l'histoire avait filtré. Et bien, c'était une histoire vraie. Quelqu'un avait réussi il y a près de 40 ans à créer une machine similaire à partir de cette fameuse cinquième interaction.

Il marqua un blanc.

—J'ai très bien connu cet homme, ce Simon Bensammi. D'origine libanaise, après un passé assez trouble, il est venu étudier à Paris dans les années 1990 et nous nous sommes rencontrés à la fac même s'il était un peu plus âgé que moi. Je dois reconnaître que c'était un homme d'une intelligence hors du commun qui ne passait pas inaperçu. Il s'était passionné pour les travaux autour de la matière noire et les pistes de réflexion qu'avait lancées Einstein. Mon père avait fait fortune dans le cuivre et s'intéressait à des projets dans l'énergie. Je commençais déjà à l'aider dans son business donc j'ai organisé une rencontre entre les deux. Mon père fut tout de suite séduit par Bensammi et ses plans délirants : construire une machine qui remplacerait le pétrole, le nucléaire, le charbon.. Moi aussi je dois reconnaître. C'était fou, mais on y a cru. On était en pleine crise du pétrole et l'énergie était le sujet numéro un du moment. Mon père a proposé de financer une partie de ses recherches. Cela avançait tellement bien qu'il l'a associé assez rapidement à un nouveau projet dans un laboratoire aux environs de Paris. C'est lui le B de K.B.... Bensammi était obsédé par son travail, et son énergie était contagieuse. Peu de gens étaient au courant de ses recherches, mais on commençait à croire vraiment en lui et à en être totalement obnubilés. Le pire est que ça a payé ! Il a découvert ce que tu as appelé « l'interaction D »... et tout ça il y a quarante ans.

Mon père était tellement enthousiasmé par les perspectives ouvertes par ces travaux qu'il avait investi des millions dans ce projet. Il avait racheté des laboratoires en liquidation, les avait équipés de matériel de pointe, s'était entouré d'une foule de spécialistes, et avait lancé ainsi un nouvel empire, tout ça dans le but de voir cette source d'énergie lui appartenir. Lui-même avait fini par passer presque autant de temps dans le laboratoire que Bensammi, surveillant les avancées du projet. Et une nuit, il m'appelle de là-bas pour me dire qu'ils ont trouvé ! Le mystère de la matière sombre, la manière de s'en servir pour créer de l'énergie, ils avaient finalement tout décrypté. En 2001. Tu imagines ? Il y a près de quarante ans...

Cependant, quand je suis arrivé sur les lieux, la police et les pompiers étaient déjà là. Le laboratoire avait explosé. L'attentat ne fut jamais revendiqué, mais je finis par apprendre qu'il avait été perpétré par ces connards de terroristes du Nicaragua, financés par la POD. Les mêmes qui nous ont attaqués tout à l'heure. Il y avait eu des fuites, trop de gens étaient au courant. Un organisme aussi puissant qu'eux était parvenu à en savoir trop. Ils ne pouvaient pas laisser construire une machine qui allait faire s'effondrer leur empire principalement bâti sur les profits du pétrole.

Korstein marqua un temps de silence, mais regarda le visage dur de Simon et enchaîna :

—J'ai détesté ce Simon, mon père était mort par sa faute. Et il n'avait même pas eu la décence de me laisser le résultat de son projet : tout avait disparu dans l'explosion.

J'ai essayé de poursuivre les recherches, mais même en rassemblant tous les documents épargnés par l'incendie qui les avait tués et en mettant les plus grands chercheurs sur le coup, personne n'était capable d'avancer. J'avais pourtant trouvé au domicile de Simon des dizaines de carnets où il retraçait sa vie. Combien d'heures ai-je passées à consulter les délires de ce fou ! Il mélangeait tout : de l'ésotérisme, des considérations oiseuses sur l'astronomie qui l'obsédait, des passages de livres qu'il avait lus, et un blabla sans fin sur sa vie. Ça m'avait au moins permis d'en apprendre plus sur son passé et sa vie privée, il est vrai, dont cette femme malade dont il était amoureux et qu'il voulait absolument sauver, persuadé que la clef de sa survie serait dans ses recherches. Il avait toujours refusé de se livrer sur ce sujet, je comprenais mieux pourquoi.

Sa paranoïa lui avait servi à emporter son secret dans la tombe. Mais je ne pouvais pas accepter que mon père soit mort pour rien et que tout cet argent n'ait été investi que pour bâtir une multinationale comme tant d'autres. J'ai donc commencé à multiplier des projets clandestins, des projets peut-être condamnables par la loi certes, mais qui offraient la possibilité de changer le monde. Je suis convaincu d'une chose, c'est que tout peut se justifier pour le bien de la science, n'est-ce pas ?

J'avais quelques amis proches, notamment une que tu connais bien : la professeur Hélène Blanchet. À l'époque elle était toute jeune et travaillait à sa thèse traitant de l'influence de l'environnement sur le développement cognitif. Elle proposait une théorie audacieuse, réfutant celle qui prétend qu'un homme est influencé par chaque détail de son quotidien. Elle pensait que seuls les chocs émotionnels violents ont un impact fondamental dans la construction d'une personne, dans ses aspirations, ses rêves, ses cauchemars, ses qualités, ses défauts. Le reste vient juste se déposer sur les traits de sa personnalité. Elle soutenait que chaque individu connaît seulement une dizaine de chocs vraiment significatifs entre sa naissance et ses vingt ans.

Et c'est à partir de là qu'on a eu cette idée renversante, dit-il d'un ton mi-triomphant mi-grinçant.

Une idée sensationnelle. Une idée révolutionnaire. La chose à laquelle personne n'avait encore jamais pensé...

Au lieu d'essayer de retrouver pendant des décennies son héritage, pourquoi ne pas retrouver ce Simon ? Pourquoi ne pas le faire renaître ? Mais pour le faire renaître, il fallait le faire revivre, lui faire ressentir les mêmes souffrances que Simon, les mêmes déchirements, les mêmes joies, les mêmes espérances... enfin tout faire pour que ce petit génie scientifique connaisse les mêmes chocs émotionnels principaux. Charge à nous ensuite de le guider vers cette découverte. Ne trouves-tu pas l'idée absolument géniale ?

Simon resta silencieux. Korstein continua sans s'en soucier.

— On savait qu'on n'arriverait pas exactement au même homme, certes. Mais tu sais ce que c'est : tu te mets une idée folle dans la tête, et peu à peu tu te rends compte que tu n'arrives plus à penser à rien d'autre. Alors on s'est lancé...

La première difficulté, c'était donc de faire revivre les chocs subis par Simon dès la plus tendre enfance de notre cobaye. Enfin de toi. On t'a trouvé un grand-père, une petite sœur. Orchestrer leur mort a été plus compliqué. Il fallait que tu les voies mourir, surtout ta sœur. L'avantage, c'est que dans une zone comme celle-ci, c'est passé relativement inaperçu...

Korstein eut un rire de corbeau. Simon l'interrompit, le teint cireux.

— Comment ça ? Vous avez commencé à me manipuler quand j'étais un enfant ?

Korstein le regarda, et se mit doucement à rire, tout en grimaçant sous l'effet de la douleur que ça lui causait d'être secoué ainsi.

— Ne me dis pas que tu n'as pas encore compris ! Tout a commencé bien avant, bien avant... Haha. Simon... Un clone. Tu n'es qu'un CLONE ! Le clone du Simon original qui est mort dans ce stupide accident avant de nous avoir donné ses formules.

Simon eut une sorte de tressaillement presque inhumain, et son corps prit la rigidité d'un cadavre.

Korstein enchaîna, avec une froideur clinique :

— Ah ça n'a pas été sans peine. Au début, on avait des problèmes avec le vieillissement. Le corps des premiers clones vivait comme en accéléré, ça faisait désordre. On a eu quelques ratés. Le clonage humain est extrêmement compliqué, il y a tant de risques de malformations ou de maladies étranges. Ce fut l'erreur d'un de nos généticiens qui nous a, par miracle, fourni un modèle enfin utilisable. On était parti de cellules du corps de Simon pour te reconstituer. Il était mort cérébralement dans l'accident, mais on avait gardé son corps branché dans mon laboratoire personnel. Le plus gros risque était que tu ne sois pas tout à fait lui. L'ADN est plus complexe qu'une simple suite de molécules, il se mélange étroitement avec des protéines appelées histones pour former une substance unique qu'on appelle la chromatine. Il y avait donc un risque pour que, malgré l'utilisation de la bonne séquence d'ADN, tu ne sois pas la même personne. Beaucoup de choses pouvaient influencer le processus, comme l'alimentation, le sport, l'environnement. Nous avons donc tout fait pour tenter de créer les conditions les plus exactes possible, lors de ton enfance notamment. Tu ne te rends sans doute pas compte à quel point les premiers chocs et l'éducation que tu as reçue t'ont forgé. Non seulement tes capacités, mais aussi ton caractère et ta volonté de réussir.

Le résultat a été au-dessus de nos espérances, malgré

des différences minimes : tu es plus grand de deux centimètres, ton caractère est encore plus sanguin que celui de ton prédécesseur et tu éprouves moins de compassion. Mais voilà, ton embryon se développait devant moi, et je savais que je tenais enfin dans mes mains la promesse de la plus grande expérience de tous les temps.

Il leva les yeux vers Simon dont le corps s'était mis à trembler, le regard fixe. Il sourit cruellement.

— Oh voyons, ne sois pas aussi choqué. Si tu savais l'incroyable performance génétique que nous avons accomplie pour te créer, tu serais juste admiratif, et tu irais t'enfermer dans un laboratoire pour t'observer toi-même. Comme tu peux le voir, tu continues à faire juste ton âge d'humain. Et tu n'as développé aucune infection particulière. Du moins pour le moment…

Simon blêmit un peu plus. Il n'avait même plus le courage de lever la main sur Korstein pour se venger du mal qu'il lui faisait. Des étoiles dansaient devant ses yeux.

— Après le relais a été donné à d'Almat. Hélène Blanchet est restée dans l'ombre pendant un moment, mais elle surveillait avec minutie tes progrès en les comparant avec les carnets. Quelle femme… Dommage que j'ai dû m'en séparer.

Entre elle et lui, on a facilement géré tes premières années à Londres. D'abord, laisser le traumatisme de ton déracinement te consumer, puis te permettre de sauver une de tes sœurs pour relancer la machine et que tu ne sombres pas complètement psychologiquement. Le programme de ton éducation avait été soigné dans les moindres détails. C'est pourquoi tu as été élevé avec ces règles si spéciales sur la religion, l'Art et toutes ces autres bizarreries. On ne savait pas l'impact que cela avait eu sur le premier Simon, mais dans le doute.... Tes professeurs de sciences et chimie avaient été briefés pour t'accorder une attention particulière et te pousser. Ensuite BIM, la grande scène d'humiliation de ton père, perte de tes repères. On te met à la télé une émission sur la violence et les coups de poing américains, puis un film sur une histoire de revanche qui finit bien. Et hop, tu te précipites à bras raccourcis dans la bataille, on a dû intervenir pour être sûr que tu ne tues personne. Il aurait été trop tôt pour la prison, il fallait d'abord que tu passes par la case pensionnat. Là-bas, ça a été plus délicat. On ne pouvait mettre trop de gens dans le coup, un traitement trop particulier aurait éveillé ta suspicion. Heureusement, on avait en revanche eu accès aux dossiers de chaque élève, et on a pu t'aiguiller vers ceux qui t'emmèneraient sur la mauvaise voie. On leur a facilité des trafics, des rencontres, pour être sûrs que tu serais tôt ou tard toi aussi un parfait petit délinquant. Et on t'a ainsi aiguillé tout droit dans les bras du Vieux. Là c'était du gâteau, les flics de la FIMAC savaient quand il fallait fermer les yeux, jusqu'à ce que tu aies appris tout ce que tu avais besoin de savoir. Je pensais me débarrasser du Vieux après la fin du second acte, mais il a réussi à me glisser entre les doigts.

C'est un malin ce type. Il avait déjà presque quarante ans quand le Simon original l'a rencontré et, avec toutes les drogues qu'il avait prises, on avait peur qu'il nous claque entre les doigts avant que tu grandisses. On l'a donc envoyé souvent dans ma clinique suisse pour le maintenir en forme. Grâce à ça, il a joué son rôle une deuxième fois à la perfection.

Simon repensa au vieillard qu'il avait trouvé en Afrique et à l'homme dynamique qu'il était redevenu peu après son retour, aux courses mystérieuses qu'il faisait... Tout dansait dans sa tête, mais Korstein continuait à dévider avec de plus en plus de plaisir le plan d'une vie...

— La prison ensuite, où il a fallu soudoyer les gardiens pour qu'ils veillent à ce que tu restes en vie, sans t'épargner non plus. Et tu as fait exactement ce qu'on voulait. Le prisonnier qui t'a pris sous son aile : on lui avait promis une remise de peine s'il se mettait à t'épauler pour que tu cesses d'être une victime après les quelques mois où tu avais touché le fond. Une mort tragique, mais au bon moment. Une encore..., dit-il avec un clin d'œil cruel.

Et ensuite, je t'attendais, prêt à te donner ta chance, sur la recommandation de ce cher professeur Chaluseau qui avait veillé à mettre à niveau ton niveau académique. Et puis, comme par hasard, tu as dû suivre une psychothérapie à ta sortie de prison. Programme de réinsertion, ha ha. Et Hélène était là, si incroyablement compréhensive de ton cas, si habile pour gagner ta confiance. Tu étais redevenu sauvage et très suspicieux. Son idée de la paranoïa était parfaite. Quand tu étais sonné par les traitements qu'elle te faisait prendre, nous en profitions pour te faire des tests et un peu d'hypnose avec cette odeur de ce foutu amandier pour déclencher tes souvenirs aux bons moments. Elle en parlait souvent, car le premier Simon l'évoquait régulièrement dans ses derniers carnets même si c'était toujours assez ésotérique. Nous, on ne voulait pas prendre le risque de rater quoi que ce soit !

La bagarre aussi, avec les petites frappes près de chez toi. C'était une partie du processus pour que tu comprennes qu'il fallait aller retrouver ton vieux complice. Un peu comme la pression qu'on te mettait avec Jason, pareil, c'était les moments clefs qui avaient scandé les recherches du vrai Simon, et qui apparemment l'avaient mis sur la voie. C'est fou que ça ait fonctionné.

Pendant toute cette période à Paris, ce qui a été compliqué, c'était de veiller à que tu ne rencontres jamais des gens qui avaient pu être en relation avec le premier Simon. À part quelques inconnus que nous n'avons pu intercepter à temps, nous y avons réussi, et ça n'a jamais eu trop d'impact sur toi.

Si Simon accusait le coup, rien ne se voyait, il restait les dents serrées, les yeux fixés sur Korstein, dont le flot de paroles ne se tarissait plus.

Et l'Afrique. Mon Dieu l'Afrique... J'ai cru qu'on n'y arriverait jamais. Entre toi et Orhan, complètement à l'ouest. Dans un pays en révolution totale. Le guide, c'était moi, évidemment. Les mercenaires, l'avion, aussi. Parfois, ta naïveté m'effarait. Un pays en guerre civile, la population entière en danger, les étrangers évacués, l'armée qui n'ose pas dépasser les limites des aéroports... Mais bien évidemment, quand Monsieur en a besoin, il trouve normal qu'un jet fasse justement le vol, et lui laisse pile assez de temps sur place pour accomplir sa mission... Qui s'est d'ailleurs mieux passée que la première fois : on a dû tuer nous-mêmes un de tes hommes pour garder ton équilibre intact. Mais tu as bien dû planer grâce au sorcier, entre l'hypnose et les drogues qu'on t'a refilées, tu étais bien parti pour un sacré voyage.

Hélène a été fascinée : sais-tu que le vrai Simon avait lui aussi utilisé la voie des airs ? Exactement ! J'ai perdu un pari dans cette histoire.

À la fin, elle était trop attachée à toi, c'est dommage. Elle ne voulait plus perdre le fruit d'une expérience aussi formidable… et quand on a vu ton mot un jour dans ta chambre sur les carnets rouges, on a eu peur que tu lui en parles et qu'elle craque. On était si près du but, on ne pouvait pas risquer de tout perdre !

Korstein le regardait maintenant d'un air curieux, son visage grimaçant malgré lui sous la douleur.

— Tu ne réagis pas ? Sais-tu que tu es un peu comme mon fils, d'une certaine manière ? Jamais un père ne fut aussi attentif aux moindres pas de son enfant. Tous tes gestes, je les surveillais. Toutes tes paroles, je les analysais. Je t'ai guidé, poussé, encouragé vers une découverte qui va changer le monde. J'ai veillé sur toi, j'ai protégé ta vie. J'ai pris soin de toi depuis le début. Tu es à moi. Tu es ma créature.

Je t'ai même fait retrouver l'amour de ta vie. La même. Une copie parfaite elle aussi. Enfin parfaite… on a bien veillé à garder ses gènes malades pour qu'elle finisse à l'hôpital elle aussi, AH AH ! Il a suffi d'arranger un peu vos premières lettres pour être sûrs que vous auriez l'impression d'avoir trouvé l'âme sœur. Et ensuite, très vite, elle est tombée malade et tu te rendais compte que tes recherches étaient la seule chance de la guérir. Le même stimulus pour que tu aies la même motivation implacable, que tu trouves quelque part en toi les connexions et résolves à nouveau cette formule incroyable. Si j'étais moi-même sentimental, j'imagine que je trouverais ça très beau. En tout cas c'était sacrément efficace. David et nos équipes étaient là pour la maintenir en vie, mais veiller à ce que sa santé décline aux bons moments pour que ça te donne des coups de fouet. On lui faisait des injections suivant la courbe de la maladie, lors de sa première version. Il fallait faire alterner espoir et stress. Tout était millimétré. La moindre de tes réactions.

On a dû te faire brièvement prendre un traitement contre la paranoïa quand tu étais jeune, tu avais dû commencer à sentir d'une manière ou d'une autre que tu étais sous surveillance constante. J'ai eu tellement peur que ça compromette tout. Hélène, elle, avait confiance. Elle me disait que plus tard tu en souffrirais véritablement et qu'il n'était donc pas grave que tu aies eu ce petit accès. La suite lui a donné raison, tu as continué à avancer sur les mêmes rails. Ce qui était fascinant, c'était de comparer ce que tu racontais avec les informations des carnets. Parfois c'était un véritable copié-collé, c'était fou.

Simon le regardait, tétanisé, incapable de dire le moindre mot.

— Le Vieux, comme je te disais, on l'a repris. Il avait

tellement envie d'arriver par lui-même à la solution qu'il a attendu des décennies pour pouvoir prendre sa place dans ta vie. Il était totalement d'accord pour t'éliminer à la fin, car il avait toujours pressenti que tu serais un problème. Il t'a connu deux fois, il a dû vivre deux fois. Un génie lui aussi, mais avec ses limites puisque, se retrouvant de nouveau à tes côtés, il n'a pu accéder à la solution comme il l'espérait. Il a eu la bonne idée de prendre la fuite pour éviter un « accident ».

Ton père adoptif en revanche ne pouvait pas être un clone, mais j'ai trouvé un parfait marionnettiste avec d'Almat. C'était exactement le même genre royalo-réac que le père adoptif de Bensammi : on gardait la même ambiance. Je le connaissais depuis le lycée et on était toujours restés amis. Il connaissait aussi Bensammi, qu'il ne pouvait pas supporter. C'est avec lui qu'un soir j'ai eu la première fois l'idée de ce projet de clonage, juste après la mort de mon père. Et lui voulait participer, il avait ses raisons : c'était un idéaliste. Il disait qu'il voulait voir la France reprendre une place en premier plan dans l'économie mondiale et il voyait le projet Er.2 comme un bon moyen de redorer le blason de l'empire français. Pour le convaincre, je lui avais promis que le groupe K.B. deviendrait un parti politique et qu'on prendrait le pouvoir. J'ai dû lui promettre un certain nombre de conneries, pour être sûr qu'il fasse exactement ce que je voulais. Mais je pense aussi qu'il était un peu mégalo en fait, et que l'idée de soumettre à son gré le destin d'un être humain le faisait fantasmer. Surtout d'un petit génie comme Bensammi. Il a même complètement refusé d'être payé : contrairement à ce que ton enfance a pu te faire croire, il avait déjà beaucoup d'argent. Mais sa femme, enfin ta mère, ne savait pas. Sinon, un jour elle aurait craqué, on ne peut jamais faire confiance à des femmes pour d'aussi grands projets. Cela dit en parlant de faille, on a eu peur avec le dîner entre père et fils où d'Almat était censé te remotiver sur ton objectif. Le café de Nesle que tu avais proposé, c'est là qu'il avait vu Bensammi la dernière fois. Après cette soirée, il a changé comme s'il craignait un quelconque châtiment divin pour avoir pris la place du « Créateur »… la superstition médiévale d'un aristo fasciste !

Tu vas te dire qu'on t'a fait du mal en te manœuvrant ainsi, mais n'oublie pas qu'on te protégeait aussi. Je t'ai sauvé la vie plusieurs fois. Il y a eu notamment ce moment quand tu étais enfant, en école primaire. Tu étais sorti de ta classe, encore une fois puni, et au lieu d'aller dans le bureau du principal, tu as eu la bonne idée d'entrer dans la vieille chapelle désaffectée qui servait de remise, et de te mettre à y jouer ou je ne sais quoi. Un incendie s'est déclaré, tu ne t'étais rendu compte de rien, et l'homme qui était affecté à ta surveillance t'a sorti presque trop tard, tu étais déjà complètement inconscient à cause de la fumée.

Simon frissonna : oui, cette histoire réveillait en lui les souvenirs de ce qu'il avait cru être un cauchemar d'enfant. Des bras qui le tenaient, et cette curieuse impression alors d'avoir échappé à un danger sans pour autant se sentir en sécurité. Korstein poursuivait :

— En d'autres occasions, on a juste veillé discrètement à te tirer de situations qui auraient pu mal finir. C'est fou comme la vie humaine paraît fragile quand on la surveille de près. On a aussi eu peur avec le noiche, Shui-Khan Wu, qui t'avait trouvé je ne sais comment. Cela fait quarante ans qu'il travaille sur le sujet. Au début, on vous a laissé vous écrire, car on s'est dit que peut-être il t'aiderait à aller plus vite et on se demandait bien ce qu'il savait. En revanche, il était hors de question que tu le rencontres. Autant ses mails restaient inoffensifs, mais on ne savait pas ce qu'il voulait te dire en face à face. Peut-être rien de compromettant. Mais on ne pouvait pas prendre le risque qu'il te déstabilise, ou t'envoie sur une mauvaise piste. Tu étais tellement perturbé à cette époque, Hélène craignait que tu ne bascules dans un vrai délire un jour ou l'autre. On l'a intercepté juste à temps.

Enfin, ce problème n'était rien comparé à cette saloperie de POD.

Même dans ta bulle, tu as dû en entendre parler, ils régissent toute l'économie du pétrole en Amérique du Sud. Ils se sont remis à nous harceler comme ils avaient harcelé mon père il y a près de quarante ans. Un homme dans l'entourage de mon père l'avait trahi en révélant les projets sur lesquels il travaillait. Et ce sont ces connards de latinos qui avaient fait sauter le laboratoire, tuant l'autre Simon et mon père. J'ai eu des sueurs froides quand je me suis rendu compte qu'ils avaient envoyé des mecs armés en Afrique, mais c'était uniquement parce ce qu'ils avaient su qu'un des avions de la compagnie y allait. Je pense qu'ils ne se doutaient alors de rien, ils avaient juste gardé l'habitude de nous surveiller et d'essayer de nous nuire dans toutes les occasions. Quelle ironie tout de même qu'ils aient failli te tuer ce jour-là, te prenant pour un simple gros bonnet de K.B. ! Quelqu'un dont la mort dans un pays comme celui-là passerait inaperçue. Mais ils ont fini par apprendre, je ne sais pas comment, que le projet était reparti. C'est pour ça qu'ils ont essayé de t'enlever en pleine rue. Heureusement, j'avais mis une équipe plus importante à te surveiller, ces derniers jours. Mes hommes t'ont récupéré et ont monté vite fait un scénario pour te faire croire que tu avais halluciné et juste fait un malaise. Tu as eu ensuite la bonne idée de courir chez Hélène et elle a pu fixer les derniers dégâts. Elle était très inquiète. Tes accès de paranoïa devenaient si violents qu'elle craignait que cela atteigne tes capacités de travail. Elle m'a appelé et, en réfléchissant, on a pensé à ce faux attentat du laboratoire. Apparemment ça a fonctionné pour ne pas que tu tombes dans la folie.

Tu avais l'air si rassuré après ta douche, dit-il avec un sourire ironique.

— Il était plus facile de te contrôler toi que la POD, reprit-il après un silence. Ils ont su qu'on te cherchait, et ils nous ont trouvés au Jardin des Plantes, ce qui nous a valu ce feu d'artifice… Si seulement tu avais été un peu plus discipliné, ton corps et ceux de ton équipe auraient été retrouvés dans les restes du laboratoire, juste avant que nous puissions annoncer au monde qu'il était à l'aube d'une nouvelle ère. Tout était prévu. Mais tu t'es échappé. On a presque réussi à te localiser sur la péniche, car la vieille avait consulté certains documents très sensibles sur Internet et notre algorithme I.A. de sécurité nous a avertis en nous donnant la géolocalisation de son adresse IP. Mais tu as été plus rapide que ces abrutis employés par Stabile. Je ne pouvais permettre à quiconque d'être dans la nature avec ces informations, capable de les vendre au plus offrant. Il fallait que je sois le seul à savoir, LE SEUL ! Et c'était une vraie galère pour te retrouver : cette fois, sans les carnets, je n'avais plus aucune idée de ce que tu allais faire. Heureusement qu'on possédait encore quelques cartes comme d'Almat…

Simon restait pétrifié devant le monstre qui l'avait créé.

— Maintenant que tu sais tout, sauve-moi, comme tu l'avais promis. Appelle les secours.

Son visage se décomposa un peu plus sous l'effet de la douleur. Son exaltation l'avait quitté, il s'affaissait sur lui-même comme si ses dernières forces venaient de se consumer.

— Je vais mourir très bientôt si tu ne fais rien. Tu ne peux pas me faire ça. Tu ne peux pas tuer ton Créateur, ton Pygmalion. Je t'ai fait renaître.

Simon le regardait toujours, torturé. Sa haine l'étouffait, et la peur. Une peur qu'il n'avait jamais connue jusque-là. S'il disait la vérité…

Son cœur se fendit. Il disait la vérité, il ne pouvait que trop le sentir.

Tant de moments étranges de sa vie s'expliquaient ainsi. Les gens qui semblaient le reconnaître alors qu'il ne les avait jamais vus. Comme cette vieille dame à Londres un jour, cette prostituée à Pigalle… Elles avaient dû connaître son clone. Et ce n'était pas tout. Des tas d'autres moments de sa vie s'éclairaient.

Tous les gens qui l'entouraient avaient donc une raison d'être là, de s'occuper de lui. Toutes les fois où il avait remercié sa chance... Il eut un ricanement cynique et désabusé. Tout était écrit. Le comportement des gardiens de prison. Cet enlèvement il y a quelques jours, qui était donc bien réel. Il serra les poings : sa paranoïa, ses épisodes psychotiques, tous les moments où il avait cru qu'il était en train de devenir fou, c'était en fait par leur faute ! Le sentiment d'être observé, l'impression que des gens pénétraient chez lui en son absence, ce malaise indéfinissable et permanent, son incapacité à vraiment faire confiance à son entourage... C'était justifié ! Ils avaient bien failli le rendre totalement dingue, à enfermer.

Il repensa également à ces moments où il avait approché la vérité sans être capable de la comprendre. Les carnets de l'autre qu'il avait vu dans le coffre de son père, et chez la psychiatre.

Mais quel enfer ! Même en mettant le nez dans ces carnets, il n'avait pas été fichu de comprendre la moindre chose !

Il se prit la tête entre les mains, la secouant comme s'il était possible de l'arracher, et la remplacer par celle de quelqu'un qui serait vraiment lui, vraiment unique. Qui était-il en fait ? Était-il véritablement un être humain, alors que tout avait été organisé, sa vie durant, pour qu'il agisse suivant un schéma écrit par des tiers ? Sa personnalité, ses envies, ses désirs, tout ce qui semblait le constituer, tout ça n'était qu'une mascarade. On lui avait volé sa vie, la vie qu'il aurait pu avoir, qu'il aurait dû avoir !

Un voile se déchirait, sa vie prenait tout un coup un sens... ou le perdait totalement. Une marionnette. Il n'avait été qu'une marionnette. Il n'aurait pas dû être en vie. Enfin pas à nouveau. Son existence était une aberration, et il avait semé la mort autour de lui, par sa renaissance. Les mêmes personnes, mortes deux fois. Lui seul allait-il s'en sortir ? Il repensa à Alice avec un grincement de dents : y avait-il quelque chose de réel dans cet amour prémédité et mis en scène ? Tout son cœur lui cria que oui, et soudain il n'eut plus qu'une envie : partir, partir d'ici, oublier si possible, et essayer de la retrouver si elle était toujours en vie.

Se levant brusquement sans écouter les plaintes de Korstein qui le suppliait, il retourna vers le bureau. Prenant la valise contenant la tablette, il hésita un moment, puis y ajouta les clefs USB collectées par Jason. Il s'empara ensuite d'une poubelle posée dans un coin et y mit le feu, après l'avoir remplie de tous les carnets. La flamme mourut rapidement, le papier glacé des couvertures étouffant sa progression bleutée. Il descendit vers le garage. Passant devant un miroir, il se vit et eut un sursaut. Un loup aux yeux fous qui viendrait d'éventrer quelqu'un. Il s'arrêta dans une salle de bain et se passa le visage sous l'eau, tachant de rose la serviette avec laquelle il s'essuyait. Dans le garage, il prit un bidon de gasoil et remonta à l'étage.

D'un geste ample, il inonda du liquide poisseux les étagères et le sol, et renversa la fin du jerrycan sur les moniteurs de l'ordinateur. Une allumette, et la flamme se mit à courir à travers la pièce, dégageant vite une fumée épaisse.

Quand il repassa devant Korstein, celui-ci était en train de s'agiter frénétiquement sans souci de sa blessure, l'appelant à l'aide d'une voix terrifiée, les yeux fixés sur le dressing-room qui laissait déjà percer les lueurs jaunes du début d'incendie.

Simon ne lui jeta pas un regard et descendit les escaliers, la mallette à la main.

— Simon, reviens… Simon, sauve-moi. Tu m'as promis. Tu ne peux pas vivre sans moi, tu es à moi ! Comment crois-tu pouvoir être capable de bâtir ton futur sans que je te guide et t'assiste, comme je l'ai fait depuis le début ! Simon, tu es une aberration, tu ne peux pas continuer à vivre !

Les appels diminuaient au fur et à mesure que Simon s'éloignait.

Il passa à droite du salon devant une grande vitrine remplie d'objets fragiles et précieux, et de photos encadrées où Korstein s'affichait avec des personnalités. Dans un mouvement incontrôlé, il se saisit d'une horloge et la lança dans la vitrine qui explosa, ses étagères de verre cédant immédiatement et tout ce qui était à l'intérieur volant en éclats sur le sol. Il prit un fauteuil et le projeta contre le mur, puis un autre vers la baie vitrée. Il se voyait comme de l'extérieur s'agiter à détruire, détruire, mais c'est comme si rien ne pouvait ébranler le silence assourdissant qui l'avait envahi. Après quelques instants, il cessa de se démener, et au prix d'un effort laissa glisser au sol le bibelot sur lequel ses doigts se crispaient douloureusement.

Il ne prit conscience que l'alarme s'était mise à résonner que lorsqu'il ouvrit la porte sur l'extérieur, le soleil lui faisant plisser les yeux. Sans se retourner, il regagna son scooter, enfila son casque et quelques instants plus tard, il n'était plus qu'un point à l'horizon.

Epilogue

Quelques mois s'étaient écoulés. Les journaux avaient cessé d'épiloguer sur la série de crimes et d'attentats bizarres qui avaient bouleversé, l'espace de quelques jours, la ville de Paris.

Un homme se tenait dans son salon, un ordinateur portable posé devant lui.

La presse était déjà alertée : il avait envoyé un mail anonyme aux grands journaux du monde entier, et les principaux sites des acteurs du Net avaient relayé l'information.

Il consulta sa montre, il lui restait cinq minutes.

Il regarda une dernière fois l'article, laissant ses yeux passer d'un schéma à l'autre, glissant sur les explications traduites en français, espagnol, anglais, chinois, portugais, russe et arabe.

Plus que deux minutes.

Il tapota son clavier d'une main impatiente puis s'étira en faisant craquer son dos.

Enfin, il avança lentement son index vers la touche Entrée.

Quelques secondes de téléchargement. Les pourcentages défilaient gentiment, et « ER in the Air » se trouva soudain posté sur tous les plus grands sites de partage de fichiers du Web, détaillant les principes de son invention. Il s'attarda sur l'un d'eux : des utilisateurs commençaient à transférer son article, et leur nombre croissait à une allure vertigineuse !

Sans plus s'en occuper, il referma l'écran et se dirigea vers la cuisine où résonnait la voix claire d'Alice qui chantonnait un tube à la mode.

FIN

Made in the USA
San Bernardino,
CA

58335257R00322